KB035228

당신의 그림자는 월요일

김중혁 장편소설

당신의 그림자는 월요일

초판 1쇄 발행 2014년 3월 20일
초판 8쇄 발행 2024년 3월 27일

지은이 김중혁
펴낸이 이광호
펴낸곳 ㈜문학과지성사
등록번호 제1993-000098호
주소 121-894 서울 마포구 잔다리로7길 18(서교동 377-20)
전화 02) 338-7224
팩스 02) 323-4180(편집) / 02) 338-7221(영업)
전자우편 moonji@moonji.com
홈페이지 www.moonji.com

ISBN 978-89-320-2612-1

김중혁
장편소설

your shadow is a monday

문학과지성사
2014

차례

your
shadow
is a monday

당신의

그림자는

월요일

0

냄새는 악어빌딩 어디에나 스며 있었다. 아무 데나 코를 박고 조금만 기다리면 곧 냄새가 나타났다. 냄새는 악어빌딩의 공기였고, 콘크리트 벽과 파이프와 좁은 계단 사이를 흘러 다니는 혈액이었다. 보이지 않으므로 형체를 확인할 수 없었고, 말로 설명할 수 없으므로 정체는 더욱 모호했다. 땅속인지 벽 속인지, 1층인지 4층인지, 냄새의 시작이 어디인지 아무도 알지 못했다. 지하의 레스토랑에도, 1층의 철물점에도, 2층의 합기도장에도, 3층의 피시방에도, 4층의 오피스텔에도, 옥상에도, 냄새는 있었지만, 모두들 모른 척, 없는 척했다. 처음 맡으면 불쾌하지만 시간이 지나면 곧 익숙해지는 냄새였다.

누군가 이 냄새를 설명한 적이 있었다. 깊게 땅을 판 다음 음식물 쓰레기와 동물의 시체와 곰팡이와 사람의 땀과 녹슨 기계를 한데 묻고 50년 동안 숙성시키면 이런 냄새가 날 거라고 했다. 악어빌딩 사람들은 대꾸 없이 고개만 끄덕였다.

냄새가 가장 덜한 곳은 4층이었다. 4층은 악어빌딩의 냄새와 외부의 공기가 매일 전투를 벌이는 곳이었다. 날씨가 좋고 화창한 날이면 외부 공기가 승리했고, 비가 오거나 습한 날이면 악어빌딩 특유의 냄새가 4층을 장악했다.

4층은 두 개의 공간으로 나뉘어 있었고, 4-B의 주인은 구동치였다. 철문에는 '구동치 사무실'이라고 씌어진 작고 길쭉한 간판이 걸려 있었는데, 간판의 위치에도 구동치의 깊은 생각이 담겨 있었다. 간판은 가슴 높이에 달려 있었고, 그 위 눈높이쯤에 '노크! 노크!'라고 적힌 작은 표지판이, 마치 오늘의 명언이라도 되는 것처럼 붙어 있었다. 일반적인 상식을 지닌 사람이라면 두 개의 위치를 바꾸어놓겠지만, 구동치는 '노크! 노크!'가 사무실 간판보다 위에 있어야 한다고 생각했다. 4층까지 올라오는 사람이라면 당연히 사무실에 찾아온 사람일 테니 '노크'라는 단어를 더 보기 쉬운 곳에 배치해야 마땅하다는 게 그의 주장이었다. 노크 없이 사무실로 들어오는 건 용납할 수 없었다. '노크! 노크!'라는 표지판을 달아놓아도 사람들은 기척 없이 손잡이를 돌렸다. 구동치 사무실의 문은 대부분 잠겨 있었다.

구동치의 사무실은 철제 책상 하나와 등받이가 뒤로 젖혀지는 고급 의자, 벽 한쪽을 채운 사람 키 높이의 커다란 파일 보관함, 폭이 1미터도 되지 않는 비닐 옷장, 접어둘 수 있는 간이침대가 가구의 전부였다. 비닐 옷장 안에는 비슷한 스타일의 검은색 재킷 세 벌, 아무런 그림도 없는 검은색 티셔츠 열 장, 청바지 세 벌이 가지런히 정리돼 있었다. 책상 위에는 스피커가 하나뿐인 소형 오디오가 놓여 있었는데, 구동치는 그 오디오를 '애꾸눈오디오'라고 불렀다. 사무실에는 언제나 1920년대에 이탈리아 테너 가수가 모노로 녹음한 아리아가 흘러나오고 있었다. 스테레오일 필요가 없었다. 1920년대의 녹음이다 보니 지글지글하는 잡음도 적당하게 들어가 있어 텅 빈 사무실을 채워주기에 좋았다. 공기 속의 불쾌한 냄새와 잡음은 잘 어울렸다.

구동치는 책상에 두 다리를 올리고 의자를 뒤로 젖힌 채 고객들의 비밀 서류를 읽으며 애꾸눈오디오에서 흘러나오는 아리아를 듣는 시간을 가장 좋아했다. 노래 한 곡이 끝나면 구동치는 애꾸눈오디오를 응시하면서 다음 노래를 기다렸다. 잡음이 들리지 않는 몇 초 동안 세상은 적막했다. 트랙이 바뀌고 잡음과 함께 다음 노래가 흘러나오면 구동치는 안심하고 서류로 눈을 옮겼다.

구동치는 아리아를 따라 부르기도 했다. 흘러나오는 멜로디에 자신이 읽고 있는 서류의 문장을 결합시켰다. 고객들의 절박한 이야기가 아름답게 들렸다. 모든 슬픔과 고통이 별것 아닌 것처럼 들렸다. 노래란 어떤 사연이든 아름답게 포장하는 힘이 있었다. 노래 부르는 사람을 기분 좋게 만들어주는 텅 빈 사무실에서 구동치는 자주 흥얼거렸다. 노래를 부르고 있을 때에는 냄새에도 둔감했다. 냄새들이 한쪽 구석으로 몰려가 오페라 관객이라도 된 것처럼 사이좋게 허공에 정렬해서 노래를 감상하는 장면을 구동치는 상상했다. 구동치는 자신의 입에서 흘러나오는 낮은 목소리가 마음에 들었다. 당신은 그토록 무미건조한 월요일에 나를 찾아왔군요. 이 세상의 덧없음을 아는 사람이여, 나에게 비밀을 말해주세요. 비밀의 그림자는 국경을 넘고 바다를 건넙니다. 우리의 사랑만이 덧없는 세상을 이겨낼 수 있는 힘, 나에게 비밀을 말해주세요. 비밀의 그림자는 월요일처럼 길고 길어요.

1

테너 가수의 목소리 사이로 문을 두드리는 소리가 들렸다. 똑, 똑, 똑. 구동치는 노크 소리를 듣고도 꿈쩍하지 않았다. 두 다리를 책상에 올린 채 반쯤 잠에 빠져서 잠의 수면 위로 간신히 입만 내놓고 있는 상태였다. 노크 소리가 들리지 않았다면 모든 것이 수면 아래로 잠겼을 것이다. 아이들이 떠드는 소리가 열린 창문 사이로 흘러 들어왔다. 빌어먹을 애새끼들이 뛰어다니는 소리가 들리는 걸 보니 3시가 넘었군. 구동치는 눈을 뜨지 않고 두번째 노크 소리를 기다렸다. 아이들이 꽥꽥대는 소리와 테너의 노랫소리가 싸움을 벌이고 있었다. 아무리 힘이 좋은 테너라 해도 미친 말처럼 뛰어다니는 아이들을 이기기란 쉬운 일이 아니다.

두번째 노크 소리가 들리자 구동치는 의자에서 몸을 일으켰다. 애꾸눈오디오의 소리를 줄이고 문 쪽으로 향했다. 문에다 귀를 댔다. 아이들이 떠드는 소리가 사방으로 퍼지는 바람에 제대로 된 소리를 들을 수 없었다. 젠장, 뭘 먹이면 저렇게 큰 소리로 떠들 수 있는 거야. 소리로는 누군지 확인할 수 없었다. 구동치는 잠금장치를 풀고 문을 열었다.

"여기가 구동치 사무실이 맞습니까?"

남자, 나이는 50, 키는 170, 얇은 금테 안경, 눈은 나쁜 편이고, 코의 형태를 보니 비염이 있을 것 같고, 얼굴에 큰 점이 두 개, 심하지 않지만 복부 비만. 튀어나온 배보다 내장 비만이 더 심할 것 같은 타입. 평범한 감색 재킷, 평범한 흰색 셔츠. 고객이 될지 알 수 없으니 1차 점검은 여기까지만. 구동치는 입을 여는 대신 '구동치 사무실'이라고 적힌 사무실 간판을 손가락으로 가리켰다.

"들어가도 됩니까?"

남자가 다시 물었다.

"무슨 일로 오셨습니까?"

구동치가 문손잡이를 계속 붙든 채 대답했다.

"잊혀지고 싶어서 왔습니다."

"그게 뭡니까? 암호예요?"

"이렇게 말하면 안다던데요?"

"일단 들어오시죠."

"제가 제대로 찾아온 거 맞겠죠?"

구동치는 대답 대신 미소를 지어 보였다. 그가 짓는 미소 중에서 가장 낮은 등급의, 단순한 긍정을 표하는 미소였다. 구동치는 구석에 접혀 있던 의자를 펴서 책상 앞에다 놓았다. 구동치의 고급 의자 맞은편에 있으니 간이식 접이의자가 더욱 왜소하고 초라해 보였다. 구동치는 고객을 위한 배려 같은 건 신경 쓰지 않았다. 오래 앉아 있어야 할 사람은 좋은 의자를 쓰고, 잠깐 왔다가는 사람은 간편한 의자를 쓴다. 단순명료한 구동치의 생각이었다. 남자는 의자에 불편하게 앉았다. 힘을 주면 의자가 부서질 것 같다고 느꼈는지 엉거주춤하게 앉아 두 다리에다 힘을 분산시키고 있었다.

구동치는 작은 소리를 내고 있던 애꾸눈오디오의 전원을 껐다. 기다리고 있었다는 듯 창밖에서 아이들의 소리가 밀려들었다. 세 개의 작은 창문을 모두 닫았다. 조용해졌지만 공기들이 빠져나가지 못하는 바람에 냄새가 짙어졌다. 구동치는 책상 서랍에 있던 공기 정화 스프레이를 꺼내어 허공에다 뿌렸다. 작은 물방울들이 허공에서 사라졌다. 구동치는 물방울들이 허공에서 냄새와 싸우는 모습을 상상해보았다. 스프레이 속의 물방울들은 어떻게 냄새를 처치하는 것일까? 일대일로 싸우는 것일까? 아니면 자신들이 맡은 구역이 있는 것일까? 폭탄을 들고 뛰어드는 테러범처럼 물방울 하나가 냄새 하나를 붙들고 소멸하는 것일까? 책상 주변의 공기는 훨씬 나아졌다.

"자, 그럼 일 얘기를 해볼까요?"

구동치가 스프레이를 다시 서랍에 넣고 의자를 끌어당겨 앉으며 말했다.

"인터넷에 있는 정보를 삭제해주신다고 들었어요."

"그렇게 들었다면 그런 거겠죠."

"저는…… 실은…… 딜리팅에 대해서 상의하려고 왔습니다."

남자가 작은 목소리로 말하자 구동치의 눈이 반짝였다.

"딜리팅이라는 말은 누구한테 들었어요?"

"추천자는 비밀로 해야 하는 거 아닌가요?"

"딜리팅은 예외입니다. 출처가 확실해야죠. 마구잡이로 맡을 수 있는 일이 아니니까요."

"얘기해도 되는지 모르겠네요."

"얘기 안 하셔도 됩니다. 입에 채워진 자물쇠 잘 보관하시고, 일어나서 가시면 됩니다. 제가 문까지 바래다 드릴까요? 그렇게 멀지는 않은데……"

"그분도 선생님 고객이긴 합니다."

"선생님이라고 부르지는 마시고요. 누굽니까?"

"그럼 뭐라고 불러야 할까요?"

"구동치 씨라고 부르세요."

"아, 처음 들었을 때부터 무척 특이한 이름이라고 생각했습니다."

"그렇게 눈을 동그랗게 뜰 정도로 특이한 이름은 아닌데요. 고객님 이름은 얼마나 평범한지 모르겠습니다만. 자, 누굽니까?"

"이영민이라고 합니다. 평범한 이름이죠. 아, 그 여자 이름이 아니고, 제 이름이 이영민입니다."

"한유미 씨와는 어떤 관계입니까?"

"한유미 씨가 얘기한 걸 어떻게 아셨죠?"

"그분이 유일한 여자 고객이니까요. 어떤 관계입니까?"

"같은 테니스 클럽에 다니는 것뿐입니다. 특별한 관계는 아닙니다."

구동치는 잠시 말을 멈췄다. 이영민과 이야기를 나누는 게 피곤했다. 이영민은 컬링 게임의 빙판 같았다. 조준을 하기엔 너무 미끄러웠다. 잘 닦아주지 않으면 이야기가 멈추었고, 지나치게 잘 닦으면 이야기가 지나가버렸다. 이영민. 이야기 나누기에 피곤한 스타일. 대화의 감이 없거나 미끌거리면서 빠져나가는 영리한 타입이거나. 구동치는 이영민의 정보 수집 서랍에 몇 줄을 더 추가했다.

구동치가 한유미를 처음 만난 곳 역시 테니스 클럽이었다. 구동치는 테니스 클럽에서 한 번쯤 이영민과 스쳐 지나갔을지도 모른다. 어쩌면 이영민은 전부터 구동치를 알고 있었을지도 모른다. 그런 생각을 할 때면 구동치는 등골이 서늘해지고 귀밑에 땀이 고였다. 구동치는 자신은 최대한 숨기고 상대방을 캐내야 하는 사람이었다. 머릿속 서랍에서 테니스 클럽이라는 제목이 붙은 동영상을 꺼내보았다. 테니스 클럽에서 만난 사람들의 얼굴이 지나갔다. 이영민의 얼굴은 어디에도 없었다.

"테니스 클럽 이름이?"

구동치가 지나가는 말처럼 물었다.

"노블 클럽이라고, 생긴 지는 얼마 안 됐어요."

이영민은 여전히 두 다리에 힘을 실은 채 대답했다. 구동치는 이영민이 눈치채지 않을 정도로만 안도의 한숨을 쉬었다. 한유미를 만났던 클럽이 아니었다.

"한유미 씨가 뭐라고 말하면서 추천하던가요?"

"둘이서 우연히 술을 한잔하게 됐어요. 게임이 끝나고 어쩌다 보니 둘만 남게 돼서 가까운 바에 갔습니다. 한유미 씨는 일본 맥주를 마셨고, 저는 싱글 몰트 위스키를 한잔했습니다. 저는 원래 스트레이트로 마시는 걸 좋아합니다만, 천천히 이야기를 나누려면 아무래도 온더록스가 좋다고 생각했어요. 얼음이 녹는 소리도 좋고요. 얼음이 쩍, 쩍, 갈라지는 소리는 시간을 알려주는 알람 같을 때가 있어요. 뻐꾸기가 우는 대신에 얼음이 갈라지는 거죠. 그런 소리가 들린다고 이야기를 조급하게 하지는 않습니다. 그냥 시간이 흘러가고 있다는 느낌을 갖는 게 중요하다고 생각했습니다."

이영민은 사소한 디테일을 지나치게 강조하는 사람일지도 모른다고 구동치는 생각했다. 구동치 역시 디테일을 중요하게 생각하지만 그가 고려하는 디테일에는 늘 이유가 있어야 했다. 디테일은 단서이거나 은유이거나 상징이어야 했다. 이영민의 이야기 속에 있는 디테일은 별다른 의미가 없어 보였다. 이야기를 지루하게 만들 목적이라면 의미 있는 디테일이겠지만…… 구동치는 팔짱을 끼었다. 생략해도 될 만한 이야기가 많았다.

"이야기 주제가 인터넷 정보에 대한 걸로 넘어가고 있었는데, 한유미 씨가 딜리팅 얘기를 꺼냈습니다. 물론 처음에는 딜리팅이라는 단어를 쓰지는 않았고요. 뜬금없이 이렇게 묻더군요. '영민 선생님은 죽기 전에 꼭 하고 싶은 일이 있어요?'라고요."

"이제야 본론이군요."

"네, 혹시 본론을 시작하기 전에 물 한 잔 마실 수 있을까요?"

"주위를 둘러보세요. 그런 게 있을 자리가 있는지."

"선생님은, 아니 구동치 씨는 물을 안 마셔요?"

"아래에서 마시고 올라옵니다. 이곳은 음식물 반입 금지 구역입니다."

"이유가 있습니까?"

"원칙이죠. 사람 말고는 어떤 것도 들어올 수 없습니다. 물이나 술도 이 방에 들어오려면 사람으로 변장을 해야 합니다. 자, 이 방에 물은 없습니다. 본론으로 들어가시죠."

이영민이 입술을 혀로 적시더니 손으로 닦아냈다. 선선한 가을 날씨였지만 이영민의 이마에는 조금씩 땀이 맺히고 있었다. 닫힌 창문 때문에 바람이 전혀 없었다. 이영민은 자신이 진공 상태에서 대화를 나누고 있는 것 같다는 생각을 했다. 말들이 허공에서 둥둥 떠다니고 있었다.

"죽기 전에 하고 싶은 일이 있냐는 질문을 받으니까 머리가 텅 비는 것 같더군요. 흔한 질문이잖습니까. 그런 질문은 평생 수십 수백 번쯤 들어봤을 거예요. 그런데 이상하게 그날은 질문이 저를 찌르는 겁니다. 한유미 씨는 마치 내가 언제 죽을지 아는 사람처럼 말했습니다. 순간 뒷골에서 엉치뼈까지 한 줄로 찌르르 전기가 흘렀습니다. 술기운 때문이라고 생각하실지 모르겠습니다만, 저는 술이 꽤 센 편입니다. 싱글 몰트 위스키 한 병쯤은 끄떡없죠. 술자리에서 저는 생각을 시작했습니다. 자, 죽는다면 뭘 남기고 뭘 버려야 할까. 내가 정말 하고 싶었던 일이 뭘까. 제가 가진 것들을 머릿속에다 하나씩 늘어놓아봤습니다. 다른 사람들에게 절대 보여주고 싶지 않은 것, 그런 게 있을까 싶었는데, 생각보다 꽤 많았습니다. 제가 내일 곧바로 죽게 된다면 문제가 생길 것들, 누군가에게 상처를 줄 만한 것들, 사람들이 오해할 만한 것들, 내 이름을 더럽힐 수도 있는 것들…… 셀 수 없이 많더군요."

똑똑, 똑똑, 이영민의 말을 끊으며 노크 소리가 들렸다. 이영민은 구동치의 눈치를 살폈다. 구동치는 말없이 두번째 노크 소리를 기다렸다. 사무실 안에 흩어져 있던 냄새와 소리와 땀이 순간 정지했다. 똑똑, 똑똑, 하는 소리와 함께 이번에는 사람의 말소리가 함께 들렸다.

"구 선생, 1층 철물점 백기현이오. 안에 계십니까?"

구동치는 귓불을 만지작거리며 인상을 찡그렸다.

"구 선생, 급한 일이 있어서 그런데요, 안에 계시죠?"

더 크게 문을 두드렸고, 목소리도 커졌다. 구동치가 문을 열자 찬 공기가 먼저 들어왔다.

"아, 계셨네. 이런, 손님이 계셨구만."

"무슨 일이세요?"

"아니, 급한 일은 아니고…… 급한 일이라면 급한 건데, 손님이 계시니까, 이따 와야 할까?"

"괜찮습니다. 그냥 얘기하세요."

"구 선생이 심판을 좀 봐줘야 할 일이 있어서…… 2층 합기도 차가 놈이 어찌나 우기는지, 내가 지금 목이 다 쉴 판이라니까. 구 선생이 딱 결정을 내려주면 차가 놈도 항복을 할 거라 이거지. 바쁜 일이 있으면 할 수 없고."

"10분만 있다가 내려가봐도 될까요?"

"아, 되지, 되지, 그럼, 되고말고. 우린 하던 얘기 딱 멈추고, 입도 벙긋 안 하고 있을 거니까 구 선생이 와서 딱 결정을 내려주면 됩니다."

백기현은 눈가가 일그러질 정도로 환하게 웃고는 문을 닫았다. 키가 작고 상체가 발달해, 멀리서 보면 체조 선수 같았다. 여러 가지 일을 하면서 단련된 다부진 몸이었다. 얼굴은 다부진 몸과 어울리지 않게 소년 같은 데가 있었다. 백기현은 구동치보다 정확히 스무 살이 많았지만 여전히 표정에 귀여운 구석이 있었고, 웃음 역시 맑았다.

백기현이 구동치를 선생이라고 부르기 시작한 것은 2년 전이었다. 구청 공무원 한 명이 푼돈이라도 뜯어낼 목적으로 설비 문제 등의 몇 가지 사소한 문제를 트집 잡으며 백기현을 못살게 굴었는데, 그걸 해결해준 사람이 구동치였다. 구동치는 공무원의 약점을 이틀 만에 찾아냈고, 그의 집으로 간단한 편지 한 통을 보냈다. 편지의 내용을 아는 사람은 구동치뿐이었다. 백기현은 편지의 내용이 궁금했지만 자세히 물어보지는 않았다. 백기현은 처음에 구동치를 '구동치 선생님'이라 불렀는데, 몇 번의 조율 끝에 '구 선생'으로 명칭이 고정됐다. 나름의 타협안인 셈이었다.

백기현은 팔자걸음으로 뛰듯이 계단을 내려가다가 2층을 지날 때 합기도장 안을 슬그머니 들여다보았다. 열댓 명의 아이들이 잡담을 하면서 뛰어놀고 있었다. 샌드백에 매달려서 타잔 놀이를 하는 아이도 있었고, 텀블링 연습을 하는 아이, 발차기 연습을 하는 아이, 소리를 지르면서 뭔가를 흉내 내는 아이가 질서없이 엇갈리고 있었다. 이런 데서 무슨 무술을 배운다는 거야, 내 참, 그 스승에 그 제자들이구만. 백기현은 혀를 차면서 1층으로 내려갔다. 이번에는 뛰지 않고 천천히 계단을 내려갔다. 팔자걸음인 것은 마찬가지였다.

합기도장의 관장 차철호는 도복을 입은 채 철물점에서 내놓은 작은 평상에 앉아 화를 가라앉히고 있다가 백기현의 모습이 보이자 벌떡 일어섰다. 떡 벌어진 어깨와 짙은 눈썹과 두툼한 입술, 날렵해 보이는 목, 멀리서 봐도 운동하는 사람이란 걸 한눈에 알 수 있었다. 온몸에 빈틈이 없었다. 저렇게 단단해서야 땀이 새어 나올 구멍이나 있을까 싶은 몸이었다.

"내려오신답니까?"

차철호가 두 손을 도복의 허리띠에 짚으며 물었다.

"기다려봐. 지금 손님이 있어서 10분 있다가 내려온대."

백기현이 숨을 몰아쉬며 말했다.

"그런데 왜 이렇게 오래 걸리셨어요? 구 선생한테 뭐 따로 얘기하신 거예요? 사정이 이렇게 저렇게 됐으니 내 편을 좀 들어 달라고."

"누굴 비겁한 놈으로 만들어. 야, 인마, 내 나이에 이 정도 시간이면 총알같이 갔다 온 거지."

"세상에 그런 총알만 있으면 전쟁터에서 아무도 안 죽겠네요."

"뭐 이 자식아."

"아저씨, 자꾸 이 자식 저 자식 하실 겁니까? 저도 서른다섯이나 먹었다고요. 서로를 좀 존중해야죠. 인자무적이에요. 인자한 사람에게는 적이 없는 법입니다. 무도인에겐 그런 정신이 있어요."

"무도인 좋아한다. 동네 합기도장에서 애들 코 묻은 돈이나 주워 담는 놈이 무슨 무도인이야. 그리고 너는 인자무적밖에 아는 게 없냐."

"지금 저를 모욕하신 겁니다."

"그래, 했다, 모욕. 어쩔래, 인마."

백기현은 차철호를 무시하면서 평상에 앉았다. 셔츠 깃을 들어 바람이 몸을 통과하게 했다. 가을바람이 몸을 한번 훑고 빠져나갔다. 땀이 곧 식었다. 차철호는 백기현을 노려보았지만 백기현은 높은 가을 하늘만 올려다보고 있었다.

"이야, 날씨 좋다."

백기현의 말에 차철호도 하늘을 올려보았다. 많은 구름이 어디론가 흘러가고 있었다. 구름은 재빨리 움직였다. 바람이 구름을 어디론가 떠밀고 있었다.

"CCTV 같은 걸 달면 사생활 침해 아닙니까?"

차철호가 조금 힘이 빠진 목소리로 말했다.

"내 집에 내가 다는데 그게 무슨 사생활 침해야. 내 사생활을 내가 침해하는 거야?"

"도로 쪽을 찍는 거잖아요."

"도로에 내 물건들이 나와 있으니까 찍어야지. 그것도 내 사생활이지."

"참, 말이 안 통하시네요."

차철호가 백기현의 옆에 앉았다. 멀리서 보면 평화로운 풍경이었다. 사이좋은 형제처럼 보였다.

악어빌딩 앞으로는 바람이 잘 지나다녔다. 작은 삼거리 모서리에 위치했고, 한쪽으로는 산으로 올라가는 길이 뚫려 있어서 바람을 막는 건물이 없었다. 동네에서 가장 시원한 곳이 악어빌딩 앞에서부터 50미터쯤 뻗어 있는 골목길이었다. 여름이면 동네 사람들이 모두 의자를 들고 밖에 나와 앉아 있곤 했다. 한여름 오후에 할머니 할아버지가 골목길에 나와 있는 모습은 기이한 풍경이었다. 어떤 사진작가가 찍은 악어빌딩 골목 사진은 한 포털사이트에 '오늘의 사진'으로 선정되기도 했다. 골목길 의자에 멍하니 앉아 무심하게 부채질을 하는 할아버지 할머니의 모습이 카메라에 담겼다. 가을에는 아무도 골목으로 나오지 않았다. 바람이 잘 통해 추울 지경이었다.

20분쯤 지났을 때 구동치가 계단으로 내려왔다. 구동치 뒤로 이영민이 따라 내려왔다. 이영민은 평상에 앉아 있던 차철호와 백기현에게 어색한 인사를 한 후 골목을 내려갔다. 공영 주차장까지 가려면 50미터는 걸어야 했다. 구동치는 이영민이 걸어가는 모습을 잠깐 관찰했다.

"많이 기다리셨죠. 무슨 일이에요?"

구동치가 말을 꺼내자 두 사람이 평상에서 동시에 일어섰다.

"구 선생, 자, 제 얘길 잘 들어보세요. 아, 그 전에 구 선생, 내가 아까 올라갔을 때 내 편을 들어달라는 얘길 했습니까? 안 했습니까?"

"안 하셨죠."

"에이, 그거야 미리 입을 맞추셨을 수도 있죠."

"야, 인마, 우리 구 선생을 어떻게 보고 그런 말을 해. 우리 정의의 구 선생을 협잡꾼으로 생각하는 거야?"

"알겠습니다. 제가 믿죠."

"다시 한 번 그딴 소리 해봐, 내가 아주 입술을 뽑아서 옥상 빨랫줄에다 걸어놓을 테니까. 철물점에 쇠 빨래집게 있는 거 알지? 그걸로 혀 집히면 죽어. 쇳독이 뭔지 알지? 자, 자, 구 선생, 사건이 어떻게 됐냐 하면 말입니다. 얼마 전부터 자꾸만 물건들이 하나둘씩 사라지는 거야. 여기 앞에 내놓은 파이프랑 플라스틱 빗자루, 먼지떨이 같은 게 없어져. 그래서 내가 한 달 전에

CCTV를 설치한 거예요."

"구 선생님, CCTV를 아무 데나 막 설치해도 되는 겁니까? 사생활 침해 아닙니까?"

"야, 조용히 안 할 거야, 내가 얘기하고 있잖아. 구 선생은 다른 소리 듣지 말고 내 말만 들어요. 내가 도둑을 잡자는 게 아니고 그냥 궁금해서 CCTV를 달아놓아본 거지. 그랬더니 오늘 낮에 아주 기가 막힌 게 녹화가 된 거예요."

"어떤 게요?"

"도복을 입은 두 녀석이 여기 앞을 어슬렁어슬렁하다가 갑자기 막 뛰어가는데 손에 뭔가 들려 있는 거지. 도복이면 뭐겠어요. 척 하면 탁이고, 탁 하면 합기도지. 딱, 딱, 들어맞잖아."

"아저씨, 정확한 게 아니잖아요. 애들이 훔쳐간 게 자세히 보이지도 않더구만요, 뭐."

"아, 자세히 찍히지는 않았습니까?"

"그게 이놈의 CCTV가 화질이 별로야. 애들 얼굴은 안 찍혔어도 애들이 들고 뛰는 건 보여요."

"그것도 확실한 건 아니잖아요. 화면이 희미해서 잘 보이지도 않아요."

구동치 앞에서 두 사람은 각자의 입장을 계속 얘기했다. 판사에게 자신의 의견을 밝히는 검사와 변호사처럼 이야기가 계속 엇갈렸다. 구동치는 한숨을 쉬었다.

"구 선생, 여기서 이러지 말고 안에 들어가서 CCTV를 한번 봐요. 보면 내 얘기가 뭔지 알 겁니다."

백기현이 구동치의 손을 끌어당겼다. 구동치는 철물점 안으로 따라 들어갔다.

구동치는 철물점 안의 냄새를 특히 싫어했다. 악어빌딩의 냄새에 철물점 특유의 쇳내가 더해져서 정체불명의 악취가 풍겼다. 그 악취 속에서 생활할 수 있다는 게 신기했다. 필요한 물건이 있어 철물점 안으로 들어설 때마다 구동치는 숨을 멈추곤 했다. 냄새에 특별히 예민한 탓도 있지만 철물점의 냄새만큼은 견디기가 힘들었다. 구동치는 숨을 크게 들이마시고 철물점 안 깊숙한 곳까지 들어갔다. 구동치의 뒤로 차철호가 따라 들어왔다.

철물점 안에는 한 사람이 누울 수 있는 크기의 작은 쪽방이 있었고, 방 한구석에 모니터가 놓여 있었다. 백기현이 재생시킨 화면에 철물점 앞의 풍경이 희미하게 나타났다. 망점이 너무 커서 선명하게 보이는 게 하나도 없었다. 아이들 둘이 화면에 나타났다. 도복을 입은 것만은 확실했다. 아이들은 가게 앞을 뛰어다니며 놀았다. 화면은 계속 끊겼다. 초당 프레임 수가 너무 적어서 동작을 확신할 수 없었다. 아이들이 급하게 어디론가 뛰어갔다.

"보셨죠?"

백기현이 구동치를 올려다보며 말했다.

"잘 안 보이긴 하네요."

구동치가 대답했다.

"그래도 애들이 갑자기 뭘 들고 뛰어가잖아요."

"글쎄요. 확신할 수는 없는 화면이네요. 가게 앞에 내놓은 물건 중에 없어진 게 있습니까?"

"하도 많이 내놓아서 뭐가 없어진 건지는 모르겠지만, 이런 일이 한두 번이 아니라니까."

"에이, 증거가 없잖아요, 아저씨."

구동치는 일단 밖으로 나가서 생각하기로 했다. 냄새 때문에 제대로 된 생각을 할 수 없었다. 백기현과 차철호도 따라 나왔다.

"백 사장님, 저 영상으로는 아이들의 짓이라고 단정하긴 힘들 것 같습니다."

구동치의 말에 백기현이 얼굴을 찌푸렸다.

"거봐요, 아저씨. 저런 화질로는 증거 채택이 안 된다니까요."

"차 관장님도 애들한테 얘기 좀 해주세요. 철물점에 이상한 영상이 찍혔다. 거기에 CCTV가 달려 있으니 뭘 훔칠 생각은 절대 하지 말라고요."

"구 선생님, 우리 애들은 절대 그럴 애들이 아닙니다. 제가 맨날 인성 교육과 무도인의 자세를 가르칩니다."

"네, 그러시겠죠. 그래도 예방이 의심보다 낫습니다."

구동치의 말에 차철호가 고개를 끄덕였다.

"아 역시, 구 선생님이시네요. 멋진 말씀입니다. 예방이 의심보다 낫다. 제가 아이들에게 인성 교육을 할 때 그 말도 꼭 하겠습니다. 구 선생님이 하신 말씀이라고 꼭 밝히겠고요."

"아뇨, 뭐 그러실 것까진 없고요."

"부담스러우시면, 제가 한 말로 하고 이렇게 고쳐도 되겠습니까?"

"어떻게요?"

"인자무적이요, 예방 우선이다. 어진 자에게는 적이 없고, 적의 공격을 예방하는 자에게는 한 치의 의심도 없다."

"뭐든지 인자무적이냐. 아주 지랄하고 자빠졌다."

백기현이 소리를 질렀다. 차철호가 뭐라고 대꾸를 했다. 구동치는 두 사람의 말을 제대로 듣지 못했다. 앞주머니에 들어 있던 휴대전화기가 진동했다. 구동치의 휴대전화 번호를 아는 사람은 몇 되지 않는다. 전화가 왔다는 건 급한 일이 생겼다는 뜻이다.

구동치는 티격태격 말싸움을 하고 있는 두 사람에게서 빠져나와 전화를 받았다. 백기현과 차철호는 구동치의 얼굴색이 바뀌는 걸 보고 말싸움을 멈췄다. 구동치는 짧은 답만 몇 마디 할 뿐, 계속 듣기만 했다.

"저는 좀 가봐야 할 것 같습니다."

구동치가 휴대전화를 주머니에 집어넣으며 말했다.

"그러셔야죠, 구 선생. 급한 일이 생겼나 봐요."

백기현이 고개를 끄덕이며 대답했다.

"네, 두 분이서 잘 해결하실 수 있죠?"

"아이고, 그럼요, 걱정 마세요."

구동치는 대답을 들으며 돌아서서 뛰기 시작했다. 운동화가 바닥에 부닥치는 소리가 경쾌했다. 햇볕 좋은 날, 옥상에서 방망이로 빨래를 때리는 소리가 났다. 공영 주차장 방향이었다. 동네 사람들 대부분이 공영 주차장에 차를 세웠고, 구동치도 마찬가지였다. 동네 사람들은 정해진 가격의 반값에 차를 세울 수 있었다.

"살인 사건 같은 게 터졌나 보네."

백기현이 혼잣말처럼 중얼거렸다.

"구 선생, 형사였어요?"

차철호가 말했다.

"형사였지. 아주 무시무시한 형사였다던데, 지금은, 뭐라더라, 정부 인증 사립 탐정이라나. 딱 보기에도 재빠르고 싸움 잘하게 생겼잖아."

"그렇죠. 무도인은 아니지만 탄탄한 살기 같은 게 좀 보여요."

"무도인은 딱 보면 아나?"

"아, 알죠. 고수는 고수를 알아보는 법입니다."

"웃기고 지랄한다. 네가 고수라고?"

"언제 한번 도장에 올라와 보십시오. 제가 확실히 보여드릴 테니까. 아니면 아드님을 보내시든지요."

"우리 귀한 아들을 거기 왜 보내."

"한 번만 올라와 보세요. 진정한 무술이란 무엇인지 알게 될 겁니다."

"난 여기서 도복 입은 놈 딱 잡아야 돼서 못 가."

"아, 또 그러신다. 좋아요, 애들이 뭐 훔쳤다고 쳐요, 다음엔 절대 그런 일 없도록 하겠습니다. 그리고, 저녁에 제가 술 한잔 살게요."

"진짜?"

"그럼요. 무도인은 거짓말 안 합니다."

"무도인이 술 참 좋아해."

공영 주차장에서 차 한 대가 빠져나왔다. 까만색 경차가 시끄러운 소리를 내며 큰길로 달려 나갔다.

2

"몇 번을 얘기합니까. 그냥 담배 피우러 올라갔다니까요."

이강혁이 탁자에다 두 손을 짚으면서 말했다. 탕, 탕, 탕, 탁자를 세게 두드리고 싶은 듯한 표정이었지만 주눅 든 몸은 제대로 움직이지 않았다.

"보세요, 이강혁 씨, 저도 마찬가지 신세입니다. 같은 이야기를 몇 번이나 하는지 모르겠습니다. 예, 그러니까요, 담배 피우러 올라가신 건 알겠는데요, 담배를 피우든 불을 피우든, 거기서 바비큐 파티를 하시든 상관없는데요, 씨발, 사건 현장에 왜 네 단추가 떨어져 있냐고."

김인천이 탁자를 치면서 소리를 질렀다. 이강혁은 의외의 공격에 놀라서 몸을 뒤로 젖혔다. 김인천은 탁자에 딱 붙어서 소리를 질렀고, 이강혁은 멀찌감치 떨어져 대답했다.

"전에 떨어진 거겠죠. 거기 하루에도 몇 번씩 올라가서 담배를 피우니까요."

"담배 피우면서 막 이렇게, 코트 소매를 쥐어뜯고, 네가 네 몸을 막 만지면서, 아, 담배 맛있다, 아, 연기가 날아가는 게 너무 아쉬워, 후, 하, 후, 하, 이렇게 막 터프하게, 그렇게 피우시는 거예요? 씨발, 말이 안 되잖아. 담배 피우는데 단추가 왜 떨어져."

"떨어질 때가 됐으니까 떨어졌겠죠."

"야, 이야기 참 편리하게 하네. 떨어질 때가 됐다? 하필 그 자리에? 이것 봐, 이강혁 씨. 우연에도 이유가 있는 법이야."

"증거가 없잖습니까, 형사님. 전 죽은 사람 알지도 못해요. 제가 왜 모르는 사람을 밀어서 떨어뜨린다는 거예요? 네? 제가 미쳤어요? 돌았어요?"

"미쳤는지, 돌았는지, 그거야 나도 모르지. 차차 조사해보면 알겠지."

"아, 진짜 돌겠네."

"자, 이강혁 씨, 정리하고 다시 한 번 물어볼게요. 목격자에 의하면 오후 6시 28분, 배동훈 씨가 빌딩 15층 옥상에서 떨어졌어요. 당연히, 죽었고요. 신고받고 출동한 경찰이 현장에 도착한 게 6시 35분. 아, 씨발, 좆나게 일찍 도착했구만. 총알이네, 총알. 누가 우리 경찰들 현장 출동 시간이 늦대? 아무튼 이강혁 씨는 그 시간 건물 11층 사무실에 있었다고 했지만 확인한 CCTV 화면에 의하면 분명히 자리에 없었습니다."

"담배 피우러 가는데 누가 시간을 확인합니까?"

"하루에 담배 몇 대나 피워?"

"한 서너 번 가죠."

"담배 피우는 사람은 보통 시간이 정해져 있어요. 점심 먹고 한 대, 오후에 한 대, 퇴근 전에 한 대."

"저는 그렇지 않은데요."

"남들 퇴근하는 시간에 누가 옥상으로 담배를 피우러 가냐고."

"오늘은 남은 일이 많아서 야근하려고 했습니다."

"저녁은?"

"얼른 끝내고 먹으려고 했죠."

"사건 발생 직후에 15층 엘리베이터 CCTV에 찍혔어. 시간이 딱딱 맞잖아."

"아, 정말 아니라니까요."

"정말 배동훈 씨랑 모르는 사이예요? 지금 다 녹음하고 있고, 이강혁 씨가 말한 게 거짓말로 드러나면 일이 커집니다. 알죠?"

"같은 건물이니까 오며 가며 봤던 사이일 수는 있지만 얘기는 나눠본 적도 없어요. 진짭니다."

김인천의 뒷주머니에서 전화벨이 울렸다. 인기 걸그룹의 최신 유행가였다. 트로트를 차용한 빠른 템포의 곡으로 한 번 들으면 쉽게 잊히지 않는 멜로디, 여러 가지 기술로 덧입힌 여자 가수의 목소리가 두 사람 사이의 적막을 파고들었다.

"여보세요…… 어…… 잘됐어?"

김인천이 취조실 구석으로 가서 전화를 받았다. 전화받는 모습을 용의자에게 보여주기 싫어하는 눈치였다.

"태블릿 피시는 모르겠네. 응…… 응…… 아냐. 집에는 두지 않았을 거야. 맞아…… 씨발, 어디에 둔 거야?"

생각할 일이 많은지 김인천은 대화 내내 천장을 보면서 통화했다. 뭔가를 애써 떠올리는 듯한 표정이었다. 벽과 천장의 이음새를 바라보며 욕을 하기도 했다.

"그래, 일단 사무실에는 없으니까, 잘 찾아봐야지."

김인천이 전화를 끊고 다시 의자에 앉았다. 의자를 바싹 끌어당겼다. 이강혁이 눈치를 봤다. 이강혁은 김인천이 전화를 하는 내내 책상 위에 있는 사진을 보고 있었다.

"형사님, 이 사람, 이제 기억났어요."

"무슨 기억? 아, 이제야 짜릿했던 살인의 기억이 떠오른 겁니까?"

"아뇨, 제가 안 죽였다니까요. 전에 옥상에서 봤던 게 생각났어요."

"언제?"

"한 일주일쯤 됐나봐요. 오후 4시쯤이었던 것 같은데요, 그날, 비가 왔어요. 비가 오는 바람에 제가 늘 담배를 피우던 자리에 못 갔죠. 그래서 처마 밑에서 담배를 피우고 있는데, 왼쪽에 있는 커다란 간판 밑에서 누군가 난간 아래를 내려다보고 있더라고요. 마치 뛰어내릴 사람처럼요. 괜히 이상한 생각이 들었어요. 그런 거 있잖아요. 생각을 하면 할수록 그 사람이 정말 그런 행동을 할 것 같은…… 저 혼자 막 이런저런 상상을 했어요. 아이 씨발, 뛰어내리면 어떡하지? 조짐이 보이면 후닥닥 달려가서 붙잡아야 하나. 그런 생각들을 했거든요."

김인천이 셔츠 윗주머니에 있던 담배를 꺼냈다. 한 개비를 꺼내 입에 물고 담뱃갑을 셔츠 주머니에 넣었다가 다시 꺼냈다. 한 개비가 빠져나오게 한 다음 이강혁에게 권했다. 이강혁은 머뭇거리며 담배를 받아 들었다.

"피워도 됩니까?"

"왜 그래? 담배 그렇게 좋아하는 분이."

"여기 금연 아니에요?"

"씨발, 형사를 무슨 개좆으로 보나. 내가 여기서 담배 피우다가 경찰한테 걸려 벌금 내겠냐?"

"형사님이야 괜찮겠지만……"

"피울 거야, 말 거야?"

김인천이 소리를 지르자 이강혁이 담배를 물고 얼굴을 가까이 댔다. 휴대용 라이터 불빛이 두 사람을 다정하게 비췄다. 연기가 금세 피어올랐다. 김인천은 서랍에 있던 플라스틱 재떨이를 꺼냈고, 이강혁은 호흡을 조절하면서 조심스럽게 담배를 피웠다. 내뿜는 연기가 김인천의 비위를 거스르지 않게 하려고, 겸손한 연기가 되어 누구에게도 해를 끼치지 않고 곧장 사라지게 하려고 애를 썼다.

"여기 카메라 달린 거 알지? 씨발, 딱 걸렸어, 흡연 현행범. 취조실 흡연은 벌금 백만 원이야."

"뭡니까? 괜찮다고 하셨잖아요."

"쫄기는, 농담이야. 얘기나 얼른 계속해."

이강혁은 담배를 계속 피워야 할지 꺼야 할지 고민하고 있었다. 담배를 재떨이의 움푹 파인 홈에다 올려두었다.

"울고 있는 것 같더라고요. 비가 제법 내리고 있었는데, 거기서 비를 맞으면서 울고 있었어요."

"울어?"

"네, 몸이 좀 들썩들썩했어요."

"확실해?"

"확실하진 않지만 그래 보였어요. 얼굴도 좀 일그러져 있었고요. 비 때문에 정확히 보진 못했지만 그 사람이 맞는 것 같아요."

"같아요, 로는 안 돼."

"형사님도 지금 저한테 계속 네가 죽인 것 같다고 하시는 거잖아요."

"씨발, 이거 말 잘하는 분이네. 형사 말 꼬투리도 잡을 줄 알고."

"그 사람, 한 5분 정도 그렇게 있다가 비상구로 내려갔어요. 저는 담배를 끄고 괜히 거기 가서 간판 아래를 내려다봤어요."

"그랬더니?"

"높죠, 뭐."

"그게 다야?"

"이렇게 높은 데서 떨어지면 즉사하겠다, 그런 생각했죠."

"무슨 허무 개그도 아니고…… 아예 장르를 하나 만들어라. 허무 목격담이라고."

그렇게 말은 했지만 김인천은 수첩에다 부지런히 뭔가를 적고 있었다. 글씨를 쓰는 게 아니라 그림을 그리는 것 같기도 했다. 볼펜 끝이 휘며 흐느적 아래로 내려갔다. 이강혁은 재떨이 홈에 올려뒀던 담배를 집어 들어서 한 모금 빨았다. 김인천이 수첩에 얼굴을 파묻고 있는 걸 보고 이강혁은 마음껏 연기를 내뿜었다. 김인천은 얼굴을 들지 않고 수첩에다 계속 무언가를 적었다.

이강혁은 담배를 피우던 손을 뒤집어 시계를 보았다. 시침과 초침이 10시 30분을 가리키는 걸 보고 나니, 현재 시간을 눈으로 보고 있으니, 피곤이 몰려들었다. 고개를 좌우로 흔들어보았다. 그리고 앞뒤로도 흔들어보았다.

3

악어빌딩 지하 레스토랑 '시칠리아의 향기' 사장이자 주방장인 박찬일은 영업이 끝나면 매일 3층 피시방으로 향했다. 담배를 이로 깨물고 의자를 뒤로 젖힌 다음, 하루 동안 만난 엿 같은 손님들을 욕하며 게임을 해야 하루를 끝낼 수 있었다. 그가 좋아하는 게임은 대부분 단순한 것이었다. 길고 긴 스토리의 게임은 필요 없었다. 스토리에 발을 담근 다음 천천히 휘젓고 있을 시간이 없었다. 스포츠 게임이나 격투 게임처럼 짧은 시간에 결판이 나야 했다. 뭐라도 두들겨 팰 수 있는 게임이 필요했다. 점심부터 저녁까지 차근차근 손님들의 얼굴을 한 명씩 떠올려보았다. 대부분 엿 같은 인간들이었다. 반말을 대놓고 하는 놈, 쩝쩝거리며 큰 소리로 시끄럽게 처먹는 년, 빵을 수십 번 리필시키는 놈, 여자에게 싸구려 와인을 사주면서 말 같지도 않은 와인 지식을 늘어놓는 놈들의 얼굴이 하나씩 떠올랐다. 박찬일은 담배 연기 가득한 흡연실 1번 테이블에 앉아서 날아오는 야구공을 향해 엔터키를 누르고, 컴퓨터 속 적들을 향해 주먹과 발차기를 날렸다. 그런 과정이 없다면 그는 현실에서 그런 행동을 할지도 몰랐다. 박찬일은 식당에서 가끔 손님들을 향해 야구 배트를 휘두르거나 발차기를 하는 망상에 빠지곤 했다. 하얀색 테이블보 위에 빨간 핏방울이 투두둑, 떨어지는 장면을 상상해보았다. 언젠가 실제로 그런 일이 벌어질지도 몰랐다.

11시가 넘으면 피시방은 한가해졌다. 어린 녀석들은 모두 집으로 돌아가고 진짜 어른들만 남았다. 진짜 어른이라고 해봤자 집을 나온 부랑자이거나 집에 들어가기 귀찮은 게으름뱅이거나 현실의 시간과 게임 속 시간을 혼동하는 덜떨어진 어른들이 대부분이었지만. 그들은 한 손으로는 컴퓨터 자판을 두드리고, 한 손으로는 담배를 피우고, 컵라면을 먹고 과자 봉지에 손을 담그면서 현실을 잊었다.

"빈일아, 나 컵라면 하나만 해줘."

박찬일이 카운터에다 소리를 질렀다. 이빈일은 저녁 7시부터 다음 날 아침 7시까지 피시방을 책임지는 아르바이트생인 동시에 심부름꾼이자 만능 해결사였다. 그는 못하는 게임이 없었고, 컴퓨터에 생긴 어지간한 문제들을 손쉽게 해결할 줄 알았다. 배우가 되는 게 꿈이어서 낮에는 극단에 나가 연습을 하고 있지만 배우의 재능이 없다는 걸 누구보다 자신이 잘 알고 있었다. 눈썹이 짙고 얼굴이 작다는 것 말고는 별다른 특징이 없는 평범한 얼굴이었다.

"무슨 요리사가 맨날 컵라면을 먹어요?"

뜨거운 물을 부은 컵라면을 키보드 옆에 놓으면서 이빈일이 말했다. 박찬일의 취향을 잘 알고 있었다. 해물짬뽕 컵라면에 날달걀을 하나 넣고 볶음 꼬마 김치를 곁들이는 게 정석이었다.

"네가 몰라서 그래, 인마. 컵라면이야말로 완전한 식품이라고."

"어디가 완전한 건데요?"

"척 보면 모르냐? 미끈하게 빠진 게 모양부터 완전하게 생겼잖아."

"제 눈에는 완전하지 않은데요?"

"네가 요리를 안 해봐서 모르는 거야. 아이 씨팔, 이 새끼는 왜 이렇게 빠르냐?"

"그 새끼 잡으려면 연타 공격이 진리예요."

"주먹?"

"주먹 연타로 밀어붙인 다음 마지막엔 돌려차기."

"원래 롤링 어택은 안 먹히는 거야?"

"형님이 느려터져서 그런 거죠."

"아, 새끼, 말하는 꼬라지 봐라. 형님한테 느려터졌다가 뭐냐? 메이저리그 베이스볼 새 버전 안 나왔어?"

"아직요."

"어, 땡큐. 이따가 모르는 거 있음 또 물어볼게."

"완전 식품, 완전 잘 드세요."

이빈일이 계산대에 앉자마자 누군가 계단을 올라오는 소리가 들렸다. 이빈일은 피시방의 소음 속에서도 그 소리만큼은 확실하게 알아차렸다. 누군가 계단을 올라오면 작은 진동이 전해졌고, 발소리가 분명하게 들렸다. 아니, 작은 진동은 착각일지 모른다고 생각했다. 그렇지만 누군가 올라올 때마다 고유의 진동이 느껴졌다. 이빈일은 벽시계를 보았다. 12시 15분.

유리문이 열리고 피시방으로 들어온 사람은 구동치였다. 이빈일은 책을 덮고 반사적으로 일어났다.

"오셨어요?"

"어, 박 셰프도 있네?"

"오늘도 11시부터 저렇게 다 때려부수고 계시네요. 완전 식품 드시면서."

"완전 식품이 뭐야?"

"들어가보세요."

구동치는 흡연실 문을 열고 안으로 들어갔다. 흡연실 안에는 구석구석 동물들의 사체가 발견될지도 모른다는 생각이 들 정도로 매운 담배 연기가 가득했다. 거기서 살아 있는 사람들이 신기하게 보일 정도였다.

"박 셰프."

"왔어?"

"야, 이런 데서 용케 숨을 쉬고 있네?"

"전쟁에 임하는 기분으로 게임하는 거야. 포화 속에서 죽기 살기로."

"잠깐 얘기 좀 할래? 물어보고 싶은 게 있는데."

"어, 물어봐."

"여기선 한마디도 못하겠어."

"무슨 탐정이 담배도 안 피워. 생각해봐라, 멋진 탐정 중에 담배 안 피우는 사람이 있는지."

"많을걸."

"하하, 그런가? 밖에서 조금만 기다려. 요 판에 있는 놈들만 싹 쓸어버리고 나갈 테니까."

구동치는 문을 닫고 나왔다. 금연실의 공기도 좋은 편은 아니지만 흡연실에 비하면 쾌적한 편이었다. 악어빌딩 특유의 냄새가 향기롭게 느껴질 정도였다.

구동치는 카운터에서 가장 가까운 자리에 앉았다. 그곳이 그의 지정석이었다. 사무실에는 컴퓨터를 두지 않고 늘 피시방의 같은 자리를 이용했다.

"무슨 일이야?"

15분쯤 지났을 때 박찬일이 구동치의 어깨에 손을 올렸다. 박찬일의 손은 큼지막했고 두꺼웠다. 요리사의 손답게 여기저기 칼자국이 나 있었고, 요리사의 손답지 않게 정권 쪽에 굳은살이 많았다.

"여기 이 칼 말야. 어떤 사람들이 쓰는 칼인지 알겠어?"

구동치가 모니터 화면을 박찬일이 잘 볼 수 있게 돌렸다. 화면 속에는 묘하게 생긴 칼이 있었다. 손잡이와 날의 두께는 회칼과 비슷했지만 앞쪽이 날카롭지 않고 둥글었다. 생선을 찌르고 가르는 용도로는 쓸 수 없는 칼이었다.

"좀 기네. 한 40센티쯤 되려나?"

"응, 43센티."

"이건 완전 변종이네. 회칼은 두 종류야. 사시미랑 데바. 사시미는 알지? 사사삭 발라내는 칼이고, 데바는 뼈 칼이야. 사시미 칼보다 훨씬 넓지. 뭐 아무렇게나 써도 되지만 원칙은 그런 건데, 이건 두 칼이랑 비슷하게 생겼어도 칼 넓이가 좀 넓적하고 앞쪽이 둥글잖아. 희한하지. 칼이란 게 뭐야, 찔러야 하는 건데, 이런 칼을 누가 쓰겠어."

"그럼 아무도 안 쓰는 칼이란 거야?"

"그 지점이 바로 이 형님의 진가가 드러나는 대목 아니겠냐? 쓰는 사람들이 있지."

"장난치지 말고 빨리 말해."

"1970년대에 원수도장이라는 무술단체가 있었어. 원수도, 뭐겠어. 끝이 둥근 칼이란 거야. 원수도장은 칼을 주무기로 다뤘지만 찌르는 기술은 전혀 없었어. 자신들의 무술 동작과 원칙에 어긋나기 때문이었는데, 칼을 이용해서 베고 자르고 때릴 수는 있었지만 찌르는 건 엄격하게 금지돼 있었어. 이 칼이 원수도장의 칼과 비슷해. 길이는 조금 짧지만 형태는 거의 비슷해. 원수도장의 칼은 한 60센티쯤 되려나."

"별걸 다 아네."

"칼 하면 박찬일, 박찬일 하면 칼 아니냐. 그래서 네가 나한테 물어보는 걸 테고."

"원수도장이 지금도 있어?"

"옛날에 다 없어졌지. 누가 요즘 칼 들고 무술하냐. 그런데, 이 칼을 어디서 봤어?"

"살인 현장에서 발견된 거야."

"그래? 완전 싸이코 자식인가 보네."

"왜 싸이코야?"

"생각해봐라. 살인을 할 생각이면 찌르기 좋은 칼을 고르겠지. 푹, 푹, 내장을 후벼 팔 수 있는 칼이 요새 좀 잘 나와. 이 칼로 사람 죽이려면 힘이 훨씬 많이 들지 않겠냐."

"그렇겠네. 고맙다."

"요새 알바해? 살인 사건은 안 하잖아?"

"아, 그냥 강력반 아는 형님이 알아봐달라고 한 일이 있어서."

"가는 칼이 있으면 오는 칼이 있어야지."

"응?"

"술 사라고."

"아…… 오늘은 좀 급하게 처리할 일이 있어서."

"그래, 원수도장이 어떻게 궤멸됐는지 재미난 에피소드 몇 개 아는데…… 이런 거는 인터넷 검색해도 안 나오는 그런 얘긴데…… 뭐 바쁘다면 할 수 없지."

"낚는 거야?"

"일단 그물을 던져보는 거야."

"넌 요리하지 말고 사업을 해라. 성공할 거야."

"식당도 사업이야. 지금 망하기 직전이고."

"음식이 맛없잖아."

"이런, 판에 박히지 않고 지나치게 솔직한 개새끼가 다 있나."

"가자. 술 살게."

두 사람은 자리에서 일어나 카운터로 향했다. 이빈일이 자리에서 일어나자 가슴팍에서 구겨졌던 찰리 채플린이 빳빳하게 펴졌다.

"빈일아, 내일 저녁에 출근하기 전에 밥 먹으러 와. 내가 죽이는 거 만들어줄게."

"완전 식품요?"

"이 새끼가 요리사를 뭘로 보고. 크크, 완전 식품보다 더 완전한 걸로 만들어줄게."

구동치와 박찬일이 자주 가는 술집은 악어빌딩에서 두 블록 떨어진 막걸리집이었는데, 가보니 이미 문을 닫은 상태였다. 다른 술집을 찾기 위해 터덜터덜 걸어가는데, 낯익은 두 사람이 야외 테이블에서 술을 마시고 있었다. 백기현과 차철호였다.

"엇, 백기 형님이네."

박찬일이 밝은 목소리로 말했다.

"왜? 같이 마시게?"

구동치가 길가 쪽으로 걸음을 옮기며 말했다.

"어, 같이 마시자. 오늘 완전 악어빌딩 반상회 하게 생겼네."

"같이 마실 거면 마셔. 난 먼저 올라가서 일할 테니까."

"야, 동네 사람들이랑 친하게 좀 지내라. 꼭대기에서 맨날 뭐 하냐?"

"박 셰프나 친하게 지내. 나는 오늘 낮에도 벌써 많은 이야기를 나눴으니까."

"무슨 이야기?"

"그런 게 있어. 아까는 원수도장 궤멸의 역사를 알려준다더니."

"아 참, 그 얘기 하기로 했지? 내일 점심 먹으러 내려와. 그때 얘기해줄게. 오늘은 기분도 엿 같은데 한잔 빨아야지."

"엿 같지 않은 날이 있기는 하고?"

"오늘은 엿 중에서도 빅엿이다. 최고로 이빨에 쩍쩍 달라붙는 엿이다."

"그래, 그럼. 먼저 올라갈게."

"야, 구 탐정."

"응, 왜?"

"내 음식 진짜 맛없냐?"

"아냐, 맛있어. 아깐 농담이었고, 이 동네에 어울리지 않게 맛있지."

"그래?"

"그래."

"고맙다. 내일 봐."

박찬일은 바지 주머니에 손을 넣고 술집을 향해 걸어갔다. 차철호가 박찬일을 알아보고는 손을 흔들었다. 박찬일이 큰 소리로 '어이, 형님!'이라고 소리를 질렀다. 구동치는 두 사람의 눈에 띄지 않게 재빨리 돌아서서 악어빌딩으로 걸어갔다. 불이 켜진 간판은 피시방 하나뿐이었다.

악어빌딩의 냄새가 구동치를 맞았다. 구동치는 냄새를 음미하면서 계단을 올라갔다. 1층에서 2층으로 오르는 계단에는 합기도장과 피시방을 알리는 작은 스티커가 붙어 있었다. 인자무적, 합기도를 배우면 적이 없어진다. 최고의 피시 사양, 최고의 서비스, 1시간 1,500원. 구동치는 그 문구를 보면서 계단을 올랐다. 피시방을 지나 사무실 계단으로 올라갈 때 구동치는 낯선 존재의 흔적을 감지했다. 냄새가 달라져 있었다. 악어빌딩에서 육체를 감출 수는 있어도 냄새를 감출 수는 없다. 악화가 양화를 구축한다지만, 가끔은 양화가 악화를 구축하기도 한다. 나쁜 냄새 속에 빠진 좋은 냄새는 유별나게 튀는 법이다. 구동치는 어둠 속으로 들어갔다. 곧 계단 등이 자동으로 켜질 것이다.

"동치 씨?"

자신의 이름을 알고 있는 남자의 목소리였다. 공격할 의도가 전혀 없는 목소리였다. 공격할 사람은 소리를 먼저 내지 않는다. 구동치는 손에서 힘을 풀었다. 한 발짝 앞으로 나아가자 등이 켜지면서 주변의 윤곽이 순식간에 드러났다. 사무실 문 앞에 이영민이 쪼그려 앉아 있었다. 낮에 보았던 옷 그대로였다. 감색 재킷에 흰 셔츠. 그는 몸을 떨고 있었다. 조금 더 심하게 떨면 고였던 눈물이 밖으로 튕겨져 나올 것 같았다. 그 모습은 마치 스위치 끄는 걸 잊어버린 젖은 전동 칫솔 같았다.

4

원칙에 어긋나는 일이지만 구동치는 편의점에 가서 뜨거운 캔커피를 샀다. 자신을 위해서는 맥주 두 캔을 샀다. 안주는 사지 않았다. 아몬드를 살까 말까 오랫동안 망설이다가 결국 집지 않았다. 구동치는 땅콩이나 피스타치오보다 아몬드를 좋아했다. 이유는 한 가지, 껍질이 남지 않기 때문이었다. 구동치는 뜨거운 캔커피와 시원한 캔맥주가 검은 비닐봉지 안에서 부딪치는 소리에 박자를 맞추며 계단을 올라갔다.

이영민은 손님용 접이의자에 앉아서 다리와 몸을 떨고 있었다. 구동치는 이영민의 뒷모습을 보면서 잠깐 마음이 흔들렸지만 자신의 의자를 내주지는 않았다. 원칙을 깨는 건 한 번으로 충분했다. 구동치는 탁자 위에 캔커피와 맥주를 올려놓았다. 이영민은 뜨거운 캔커피를 멱살이라도 잡는 것처럼 꽉 쥐었다.

"주, 죽은 거 아시죠?"

이영민이 더듬거리며 말했다.

"죽다뇨?"

"배 사장요."

"배동훈 씨랑 아는 사이예요?"

"네, 알죠."

"어떻게 아는 사인데요?"

"배 사장도 테니스 클럽 회원이었어요."

“노블 테니스요?”

“네, 노블. 모르셨어요?”

“그걸 제가 어떻게 압니까. 일단 커피 좀 드세요.”

구동치는 캔맥주를 땄다. 한 모금 마시자 보리 향이 코끝으로 밀려들었다. 구동치는 맥주 캔에 맺힌 물방울을 손가락으로 문질렀다. 알루미늄의 표면이 날카롭게 미끈거렸다. 손가락 끝의 냉기가 팔뚝과 어깨를 지나 심장으로 전해졌다.

“배 사장이 죽었다는 얘길 듣고 갑자기 모든 게 무서워졌습니다.”

“무서워지다뇨.”

“그저께 같이 저녁을 먹었어요. 그 사람, 그렇게 쉽게 갈 줄 몰랐어요.”

“네, 안된 일이죠. 그런데 배동훈 씨 죽은 얘기하려고 이렇게 늦은 시간에 찾아온 겁니까?”

“낮에 구 탐정님이 했던 말도 떠오르고, 머리가 복잡해지고, 배 사장 생각하면 겁도 나고 그래서요.”

“낮에…… 어떤 말요?”

“깔끔하게 죽는 일은 생각보다 쉽지 않다고 했던 말요. 탐정님 말이 자꾸 생각났습니다. 사람은 어떤 식으로든 흔적을 남기게 마련인데, 어떻게 보면 그 흔적이야말로 진짜 그 사람이잖아요. 지저분한 인간으로 기억되고 싶지는 않습니다.”

“누구나 그렇죠.”

"구 탐정님께서 배 사장 딜리팅 맡으셨죠?"

"그건 대답해드릴 수 없습니다."

"한유미 씨에게 들어서 알고 있습니다."

"이영민 씨가 알고 있는 것과 상관없이 저는 대답해드릴 수가 없습니다."

"고객의 비밀 보호 차원에서요?"

"비밀이고 뭐고, 탐정의 기본이죠."

"딜리팅에 실패한 적도 있죠?"

"말씀드릴 수 없습니다."

"말해줄 수 없다는 건 실패한 적이 있다는 뜻이겠네요. 실패한 적이 없다면 성공률이 백 퍼센트라고 자랑하셨겠죠."

"이영민 씨, 알고 싶은 게 뭔지 모르겠지만, 지금 저에게 굉장한 실례를 하고 계십니다. 저는 능력치를 뻥튀기한 다음 주변에 떨어진 부스러기나 주워 먹는 싸구려 탐정이 아닙니다. 인터넷에 올린 지저분한 글이나 삭제해주는 사람도 당연히 아니고요. 저에게 일을 맡기실 생각이라면 조금만 더 참고 있겠습니다. 고객의 건강 보호 차원에서요. 하지만 그게 아니라면 얼른 뒤돌아서서 정신없이 계단을 뛰어 내려가시는 게 좋을 겁니다. 주먹에 맞아서 눈이 퉁퉁 부으면 계단이 잘 보이지 않거든요."

구동치는 말을 끝내고 맥주를 들이켰다. 목구멍을 타고 넘어가는 맥주 소리가 조용한 실내를 울렸다. 구동치는 캔맥주 하나를 다 마신 다음 창틀에다 얹었다. 이영민에게는 눈길도 주지 않고 책상 위에 놓여 있는 애꾸눈오디오의 전원을 켰다. 스피커에서 테너 가수의 목소리가 곧게 뻗어 나왔다.

"마지막으로 한 가지만 묻고 싶습니다."

"또다시 예의 없는 질문을 하면 곧바로 쫓아낼 겁니다."

"예, 알겠습니다. 이것도 실례되는 질문일지도 모르겠네요. 만약 딜리팅에 실패한다면 어떻게 보상을 받습니까? 저는 죽고 난 다음인데 뭘로 보상을 받습니까? 제 아들이나 제 딸이 보상을 받는 게 무슨 의미가 있습니까? 저에게는 모든 보상이 의미 없어지잖습니까? 구 탐정님의 실패에 대해서도 추궁할 사람이 없고요."

"이영민 씨에게는 아무런 보상도 없습니다."

"그럼 그게 무슨 보험입니까?"

"이영민 씨는 저의 신뢰를 돈으로 사는 겁니다. 저의 고객이 된다면, 저는 끝까지 일을 처리할 것입니다. 성공하든 실패하든 최선을 다해서 끝까지 물고 늘어질 겁니다. 물론, 고객님의 흔적을 완벽하게 없애지 못할 수도 있습니다. 제가 감당하지 못하는 일들이 생길 수도 있을 겁니다. 하지만 저는 어찌 됐든 최선을 다할 겁니다. 그것만큼은 약속할 수 있습니다. 왜냐하면, 제가 하는 일의 생명은 신뢰이기 때문이죠. 죽은 사람의 뒤처리를 열심히 해야만, 살아 있는 사람들이 그 모습을 보고 저에게 또 일을 맡길 것입니다. 제가 딜리팅에 실패한다면 이영민 씨에게는 아무런 보상이 없겠지만, 그만큼 저는 큰 타격을 입게 됩니다.

제 이름에 흠집이 난다는 말씀이죠. 그건 저로서는 치명적인 겁니다. 이영민 씨가 저를 찾아오게 된 이유가 뭔지 압니까?"

"글쎄요."

"그건 아직 제가 쓸 만하기 때문입니다. 제가 쓸 만하기 때문에 누군가 저를 추천하는 거죠."

"알겠습니다. 구 탐정님을 믿겠습니다. 계약합시다."

구동치는 이영민의 눈을 보았다. 깊은 곳에 불안이 있었다. 그 불안이 어떤 종류의 것이든 구동치는 상관하지 않았다. 눈 속의 불안은 아직 껍질을 깨고 나오기 전의 새와 같다. 불안은 자라서 공포가 되기도 하고, 폭력이 되기도 하고, 때로는 작은 점이 되어 사라지기도 한다. 구동치는 사람들의 불안을 사랑했다. 불안하지 않으면 아무도 탐정을 찾지 않을 것이다. 구동치는 사람들의 불안에 먹이를 주며 살아가는 사람이었다.

구동치는 애꾸눈오디오의 소리를 줄이고, 오른쪽 두번째 서랍에서 딜리팅 계약서를 꺼냈다. 계약서는 모두 네 장으로 이뤄져 있었다. 첫 장에는 인적 사항을, 둘째 장에는 자신의 모든 비밀번호를, 셋째 장에는 자신이 죽고 난 다음 없애야 할 물건과 물건이 있는 장소를 적는다. 기본 가입 금액으로 세 품목까지 딜리팅이 가능하지만 장소가 어디냐에 따라 가격이 달라진다. 은행의 비밀 금고에 보관된 품목을 딜리팅하는 것은 손쉬운 일이지만 집의 안방 서랍장에 든 물건을 없애야 한다면 일이 복잡해진다. 가택 침입이 있어야 하고, 사람들의 눈에 띌 확률도 높다.

늘 몸에 소지하고 다니는 물건, 예를 들면 휴대전화기나 노트 같은 경우에는 의외로 가격이 세다. 병원에서 사망자의 소지품을 훔쳐오거나 바꿔치기가 쉽지 않기 때문이다. 품목을 적는 칸 아래에는 딜리팅의 한도 시간이 5일이라는 문구가 적혀 있었다. 딜리터는 5일 안에 계약서에 명시된 물건을 모두 없애야 한다. 그 아래에는 보증인 확인란이 있다. 계약자는 보증인 한 명을 정하는데, 보증인은 딜리팅이 이뤄졌는지를 확인하고 계약서에 최종 인증을 하게 된다. 계약자가 보증인을 선택하지 않는 경우도 많았다.

계약서의 마지막 장에는 면책 사유가 적혀 있다. 큰 글씨로 '계약자가 누군가에 의해 살해됐을 경우 딜리터는 딜리팅을 실시하지 않으며 죽음에 대한 그 어떠한 책임도 지지 않는다'라고 적혀 있었다. 살인 사건의 경우 물건에 손을 댔다가 증거 인멸죄를 저지르게 될 수도 있기 때문이다. 그 아래에는 딜리팅 대상 물건이 물에 빠졌을 경우 건져낼 의무가 없다는 등의 자잘한 면책 사유도 빼곡하게 적혀 있었다.

계약서의 빈칸을 채우다가 마지막 장에 적힌 면책 사유를 꼼꼼하게 읽던 이영민이 고개를 들었다.

"이건 어떻게 되는 건지 잘 모르겠네요."

"어떤 조항요?"

"살해됐을 경우요."

"살해될 가능성이 있습니까?"

"사람 일은 모르는 거죠."

"살해시 딜리팅은 보험료가 세 배로 뛰니다."

"보험료가 얼마나 뛰든 상관없습니다. 배 사장도 이 항목을 선택했겠죠?"

"다른 사람의 계약에 관심이 많으시네요. 배동훈 씨가 살해됐다고 생각하시는 겁니까?"

"구 탐정님 생각은 어때요?"

"그런 판단은 하지 않습니다. 그런 판단은 경찰이 하겠죠."

"하지만 딜리팅을 할지 말지 선택하려면 사고인지 살인인지 알아야 하지 않습니까? 옵션을 선택했다면 무조건 딜리팅을 하면 되겠지만요. 배 사장은 아무래도 체크를 했나 보군요. 그럴 만하죠. 돈도 많은 친구니까."

"그 질문에는 답변하지 않겠습니다. 하나만 말씀드리죠. 피살시의 딜리팅 항목에 체크를 하든 말든 그건 이영민 씨 자유입니다. 하지만 누군가 당신의 목숨을 노리고 있다면, 그건 저에게 얘기를 해주셔야 합니다. 누가, 왜, 당신의 어떤 물건을 노리고 있는지 얘기해주셔야 합니다. 이유를 설명하지 않은 물건은 절대 딜리팅하지 않습니다. 탐정 일을 오래 하려면 해야 할 일과 하지 말아야 할 일을 잘 선택해야 합니다."

"그러시겠죠. 목숨이 달린 문제니까."

이영민은 더 이상 떨지 않았다. 계단에 앉아서 떨고 있던 이영민은 어디론가 사라졌고, 디테일에 집착하며 끊임없이 이야기를 늘어놓던 이영민이 다시 나타났다. 구동치가 보지 않는 틈을 타서 뒤집어쓰고 있던 껍질을 문밖에 벗어놓고 온 것 같았다.

"구동치 씨, 탐정 일 해서 얼마나 법니까?"

"뭐, 적당히 법니다."

"저는 한 달에 얼마쯤 벌 것 같습니까?"

"적당히 버시겠죠."

"구동치 씨가 생각하는 것보다 훨씬 많을 겁니다. 자랑은 아니고요. 구동치 씨, 이 정도의 돈을 벌기 위해서는 어쩔 수 없이 적을 만들게 됩니다. 적이란 건 사람이 아니라 상황이 만드는 거죠. 나는 그냥 걷기만 했는데 내 발에 밟힌 사람들이 저를 적으로 생각하기도 하고, 마음에 드는 물건을 샀는데 그걸 사지 못한 사람들이 저를 적으로 느끼기도 합니다. 무슨 말인지 아시겠죠?"

"그렇게 길게 얘기하실 거면 요점 정리도 같이 해주세요. 듣고 있기 지루하네요."

"누가, 왜 제 물건들을 노리는지 말해달라고요? 그걸 다 알 수 있으면 아마 저는 더 많은 돈을 벌 수 있었을 겁니다."

"알겠습니다. 일단 계약을 하시죠. 계약금을 주시면 저는 이영민 씨에 대한 기초 조사를 시작하게 됩니다. 그때면 뭔가 명확해지겠죠."

"명확해지지 않으면요? 그러면 계약이 파기됩니까?"

"사람 일은 모르는 거겠죠. 아까 말씀하신 대로."

"그럼 배 사장에 대해서도 기초 조사를 하신 겁니까?"

"여기 사인이나 하시죠."

이영민은 계약서 하단에다 자신의 이름을 적고 사인을 했다. 특별한 사인은 아니었고, 단순히 자신의 이름을 흘려 쓰는 정도였다. 구동치는 이영민이 사인하는 모습을 유심히 봤다. 계약서 두 부에 모두 사인을 마친 이영민은 남아 있던 커피를 모두 마셨다.

"보증인은 필요 없겠어요?"

구동치가 서류를 챙기며 물었다.

"구동치 씨를, 우리 든든한 구동치 탐정님을 한번 믿어볼랍니다."

"그리고 공식적으로는 인터넷상의 정보와 흔적을 지워주는 계약으로 얘기할 겁니다. 인터넷 발자국 지우기입니다. 이영민 씨가 인터넷에 저질러놓은 일을 제가 지워주고, 인터넷에서 이영민 씨가 잊힐 수 있도록 도와주는 거죠. 저는 불법 계약을 한 적도 없고, 이영민 씨는 저에게 딜리팅 같은 걸 의뢰한 적도 없으며, 우리는 합법적인 테두리 내에서 마주 보고 있는 사람들입니다. 무슨 말인지 아시겠죠?"

"아, 알죠. 잘 부탁드립니다."

이영민이 악수를 하자며 손을 내밀었다. 구동치는 마지못해 손을 맞잡았다. 이영민의 손보다 구동치의 손바닥이 두 배는 두꺼웠다.

"보험을 들고 나니, 확실히 마음이 편해지는군요. 이런 게 보험의 매력이겠죠?"

이영민이 의자에서 일어나며 큰 소리로 말했다. 구동치는 아무런 대답없이 따라 일어섰다. 구동치는 빨리 이영민이 문밖으로 나가주기만을 기다렸다. 혼자 조용히 앉아 하루를 정리하고, 내일을 계획하는 시간을 갖고 싶었다. 이영민은 문을 향해 걸어가다 벽에 있는 파일 보관함으로 시선을 돌렸다.

"여기는 뭐가 들어 있는 겁니까?"

이영민이 호기심 가득한 목소리로 물었다.

"잡동사니들이 들어 있겠죠."

구동치가 더 이상의 대화를 막으려는 말투로 대꾸했다.

"뭔가 정리가 잘돼 있어 보이네요. 보관함마다 열쇠도 달려 있고요."

"이영민 씨, 사방으로 뻗어 있는 관심을 조금만 줄이면 살해 위험도 줄어들 겁니다."

살해라는 말을 들은 이영민이 몸을 움찔했다. 구동치가 허리를 꼿꼿하게 세우고 이영민을 바라보고 있었다. 구동치가 이영민보다 10센티미터 정도 컸지만 언뜻 보기에는 20센티미터 이상 차이가 나 보였다. 이영민은 구동치의 위압적인 모습에 주눅이 들었다. 하지만 떨지는 않았다.

"제가 괜한 걸 물어봤네요. 탐정에게는 비밀이 많을 텐데 말이죠. 죄송합니다."

이영민은 문으로 곧장 걸어갔다. 이영민이 밖으로 나가자마자 구동치는 문을 잠갔다. 혼자만의 시간이 돌아왔다. 애꾸눈오디오의 볼륨을 높이고 재킷을 벗어 옷장에 넣었다. 옷을 걸어두는 것만으로도 뭔가 정리가 되는 기분이 들었다.

구동치는 가방에서 배동훈의 서류를 꺼냈다. 소식을 듣자마자 배동훈의 사무실로 들어가 훔쳐낸 것들이었다. 배동훈이 딜리팅을 의뢰했던 네 건의 품목 중에서 세 건은 확보를 했다. 사무실 서랍에 들어 있던 작은 수첩 하나, 책상 밑의 비밀 공간에 들어 있던 USB, 그의 집 서재에 있던 일기장까지 확보했다. 하루 종일 죽은 배동훈의 꽁무니를 쫓아다닌 셈이었다. 문제는 태블릿 피시였다. 배동훈의 태블릿 피시가 어디로 사라졌는지 알아낼 방법이 없었다.

구동치는 두 다리를 책상에 올리고 의자를 뒤로 젖힌 채 배동훈의 일기장을 폈다. 구동치는 일기 쓰는 사람을 좋아하지 않았다. 일기를 쓰는 사람은 반성이 지나치게 많은 사람이며, 반성이 지나치게 많은 사람은 반성을 빌미 삼아 더욱더 나쁜 짓을 하게 된다고, 구동치는 생각했다. 일기는 쓰지 않지만 다른 사람의 일기장을 보는 것은 좋아했다. 일기장에는 어떤 식으로든 진실이 들어 있고, 작은 것이라도 정보가 들어 있기 때문이다. 구동치는 고객이 의뢰하지 않았을 때에도 가끔 일기장을 훔치곤 했다. 일기장이나 자주 쓰는 노트의 여백을 자세히 들여다보면 찾아야 할 물건들의 실마리가 보였다.

일이 없을 때 고객들의 일기장을 들여다보는 게 구동치의 취미였다. 죽은 사람들의 일기장이었다. 일기장을 보는 데에도 나름의 규칙이 있었다. 세상에 공개됐을 때 문제가 될 만한 일기장은 남겨두지 않는다. 누군가의 명성을 더럽히거나 목숨을 위태롭게 할 만한 일기는 흔적도 없이 태워버렸다. 그런 일기장들이 만에 하나 유출된다면 엄청난 타격을 입게 될 것이다. 구동치가 심심풀이로 보는 일기장은 특별한 비밀이 없는 것들이었다. 구동치는 일기장을 보면서 사람들을 배웠다. 급박한 상황에 어떤 생각들을 하는지, 위기가 닥쳤을 때 어떤 식으로 문제를 해결해 나가는지, 일기장에 적혀 있었다. 고객들의 일기장에는 소설보다 흥미로운 인생과 사연 들이 훨씬 많았다.

죽은 사람들에겐 미안한 일이었다. 딜리팅하기로 약속한 일기장을 심심풀이로 본다는 사실을 알면, 무덤에서 시체로 뛰어나올 사람들이 많을 것이다. 하지만 누구에게도 공개하지 않을 것이고, 그 내용을 어디에서도 말하지 않을 것이니, 그 정도쯤은 괜찮을 것이라고 구동치는 생각했다. 일종의 특별 수수료 같은 것이라고 여겼다.

배동훈의 일기장을 보는 것은 심심풀이가 아니었다. 일기장과 노트의 내용을 통해 태블릿 피시의 위치를 추적해내야 했다. 구동치는 남은 캔맥주 하나를 땄다. 냉기는 맥주 캔에다 수많은 물방울을 증거로 남겨놓았다. 물방울로 온도의 변화를 알 수 있었다. 열어둔 창문 사이로 자동차의 엔진 소리가 들렸다. 그 자식, 이제야 가는 건가? 구동치는 이영민의 얼굴을 떠올렸다. 호감이 가는 모습은 아니었다. 구동치는 맥주를 마시면서 일기장과 노트를 천천히 넘겼다. 일에 대한 이야기가 대부분이었다. 영상 제작 일지, 보조출연자 연락처 등의 기록과 함께 아이디어 메모가 적혀 있기도 했다. 일기에는 단어들만 적혀 있을 뿐 문장은 거의 없었다. 구동치는 단어들을 모아보았다. 찢어진 종잇조각을 이어붙이는 기분이었다.

기지개를 켤 때 구동치가 좋아하는 곡이 흘러나왔다. 가사의 의미가 정확하게 기억나지 않았지만 죽음이 편안한 휴식을 줄 때까지 결코 싸움을 멈추지 않을 것이라는 내용의 아리아였다. 구동치는 그 노래의 비장한 멜로디를 좋아했다.

피로한 밤의 한가운데, 달빛이 건물들의 머리를 쓰다듬고, 내일은 아마도 유난히 구름 많은 날씨, 운명은 아무도 알 수 없다네. 구동치는 서류에 보이는 짧은 단어들로 노래를 만들어 불렀다. 내일의 일과 날씨를 정확히 알 수 없지만, 아마도 무척 바쁜 하루가 될 것이라는 예감이 들었다. 구동치는 의자를 뒤로 젖힌 채 고정시키고, 잠깐 눈을 감았다.

5

담장 너머에서 바람이 부서지는 소리가 들렸다. 바람을 가르지 말고 바람을 부수란 말이야. 알겠어? 바람을 부수는 마음. 테니스공이 라켓에 부딪히는 소리를 들을 때마다 구동치는 고등학교 시절 테니스 코치의 목소리가 들리는 것 같았다. 구동치는 누구보다도 코트를 좋아했다. 집안에 골치 아픈 일이 많았지만 운동을 할 때면 마음이 평온해졌다. 모든 신경을 손끝에 모은 다음 테니스공을 강하게 치면 꽉 막힌 벽이 부서지는 느낌이 들었다. 조금이라도 시간이 나면 무조건 코트로 달려가서 연습을 했고, 시간이 날 때마다 팔근육을 단련했다. 고등학교 2학년 무렵 팔꿈치 부상을 당한 것도 몸을 혹사시켰기 때문일 거라고, 운동을 적당히 했더라면 지금쯤 그럭저럭 괜찮은 선수가 되어 있을지도 모른다고, 구동치는 생각했다.

테니스 선수의 삶은 어떤 것일까. 매일 바람이 부서지는 소리를 들으면서 연두색 공을 치고, 땀을 닦고 다시 연두색 공과 함께하는 그런 생활이겠지. 코치와 함께 자세를 교정하고 시합에 나가서 때론 이기고 때론 지고, 다시 코치와 함께 자세를 교정하고, 잘못된 부분을 고쳐나가는 그런 생활이겠지. 구동치는 그런 삶이 부러웠다. 구동치가 테니스를 배우면서 가장 좋았던 점은 나를 고쳐서 상대방을 이길 수 있다는 것이었다. 상대방을 때리거나 물어뜯거나 비난하지 않고 자신의 밸런스를 유지하는 것만으로 승리를 쟁취할 수 있었다. 물론 시합에 나가면 상대방의 약점을 끈질기게 물고 늘어져야 했지만 무엇보다 중요한 것은 자신의 밸런스였다. 구동치는 자신의 밸런스를 지키지 못하는 바람에 부상을 당했고, 너무 사랑하는 바람에 아무것도 지키지 못했다는 자괴감에 빠졌다. 무엇인가를 사랑하게 될 때마다 구동치는 같은 생각을 반복했다. 지나치게 사랑하는 것보다는 아예 사랑하지 않는 게 낫다. 사람에 대해서도 마찬가지였다.

노블 클럽은 시 외곽의 숲 한가운데에 있었는데, 나인홀 골프장, 다섯 개의 테니스 코트, 사격장, 수영장 등의 시설이 널찍한 공간에 들어서 있었다. 정문을 통과해 클럽 한가운데 있는 관리 사무실로 들어가면서 구동치는 주위를 꼼꼼하게 살폈다. 길가에 늘어선 모든 시설물들이 반짝반짝 빛나고 있었다. 잔디는 가지런했고, 테니스 코트의 하얀 라인에는 발로 뭉갠 흔적이 전혀 없었다. 네트 역시 아무도 없는 코트 한가운데서 팽팽하게 긴장을 유지하고 있었다. 야, 이런 데선 테니스 칠 맛 나겠네. 구동치는 음악에 맞춰 손가락으로 운전대를 두드리면서 중얼거렸다.

한유미가 관리실 앞에 서서 구동치를 기다리고 있었다. 한유미는 하얀색 테니스 셔츠와 하얀색 스커트를 입고 있었는데, 방금 세탁소에서 찾아온 옷처럼 다림질 선이 살아 있었다. 얼굴을 자세히 들여다보지 않고 옷차림과 몸매만으로 나이를 판단한다면 이십대 중반이라고 생각할 수 있을 정도였다.

"아, 오셨어요? 동치 씨."

한유미가 오른손을 가볍게 들어 인사했다.

"간호사 코스프레하시는 중입니까? 빨리 엉덩이 까고 주사 맞고 싶네요."

구동치가 자동차 문을 잠그며 농담 투로 말했다.

"어머, 테니스복의 전통을 무시하는 발언인가요?"

"아뇨, 제 성적 취향을 드러내는 중인데요."

"그런 취향이신 줄 몰랐네요."

"테니스 치마가 바람에 흩날리는 장면을 보고 난 다음에 테니스 선수를 꿈꾸게 됐어요."

"정말이에요?"

"편할 대로 생각하세요."

"뭐예요, 동치 씨, 사람 헷갈리게."

"그나저나 소개시켜주고 싶다는 사람은요? 거물을 소개시켜 주신다고 해서 멀리서도 보일 줄 알았는데요."

"하여튼 못 말려요. 따라오세요."

한유미는 카트에 구동치를 태우고 3코트로 향했다. 전기로 움직이는 카트는 움직일 때도 소리가 거의 나지 않았다. 얼음 위를 미끄러져가는 얼음 같았다. 카트가 내는 작은 진동음이 노블클럽을 설명해주는 소리였다. 들릴 듯 말 듯 모든 것이 차분하게 아래로 가라앉은 소리, 땅 아래에서는 대단한 게 들끓고 있을 것 같지만 표면은 모든 것이 정지되어 있는 듯한 소리. 구동치는 전기 카트의 작은 진동음이 귀에 거슬렸다.

코트가 가까워지자 다시 바람이 부서지는 소리가 들렸다. 팽팽한 테니스공 속의 공기가 찌그러지는 소리가 들렸다. 구동치는 소리로 추억을 되살렸다. 테니스공 소리만 들으면 고등학교 시절의 흙냄새와 땀냄새와 하얀 뙤약볕의 색깔이 되살아났다. 공을 칠 때 살짝 비틀어지던 그립의 감각과 공을 되받아치기 위해 미끄러질 때의 흙먼지가 생각났다. 지금도 클럽에서 테니스를 치지만 그때의 감각은 살아나지 않았다. 지금은 그저 라켓을 이용해 여유 있게 공을 넘긴다는 느낌뿐이었다.

"저기 계신 분이 천일수 회장님이세요."

코트가 내려다보이는 곳에 전기 카트를 멈춰 세우더니 한유미가 누군가를 가리켰다. 코트에서는 네 명이 복식 게임을 진행 중이었는데 한유미가 가리킨 사람은 짧은 백발의 남자였다. 머리는 하얗게 세었지만 체격은 다부져 보였다. 180센티미터가 넘는 키에 어깨도 편평하게 벌어졌고 종아리에도 동그란 근육이 보기 좋게 박혀 있었다. 공을 칠 때도 집중력이 대단했다. 공을 칠 때마다 짧은 신음이 새어 나왔다.

천일수 회장과 같은 편에서 공을 치는 사람은 개인 비서 송미영이었고, 반대편에서 공을 치는 사람들은 세련된 테니스복의 젊은 남녀였다. 두 사람은 패션쇼에 참가하러 왔다가 테니스도 한번 해보자는 마음으로 코트에 들어선 사람들 같았다. 힘을 다해 공을 치기보다는 최선을 다해 멋진 폼을 완성하고자 노력하고 있었다.

"경기가 참 재미나네요."

구동치가 팔짱을 낀 채 코트를 내려다보며 말했다.

"어떤 점이요?"

한유미가 구동치에게 바싹 다가서며 물었다.

"한쪽은 시합을 하고 있는데 다른 쪽은 제단에다 공을 바치고 있잖아요."

"제단이요?"

"저 두 사람 말입니다. 안 보여요? 천일수 회장이 최대한 치기 좋게 공을 바치고 있잖아요."

"에이, 설마요, 실력이 모자라니까 그런 거겠죠."

"저 두 사람 아세요?"

"글쎄요, 노블 클럽에 가입한 지 얼마 되지 않아서 정확히는 모르겠지만 프랑스 와인 수입하는 일을 한다고 하던데요."

"그럼 모르는 겁니다."

"잘 모르긴 하죠."

한유미는 구동치의 말을 들은 다음부터 경기를 자세히 살피기 시작했다. 왜 그런 말을 하는지 알 것 같기도 했다. 두 사람이 치는 공은 대부분 천일수 회장이 치기 좋은 곳으로 떨어졌다. 한유미가 보기엔 의도적인 것 같지는 않았다. 한유미 역시 테니스를 잘 치는 게 아니니 두 사람의 심정을 이해할 수 있을 것 같았다. 도저히 손댈 수 없는 구석으로 보기 좋게 결정적인 스트로크를 날리고 싶지만 늘 상대방의 코앞에다 공을 바치고 마는 괴로

움을 이해할 수 있을 것 같았다.

곧 경기가 끝났고, 네 사람이 네트 근처에 모여 이야기를 주고받았다. 젊은 남녀는 천일수에게 고개를 여러 번 숙였고, 천일수는 웃으면서 남자의 어깨를 두드렸다. 한유미와 구동치는 서둘러 코트 쪽으로 내려갔다.

"아, 말씀 많이 들었습니다. 사립 탐정이시라고요."

천일수가 구동치에게 악수를 청하며 말했다. 구동치는 사람들과 악수를 하면서 그 사람의 성격과 성향을 파악하는 버릇이 있었다. 땀이 얼마나 나는지, 얼마나 거친지, 어느 쪽에 굳은살이 박여 있는지, 손을 잡는 강도는 어떤지에 따라 그 사람이 살아온 인생을 대략은 파악할 수 있다고 믿었다. 천일수에게서는 그럴 틈이 없었다. 테니스를 친 직후라 손에는 땀이 가득했고, 대결이라도 벌이는 사람처럼 구동치의 손을 꽉 쥐는 바람에 그걸 방어하기에 바빴다. 구동치도 천일수의 손을 힘껏 잡았다.

"탐정은요, 그냥 이리저리 빈둥대면서 시시하고 소소한 사건이나 해결하고 있습니다."

"전에 테니스 선수도 하셨다고……"

"선수까지는 아니고, 그냥 네트에 걸리지 않게 공을 넘기는 정도죠."

"한유미 씨가 이렇게 겸손한 분이라고는 얘기 안 하던데요."

"겸손하지는 않습니다. 오늘은 뭔가 자랑할 만한 기분이 아니네요."

“기분 나쁜 일이 있었습니까?”

“안 좋은 일이 곧 생길 것 같아서 오늘부터는 겸손하게 살아 보려구요.”

“잘 피해 가시면 좋겠군요. 언제 테니스 한 게임 하시죠.”

“네, 저야 좋죠. 아까 저분들하고의 게임처럼 쉽지는 않을 겁니다. 그거 하나는 약속드리죠.”

“야아, 기대되는데요.”

“아마 발바닥과 손바닥이 얼얼해지실 겁니다.”

“나중에 뵙죠. 오늘은 제가 볼일이 있어서 먼저 실례를 해야겠습니다.”

“네, 그럼 또 뵙겠습니다.”

구동치는 천일수의 뒷모습을 유심히 봤다. 땀 때문에 셔츠가 몸에 달라붙어 있었다. 언뜻 보아도 운동으로 단련된 등이란 걸 알 수 있었다.

“회장님이 동치 씨 마음에 들어 하네요.”

한유미가 구동치의 옆구리를 쿡, 찌르면서 말했다.

“마음에 들어 하는데 저렇게 도망쳐요?”

구동치가 어깨를 으쓱하면서 대답했다.

“좋아하는 거예요. 테니스 한 게임 하자고 했잖아요.”

“우와, 대단히 영광스러운 일이네요. 저도 회장님 코앞에다 공을 갖다 바쳐야겠군요.”

“동치 씨, 그런 거 아니에요. 워낙 바쁜 분이라서 그래요.”

"그렇게 바쁜 분이 여기서 테니스 치고 계세요?"

"하루도 테니스 치는 걸 빼먹는 날이 없으세요."

"테니스 치고 나서는 매일 한 명씩 무시하고요?"

"동치 씨, 그러지 말고 오늘 나랑 저녁 먹어요. 나, 눈먼 돈이 좀 생겼어요."

"오늘은 바빠서 안 되겠는데요."

"맨날 그렇게 바빠. 그럼 언제 시간 되는데요?"

"글쎄요, 모레쯤이면 시간이 되려나?"

"정말 만나뵙기 힘든 분이라니까. 회장님보다 더 바쁜 것 같아요."

"회장님이야 나처럼 눈먼 돈을 찾아다닐 필요가 없을 테니까요."

"오늘 회장님 만나서 눈도장 한 번 찍었으니 다음에 제대로 봐요."

"암요, 그래야죠. 최고급 고객이시니 함부로 할 수 없죠."

"알아두면 언젠가는 도움이 될 사람이에요."

"오래 살면, 대부분의 사람이 다 도움이 되죠."

"구동치 씨는 비꼬는 거 참 잘해요, 그쵸?"

"아까 같이 테니스 치던 사람이 개인 비서라고요?"

"미영 씨요? 왜요? 관심 있어요?"

"어디서 본 것 같아서요."

"남자들은 관심 있는 여자한테 꼭 어디서 본 것 같다고 그러더라."

구동치는 한유미의 말을 무시하고 전기 카트에 올라탔다. 관리사무실로 향하다 좀 전의 테니스 코트를 다시 보았다. 경기를 마치고 나자 세 명의 직원이 곧바로 달려들어 땅을 고르고 라인을 다시 그리고 있었다. 강박으로 정리에 집착하는 모습이었다. 그런 강박이 노블 클럽 전체에 전염병처럼 번져 있었다. 눈이 내리면 모든 눈송이들을 잡아채서 녹여버리고, 날씨가 흐려지기라도 하면 대형 강풍기로 먹구름을 모두 몰아낼 기세였다. 구동치는 그런 모습이 싫으면서도 마음 깊은 곳에서는 이런 공간에서 살고 싶다는 생각이 들기도 했다. 모든 것이 완벽하게 정리되고 정확하게 통제되는 세상, 물건들은 있어야 할 곳에 있고 꼭 있어야 할 사람들만 있는 세상. 구동치는 그런 세상이 불가능하다는 걸 알고 있었다. 완벽한 세상이라면 구동치가 해야 할 일은 없어지고 말 것이었다. 파란 하늘의 뭉게구름 조각들이 마치 노블 클럽의 조작에 의해 움직이기라도 하는 것처럼 녹색 코트 위를 둥둥 떠다니고 있었다.

6

김인천은 20분째 소파의 가죽을 물끄러미 바라보았다. 갈색 가죽의 작은 틈을 파고 들어가 가죽이 되는 연습을 하고 있었다. 생명과 영혼은 사라지고 생각과 가죽만 남는다. 가죽과 하나가 된 다음, 소파에 앉는 사람들의 엉덩이를 생각한다. 몇 달 전 텔레비전에서 본 명상 프로그램에서는 자아가 사라지고 나면 고통과 번뇌가 없어진다고 했지만, 김인천은 아직까지도 자아를 찾아내지 못했다. 자아를 찾아야 없앨 수 있는데, 도무지 찾아낼 수 없었다. 생각이 자아인 것 같지는 않았다. 사물을 열심히 바라보며 사물과 자신을 합일시키는 것은 그때 배워둔 명상법이었다. 형사라는 직업에 어울리는 명상이라는 생각이 들었고, 어쩌면 이미 실천하고 있는 명상이기도 했다. 김인천은 20분 동안 소파와 자아의 경계를 없애기 위해 노력했지만 결국 마지막까지 남은 생각은 단 하나, 소파의 가격이었다. 몇백만 원은 훌쩍 뛰어넘을 것 같은 소파였다.

"이런 소파는 얼마나 합니까?"

별다른 관심은 없고, 그저 말을 걸고 싶었을 뿐이라는 듯한 말투로 김인천이 물었다. 김인천은 키가 크지 않았고 얼굴도 작았는데 유독 코가 커서 어릴 때부터 놀림거리가 된 적이 많았다. 형사가 된 후에는 코를 벌렁거리는 버릇까지 생겼다. 질문을 할 때면 자신도 모르게 윗입술을 위로 밀어올리며 콧구멍을 커다랗게 만들었는데, 그 모습이 상대방을 주눅들게 만들기도 했다. 김인천은 자신의 버릇을 고칠 생각이 없었다.

"네?"

모니터 앞에 앉아서 파일을 정리하던 천일수의 개인 비서 송미영이 놀라며 되물었다.

"소파요. 이런 소파는 꽤 비싸겠죠?"

"네, 그렇겠죠."

"소파를 직접 사지는 않으시나 봐요."

"네, 그렇죠. 담당자들이 따로 있으니까요."

"일이 아주 세분화되어 있군요. 좋은 회사는 다 그렇죠."

"네."

"형사가, 제일 좆같은 게 뭔지, 아, 죄송합니다, 제일 짜증나는 게 뭔지 아십니까? 사건을 하나 맡게 되면 모든 걸 통으로 해야 한다는 겁니다. 자료 조사도 해야 되고, 검거도 해야 되고, 씨발, 조서도 꾸며야 되고, 아, 미안합니다. 자꾸 이게, 욕이 입에 붙어놔서요, 아무튼 뭐든지 다 해야 합니다."

"네, 힘드시겠네요."

"아가씨는 무슨 일을 하시는 겁니까?"

"네?"

"아가씨가 맡은 일이요. 세분화된 일 중에서 아가씨가 맡으신 일이 뭔가 해서요."

"취조하시는 거 같네요."

"취조는요, 개버릇 남 못 준다고, 이게, 또, 앉아서 엉덩이 붙이고 있으면 뭐든 다 궁금하거든요."

"저는 회장님 개인 비서입니다."

"개인 비서면, 아, 저랑 비슷한 일 하시는 거네요."

"네?"

"회장님과 관련된 일을 전부 다 하시는 거잖아요. 아닌가요?"

"네, 그렇다고 볼 수 있겠네요. 비슷한 일이네요."

송미영의 시큰둥한 대답 때문에 김인천은 얘기를 그만두었다. 가죽 소파를 보는 대신 송미영을 관찰하기로 했다. 날씬한 몸매에 푸른색 블라우스를 입었고 하얀색 스카프로 목을 두 바퀴 감았다. 머리는 뒤로 올려 묶었다. 손가락은 가늘었고, 입술이 도톰한 게 얼굴의 가장 큰 특이사항이었다. 입꼬리가 한쪽으로 살짝 삐뚤어져 있었는데, 그 작은 각도의 변화 때문에 얼굴 전체가 조금 신경질적으로 보였다. 사람을 대할 때는 웃는 얼굴이지만 혼자서 집중하고 일을 할 때는 무표정으로 변했다. 고개를 돌리면 인상이 변했다. 도톰한 입술과 짝을 이루듯 볼록하게 튀어나온 이마가 전체적인 인상을 귀엽게 변화시켰다. 귀걸이가 조금 특이한 모양이었다.

"귀에 달린 거, 그게 뭡니까?"

"귀걸인데요."

"귀걸이인 건 알죠. 생긴 게 특이해서요."

송미영은 손가락으로 귀걸이를 만져보았다. 테니스 게임을 끝내고 어떤 귀걸이를 했는지 기억나지 않았다.

"테니스공 귀걸이예요."

"아 어쩐지…… 연두색인 걸 보고 그럴 거라고 생각했어요."

"노란색이 아니고요?"

"노랑연두라고 할 수 있죠. 노랑과 연두가 합해졌지만 연두가 뒤에 있으니까 연두색이 우세한 거예요. 연노란색도 있지 않냐고 묻고 싶으시겠죠? 하지만 그건 연한 노란색이란 뜻이니까요."

"네, 그렇다고 볼 수 있겠네요."

"테니스 좋아하시나 봐요?"

"네."

송미영이 다시 입을 닫았다. 더 이상 말을 걸 수는 없었다. 김인천은 다시 가죽 소파로 눈을 옮겼다. 송미영의 전화기에서 작은 벨소리가 들렸고, 김인천이 응접실에 앉은 지 40분 만에 천일수가 나타났다. 송미영은 회장실로 들어가는 천일수를 따라가며 나지막한 소리로 몇 개의 짧은 보고를 했다. 김인천의 귀에는 들리지 않을 정도로 절묘하게 작은 소리였다. 두 사람이 회장실로 들어가고 난 후 한참 만에 송미영이 나왔다.

"들어오시랍니다."

송미영이 김인천에게 고개를 까딱하면서 말했다.

"참으로 감사합니다."

김인천이 송미영의 말투를 흉내 내면서 빈정거렸다. 회장실은 그 어떤 손님이라도 압도하고 말겠다는 의지를 쉽게 느낄 수 있을 정도로 넓고 황량했다. 거의 테니스 코트만 한 크기였다. 가구라곤 창가에 있는 커다란 텔레비전과 천일수가 앉아 있는 책상과 의자, 손님을 위해 준비된 의자 하나가 전부였다. 한쪽 벽에는 노블엔터테인먼트에서 매니지먼트를 하고 있는 연예인들의 포스터가 붙어 있었고, 다른 쪽 벽에는 실제 크기와 똑같은 테니스 네트가 그려져 있었다. 여기서 어떤 일을 하고 있는지 벽과 가구와 페인트가 말해주고 있었다. 김인천은 책상 앞에 놓인 의자에 앉았다.

"형사님이시라고요?"

"배동훈 씨 사건 때문에 뭐 좀 여쭤보려고 왔습니다. 시간 내주셔서 감사합니다."

"예, 뭐든 도와드려야죠. 제가 시간이 많질 않아서 빨리 물어봐주십시오. 차 한잔하시겠습니까?"

"아뇨. 시간도 없는데, 얼른 물어보겠습니다. 배동훈 씨하고는 어떤 사이셨습니까?"

"사이랄 게 있나요. 외주 업체 중 하나일 뿐이죠. 뮤직비디오 몇 개 맡겼을 겁니다. 자세한 내용이 필요하면 알아봐드리죠."

천일수는 전화기의 내선 버튼을 누르고 배동훈과의 거래 내역을 찾아오라는 지시를 내렸다. 간결하고 무심한 말투였다.

"배동훈 씨 통화 내역을 봤는데, 죽기 몇 시간 전에 회장님과 통화를 했더라고요."

"일을 하나 새로 맡길 생각이었습니다."

"아, 회장님께서 직접 지시를 내리시기도 하나 보죠?"

"중요한 일일 때는 그렇죠."

"어떤 일이었습니까?"

"회사 기밀에 해당하는 내용인데, 꼭 말씀드려야 합니까?"

"살인 혐의를 감당할 만큼 중요한 거라면, 안 하셔도 됩니다."

"지금 뭐라고 하셨습니까?"

"네? 안 하셔도 된다고요."

"그 전에요. 살인 혐의라고 하셨습니까?"

"네, 그랬습니다."

"그러니까 제가 배동훈의 살해 용의자라는 겁니까?"

"아, 민감하게 반응하실 필요는 없습니다. 세상 사람은 누구나 다 용의자입니다. 회장님도 용의자고, 밖에 있는 회장님 비서분도 용의자고, 저도 용의자죠. 어떤 사건의 용의자인가만 다를 뿐이고 다들 그렇습니다. 우리는 전부 다 작은 검정 비닐봉지를 하나씩 들고 다니는데 말이죠, 그 안에 뭐가 들었는지는 아무도 모릅니다. 자신만 알죠."

"지금 저한테 강의하십니까?"

"아휴, 천만에요. 저 따위가 무슨 강의를 합니까. 한 가지만 말씀드리려고 했던 거죠. 회장님이 하나를 감추시면 그 하나 때문에 저희는 직업상 더 큰 걸 상상할 수밖에 없다는 겁니다. 그냥 비닐봉지 안에 든 것만 살짝 보여주시면 되는데, 그걸 안 보여주시면 저희 같은 놈들은 걱정이 많아서 그 안에 무시무시한 게 들어 있을 거라고 상상하고 말거든요. 칼이 들었나, 총이 들었나, 돈이 들었나, 이런 상상을 계속하게 되는 겁니다. 그러다 보면 자꾸 비닐봉지 속이 궁금하고 궁금해서, 막 찢어보고 싶은 거죠."

"새로운 걸그룹의 뮤직비디오를 부탁하려고 했습니다."

"아, 새로운 걸그룹이 출발하는군요. 그룹 이름이 뭔데요?"

"아직 정해지지는 않았습니다. 후보는 몇 개 있지만요."

"궁금하네요. 그건 정말 기밀이겠죠?"

"감사합니다."

"배동훈 씨랑 통화할 때 특이한 점은 없었습니까? 삶을 지나치게 비관한다든지 평소와 달리 헛소리를 지껄인다든지 그런……"

"아뇨, 평소와 똑같았습니다."

"평소 배동훈 씨는 어떤 사람이었습니까?"

"삶을 비관하는지, 낙관하는지, 그런 걸 알 만큼 친한 사이는 아니었지만, 일을 할 때만큼은 감각적인 사람이었죠. 영상을 만지는 리듬 감각이 아주 훌륭했습니다."

"그래서 같이 일을 하셨고요."

"그랬죠."

"네, 그랬군요."

김인천은 방 안을 둘러보았다. 둘러볼 만한 게 별로 없었다.

사무실에는 취향이 반영된 게 거의 없었다. 한쪽 벽에 기다랗게 그려진 테니스 네트만 특별해 보일 뿐이었다. 김인천은 일어나서 벽으로 갔다. 네트를 손으로 만져보았다. 마치 유화처럼 페인트가 살짝 도드라져 입체감이 있었다. 김인천은 구석에 세워져 있는 테니스 라켓을 발견했다.

"이 벽에다 테니스 연습을 하시는 거예요?"

김인천이 천일수를 돌아보며 물었다.

"가끔 운동 삼아 쳐봅니다."

천일수가 대답했다.

"제가 한번 해봐도 되나요? 저도 예전엔 운동을 좀 했는데……"

"테니스 쳐본 적 있으세요?"

"아뇨, 제가 배드민턴은 좀 치는데……"

"한번 해보세요."

김인천은 라켓을 들고 벽 앞에 섰다. 실제 테니스장에 서 있는 듯한 기분이었다. 김인천은 공을 바닥에 튕긴 다음 라켓을 힘껏 휘둘렀다. 텅, 하는 소리와 함께 공이 날아갔다. 공은 하얀 벽에 맞고 빠른 속도로 되돌아왔다. 김인천은 라켓을 꼭 쥐고 공을 노려보았다.

7

배동훈의 수첩과 일기장에는 태블릿 피시의 위치를 밝혀낼 만한 단서가 없었다. 일기장 속의 단어들이 특별한 걸 암시하는 게 아닐까, 비밀 암호거나 은유 같은 게 아닐까, 이리저리 머리를 굴려보았지만 별 소득이 없었다. 뭔가를 상징한다기엔 지나치게 단순한 기록들이었다. 몇 시에 누굴 만났고, 어떤 일들을 했는지만 적혀 있었다. 노트 역시 일에 대한 기록뿐이었다.

USB에 든 영상들은 모두 10분 내외의 포르노물이었다. 짧은 영상이 100개 정도 들어 있었다. 아마도 회사에서 심심할 때마다 보고, 사람들이 모르는 곳에 몰래 숨겨놓았던 모양이다. 죽고 나서라도 이런 걸 보았다는 사실이 알려지면 곤란하다. 구동치는 그 심정을 충분히 이해했다. 그런 이유로 사람들은 딜리팅을 의뢰한다. 평판이라는 걸, 사람들은 중요하게 생각한다.

구동치가 딜리팅을 시작하게 된 계기는 한 소설가 때문이었다. 2년 전 어느 날, 예순 살쯤 된 남자 한 명이 사무실로 찾아왔다. 그는 어려운 부탁을 해왔다. 두 사람에게 보낸 편지를 모두 찾아서 없애달라는 부탁이었다. 주거침입과 절도를 해야 하는 일이었으므로 구동치는 처음에 거절했지만, 하기 힘든 일이라고 다 거절할 형편이 아니었다. 경찰을 그만두고 탐정 일을 시작했지만 일이 많을 리가 없었다. 실종된 사람을 찾아달라거나 떼인 돈을 받아달라거나 누군가의 뒤를 캐달라거나 하는 시시한 일들뿐이었다. 그나마도 많지 않았다. 그래서 시작하게 된 일이 인터넷상의 신상정보와 흔적들을 지워주는 일이었다. 합법과 적법의 경계가 모호한 일이었지만 누군가를 죽이는 일만 아니라면 뭐든 해야 할 입장이었다. 구동치는 소설가의 눈빛을 잊을 수 없었다. 그가 했던 말도 생생하게 기억하고 있었다.

"그 편지들이 공개되면 저는 두 번 죽는 거나 마찬가지입니다."

"편지에 어떤 내용이 들어 있는데요?"

"한 사람에게 보낸 편지에는 젊은 시절에 쓴 짧은 소설과 에세이가 들어 있고요, 또 한 사람에게 보낸 편지에는 유치한 사랑의 말들이 담겨 있습니다."

"그걸 다 없애달라고요?"

"네, 전부 찾아서 없애주시면 사례는 충분히 하겠습니다."

"그걸 왜 없애시려고요?"

"부끄럽고 창피하니까요."

"제가 위험을 무릅쓰고 남의 집에 침입할 만큼 창피한 글들입니까?"

"위험을 무릅쓰기 싫으시다면 다른 분을 알아봐야죠."

"아뇨, 하기 싫다는 게 아니라 어느 정도로 심각한 일인지 알아야 할 것 같아서요. 그분들에게 얘기를 해보셨나요? 내가 이런저런 이유로 그 편지들을 돌려받았으면 좋겠다. 혹시라도 그분들이 순순히 돌려줄 수도 있잖아요."

"아뇨, 그러지 않을 겁니다."

"선생님이 그러지 않겠다는 겁니까, 아니면 그분들이 그러지 않을 거라는 겁니까?"

"둘 다요. 둘 중 한 사람은 아마 내가 죽기만을 기다리고 있을 겁니다. 내가 죽으면 그 편지들을 몽땅 공개하겠죠. 슬픈 얼굴을 하고는 내 소설을 연구하는 학자들을 위한 것처럼, 후배들을 위한 것처럼 내 소설들을 전부 공개하고 말겠죠. 그건 전부 쓰레기들입니다. 그게 쓰레기라는 걸 나도 알고 그놈도 알죠. 그렇기 때문에 공개하려 들 겁니다."

"또 한 사람은요?"

"그 사람은 아마 편지를 공개할 생각은 없을 겁니다. 하지만 하이에나 같은 놈들이 그 사람을 계속 건드릴 거고, 언젠가는 편지를 찾아내고 말겠죠. 둘이 사랑했던 사이란 건 사람들이 다 아니까요."

"복잡하고 어려운 일이군요."

"힘들겠습니까?"

"아뇨, 힘들 건 없습니다. 그런 걸 찾아내는 게 제 직업이긴 합니다만……"

"그럼 뭐가 어렵습니까?"

"제 생각에 편지라는 건 말이죠, 소유권이 불분명한 게 아닌가 싶습니다. 선생님께서 누군가에게 편지를 보내는 순간 그 편지는 두 사람의 공동 소유물일지도 모른다는 생각이 들었습니다. 선생님은 그 편지를 없애버리고 싶겠지만 받은 사람은 그걸 소중하게 간직하고 싶어 할 수도 있으니까요."

"그 글들을 쓴 사람은 납니다."

"예, 그렇죠. 물론입니다. 하지만 선생님은 그걸 주셨잖아요. 직접 봉투에다 우표 붙이고 우체통에다 넣은 거 아닙니까. 강제적이 아니라 자발적으로 말이죠."

"일을 복잡하게 생각하는구만."

"제가 하는 일들이 다 그렇습니다."

"그래서 어쩔 겁니까. 하겠습니까?"

"잠시만 생각할 시간을 주십시요."

"제가 하나만 더 얘기해드리죠. 지우는 건 말입니다, 생각보다 대단한 일이 아니에요. 나는 하루에도 수십 수백 개의 문장을 지웁니다. 썼다가 지우고, 썼다가 또 지웁니다. 그걸 지워야 새로운 걸 또 쓸 수 있어요. 새로운 걸 쓰려면 계속 지워야 해요. 그렇게 지우고 지우다 마지막에 남는 것들, 그런 것들이 살아남을 가치가 있는 것들입니다. 누군가는 후배들과 후학들을 위해 모든 걸 지우지 말고 남겨두어야 한다고 말합니다. 하지만 제 생각은 다릅니다. 소설이란 건 말이죠, 길이 없는 겁니다. 길이 다 다른 겁니다. 제가 지운 글은, 그냥 제 길이고 제가 쳐낸 나뭇가지들일 뿐입니다. 그걸 보고 뭘 배울 수 있겠어요. 어설픈 길만 만들어줄 뿐입니다. 저는 매일 일기를 씁니다. 소설가가 된 그날부터 지금까지 단 하루도 빼먹은 적이 없어요. 가까운 사람들은 그 일기를 책으로 내도 좋겠다고 말을 하는데, 멍청한 얘기들입니다. 덤불에 길을 내려면 잔가지들을 계속 쳐내야죠. 칼로 마구 베어냅니다. 일기란 게 그런 거예요. 잘린 가지들이 덤불이 되어 수북하게 쌓여 있는 겁니다. 그런 건 모아서 불태워야 합니다. 저는 1년에 한 번 그 일기들을 불에 넣고 태웁니다. 그렇게 지우지 않으면 앞으로 나가지 못합니다. 탐정 양반은 제가 평판을 걱정해서 그 편지들을 없애려고 하는 게 아닌가 생각할 겁니다. 물론 그런 이유도 조금은 있겠죠. 없다고는 말 못 합니다. 하지만 가장 큰 이유는 제 소설을 더 잘 보여주고 싶은 마음 때문입니다. 잔가지들이 있으면 시야를 가립니다. 결과물만 보고 그걸 음미하면 되는데, 굳이 발자국을 찾아서 뭐 합니까? 안 그렇습니까, 탐정 양반?"

"선생님이 어떤 생각을 하시는 건지는 알겠습니다."

"그럼 하겠소?"

"네, 하죠. 해보겠습니다."

구동치가 소설가의 생각에 완전히 동의한 것은 아니었다. 하지만 소설가의 생각에 잠깐 감동한 것은 사실이었다. 없앨 만한 것들은 없애는 게 낫다고, 시야를 가로막는 걸 굳이 남겨둘 이유는 없다고, 생각했다.

구동치는 그 일을 두 달 만에 모두 끝냈다. 여자가 지녔던 편지를 훔쳐오는 건 간단했다. 어린 시절의 연애편지를 매일 들여다보는 사람은 없고, 그런 게 없어졌다고 해서 놀라는 사람도 많지 않다. 소중하게 보관한 편지였더라도 어느 순간 사라지는 걸 당연하게 여긴다. 사람들의 살갗이 매일 조금씩 떨어져나가듯 추억 역시 부스러기로 소멸하는 것이고, 나이가 들면 그걸 쉽게 받아들인다. 부스러기를 그러모아 애써 복원하려 들지 않는다.

남자의 편지를 훔쳐내는 데는 조금 시간이 걸렸다. 남자의 연구실로 들어가 편지가 있는 위치를 알아낸 다음 가짜 편지를 만들었다. 남자는 편지를 모두 봉투에서 꺼내 일목요연하게 시간순으로 파일에 끼워두었는데, 파일을 통째로 바꿔치기하는 게 좋을 것 같았다. 한 장의 편지를 훔쳐낸 다음, 그래픽 작업으로 여러 장의 편지로 둔갑시켰다. 글자를 뒤섞고 문장을 이리저리 바꿔놓으면 언뜻 봐서는 여러 장의 편지처럼 보이지만 자세히 보면 모두 같은 문장들이다. 그런 편지를 수십 장 만들어서 파일을 가득 채울 수 있었다.

구동치는 남자도 속였지만 소설가도 속였다. 남자의 연구실에서 훔쳐낸 편지를 소설가에게 보여준 날, 소설가는 당장 편지들을 모두 불태워버리려고 했다. 자신이 어떤 문장을 썼고 어떤 이야기를 썼는지 다시 한 번 읽어볼 생각조차 하지 않았다. 구동치는 마지막 순간에 파일을 바꿔치기했다. 맨 앞의 세 장만 원본을 주었고, 나머지는 복사본으로 대신했다. 왜 그랬는지 지금도 자신을 이해할 수 없지만 당분간은 삭제를 보류해야 할 것 같았다. 소설가가 직접 만년필로 쓴 잉크의 질감 때문에 그랬는지도 모르겠다. 복사본과는 비교할 수 없는 원본의 고귀함을 구동치는 느꼈다. 글씨가 생명체처럼 말을 걸고 있었다. 소설가는 구동치에게서 받은 파일 속의 편지를 곧바로 불태워버렸다. 구동치는 그 짧은 순간을 통해 자신의 운명이 결정될 것임을 깨달았다. 만약 마지막 순간 소설가가 파일 속의 편지를 제대로 훑어보았더라면, 그게 복사본이라는 것을 알게 되었더라면 구동치는 딜리터 일을 시작하지 않았을 것이다. 구동치는 그 순간을 생각하면 온몸에 소름이 돋았다. 무슨 마음으로 그런 도박을 벌인 건지 기억나지 않았다.

소설가는 1년 후에 위암으로 죽었다. 구동치는 신문에서 그의 죽음을 읽었다. 편지를 도둑맞은 남자는 소설가가 죽은 다음 그 사실을 알았을 것이다. 편지를 공개할 생각으로 파일을 열었을 때의 표정이 어땠을지 상상하는 것만으로도 구동치는 손끝이 찌릿했다.

구동치는 그때부터 딜리팅 일을 본격적으로 시작했다. 죽은 사람들의 휴대전화기를 찾아 없애주고, 죽은 사람의 컴퓨터를 망가뜨리고, 죽은 사람의 일기장을 찾아서 갈기갈기 찢고 불태웠다. 자신이 한 일이 딜리팅이라는 것을, 아주 소수이긴 하지만 딜리팅 일을 하는 사람이 있다는 사실을 알게 된 다음에는 무언가를 세상에서 없애버린다는 죄책감도 줄어들었다. 사람들은 많은 걸 없애려고 했다. 자신의 평판 때문에, 비밀이 알려지는 걸 두려워해서, 누군가를 보호하기 위해서, 수많은 이유 때문에 많은 걸 없애려고 했다.

'살릴 수 있는 것들은 살려두자'는 게 구동치의 생각이었다.

딜리팅을 하면서 굳이 없애지 않아야 할 것들은 자신이 보관하기로 마음먹었다. 소설가의 편지는 구동치의 보관품 1호였다. 그후로 많은 일기장과 문서와 물건들을 딜리팅하는 척하며 살려냈다. 의뢰인들의 주변 세계에서는 사라진 것이므로 딜리팅된 게 맞지만 구동치가 포함된 세계에서는 사라진 게 아니었다. 우리가 살고 있는 세계는 하나가 아니라 둘이다. 나를 둘러싼 세계와 내가 모르는 세계가 있다. 우리는 나를 둘러싼 세계를 확장해나가면서 내가 모르는 세계를 줄여나간다. 그러나 아무리 노력해도 내가 모르는 세계는 늘 어떤 방식으로든 존재하게 마련이다. 구동치는 굳이 물건을 없애는 것보다는 물건의 위치를 바꾸는 게 낫겠다고 생각했다. 구동치는 두 개의 세계 모두에서 물건을 없애는 것을 풀 딜리팅full deleting이라 불렀고, 나를 둘러싼 세계에서 내가 모르는 세계로 물건을 옮기는 것을 하프 딜리팅half deleting이라 불렀다. 물건을 그저 옮기는 것만으로 딜리팅이 가능한 것이다. 의뢰인의 입장에서는 풀 딜리팅이든 하프 딜리팅이든 문제 될 게 없었다.

소설가는 구동치의 통장에 거액을 입금했다. 구동치는 통장 속의 숫자를 한참 보았다. 믿기 힘든 금액이었다. 소설가가 보내준 돈으로 지금의 사무실을 얻었고, 한쪽 벽에다 거대한 파일 보관함을 만들었다. 파일 보관함은 구동치에게 상징적인 물건이었다. 그것은 다른 세계에서 훔쳐온 물건이자 절대 공개되지 말아야 할 물건이었다. 말하자면, 다른 차원의 세계를 재앙으로 뒤덮어버릴 판도라의 상자 같은 것이었다. 아이러니한 일이지만, 구동치는 다른 탐정에게 딜리팅 보험을 들어두었다. 구동치에게 어떤 문제가 생기는 순간, 그 탐정이 사무실의 파일 보관함을 모두 없애기로 되어 있었다.

딜리팅할 물건을 보관하는 탐정은 없다. 보관해서 좋을 게 없다. 만에 하나 사실이 알려졌을 경우 탐정 일을 그만둘 수밖에 없으니 그런 위험을 무릅쓰면서까지 다른 사람의 일기장을 훔쳐볼 이유가 없는 것이다. 구동치가 물건을 보관하는 데는 소설가의 영향이 컸다. 그때 보관한 편지를 구동치는 지금도 가끔 본다. 소설을 잘 알지 못하지만, 구동치가 보기에 그 편지 속의 문장은 모두 훌륭했다. 왜 그 편지를 없애려고 했는지 이해할 수 없었다. 꾸불꾸불한 글씨들이 하나 둘씩 모여 재미있는 이야기가 되었다. 누군가 없애려고 하는 모든 물건들이 꼭 없어질 필요가 있는 것은 아닐지도 모른다고, 구동치는 생각하게 됐다.

구동치는 배동훈의 USB를 파일 보관함에 넣고, 일기장을 자세히 살폈다. 배동훈이 죽기 이틀 전에 찾아간 곳은 두 군데였다. 하나는 'ANE'라는 녹음실이었고, 또 하나는 용산의 비디오 전문 상점들이 모인 와이드비전빌딩에 있는 'V2U'라는 가게였다. 거기서부터 출발해보기로 했다.

8

악어빌딩에서 냄새가 가장 독특한 곳은 지하 레스토랑 '시칠리아의 향기'였다. 건물 특유의 냄새에다 지하실의 퀴퀴한 습기와 온갖 음식 냄새가 더해지고 나니 어디서도 맡아보기 힘든 냄새가 났다. 박찬일은 그게 바로 '시칠리아의 향기'며 '이탈리아의 냄새'라고 뻥을 쳐댔지만 믿는 사람은 없었다. 박찬일은 가게 문을 열고 나서 30분 동안은 온갖 허브와 방향제로 냄새를 최소화하는 데 애를 썼다. 신경을 쓰지 않고 가만히 내버려두면 얼마나 끔찍한 냄새가 날지 알 수 없었다.

시칠리아의 향기는 박찬일 혼자 꾸려가는 식당이었다. 테이블도 네 개뿐이었으니 굳이 사람을 고용할 필요도 없었다. 혼자서 모든 재료를 준비하고 요리를 하고 음식을 날라도 바쁘지 않았다. 한 달 내내 열심히 음식을 만들면 가게 세를 내고 작은 원룸의 집세를 내고 생활비 정도는 챙길 수 있었다. 박찬일은 자신의 생활에 만족했다. 혼자라는 사실이 가끔 외롭고, 누군가와 함께 살고 싶다는 생각이 들 때도 있었지만 자유를 포기하고 싶은 생각은 없었다.

박찬일이 혼자서 사랑하는 사람이 있기는 했다. 악어빌딩 4층의 드라마 보조 작가로 일하는 오윤정이었다. 오윤정이 이사 오던 날, 박찬일은 사랑에 빠졌다. 1층에서 얼쩡거리며 오윤정이 이사하는 모습을 지켜봤고, 몇 개의 짐도 날라주었다. 오윤정이 가끔 시칠리아의 향기에 내려와서 밥을 먹을 때면 박찬일은 실수를 많이 했다. 그릇을 깨기도 했고, 소금 대신 설탕을 넣기도 했고, 칼질을 잘못해 손톱을 썰기도 했다. 박찬일은 오윤정에게 마음을 들키지 않기 위해 일부러 거칠게 행동했고, 자신의 음식이 터프하다는 걸 강조했다. 오윤정은 박찬일을 깊이 생각하지 않았다.

이빈일이 저녁을 먹기 위해 시칠리아의 향기에 들어섰을 때 박찬일은 1번 식탁에 앉아 신문을 보며 담배를 피우고 있었다. 오후 5시였고, 장사 준비를 해야 할 시간이었다.

"형님, 밥 안 줘요?"

이빈일이 박찬일 맞은편에 앉으면서 말했다.

"네가 꺼내 먹어, 새끼야."

박찬일이 담배를 비벼 끄며 대답했다.

"어제는 완전 식품보다 더 완전한 거 만들어준다면서요."

"다 뻥이지, 인마."

"하여간 사람이 신뢰가 없어."

"오란다고 진짜 왔냐. 오늘은 한가해?"

"바빠요, 무지하게 바쁜데, 완전 식품 먹으려고 온 거예요."

"지랄하네, 네가 바쁠 게 뭐가 있어."

"요새 일 많아요. 진짜로."

"구 탐정 도와주는 일?"

"네, 그게 은근히 돈은 안 되면서 일이 많거든요. 한 사람 정보를 통째로 지우는 일이라서……"

"구 탐정이 몇 프로 떼주는데?"

"5 대 5예요."

"너도 많이 먹네."

"제가 대부분 일을 하긴 하지만 불만 없어요. 저야 뭐 놀면서 하는 거니까."

"당연히 불만 없어야지. 5나 주는데."

"형님, 한 사람이 인터넷에 올린 글이랑 정보를 다 찾아서 지우는 게 쉬운 일인 줄 알아요?"

"힘들 게 뭐 있어. 싸그리 지워버리면 되는데."

"아, 진짜, 형님도 참, 세상 쉽게 살아요."

"이게 어디서 형님한테 훈계질이야?"

"그만 혼내고 밥이나 좀 해줘요."

"뭐 먹을래? 욕 먹을래? 크크."

박찬일은 일어나서 주방으로 갔다. 달그락거리는 소리가 빈 식당에 가득 찼다. 이빈일은 그릇과 냄비들이 부딪히며 내는 소리가 좋았다. 달그락거리며 뭔가 준비되는 소리가 좋았다. 텅 빈 식당이라 소리도 더 크게 들렸다. 시칠리아의 향기에 내려오면 밥을 얻어먹는 것보다도 이런 소리들을 듣는 게 좋았다. 자라면서 듣지 못한 소리들, 어머니에게서 듣지 못한 소리들이었다.

"형님, 시칠리아는 가보셨어요?"

이빈일이 신문을 뒤적거리다 큰 소리로 물었다.

"뭐?"

주방에서 박찬일이 소리를 질렀다.

"시칠리아 가봤냐고요."

이빈일이 더 큰 소리로 물었다.

"가봤겠냐."

박찬일이 더 큰 소리로 대답했다.

"가보지도 않고 이름은 왜 이렇게 지었는데?"

"폼 나잖아, 새끼야."

박찬일의 대답이 끝나자, 신호라도 되는 것처럼 문이 열렸다. 오윤정이 가게 문을 반쯤 연 채 머뭇거리고 있었다.

"어, 누나."

"빈일이 있었네. 지금 식사 된대?"

"될걸. 잠깐만."

이빈일이 주방으로 들어가더니 곧바로 박찬일과 함께 나왔다. 박찬일의 얼굴은 이미 굳어 있었다. 젖은 손을 엉덩이에다 비비며 어렵게 말을 꺼냈다.

"윤정 씨 왔어요?"

"나, 오늘 한 끼도 못 먹어서요. 지금 파스타 안 되죠? 너무 빨리 왔죠? 빨리 먹고 일하러 가야 해서요."

"빈일이 새끼가 밥 달래서 해 주는 중인데, 윤정 씨도 같이 먹어요."

"아니에요. 저는 사 먹을게요."

"아, 저를 쪼잔한 인간으로 만드는 겁니까. 금방 해요. 끓는 물에 국수만 조금 더 넣으면 됩니다. 제 음식의 특징이 뭡니까. 심플 앤 터프 아닙니까. 조금만 기다리세요."

박찬일은 주방으로 뛰어 들어가다 턱에 걸려 넘어질 뻔하고는 간신히 몸에 중심을 잡았다. 주방에서 나던 달그락거리는 소리가 좀 전보다 더 크게 들렸다.

오윤정은 박찬일이 앉아 있던 자리에 앉았다. 오윤정은 얼굴이 통통하고 눈이 조금 튀어나와 있었는데, 생김새 때문에 종종 얼굴이 부은 게 아니냐는 오해를 받기도 했다. 하지만 볼록하고 통통한 얼굴 때문에 나이보다 훨씬 어리게 보였다. 박찬일보다 두 살 어렸지만 열 살은 더 어려 보였다.

"누나, 요새는 무슨 드라마 해요?"

"응, 일요일 아침 드라마."

"무슨 얘긴데요?"

"그냥 다 그런 얘기지 뭐, 사랑 이야기."

"재미있어요?"

"메인 작가가 완전 독한 년이라서 시청률은 잘 나올 거야."

"독한 년이면 시청률 잘 나와요?"

"이 바닥이 좀 그래. 미친 애들이 일 잘하게 돼 있어. 참, 너 4층 아저씨 알지?"

"동치 형님요? 알죠. 같이 일도 하는데."

"그래? 너랑 같이 일을 해?"

"아저씨 원래는 경찰이었는데 때려치우고 탐정 일 하고 있어요. 일이 별로 없으니까 탐정 일보다는 다른 걸 더 많이 하지만……"

"탐정? 어머, 그 아저씨가 탐정이야?"

"정부 인증 사립 탐정이라던가? 뭐 그런 걸 거예요."

"와, 멋있다."

"그 아저씬 왜요?"

"바로 앞집에 사는데, 도대체 사람 사는 흔적이 없어서…… 탐정이면 그럴 수도 있겠다. 그치? 흔적도 없고, 자취도 없고, 뭔가 막, 비밀스럽고……"

"얘기 들어보니까 외국 탐정처럼 멋지게 사건 해결하고 그럴 일은 거의 없어요. 경찰들이 해결 못하는 일들 같은 거 뒷수습해 주는 사람이라고 보면 돼요."

"그래도 멋지잖아. 탐정이라는 이름이."

"아유, 누나 이러다가 탐정이 주인공인 드라마 쓰겠네."

"못 쓸 거 없지."

"그런 걸 누가 봐요. 사랑 이야기 써요."

"야, 사랑을 해야 사랑을 쓰지."

"찬일 형님은 어때요?"

"누구?"

이빈일이 대답 대신 손가락으로 주방을 가리켰다. 오윤정은 그제야 알겠다는 듯 고개를 끄덕였다.

"별로예요?"

이빈일이 작은 목소리로 물었다.

"응? 잘 모르겠어."

"남자답고 괜찮지 않아요?"

"응, 좋은 분 같아."

"되게 멋진 분인데 누나가 잘 몰라서 그래요."

오윤정이 아무런 답도 못 하고 웃고 있을 때 박찬일이 주방에서 접시 두 개를 들고 나왔다. 둘 다 파스타가 담겨 있었는데, 한쪽에는 면이 수북하게 쌓여 있었고, 다른 쪽에는 적당량의 면이 담겨 있었다. 박찬일은 양이 많은 쪽의 접시를 오윤정 앞으로 내려놓았다.

"형님, 이게 뭐예요. 전 왜 이렇게 양이 적어요?"

"적은 게 아냐, 인마. 윤정 씨 파스타가 많은 거지."

"어머, 저 이렇게 많이 못 먹어요."

"드세요. 오늘 첫 끼니라면서요. 든든하게 드시고 일 많이 하시라고 제가 특별히 곱빼기로 담아드렸어요. 얼른 드세요."

"형님, 철근도 씹어 먹을 이십대 장정한테는 이렇게 적게 주고, 너무 하시네요, 정말."

"그럼 나가서 철근을 씹어 먹든가, 인마."

"빈일아, 내 것 좀 줄게. 나 너무 많아."

"절대 안 됩니다. 얼른 드세요. 제가 지켜보고 있을 겁니다."

박찬일이 옆자리에 앉았지만 오윤정은 쉽게 포크를 들지 못했다. 카르보나라 파스타에 뿌린 파르메산 치즈가 나른하게 녹아내리고 있었다.

"형님, 체하겠어요. 셰프가 이렇게 옆에 앉아 있으면 어떻게 밥을 먹어요."

"아, 그런가. 윤정 씨, 그래요?"

"네? 네, 뭐 좀 그렇긴 하겠죠. 그런데 파스타 되게 맛있어 보여요."

"많이 드시고, 더 필요하시면 언제든지 말씀하십시오. 리필이 가능하니까요."

"네, 많이 먹을게요. 배고파요."

"빈일아, 나 채소 가게 좀 갔다 올 테니까 가게 좀 보고 있어."

"내가 가게를 어떻게 봐요?"

"혹시 손님 오면 6시부터 오픈이라고 말해. 당신들은 누구신데 여기서 밥 먹고 있어요, 라고 물어보면 여기서 일하는 사람들이라고 말하고."

"그런 거 안 물어봐요."

"혹시 물어볼 수도 있잖아, 인마. 그런데 두 사람이 여기서 일하는 거면 좋긴 하겠다. 빈일이가 매니저 하고, 윤정 씨는 주방 보조 하고."

"에이, 누나가 홀에 있고 내가 주방으로 가야죠. 형님, 우리 생각은 그만하시고 어서 빨리 채소 가게나 가시죠."

박찬일은 입을 삐죽거리면서 밖으로 나갔다. 박찬일이 등을 돌리자 두 사람은 포크로 면을 들어 올렸다. 면 속에 숨어 있던 뜨거운 김이 사방으로 풍겼다. 구수한 밀가루 냄새가 가게 곳곳에 퍼졌다. 박찬일은 보지 않아도 밀가루의 냄새와 면 속의 온기를 느낄 수 있었다.

박찬일은 1층으로 올라와 '백기철물건재'에 고개를 들이밀었다. 철물점 안은 쇳내를 품은 공기가 정체돼 있어 밀도가 높았다. 언제나 다른 곳보다 빽빽했다.

"형님, 계세요?"

박찬일이 소리를 내자 그제야 안에서 인기척이 났다. 안쪽 문이 열리면서 백기현이 밖을 내다보았다.

"어, 박 요리."

"주무셨어요?"

"아냐, 어제 좀 마셨더니 하루 종일 찌뿌둥하네."

"그렇죠? 저도 점심 장사 다 말아먹었어요."

"어쩐 일이야?"

"개수대에서 냄새나서 망 좀 갈려고요. 있죠?"

"어, 있지. 잠깐만."

백기현은 방문을 열고 나오더니 커다란 봉들을 헤집고 들어가서 온갖 물건들이 빼곡하게 들어찬 선반 앞으로 갔다. 철물의 정글을 헤치고 나가는 탐험가 같았다. 플라스틱 빗자루와 종이에 싸인 형광등과 자물통과 열쇠와 호스와 망치와 드라이브와 해머와 못과 나사못과 수도꼭지와 스티로폼과 헝겊과 걸레와

파이프와 펜치와 리퍼와 집게를 헤치고 들어갔다. 잠깐의 망설임도 없이 물건 속에서 개수대 망을 찾아서 건넸다.

"이거 맞지?"

"네, 맞아요. 형님, 어떻게 한 번에 찾으세요? 대단하십니다."

"대단하긴, 장사하는 사람이 다 그렇지. 야, 박 요리 너는 재료들이 냉장고 어디에 있는지 다 알잖아? 그거 모르면 음식 다 상하잖아."

"알긴 알지만 냉장고는 작잖아요."

"여기도 작아. 야채 칸, 고기 칸 있는 것처럼 여기도 일목요연하게 정리해두면 금방 찾아내."

"예, 스승님! 한 수 배웠습니다."

"지랄한다. 스승님은 무슨…… 그래도 박 요리 너는 머리가 좀 잘 돌아가잖아. 차 관장은 말을 못 알아들어. 우리처럼 물건 파는 사람들끼리는 그런 게 통해도 차 관장은 무도인이랍시고 맨날 이상한 말만 해대는데 내가 아주 미치겠다. 사람은 자고로 실물을 다뤄야 한다. 알겠냐?"

"차 관장이 좀 답답한 구석이 있죠."

"어제도 봐, 술 마시는데 계속 딴소리 하잖아. 자기 애들이나 잘 키울 것이지, 무슨 예절 교육 같은 소리나 하고 있고 무술 교육을 학교 교과목에 넣어야 한다는 소리가 말이 되냐."

"그래도 사람이 일관성은 있잖아요."

"참, 일관되지. 차 관장은 그게 문제야."

백기현과 박찬일은 철물점 앞의 작은 평상에 앉아서 두런두런 이야기를 나누고 있었다. 부쩍 차가워진 바람이 골목을 드나들었다. 5시 30분, 박찬일이 손목시계를 확인하고 자리에서 일어설 때 건물 통로에서 급히 나오는 사람이 보였다. 2층으로 올라가는 계단이 있는 통로였다. 백기현과 박찬일 두 사람 모두 낯선 남자를 보았다. 모자를 썼고, 모자로 얼굴을 가리려고 애썼고, 목을 가리는 점퍼를 입었고, 장갑을 끼었고, 허리에는 공구주머니 같은 걸 찼고, 주머니가 많은 바지를 입었고, 오렌지색 운동화를 신었다. 두 사람 모두 처음 보는 얼굴이었다.

"피시방 손님인가?"

낯선 남자가 건물에서 20미터쯤 걸어갔을 때 백기현이 말을 꺼냈다.

"처음 보죠?"

백기현의 말을 받지 않고, 박찬일도 자신의 질문을 꺼냈다.

"아니면, 뭘 고치러 왔나?"

"공구주머니 찬 걸 보면 그런 거 같기도 하고요."

"여기서는 뭘 고치는 사람도 우리가 다 알 텐데."

"하긴 그러네요."

"컴퓨터 고치러 온 건가? 그건 우리가 잘 모르지."

"모자를 푹 눌러쓴 게 좀 이상하지 않습니까?"

"그러니까 말이야. 고치는 게 아니라 훔치러 온 사람 같잖아."

"따라가볼까요?"

"따라가서 어쩌게."

"모르겠어요."

"장사 안 해?"

"해야죠."

"얼른 가. 우리 집 말고 이 건물에서 훔칠 게 뭐 있겠어."

박찬일은 계단을 한 번 올려다보고는 채소 가게로 향했다. 낯선 남자가 멀찍이 걸어가는 게 보였다. 낯선 남자는 주차장을 향해 빠른 속도로 걸어갔다. 박찬일이 채소 가게가 있는 쪽으로 걸어가고 있는데, 남자가 뒤를 돌아보았다. 두 사람의 시선이 마주쳤다. 박찬일은 남자의 눈빛에서 이상한 걸 보았다. 뭔가를 고치는 사람은 저런 눈빛일 수가 없다. 뭔가를 고치는 사람이라면 눈빛에 자부심과 책임감과 호기심이 있어야 한다. 아주 멀리서 보았지만 낯선 남자의 눈에는 그런 게 없었다. 박찬일은 낯선 남자가 차고 있는 공구주머니를 다시 보았다. 허리에 차는 주머니치고는 큰 편이었다. 거기에다 무기를 넣어도 될 정도였다. 박찬일은 고개를 흔들어 생각을 떨친 다음 채소 가게를 향해 계속 걸었다.

9

용산의 와이드비전빌딩으로 가는 길에, 구동치는 급한 연락을 받았다. 딜리팅 고객인 정인수가 교통사고를 당했고, 병원으로 옮기는 도중에 사망했다는 내용이었다. 경찰 내부에 연락망을 만들어둔 덕분에 구동치는 직계가족과 비슷한 시간에 사고 소식을 들을 수 있었다. 딜리팅을 하려면 소식을 듣자마자 움직이는 게 좋았다. 나중에도 기회가 있겠지만 그때의 기회는 조금 더 복잡한 기회다. 걱정해야 할 일이 더 많고, 이리저리 확인해야 할 일이 좀더 많은 기회다. 기회의 문은 넓게 열려 있다가 시간이 지날수록 점점 좁아진다. 사고 직후에는 모든 사람들의 주의가 산만해지고 경비가 허술해진다. 사고를 당한 사람 주위로 슬픔의 틈 같은 게 생기는 셈인데, 구동치는 미안하지만 그 틈을 이용할 수밖에 없었다. 구동치가 좋아하는 아리아 중에 「슬픔의 벽은 설탕으로 만들어졌지」라는 곡이 있는데, 슬픔의 틈을 생각할 때마다 그 노래가 생각났다. 다른 사람들의 슬픔을 달콤하게 이용해먹는 자신을 비난하는 노래 같았다.

정인수의 집은 경기도 신도시에 위치한 단독주택이었다. 구동치는 정인수의 집으로 가는 길에 딜리팅 목록을 살펴보았다. 정인수가 신청한 품목은 집에 있는 컴퓨터 하드디스크뿐이었다. 하드디스크 하나라면 신청하는 사람으로서도 부담이 적고, 딜리터 입장에서도 일이 간단하다. 주거침입을 해야 하지만 컴퓨터 하드디스크 하나만 간단하게 처리하면 되니 복잡한 작업은 아니다. 집과 컴퓨터의 비밀번호, 하드디스크의 모델도 이미 알고 있었다.

구동치는 정인수의 집 근처에 자동차를 세우고 천천히 걸으면서 주위를 살폈다. 저녁 식사 즈음이어서 동네는 조용했다. 모두 각자의 집으로 돌아가 저녁을 먹는 시간이었다. 해는 벌써 사라졌고, 창문의 빛들이 거리를 은은하게 밝히고 있었다. 가로등은 많지 않았다. 구동치는 어둠 속에 숨어서 깜깜한 정인수의 집을 20분 동안 바라보았다. 불이 켜지거나 꺼지는 일이 없는지, 변화가 생길 만한 조짐이 없는지 살폈다. 모든 사람들이 병원에 가 있을 게 분명했다. 구동치는 얇은 면장갑을 끼고 작업을 시작했다.

비밀번호를 누르고 현관을 통과했다. 급하게 집을 빠져나간 흔적이 여러 군데서 보였다. 신발도 정리되어 있지 않았고, 방문도 열린 데가 많았다. 구동치는 신발에 천을 씌우고 조용히 주방으로 걸어갔다. 어수선했지만 가스레인지나 전자레인지가 켜져 있지는 않았다. 위험한 요소는 없었다. 구동치는 2층에 있는 정인수의 서재로 올라갔다. 컴퓨터 뒤를 열고 하드디스크만 갈아치우면 되는 작업이었다.

서재의 문을 여는 순간, 싱싱한 풀냄새가 풍겼다. 보이지 않지만 방 어딘가에 작은 나무와 허브가 있는 듯했다. 살아 있는 것들의 냄새였다. 살아남은 사람들에게는 잔인한 냄새였다. 자신이 죽을 줄 몰랐던 사람의 싱그러운 방냄새가 죽음을 부각시켰다. 죽은 사람의 가족이 방문을 열었다면 곧장 눈물이 쏟아졌을 것이다. 구동치는 컴퓨터를 찾았다. 플래시를 입에 물고 컴퓨터 케이스의 나사를 돌렸다. 모두 여덟 개. 똑같은 동작을 여덟 번 반복했다. 하나, 둘, 셋, 넷, 다섯, 여섯, 일곱, 여덟, 나사들을 한쪽에 가지런히 놓았다. 케이스를 열자 하드디스크가 보였다. 예전에 확인했던 모델이었다. 침이 고이자 구동치는 플래시를 뺐다가 다시 입으로 물었다. 눈으로는 플래시 불빛이 가리키는 쪽에 집중하고, 귀는 사방으로 열어두었다. 하드디스크에도 네 개의 나사가 있었다. 하나, 둘, 셋, 넷, 나사를 풀고 준비해 간 하드디스크를 끼우고 다시 하나, 둘, 셋, 넷, 나사를 돌렸다. 작업은 순조로웠다. 케이스가 컴퓨터 본체에 부딪히는 소리만 작게 들릴 뿐 사방은 고요했다. 다시 케이스를 닫기 위해 하나, 둘, 셋, 넷, 다섯, 여섯, 일곱, 여덟, 나사를 돌려 끼웠다. 허리에 찬 가방에다 하드디스크를 집어넣고 일어섰다. 허리가 뻐근했다.

구동치는 조용히 방을 나왔다. 2층 복도를 지나 계단으로 내려갔다. 계단을 내려가던 구동치는 뒤돌아서 다시 복도로 올라갔다. 2층 복도에 창문 하나가 열려 있었다. 안으로 들어오던 바람이 작은 커튼을 부드럽게 어루만지고 있었다. 누군가 침입한 흔적 같지는 않고, 잠그는 걸 잊어먹은 것 같았다. 창문을 닫아주어야 할까. 일부러 열어둔 것 같지는 않다. 누군가 저 문으로 들어와서 집 안의 뭔가를 훔친다면 이야기가 꼬일 수도 있었다.

구동치는 복도 끝으로 가서 창문을 아래로 밀었다. 조금 빽빽했지만 힘을 주자 아래로 슬그머니 내려갔다. 구동치는 다시 복도를 걸었다. 그때 복도에 불이 켜졌다. 복도에 있는 것은 센서등이 아니었다. 센서등이었다면 계단을 올라올 때도 불이 켜졌어야 했다. 구동치는 잠깐 멈칫했다. 긴박한 상황이 닥치면 창문으로 뛰어내려야 할 수도 있었다. 문 하나가 열리더니 방에서 여자 한 명이 나왔다. 잠에서 깨어난 듯한 모습이었다. 부스스한 머리를 하고 기지개를 켜면서 문밖으로 나오고 있었다. 선택할 시간이 많지 않았다. 구동치는 재빨리 내려가기로 마음먹었다. 피할 구석이 없었다. 신발을 감싼 천을 이용해 미끄러지듯 계단 쪽으로 향했다. 여자가 눈을 감고 기지개를 켜고 있었다. 잠에서 현실로 돌아오는 시간이 조금 걸린다면 얼굴을 보이지 않고 빠져나갈 수 있을지도 몰랐다. 계단을 내려가려는 순간 여자와 눈이 마주쳤다.

여자는 분명 구동치의 얼굴을 보았고, 구동치도 여자의 얼굴을 보았다. 여자는 놀란 눈을 하고 아무 말도 하지 못했다. 구동치는 재빨리 계단 아래로 뛰어 내려갔다. 마지막 계단에서 발을 헛디뎠지만 계속 달렸다. 현관의 자동문 스위치를 누르고 문을 열었다. 뒤에서 어떤 일이 벌어지고 있는지, 여자가 어떤 행동을 취하고 있는지, 어딘가에 신고 전화를 하고 있는지 살펴볼 시간이 없었다. 무조건 달렸다. 문을 닫고 계속 달렸고, 자동차가 있는 곳까지 와서 간신히 숨을 돌렸다. 여자가 쫓아오는 것 같지는 않았지만 일단 현장을 피해야 했다. 신발에 천을 씌우고 거리를 뛰어다닌 자신의 모습이 한심해 보였지만 일단 액셀러레이터를 밟아야 했다. 구동치는 도로에 접어들고 나서야 신발에 씌워진 천을 벗겨내고 장갑을 벗었다.

몇 달 전에도 딜리팅 현장에서 사람을 만난 적이 있었다. 그때는 손으로 얼굴을 가린 채 2층에서 뛰어내렸다. 도둑이야, 라고 외치기 전에 구동치는 골목으로 사라졌다. 걱정할 것은 별로 없었다. 얼굴을 제대로 보지 못했고, 훔쳐간 게 없다는 사실을 알게 되면 수사는 흐지부지될 것이다. 그때 품목 역시 컴퓨터 하드디스크였다. 하드디스크 분해를 하는 중에 걸렸다면 꼼짝없이 증거를 남기고 말았을 것이다. 두 번 다 운이 좋았다.

'같은 실수를 반복하다니, 바보 같은 놈.'

자동차를 타고 가면서 구동치는 손가락으로 자신의 머리를 마구 헝클었다. 이번에는 문제가 있었다. 여자에게 얼굴을 보이고 말았다. 의지만 있다면 구동치를 찾아낼 수도 있었다.

'그럴 리 없어. 없어진 게 아무것도 없잖아. 그러지 않을 거야.'

구동치는 스스로를 안심시켰다. 머릿속에서 자라나려는 불안의 싹을 계속 잘라냈다. 생각의 끄트머리가 밖으로 삐져나오지 못하도록 꾹 눌렀다. 오늘도 한 사람을 위해 완전하게 딜리팅을 했고, 모든 게 성공적이었다고 자신에게 최면을 걸었다. 혹시, 라는 말이 생각나지 않도록 음악을 틀었다. 아리아 대신 시끄러운 록음악을 틀어놓고 창문을 열었다. 그 여자는 왜 거기 있었을까.

정인수의 딸이었던 것 같은데, 왜 병원에 가지 않았을까. 잠에서 막 깨어난 걸로 봐서 아직 소식을 듣지 못했던 것인지도 모른다. 구동치는 다시 머리를 흔들고 생각의 싹을 잘라냈다. 전화가 걸려왔다. 김인천 형사였다.

"선배."

구동치가 음악을 끄고 핸즈프리 이어폰을 귀에 꽂으며 말했다.

"어디야?"

김인천의 목소리가 작게 들렸다. 구동치는 이어폰 볼륨을 높였다.

"지금 차 안인데요. 일 끝내고 가는 길입니다."

"딜리팅?"

"네."

"씨발, 누군 일 많아서 좋겠네. 태블릿 피시는 아직 못 찾았지?"

"그것 때문에 용산 가는 길이었는데, 급한 일이 생겨서요."

"뭐 보이는 거 있으면 바로 줘야 한다. 알지? 이거 살인 사건일 수도 있어."

"뭔 거 같아요?"

"아직 잘 모르겠어. 자살 같기도 한데, 전체적으로 좀 찜찜하네."

"용의자 한 명 있다며. 걔는 어때요?"

"모르겠다, 야. 나도 이제 은퇴할 때 됐나 보다. 감이 안 와."

"선배가 언젠 감이 와서 잡았어요? 다 때려잡고 나서 뒤늦게 감을 갖다붙였지."

"이 새끼가 말 함부로 하네. 야, 나 은퇴하면 탐정 사무실에 자리 하나 줄래?"

"혼자서도 할 일이 별로 없는데 선배를 무슨 수로 챙깁니까?"

"내가 그렇게 일을 물어주고 뒤를 봐주는데…… 결국 이럴 줄 알았어. 그래, 씨발, 전부 다 배신하고 배신당하고 그러는 거지."

"선배도 맨입으로 봉사해주는 거 아니잖아요."

"와, 이 새끼 봐라, 좀 있으면 나더러 비리경찰이라 그러겠네. 인마, 그래도 최소한의 룰은 지켜."

"알아요. 그냥 하는 소리예요."

"너 천일수라고 알지?"

"알죠, 노블엔터테인먼트 회장."

"오후에 만났거든. 이게 냄새가 좀 나긴 나는데, 주변에다 향수를 처발라놔서 잘 못 맡겠어."

"저도 오늘 만났어요."

"네가? 왜?"

"누가 소개시켜주고 싶다고 해서……"

"그래? 혹시 뭐 좀 걸리는 거 있으면 알려줘. 너무 깊이 들어가진 말고."

"자살일까요?"

"응, 자살일 수도 있겠어."

"태블릿 피시 찾게 되면 알려드릴게요."

"그래, 고생하고…… 참, 칼은 좀 알아봤어?"

"그것도 이따 정리해서 보내줄게요."

"오늘은 쉬고, 내일 보내. 나는 간만에 와이프랑 애들이랑 치킨이나 뜯어야겠다. 오늘 국가대표 축구 시합 있는 날이잖아."

"맛있게 드세요."

"이기겠지?"

"알잖아요, 관심 없는 거."

"끊어, 이 매국노 같은 새끼."

김인천이 전화를 끊었지만 구동치는 이어폰을 빼지 않았다. 용산의 와이드비전빌딩으로 가야 할지, 사무실로 돌아가야 할지 방향을 잡지 못하고 있었다. 'V2U'는 이미 문을 닫았을지도 모른다. 구동치는 사무실로 돌아가기로 했다. 이런 날엔 욕조가 있는 곳이 그리웠다. 뜨끈뜨끈한 물에 온몸을 담근 채 눈을 감고 있으면 몸이 원래대로 되돌아올 것 같았다. 여자가 자신을 찾아올지도 모른다는 불안의 싹을 녹여버릴 수 있을 것 같았다. 길가에 '사우나'라는 표지판이 보였지만 들어가지 않았다. 옷을 벗고 사람들 틈에 있는 것도 귀찮게 느껴졌다. 움직일 때마다 온몸의 뼈가 화끈거렸다. 구동치는 손으로 이마를 짚어보았다. 평소보다 머리가 뜨거웠다. 뜨끈한 국물이 먹고 싶었다. 구동치는 주차장에 차를 세우고 사무실로 걸어가면서 피시방에 박찬일이 있기를 바랐다. 뜨끈한 국물과 함께 술 한잔하고 싶었다.

피시방 문을 열고 둘러보았지만 박찬일은 보이지 않았다. 손님 세 명이 담배를 피우며 게임을 하고 있었는데, 박찬일은 없었다. 이빈일이 알은체를 했다.

"오셨어요?"

"박 셰프 오늘은 안 왔어?"

"네, 오늘 컨디션 별로라고 일찍 들어가시던데요."

"일은 다 끝나가?"

"예, 인터넷에 있는 발자국은 거의 다 지웠어요. 한두 군데 남았어요."

"응, 수고했어. 마무리 잘해줘."

구동치는 이빈일에게 인사를 하고 밖으로 나왔다. 계단 위로 올라가 사무실로 들어갈 것인지, 아니면 밖에 나가 혼자라도 한잔할 것인지 잠깐 고민했다. 오늘은 뭐라도 좀 먹어야 할 것 같았다. 이런 상태로 텅 빈 사무실의 간이침대에 몸을 눕히고 싶지는 않았다.

박찬일과 자주 가던 술집은 사람들로 꽉 차 있었다. 축구 경기 때문이었다. 사람들의 눈은 모두 텔레비전으로 향해 있었다. 빈자리는 하나뿐이었다. 주방에서 나는 연기를 뒤집어써야 하는 자리였다. 다른 술집을 찾아볼까 싶었지만 그럴 만한 체력이 남아 있질 않았다. 구동치는 어묵탕과 따끈한 사케를 주문했다.

축구 경기는 시시했다. 구동치가 보기에는 그랬다. 사람들은 연신 소리를 지르면서 탄식을 내질렀지만 구동치가 보기에는 모든 게 다 시시해 보였다. 빨간색 유니폼과 푸른색 유니폼이 녹색 경기장 위에서 이리저리 움직이는 것으로밖에는 보이지 않았다. 어떤 때는 빨간색이 많아 보였고, 어떤 때는 푸른색이 많아 보였다. 빨간색 곤충과 푸른색 곤충의 자리 싸움처럼 보였다. 구동치는 단체로 하는 경기에 익숙하지 않았고, 별다른 재미도 느끼지 못했다. 혼자 생각하고, 혼자 움직이고, 혼자 극복하고, 혼자 해결하는 건 누구보다 잘했지만, 누군가와 발을 맞추고 호흡을 맞추고 서로 배려하는 일은 아무리 해도 나아지질 않았다. 경찰직을 미련 없이 그만둔 것도 그런 이유 때문이었다.

하프타임이 끝나고 후반전이 시작될 때 구동치는 사케 한 병을 다 비웠다. 어묵탕 국물과 사케가 피로 스며들어 몸의 온도를 5도 정도 끌어올린 것 같았다. 구동치는 술집을 나와 동네를 걸었다. 구동치는 자신이 살고 있는 동네가 마음에 들었다. 악취가 나는 악어빌딩도 좋았고, 다닥다닥 붙은 집들도, 길과 길이 도대체 어떻게 이어져 있는지 종잡을 수 없는 골목도 좋았다. 복잡한 빌딩과 골목 속에 들어가 있으면 마음이 편안했다. 인파 속으로 숨은 범인을 찾기 힘든 것처럼 악어동네 속으로 숨은 범인도 찾기 힘들 것이다. 실제로 악어동네 어딘가에는 살인 사건을 저지르고 꼭꼭 숨어 있는 사람이 있을지도 몰랐다. 누군가를 죽이고, 죽였다는 사실을 숨긴 채 살아가는 사람이 있을지도 몰랐다. 악어빌딩 뒤쪽 악어동네에는 몇 명이 사는지 정확히 파악할 수 없을 정도로 많은 사람이 살았고, 악어 가죽의 무늬처럼 모든 사람들이 다닥다닥 붙어서 살고 있었다.

구동치는 악어빌딩을 지나 동네 골목을 따라 올라가보았다. 저녁의 불빛 속에서 함성이 들려왔다. 축구는 아직도 끝나지 않았다. 좁은 골목은 텅 비어 있었다. 구동치는 텅 빈 골목 속에서 새벽의 환영을 보았다. 사람들이 언뜻언뜻 나타났다가 사라졌다. 새벽이 되고, 아침이 되면 이 좁은 골목에서 수많은 사람들이 한꺼번에 몰려나온다. 그 많은 사람들이 모두 어디에서 잠들어 있었는지 의아할 정도다. 구동치는 좁은 방에서 사람들이 포개 자는 장면을 상상하곤 했다. 사람 위에 사람이 있고, 사람 위에 또 사람이 있는 장면을 상상했다. 그들은 잠에서 깨어난다. 얼굴을 잔뜩 찌푸린 채 골목을 걸어 내려와서 절벽으로 뛰어내리는 레밍쥐들처럼 커다란 도로로 걸어간다. 죽음을 향해 걸어가는 사람처럼 보인다. 하지만 실제로는 죽음을 극복하기 위해 걸어 나가는 사람들이다. 구동치의 환영 속에서 사람들이 나타났다 사라졌다. 소리만 남고 모두 사라졌다. 구동치는 살기 위해서 절벽으로 걸어가는 그 사람들을 존경했다.

큰 골목 끝까지 올라갔다가 다시 악어빌딩으로 내려온 구동치는 맥주 두 캔과 아몬드를 사 들고 계단을 올라갔다. 사무실 직전의 계단참에 이르렀을 때 구동치는 뭔가 다른 공기를 느꼈다. 구동치는 긴장하며 사무실 문고리를 돌렸다. 문고리가 돌아갔다. 누군가 두 개의 잠금장치를 모두 풀었다. 난이도가 높은 자물쇠였다. 자물쇠를 달아준 백기현의 표현에 의하면, 열쇠 박

사 세 사람이 달라붙어도 세 시간을 끙끙거려야 할 만큼 강력한 자물쇠였다. 구동치는 슬며시 문을 열어보았다.

사무실 안에는 아무도 없었다. 불을 켰다. 형광등이 조심스럽게 몇 번 깜빡이며 주위를 밝혔다. 달라진 게 없었다. 침입자라면 분명히 뭔가 건드렸을 텐데, 흔적이 없었다. 파일 보관함, 철제 책상, 의자, 옷장, 간이 침대…… 달라진 게 없었다. 구동치는 두 눈으로 사무실의 풍경을 여러 차례 스캔했다. 결과는 마찬가지였다. 변화 없음. 달라진 점 없음. 의자나 옷장을 건드릴 이유는 없을 테고, 뭔가 제대로 뒤진다면 간이 침대를 칼로 찢어보았을 것이다. 열쇠공들끼리 모여 두꺼운 자물쇠를 빨리 해체하는 시합이라도 열었던 것일까. 문을 연 것 말고는 변화가 없다는 사실이 수상했다. 맥주를 책상 위에 올려두고 구동치는 늘 그랬던 것처럼 의자에 앉았다. 애꾸눈오디오를 켜고 의자를 뒤로 젖혔다. 뭔가 달라졌다. 분명히 뭔가 달라졌다. 애꾸눈오디오에서 아리아가 흘러나왔다. 구동치가 눈을 지그시 감으려고 할 때 달라진 게 눈에 띄었다.

구동치는 파일 보관함으로 걸어갔다. 가장 아래칸의 파란색 라벨이 붙어 있던 보관함 자물통이 어딘가 달라 보였다. 모든 파일 보관함에는 각각 'ㄷ' 자 모양의 자그마한 붕어자물통이 달려 있었는데, 겉으로는 별것 아닌 것처럼 보이지만 난이도가 높은 종류였다. 번호를 한 번만 잘못 입력해도 강철 빗장이 쳐지면서 키를 입력할 수 없게 되고, 서른 개의 리셋 버튼을 다시 입력해야 재가동되는 것이었다. 완벽하게 안전하다고 할 수는 없지만 어지간한 전문가도 쉽게 열지 못하는 자물통이었다. 그런데 그 붕어자물통의 걸쇠가 살짝 열려 있었다. 대단한 전문가가 다녀간 모양이군. 구동치가 중얼거렸다. 자물통을 열었지만 안을 보지는 않았다. 마음만 먹으면 이 정도 자물통은 쉽게 열 수 있다. 자, 오늘은 이 정도 보여줬으니 슬슬 가야겠군. 조금 열린 자물통이 그렇게 말하고 있었다. 구동치는 붕어자물통을 벗기고 보관함의 문을 당겨보았다. 안에 든 종이 뭉치를 건드린 것 같지는 않았다. 구동치는 붕어자물통으로 보관함을 다시 잠그고 의자에 앉았다.

생각을 해야 했다. 누가 어떤 이유로, 사무실에 다녀갔는지, 생각을 해야 했다. 생각은 쉽게 앞으로 나아가지 못했다. 구동치는 맥주 캔 하나를 따서 입안으로 들이부었다. 차가운 맥주 때문에 목구멍이 얼얼했다.

10

계절을 앞질러 때 이른 추위가 몰려왔고, 악어동네 창문 곳곳에서 사람들이 깜짝 놀라는 소리가 새어 나왔다. 겨울에 민감한 동네였다. 겨울을 버텨낼 물자를 준비하는 일도 중요했지만 미리미리 마음을 다잡는 시간이 필요했다. 기나긴 시간 동안 추위에 맞서기 위해서는 마음의 예열도 중요했다. 동네 사람들은 말과 이야기로 서로의 마음에 불을 지폈다.

백기현이 기다란 플라스틱 빗자루로 철물점 앞을 쓸다가 주차장으로 향하던 차철호에게 말했다.

"애들 태우러 가냐?"

"네."

차철호는 도복 위에다 얇은 검은색 파카를 입고 있었다. 겨울의 첫 추위를 맛본 얼굴이었다.

"차 관장, 겨울 오니까 좋겠다."

"뭐가 좋아요?"

"겨울 되면 도장 바닥이 차가워질 거 아냐. 그러면 네놈이 좋아하는 인자무적, 그거 할 수 있잖아."

"도장 바닥 차가워지는 거랑 인자무적이랑 무슨 상관이에요."

"잘 참는 자에게는 적이 없다는 얘기 아니야?"

"아저씨, 몇 번을 말씀드립니까. 참을 인이 아니라 어질 인이라고요."

"잘 참는 게 어진 거지. 어질면 잘 참을 거고."

"아침부터 왜 괜히 시비세요."

"시비는 인마, 아침 인사하는 건데…… 인자무적하면서 잘 잤냐?"

"네, 걱정해주신 덕분에 아주 잘 잤습니다."

"이 자식이 어디서 버럭버럭 소리를 질러. 애들을 그렇게 가르치냐?"

차철호는 더 이상 대꾸하지 않고 주차장 쪽으로 걸어갔다. 어깨가 목에 달라붙어 있었다. 백기현은 비실비실 웃으면서 계속 바닥을 쓸었다.

백기현이 바닥을 모두 쓸고 철물점 안으로 들어가려고 할 때 오윤정이 멍한 얼굴로 악어빌딩을 향해 걸어오고 있었다. 얼굴은 창백했고, 눈과 코와 입술은 얼굴에 붙어 있으려는 의지가 없어 보였다. 백기현이 빗자루를 옆에 던져두고 말을 걸었다.

"아이고, 젊은 처자가 왜 그렇게 힘없이 다녀."

"아, 안녕하세요? 어제 밤을 새워서요."

오윤정이 고개를 까닥했다.

"드라마 작가라고 했지?"

"네."

"나는 드라마를 안 봐서 모르지만 주인공들이 하는 대사 같은 걸 다 쓰는 거지? 밤새워서 그런 거 하려면 힘들겠네."

"네, 뭐, 괜찮습니다. 그리고 저는 보조예요."

"바쁘게 사는 건 좋은데, 그렇게 힘없게 다니면 남자들이 싫어해요. 결혼할 나이도 지난 것 같은데, 요새 남자들은 발랄하고 상냥하고 그런 여자들을 좋아하잖아."

"네, 감사합니다. 참, 어젯밤에 주민 회의 한다고 들었는데 어떻게 됐어요? 제가 참석을 못 해서요."

"재개발 얘기지, 뭐. 세입자들하고는 상관없는 얘기야."

"재개발요? 이 동네, 재개발해요?"

"한다, 안 한다, 말만 많더니 이제 정말 할 건가 봐. 여길 싹 밀고 뭘 세운다던데……"

"이렇게 좋은 동네를 왜 밀어요?"

"좋긴 뭐가 좋아. 여기는 진작에 밀었어야지. 좀 뻔쩍뻔쩍하는 건물도 들어서고 그래야 사람 사는 동네 같지."

오윤정은 백기현의 말에 반박하고 싶었지만 입을 다물었다. 쓸데없는 토론은 하고 싶지 않았다. 힘이 조금이라도 남아 있었다면 재개발에 대한 정보를 조금 더 얻어냈겠지만 백기현에게 쓸 에너지가 남아 있지 않았다. 어서 빨리 계단을 올라가서 얼굴과 발을 대충 씻은 다음 몇 시간이라도 눈을 붙여야겠다는 생각뿐이었다. 오윤정은 가벼운 목례로 백기현과의 대화에 마침표를 찍은 다음 계단을 올라갔다. 몸이 피곤할 때면 악어빌딩의 냄새가 더욱 강하게 느껴졌다. 4층은 냄새가 덜한 편인데도 몸이 피곤할 때는 역겹게 느껴졌다. 오윤정은 가끔씩 악어빌딩이 벌집이나 치즈처럼 수많은 구멍으로 이뤄져 있을지 모른다는 생각을 했다. 그렇지 않으면 이 많은 냄새들이 모두 어디에 숨어 있을까.

오윤정은 얼마 전부터 집으로 들어가기 전 구동치의 사무실 문에 귀를 대보는 버릇이 생겼다. 주위를 한번 살핀 다음 조심스럽게 걸어가서 철문에다 귀를 바짝 댄다. 철문의 차가운 기운이 귀를 움켜쥐고 나면, 어린 시절에 듣던 라디오처럼 아득한 곳에서 소리가 들려왔다. 구동치의 사무실에서는 묵직한 남자 가수의 목소리가 자주 새어 나왔다. 구동치의 사무실에서 흘러나오는 남자의 노랫소리는 주로 이탈리아 말이었는데 오윤정은 그게 좋았다. 그 소리를 듣고 있으면 자신이 어디 먼 곳으로 떠나는 것 같은 기분이 들었다.

무거운 돌멩이를 매달아 바다에 던져진 자루처럼 몸이 무거웠지만 의식을 거를 수는 없었다. 이탈리아 남자의 목소리를 듣고 나면 좋은 꿈을 꿀 수 있을 것 같았다. 오윤정은 철문에다 귀를 댔다. 사람의 소리는 들리지 않았다. 기계가 작동하는 소리가 들렸고, 두꺼운 철문을 여닫는 듯한 소리가 들렸다. 노랫소리는 들리지 않았다. 오윤정은 조금 더 기다려보기로 했다. 철문이 열렸다 닫히는 소리가 자주 들렸고, 다른 소리는 나지 않았다. 30초만 더 기다려보기로 했다. 30초를 기다렸는데도 아무런 소리가 나지 않으면 방으로 들어가서 우선 얼굴을 씻고, 머리를 감고, 아니, 머리는 감지 말아야겠다, 말리려면 시간이 드니까, 그것보다는 발을 씻고, 라고 생각하고 있는데 갑자기 문이 열렸다. 문을 열고 밖으로 나오는 구동치와 정면으로 마주 서고 말았다. 문에다 바짝 귀를 대고 있던 오윤정은 입을 반쯤 연 채 구동치를 올려다보았다. 자신보다 20센티 이상 커 보였다. 뭐라고 말을 해야 했지만, 입이 떨어지질 않았다. 구동치가 먼저 입을 열었다.

"아, 안녕하세요? 옆집 사시는 분이죠?"

"네? 아, 안녕하세요."

"글 쓰는 일 하신다면서요?"

"글이요? 아, 글이요, 네, 글은 맞는데, 드라마라서 말이……"

"오며 가며 한 번도 못 만났네요. 박 셰프한테 얘기는 많이 들었습니다."

"네, 처음 뵙겠습니다."

"지금 출근하시는 건가 봐요."

"네, 퇴근인데, 집에서 또 일하니까, 출근이기도 하고……"

"그럼 나중에 또 뵐게요. 전 일이 좀 있어서, 나가는 길이었습니다."

"네? 아…… 나가셔야죠."

오윤정이 옆으로 비켜서자 구동치는 문을 닫고 계단 아래로 내려갔다. 오윤정은 움직이지 못하고 구동치의 뒷모습을 보기만 했다. 구동치가 너무나 태연하게 상황을 받아들이는 바람에 방금 어떤 일이 있었던 것인지 오윤정은 실감하지 못했다. 구동치가 계단 끝까지 내려가는 모습을 본 다음에야 오윤정은 자신의 머리를 한 대 세게 쳤다.

"지금 도대체 뭘 한 거야, 오윤정. 응? 정신이 있어?"

오윤정은 번호 키를 누르고 집으로 들어가면서 계속 중얼거렸다. 지금 이거 범죄야, 범죄, 엿듣는 거, 어쩌려고 그랬어, 응, 저 사람 직업이 탐정이라잖아, 탐정 앞에서 뭐한 거야, 응, 교통경찰 앞에서 무단 횡단한 거나 마찬가지야, 너를 도대체 어떻게 생각하겠어, 이 바보 멍청아, 죽어, 죽어, 아, 피곤한데 뭐 하러 거기서 그걸 듣고 있어, 이 멍충아, 멍충아, 뭐 하러 30초는 센 거야, 그냥 아니다 싶으면 들어오면 되는 거잖아. 오윤정은 옷을 하나씩 벗으면서 계속 중얼거렸다. 이제 앞으로 어떻게 볼 거야, 응, 너를 어떻게 생각하겠냐고, 이상한 여자다, 정말 이상한 여자다, 저런 여자는 피하는 게 상책이야, 얼씬도 하지 말아야지. 브래지어와 팬티만 남게 됐을 때, 오윤정은 말을 멈추었다. 속옷만 입고 침대에 누웠다. 방금 들은 구동치의 목소리가 귀에서 떨어지지 않았다. 오윤정은 침대 위에서 갑자기 히죽거리며 웃기 시작했다. 그런데, 말이지, 그 사람, 그 사람. 아, 어떡해, 내 얘길 들었다고 했어, 나를 알고 있었어. 내가 누군지 알고 있었다고. 그럼 뭐 해, 이 바보야, 네가 다 망쳤잖아. 너를 알고 있었는데, 첫 만남에서 다 망친 거야. 빨리 얼굴을 씻어야겠다고 생각했지만 몸이 침대에서 떨어지지 않았다.

오윤정은 구동치 탐정이 주인공인 드라마를 생각했다. 제목은, 뭐가 좋을까, 그림자의 비밀, 그래, 탐정이 주인공이니까, 비밀이라는 단어는 들어가줘야지, 배경은 노르웨이가 좋겠어, 추운 나라로 간 탐정, 거기서 탐정은 한 남자의 뒤를 쫓아다녀, 계속 미행하다가 피오르에서 결국 만나게 되는 거지, 사방에 눈이 쌓여 있고, 잔잔한 호수 위의 커다란 배에서 둘이 만나는 거야, 남자를 만난 구동치 탐정은 이렇게 말해, 당신을 쭉 지켜봤습니다, 와, 멋있어, 좋아, 당신의 뒤를 따라다니면서 모든 걸 지켜봤습니다, 머리카락이 바람에 흔들리고, 흔들리고, 다시 이렇게 말해, 당신의 비밀을 알고 있어요, 남자는 이렇게 대답하겠지, 원하는 게 뭐요, 그러면 구동치는 씨익 웃으면서 원하는 건 없습니다, 이렇게 말하는 거지. 몇 분 전에 들었던 구동치의 목소리가 생생하게 떠올랐다. 오윤정은 구동치의 목소리가 자신의 몸을 꾹 누르고 있는 걸 느꼈다. 일어설 수 없었다. 그 묵직함이 싫지 않았다. 오윤정은 곧 잠이 들었다.

구동치는 주차장으로 걸어가면서 오늘 해야 할 일을 눈앞에 그려보았다. 사람들이 디지털 기기로 하는 일들을 구동치는 눈으로 했다. 눈은 빔프로젝터처럼 허공에다 영상을 만들어냈다. 눈앞에다 '오늘의 해야 할 일'이라는 글자를 만든 다음 그 아래에다 하나씩 목록을 올렸다. 아무도 볼 수 없는 자신만의 'To Do' 목록이었다. 구동치는 흔적이 남는 걸 싫어했다. 최소한의 흔적만 남기면서 움직였고 휴대전화 말고는 다른 기기를 사용하지 않았다. 휴대전화 역시 전화를 걸고 받는 기능 외에는 쓰지 않았다. 문자 메시지도 보내지 않았고 메모를 하는 일도 없었다. 흔적을 남기지 않는 삶을 사는 건 생각보다 골치 아프고 피곤한 일이어서 구동치는 다른 사람들의 흔적을 보면서 스트레스를 풀곤 했다. 파일 보관함에 들어 있는 수많은 사람들의 흔적을 꺼내보면서 그 사람들의 삶과 함께했다. 고민을 함께했고, 비밀을 공유했다.

눈앞에 그린 오늘의 해야 할 일 리스트에는 열 개가 넘는 항목이 늘어서 있었다. 해결되지 않은 사건들이 계속 쌓여가면서 리스트가 점점 길어졌다. 해결한 일들은 'X'자 표시를 한 다음 눈앞에 만든 가상의 쓰레기통에다 던져버리는데 사무실의 침입자가 다녀간 후 며칠 동안 해결된 일이 전혀 없었다. 해결되기는커녕 조금씩 더 복잡해지고 있었다. 배동훈이 죽기 이틀 전에 찾아갔던 녹음실 'ANE'와 비디오 전문 가게 'V2U'에서도 단서를 찾지 못했고, 박찬일이 알려준 원수도장에 대한 조사도 진전이 없으며, 배동훈이 자살인지 타살인지에 대해서도 확신이 서지 않았다. 무엇보다 가장 신경이 쓰이는 것은 사무실에 침입한 놈이었다. 도대체 어떤 녀석이었을까. 구동치는 며칠 동안 열쇠 전문가들을 수소문하고 다녔다. 의심되는 전문가가 다섯 명쯤 있었는데, 모두 알리바이가 확실했다. 구동치의 사무실 캐비닛을 열고 있을 만큼 한가한 녀석은 없었다. 구동치는 언더그라운드에서 활동하는 열쇠 전문가들까지 뒤져볼까 생각했지만 일을 너무 키우는 것 같아 그만두었다. 훔쳐간 게 없다는 건, 단순히 겁을 주겠다는 뜻이다. 자물쇠를 다 열지도 않았다. 열려 있는 자물쇠를 보여주기만 했다. 그건 자신을 과시하기 위한 것이었다. 자신에게 겁을 줄 만한 사람이 누군지 생각해내는 게 빠를지 몰랐다. 구동치는 김인천과 짧은 통화를 한 다음 차에 올랐다.

배동훈이 뛰어내린 15층 건물의 옥상에서 김인천은 아래를 내려다보았다. 현기증이 일었다. 백 번을 내려다봐도 늘 처음 보는 것처럼 어지러웠다. 김인천은 짧은 순간, 자신이 건물에서 떨어지는 상상을 했다. 상상은 순식간에 결말로 향한다. 바닥에 피투성이로 뻗어 있는 자신의 모습을 보는 데까지 2초도 걸리지 않는다. 피는 사방으로 퍼진다. 추락한 시체들이라도 주변에 피가 흩뿌려지지 않은 경우가 많지만, 그런 상상은 오히려 더 끔찍했다. 피를 상상하지 않으면 뼈가 부러지는 걸 상상해야 한다. 하얗고 매끄러운 갈비뼈와 허리뼈와 엉덩이뼈 같은 것들이 투둑, 하고 부러지는 장면을 상상해야 하는데, 그건 생각하면 할수록 구토가 치밀었다. 수천 개로 바스러진 뼛조각이 몸속에 박히는 상상을 하면 신물이 올라왔다. 김인천의 어지러움은 상상에서 비롯되는 것이었다. 피가 등장하든 뼈가 등장하든, 충격을 상상하는 순간 높이가 느껴졌다. 김인천은 배동훈이 추락한 곳의 난간을 손으로 꼭 붙들었다. 만약 배동훈이 스스로 뛰어내린 것이라면, 미친 놈이 분명하다고 김인천은 생각했다. 이런 곳에서 뛰어내리려면 얼마나 심장이 커야 하는지, 얼마나 절박해야 하는지, 김인천은 상상할 수 없었다.

"선배, 뭐 해요. 뛰어내리려고?"

구동치의 목소리가 들리자 김인천은 곧바로 난간에서 물러섰다.

"야, 가까이 오지 마. 가까이 오면 확 뛰어내릴 거니까."

김인천이 구동치에게 소리를 질렀다.

"이건 또 뭐 하자는 놀이인데요?"

구동치가 성큼성큼 걸어가며 말했다.

"응, 역지사지 놀이."

"그게 뭔데요?"

"나한테 쫓겼던 놈들이 어떤 기분이었을까 생각해보는 거야."

"선배, 요즘 정말 변했나 봐요. 쫓기는 놈들 생각도 해주고."

"이 새끼들이 참 많이 힘들었겠어. 야, 도망가다가 이런 낭떠러지에 몰리면 기분이 정말 좆같겠지? 씨발, 뛰어내려, 말아. 아니면 돌아서서 확, 형사를 발러?"

"나는 형사를 확 바르는 쪽에다 걸게요."

"대부분 그렇지. 씨발, 당연하지, 나 같아도 형사를 죽이고 만다. 여기서 어떻게 뛰어내리냐. 살아야지, 살고 봐야지. 살려면 죽여야지."

"왜 그래요, 선배답지 않게."

"그냥, 기분이 요새 더럽네. 난 앞으로 뭐 먹고살까."

"정년퇴직하면 되죠."

“정년? 인생에 정년이 어딨냐. 죽으면서 손에 쥐고 있던 수갑이랑 수첩이랑 볼펜 딱 떨어지는 때가 정년이지. 자꾸 왜 남의 인생 끝을 정하고 지랄이야. 자꾸 년년하니까 기분이 좆같네.”

“왜 불렀어요?”

“응? 아, 내가 불렀지. 크크, 요새 흥분하면 열이 확 뻗친다니까. 다들 이러다가 쓰러지나 봐.”

“선배 오늘 진짜 이상해.”

“태블릿 피시는 못 찾았지?”

“흔적도 없네요.”

“누가 빼돌렸겠지?”

“가까운 사람들 조사해보고 있어요.”

“뭐가 들어 있을까?”

“별것 없을 수도 있죠.”

“찾았는데, 전부 게임밖에 없고 이러면 되게 황당하겠다. 그치?”

“엄청난 게 들어 있을 수도 있고요.”

“배동훈이 가지고 있을 수 있는 최대한의 엄청난 게 뭘까?”

“비밀이나 흔적이나 리스트나 뭐 그런 거겠죠.”

“아니면 게임 최고 기록이거나. 크크.”

“엔터테인먼트와 관련된 것일 수도 있고.”

“야, 찾고 있는데 못 찾겠으니까 자꾸 큰 걸 상상하게 된다. 그치?”

"어떤 거 상상하는데요?"

"걸그룹들 포르노 같은 거."

"선배도 참, 지금 나이가 몇인데 그러고 있어요."

김인천이 쥐고 있던 무전기에서 소리가 들렸다. 김인천을 찾고 있었다. 김인천이 대답했다. '야, 준비 다 됐냐? 라인 다 쳤지?' 무전기에서 답변이 들렸다. '예, 준비 다 됐습니다. 지금 하시게요?' '그래, 간다. 지나가는 사람들 없게 조심해.'

"뭘 한다는 거예요?"

구동치가 물었다.

"실험."

김인천이 짧게 대답했다.

"무슨 실험요. 역지사지 실험?"

"그걸 뭐 하러 실험해. 생각만 하면 알게 되는데. 배동훈 실험."

김인천이 손가락으로 난간 옆에 있는 마네킹 두 개를 가리켰다.

"배동훈 실험요?"

"응, 아무래도 찜찜해서 실험이라도 해봐야겠어."

"뛰어내린 건지, 아니면 뒤에서 민 건지?"

"일단 봐. 이거 좀 같이 들자."

김인천과 구동치는 마네킹 하나를 힘들게 들었다. 죽은 배동훈과 똑같은 무게로 만든 마네킹이었다. 김인천은 첫번째 마네킹을 난간 아래로 곧장 떨어뜨렸다. 몇 초 후, 마네킹이 바닥에 떨어지는 소리가 났다.

"이건 자살인 경우죠?"

구동치가 물었지만 김인천은 대답하지 않았다. 곧바로 다음 마네킹을 들었다. 김인천은 난간에서 마네킹을 붙들었다.

"동치야, 네가 뒤에서 이 마네킹을 힘껏 밀어봐. 죽인다는 심정으로…… 알았지?"

"기분이 이상한데요."

"마네킹이지만 실전처럼 해. 이 새끼는 적이야, 적. 네 일거리를 전부 가로챈 놈이야. 딜리터 중에서도 최악질 딜리터지."

"아무리 그래도 감정이 확 상하진 않는데요?"

"이런 물정 모르는, 곱게 큰 새끼 같으니라고."

"저 안 곱게 큰 거 아시잖아요."

"아무튼 너를 제일 화나게 하는 놈이 누구야? 그놈을 생각하고 밀어붙이라고. 알았지?"

"네, 알았어요. 갑니다."

구동치는 있는 힘껏 마네킹을 밀었다. 마네킹은 난간에 걸리며 몸이 반 바퀴 회전한 뒤, 머리부터 아래로 떨어졌다. 마네킹이 바닥에 떨어지는 둔탁한 소리가 다시 들렸다. 김인천은 무전기를 켰다. '건물에서 마네킹까지 거리 재서 보고해.' 몇 분 후, 무전기 저편에서 목소리가 들렸다. '반장님' '보고해' '첫번째 마네킹이 건물에서 4미터, 두번째 마네킹이 4. 5미터입니다' '확실해?' '다시 잴까요?' '확실하냐는데 다시 잰다는 건 뭐야. 자신 없어?' '아뇨, 확실히 쟀습니다' '그럼 됐어' 김인천은 무전기를 끄고 재떨이가 있는 곳으로 걸어갔다. 구동치가 뒤를 따라가며 물었다.

"선배, 배동훈 씨 시신은 몇 미터 벗어났어요?"

"3. 5미터."

"그럼 직접 뛰어내린 거네요."

"그랬을까?"

"실험 결과가 그렇잖아요. 직접 뛰어내린 게 4미터, 밀어서 떨어뜨린 게 4. 5미터. 숫자가 말해주는 거 아니에요?"

"넌 참 예나 지금이나 살인 사건에는 약해. 그치?"

"그건 또 무슨 소리예요."

"너 나랑 일할 때도 유독 살인 사건 맡는 건 싫어했잖아."

"선배가 워낙 잘하니까 나는 다른 전공을 찾아본 거죠."

"0. 5미터의 차이는 어떻게 설명할 거야?"

"선배가 설명해보세요."

"배동훈 손톱 밑에 파란색 페인트가 말라붙어 있었어. 이 난간 페인트랑 같은 거지. 처음에는 대단하게 생각하지 않았어. 뛰어내리려고 난간을 잡고 있어도 페인트는 묻게 되어 있으니까."

"막상 뛰어내리려니까 무서워서 난간을 꼭 붙잡은 거겠죠."

"그럴 수도 있겠지. 그런데 그렇게 겁을 먹었던 사람이 잘 뛰어내릴 수 있었을까? 저기 봐, 난간이 꽤 높아. 올라가서 뛰어내리려면 반드시 죽어야겠다는 절실함이 필요해. 큰맘 먹고 뛰어내렸다면 건물에서 5미터는 벗어났을 거야. 어떻게 떨어져야 3.5미터만 벗어날 수 있을까?"

"뒤에서 누군가 밀었는데, 아까처럼 반 바퀴 돌고 난 다음 밀려 떨어지지 않고 곧바로 수직 추락했다면?"

"그렇지. 그럼 건물과 최대한 가까운 곳에 떨어졌겠지. 그런데 손톱에 묻은 페인트를 설명할 수 없어. 그게 아니라면?"

"또 무슨 가능성이 있어요?"

"자, 여기서 두 사람이 배동훈의 발목을 붙들고 아래로 떨어뜨리겠다면서 겁을 주고 있었어. 제대로 말하지 않으면 놓아버리겠다고 협박을 한 거지."

"페인트는요?"

"거꾸로 매달린 배동훈은 어떻게든 뭘 붙잡으려고 손으로 벽을 긁었을 거야. 발버둥은 치지 못했을 테고 손으로 뭘 잡고 싶었겠지. 배동훈 키가 180쯤이었으니까, 저쯤에 손톱자국이 있을 거야."

"확인해보셨어요?"

"아니, 난 어지러워서 못하겠어. 동치야, 네가 확인해봐."

"여전히 고소공포증이에요?"

"고소당하는 거 좋아하는 사람이 어딨냐. 너 같은 놈이나 좋아하지."

"말장난 좀 하지 마요. 손톱자국이 있으면 살인 사건으로 변하는 건가?"

"빨리 보기나 해봐. 여기 밧줄."

구동치는 밧줄을 들고 난간으로 갔다. 난간의 파이프에다 밧줄을 묶고 다른 쪽 끝을 허리에다 감았다. 밧줄은 최소한의 안전장치였을 뿐, 온전히 두 팔로만 몸을 지탱하면서 상체를 난간 밖으로 내밀자 김인천이 두 다리를 잡았다. 구동치는 팔로 하는 건 무엇이든 자신이 있었다. 난간 좌우를 살펴보았다. 최근에 칠했는지 벽은 대체로 깨끗했다. 흠집 난 곳이 별로 없었다. 구동치는 벽을 살피다 추상화가가 마음대로 붓질을 해놓은 것 같은 자국을 발견했다.

"있어?"

김인천이 재촉했다.

"잠깐만요."

구동치의 목소리는 난간을 넘어오지 못했다. 구동치의 모든 피가 머리로 쏠리고 있었다. 팔 쪽으로 힘을 더 불어넣었다. 구동치가 본 것은 손톱자국이 맞았다. 아래위로 날카로운 손톱자국이 나 있었다. 그 손톱자국에는 간절함이 묻어 있었다. 살고 싶어 하는 열망이 묻어 있었다. 어떻게든 떨어지지 않으려고, 이곳에 붙어 있으려고, 벽을 붙들고 있었다. 처절한 흔적이었다. '젠장, 내가 이래서 살인 사건을 싫어한다니까.' 구동치가 중얼거렸다.

"야, 있어, 없어?"

김인천이 소리를 질렀다. 구동치는 대답하지 않았다. 대답할 수 없었다. 손톱자국만 보았을 뿐인데 구토가 밀려왔다. 손톱자국이 혈흔이나 마찬가지인 것처럼 느껴졌다. 머리끝으로 피가 몰려서 그런 것인지도 몰랐다. 팔에서 힘이 조금 빠졌다. 김인천이 구동치의 다리를 잡고 끌어당겼다.

11

정소윤은 종이에 적힌 목록 중 하나에다 빨간 줄을 그었다. 목록은 전부 열다섯 개였고, 빨간 줄이 그어진 게 열 개. 이제 다섯 개 남았다. 빨간 줄을 그을 때마다 조금씩 실망했지만, 남은 게 있어서 절망하지 않았다. 열다섯 개 모두 빨간 줄을 긋게 되었을 때 절망해도 늦지 않을 거라 생각했다. 정소윤은 열한번째 사무실에다 전화를 걸어 약속을 잡았다. 회사에 전화를 걸어 휴가를 연장했다. 일이 많지 않아 자리를 비워도 크게 상관없는 시기였고, 큰 프로젝트를 무사히 끝낸 다음이라 회사에서도 편의를 봐주었다.

열한번째 사무실은 반려동물 가게들이 모여 있는 동네에 있었다. 이런 곳에서 과연 탐정이 할 일이 있을까 싶은 동네였다. 정소윤은 주소를 적은 쪽지를 들고 고양이와 개와 고슴도치가 바깥을 내다보고 있는 창 앞을 지나갔다. 이름을 알 수 없는 동물들도 많았다. 바깥을 내다보는 모든 눈빛들이 공허해 보인다고, 정소윤은 생각했다. 지하로 내려가는 작은 계단 옆에 파란색 간판이 눈에 들어왔다. 파란색 합판 위에 조잡한 글씨체로 '이리 탐정 사무실'이라는 글자가 적혀 있었다. 정소윤은 계단을 내려갔다. 굴보다 더 음침하고 습한 계단을 지나자 철문에 파란색 간판이 붙어 있는 게 보였다. 마찬가지로 조잡한 글씨체였다. 노크를 하려고 손을 올리려는데 문이 열렸다.

"전화 주신 분 맞죠?"

털북숭이 남자 한 명이 문 뒤에서 갑자기 나타났다. 정소윤은 한 걸음 뒤로 물러섰다. 어둠이 짙은 탓도 있지만 털이 온몸을 뒤덮고 있어서 사람인 걸 확인하기까지 시간이 걸렸다. 머리는 부풀어 올라 있었고, 눈썹도 짙었고, 턱수염과 구레나룻이 얼굴의 반 이상을 뒤덮었다. 두 눈과 뭉툭한 코는 털 속에 뒤덮여 잘 보이지 않았다.

"네, 여기가……"

"맞습니다. 탐정 사무실. 제가 이리입니다."

털북숭이 남자가 손을 내밀었다. 정소윤은 고개를 숙여 인사했다.

"들어가서 얘기해도 될까요?"

"아, 예, 들어오셔야죠. 이런, 이런, 제가 마음이 급해서 그만…… 어서 들어오세요."

사무실 안은 아수라장이었다. 눈에 띄는 고양이만 다섯 마리였고, 강아지도 있었고, 책상 위에는 이구아나가 자리를 잡고 있었다. 방구석 어딘가에 또 다른 동물들이 숨어 있을 것 같았다. 어둠 속에서 살쾡이 한 마리가 튀어나온다고 해도 전혀 이상하지 않을 공간이었다. 이리 탐정은 구석에 있는 의자를 가지고 와서 사무실 한가운데에 놓았다. 의자를 놓을 만한 데가 거기밖에 없었다. 이리 탐정은 책상 앞에 놓인 의자에 앉았다.

"누추하지만 편히 앉으시고요. 뭐 마실 거라도 드릴까요?"

"네, 정말 누추하긴 한데, 분위기는 좋네요."

"마음에 드신다니 다행입니다. 동물을 좋아하시나 봐요."

"물 한 잔 마실 수 있을까요?"

"물이요? 아, 물, 물 있죠."

이리 탐정은 구석에 놓여 있던 큰 생수병을 들고 왔다. 물이 반쯤 남아 있었다.

"컵은 없죠?"

정소윤이 물었다.

"네, 컵은 없습니다."

이리 탐정이 당연하다는 듯 말했다. 정소윤은 생수병을 들고 입을 대지 않은 채 물을 마셨다. 생수가 빠른 속도로 줄어들었다.

"자, 목을 축이셨으니, 본론으로 들어가볼까요? 어떤 일을 의뢰하시려고요?"

"여긴 주로 잃어버린 동물 찾아주는 덴가요?"

"뭐, 그런 일이 많긴 하지만 이것저것 닥치는 대로 하죠."

"동물 찾아주는 데도 돈을 많이 받아요?"

"경우에 따라 다르죠. 아가씨는 어떤 일 때문에 오셨을까요?"

"사람을 찾고 싶어서요."

"사람이라, 좋죠. 제가 사람 찾는 일 잘합니다."

"아는 게 별로 없어요."

"아는 것부터 말해보시죠."

"이름은 모르고요, 나이나 사는 곳도 몰라요."

"사진은 갖고 계시죠?"

정소윤이 종이 한 장을 꺼내서 이리 탐정에게 건넸다. 종이 속에는 초상화가 그려져 있었다.

"그렇게 생겼어요."

"사진도 없이 이걸 보고 찾으라고요? 어허, 지금이 조선시대인 줄 알아요? 이걸론 못 찾아요. 그래도 그림은 잘 그리셨네요."

"그쪽 일 해요."

"화가시구나."

"비슷한 거요. 그 사람 직업은 알아요."

"직업이 뭔데요? 특이해요?"

"딜리터래요."

딜리터라는 말을 듣는 순간 이리 탐정의 얼굴이 딱딱하게 굳었다. 냉동실에서 갓 꺼낸 머리 같았다.

"딜리터라는 건 어떻게 알았어요?"

"그 사람이 저희 집에 침입했었어요. 침입이라는 말이 좀 이상한가. 침범? 아니면 잠입? 아무튼 제가 전날 밤샘 작업을 하고 집에 들어와서 자고 있었거든요. 목이 말라서 물을 마시려고 일어났어요. 문을 열고 밖으로 나왔는데, 그 사람이 복도에 딱, 서 있는 거예요. 저는 너무 놀라서 소리도 못 지르고 가만히 서 있었어요. 한 2초 정도 보고 있었나. 아니, 어쩌면 더 짧았을지도 몰라요. 그 사람 얼굴은 똑똑하게 기억이 나요. 그 사람이 사라지고 나서, 어떻게 해야 할지 몰라서 멍하니 서 있었어요. 경찰에 신고를 해야 하나. 누군가 다친 사람이 없는지, 훔쳐간 게 무엇인지 집 안부터 살펴야 하나. 일단 휴대전화부터 들고 나왔는데, 부재중 전화가 30통 넘게 와 있는 거예요."

"누군가 죽었군요."

"어떻게 아세요?"

"딜리터를 봤다면서요."

"아."

"딜리터가 하는 일이 그거죠. 발자국 지우기. 누가 죽었어요?"

"아빠요."

"저런."

"괜찮아요. 괜찮아질 거예요."

"계속하시죠."

"엄마는 내가 집에 들어와 있는지도 모르고 계속 전화를 걸었던 거고, 저는 휴대전화 소리를 끄고 잠이 들어버렸거든요."

"일은 꼭 그렇게 맞물리게 돼 있죠."

"무조건 병원으로 달려갔고 며칠 동안 그 사람 일은 까맣게 잊고 있었어요. 아빠를 보내고 집으로 돌아오니까 생각이 나더라고요. 아, 맞다, 침입자. 엄마한테 없어진 게 없는지 물어봤어요. 귀중품은 다 있더라고요. 별일 아닌가 싶었죠. 서재로 가서 컴퓨터를 켰는데, 켜지질 않는 거예요. 컴퓨터 수리 기사를 불렀더니 하드디스크가 깨끗하게 지워졌대요. 완전, 깨끗하게요. 얘길 들어보니 딜리터들이 그런 일을 한다면서요?"

"담담하게 얘기하시네요."

"이 얘기 벌써 열한번째니까요."

"제 앞에 등장했던 열 명의 선수는 다 입을 다물었고요?"

"다들 모른대요."

"순진하시네."

"뭐가 순진해요?"

"알아도 얘기 못 하죠."

"왜요?"

"내부 고발이니까요. 동종 업계 사람들끼리의 불문율이랄까, 그런 게 있죠."

강아지 한 마리가 이리 탐정의 무릎 위로 뛰어 올라와서 불룩하게 튀어나온 탐정의 배를 핥았다. 강아지와 경쟁을 하듯 고양이 한 마리가 탐정의 발 근처를 맴돌았다.

"탐정님께서는 저한테 왜 그런 얘길 해주시는 거예요? 그것도 내부 고발이잖아요."

"저는 엄밀히 말하면 내부자는 아니니까요. 탐정계에서도 변방으로 내몰린, 말하자면 언더그라운드 탐정이랄까요. 동물이나 찾아주면서 근근이 먹고 살고 있는 주제이기 때문에 고발하고 싶어도 내부를 몰라요."

"그럼 얘기해주세요."

"뭘요?"

"이 사람이 누구고, 어디에 사는지."

"내부를 모른다니까요."

"알아봐주세요. 저보다는 이 세계를 많이 아실 거 아니에요."

"저한테 좋은 일은 뭔데요?"

"돈이죠."

"기껏 돈 몇 푼 벌자고 고발자가 되라고요?"

"내부자가 아니라면서요."

"내부자는 아니지만 어기지 말아야 할 최소한의 룰은 있으니까요."

"좋아요, 그럼 룰을 어기는 비용으로 얼마면 되겠어요?"

"그 사람 찾아서 어떻게 할 생각인데요?"

"일단 하드디스크를 돌려받아야죠."

"그다음엔?"

"그다음엔 모르겠어요. 경찰에 신고해야 할까요?"

"내 생각에 하드디스크는 이미 저세상으로 갔을 겁니다. 그게 딜리터들이 하는 일이니까."

"그럼, 그럼…… 죽여버릴 거예요."

"그걸 없애달라고 부탁한 사람이 아버지예요. 엄밀히 말하자면 딜리터들은 잘못이 없죠. 아마 계약서도 있을걸요."

"계약서가 있든 말든 아빠가 부탁했든 아니든 다 상관없어요. 반드시 돌려받을 거예요. 거기에, 전부 다, 들어 있단 말예요. 아빠가 찍은 사진, 내가 찍은 아빠 사진, 아빠랑 내가 주고 받은 편지들, 영상들, 아빠가 만든 노래들, 그런 게 다 들어 있다고요. 지난달에 갔다 왔던 갈라파고스 사진도 거기 있다고요. 아빠가 그걸 지웠을 리가 없어요. 뭔가 잘못된 거예요. 아빠가 그럴 리 없다고요. 꼭 돌려받고 말 거예요."

"갈라파고스, 갔다 왔어요?"

"네?"

"조금 전에 갈라파고스 얘기했잖아요. 갔다 왔어요?"

"네, 지난달에요."

"그럼 거기서 바다 이구아나도 봤어요?"

"네, 봤어요. 1미터 50센티짜리."

"와, 멋있죠?"

"바다 이구아나랑 찍은 사진도 거기 들어 있어요."

바다 이구아나가 이리 탐정의 마음을 건드렸다. 이리 탐정은 무엇인가 잃어버린 사람들의 분노를 잘 이해했고, 쉽게 공감하기도 했다. 이리 탐정의 이해와 공감은 일을 너무 쉽게 떠맡게 된다는 단점이 있는가 하면, 일을 재빨리 처리하게 하는 자극이 되기도 했다. 게다가 잃어버린 게 평생 한 번 만나볼까 말까 한 바다 이구아나의 사진이라면. 정소윤은 말이 없었고, 침묵이 이리 탐정을 압박했다.

"제가 한번 알아볼게요. 딜리터가 많지는 않으니까 조금만 얘기 돌려보면 금방 찾을 겁니다."

이리 탐정의 말이 끝나자마자 정소윤의 얼굴이 밝아졌다.

"그렇죠? 금방 찾을 수 있겠죠? 제 생각엔 아직 시간이 많이 지나지 않았으니까 빨리 찾기만 하면 하드디스크를 되살릴 수도 있을 거예요, 그렇죠?"

"네, 그럴 겁니다. 그리고……"

"네?"

"수수료는 얼마쯤 생각하시는지?"

"얼마면 돼요?"

"기본 가격이란 게 있어서 아주 많이 빼드리진 못하고요. 게다가 내부 고발의 성격도 있으니, 추가 옵션도 조금 더 주셔야 할 것 같기도 하고……"

"돈은 걱정 마세요."

정소윤의 말에 이리 탐정의 얼굴이 밝아졌다. 이리 탐정은 책상 위에 있던 이구아나 집과 잡동사니들을 한쪽 구석으로 몰아넣고 종이 한 장을 꺼냈다. 영수증이었다. 이리 탐정은 선금을 받고 영수증을 써주고 정소윤과 악수를 나눴다. 오랜만에 사람을 찾는 일이었다. 게다가 아주 간단한 일이었다. 간단한 일이지만 어려워 보이는 경우가 있고, 어려운 일이지만 간단해 보이는 경우가 있다. 이번 일은 어려워 보이지만 간단한 일이라서 더 좋았다. 이리 탐정은 구동치를 이미 알고 있었다. 정소윤이 그린 그림을 보자마자 구동치일지도 모른다고 생각했고, 직업이 딜리터라면 따지고 말고 할 것도 없이 구동치가 확실했다. 구동치가 현재 어디에 살고 있는지만 알아내면 되는 일이었다. 이리 탐정은 오래전 구동치에게서 도움 받았던 일을 떠올렸다. 형님은, 저에게, 늘 도움을 주시는군요. 이리 탐정이 속으로 중얼거렸다. 이리 탐정은 정소윤과 악수를 나누는 동안 털 사이에 묻힌 이를 환하게 드러내며 웃었다.

12

테니스 경기를 하는 내내 한유미는 구동치의 말을 떠올렸다. '제단에다 공을 바치고 있잖아요.' 코트 어딘가에서 구동치의 시큰둥한 목소리가 들리는 것 같았다. 한유미가 네트를 넘긴 공들은 천일수 회장이 치기 딱 좋은 곳에 떨어졌다. 이유를 알 수 없었다. 다른 곳으로 치려고 해도 소용없었다. '에이, 설마요, 실력이 모자라니까 그런 거겠죠.' 한유미는 그렇게 반박했었다. 직접 쳐보니 실력의 문제가 아니었다. 천일수의 자세와 표정에는 빈틈이 없어서 공을 치려는 상대방을 순간적으로 얼어붙게 만들었고, 당황하게 만들었다. 생각이 많아지게 했고 갈등하게 만들었다. 몸이 굳어서 결국 어정쩡한 공을 칠 수밖에 없었다. 천일수라는 사람의 지위나 권력 탓일 수도 있지만 어쩌면 테니스공을 끌어당기는 강력한 자석 같은 걸 몸에 부착하고 있는 것일지도 모른다고, 한유미는 생각했다. 복식 경기였지만 천일수 한 사람이 코트를 압도했다. 천일수와 한 팀인 송미영이나 한유미와 팀을 이룬 이영민은 시종일관 조심스럽게 공을 쳤다. 치기 쉬운 공은 적당히 넘겼고, 받아치기 어려운 공을 묘기처럼 넘기는 경우는 없었다. 송미영은 자신의 역할을 충실히 했고, 이영민은 가끔 실수를 했다. 둘을 놓고 보자면 송미영이 한 수 위였다. 경기는 시시하게 끝났다. 한유미와 이영민이 간신히 한 게임을 따냈을 뿐이었다.

경기를 마친 네 사람은 개인 샤워룸에서 몸을 씻고 1층 식당에서 다시 만났다. 땀을 흘린 사람들의 고단함과 개운함이 매끄러운 얼굴에 묻어 있었다.

"회장님, 오늘 한 수 배웠습니다. 정말 듣던 대로 잘 치시네요."

이영민이 식탁 위에다 휴대전화기를 올려놓으며 말했다.

"뭘요, 서로서로 배우면서 치는 거지. 이영민 씨는 테니스 치신 지가 얼마나 됐습니까?"

천일수는 두 손을 깍지 끼어 식탁 위에 올렸다.

"3년쯤 됐습니다만, 제대로 배운 테니스가 아니라서 많이 부족합니다. 앞으로도 종종 회장님께 배울 수 있으면 좋겠습니다."

"휴대전화는 좀 치우고 얘기하십시다. 난 식탁 위에 그런 게 올라와 있으면 거북하더라고."

천일수가 턱을 살짝 내밀어 이영민의 휴대전화를 가리켰다. 이영민은 휴대전화를 곧바로 바지 주머니에 넣었다. 네 사람이 앉은 테이블에 순간적으로 침묵이 흘렀다. 침묵을 즐기는 사람은 천일수뿐이었다. 송미영은 침묵을 두고 보았고, 이영민과 한유미는 침묵이 부담스러워 어쩔 줄 모르고 있었다. 침묵을 깰 수 있는 사람도 천일수뿐이었다.

"한유미 씨는 자세가 아주 좋습니다. 어디서 배웠습니까?"

천일수가 한유미에게 고개를 돌리며 물었다.

"아휴, 저도 아직 초보예요. 배우긴 배웠는데, 선생님에게 얼마나 혼이 났는지 몰라요. 운동신경이 없나 봐요. 회장님 자세 보면 군더더기가 없는데, 저는 잔동작이 너무 많아서 힘이 실리지가 않아요."

"그 정도면 훌륭합니다. 이영민 씨보다도 한 수 위던데요. 한유미 씨는 멀리서 보면 테니스 선수 같아요. 몸의 비율도 좋으시고, 자세도 좋으시고."

"가까이서는 엉망이죠? 하하하, 그래도 회장님 칭찬 들으니 기분이 좋네요."

네 사람의 음식이 나왔다. 두툼한 안심 스테이크, 푸른색과 갈색이 보기 좋게 어우러진 샐러드, 레드 와인이었다. 칼과 포크가 접시에 부딪치며 나는 날카로운 소리가 침묵을 가로질러 갔다. 천일수가 고기 한 조각을 입에 넣고 다시 한유미를 보았다.

"한유미 씨는 어떤 선수를 좋아하세요?"

"저요, 음, 좋아하는 선수라면…… 음, 저는 샤라포바요."

"어울리네요."

"아니, 저하고 어울려서 그런 게 아니고, 샤라포바가 공을 후려칠 때 내는 소리 있잖아요. 전 그 소리가 되게 멋져 보여요."

"다른 선수들에게는 끔찍한 소음이죠."

"그러니까요. 그 소리만으로도 존재감이 엄청나잖아요."

"이영민 씨는 어떤 선수를 좋아합니까?"

천일수가 갑자기 질문을 던지자 이영민의 고기 씹는 속도가 빨라졌다. 빨리 대답을 내놓지 않으면 다른 사람에게 기회가 주어질지도 모른다는 조급함이 얼굴에 드러났다.

"저는 나달 선수를 좋아합니다."

이영민은 고기를 다 씹고 삼켰다는 걸 확인이라도 시켜주려는 듯 또박또박 한 글자 한 글자 힘주어 대답했다.

"아, 그래요? 나달이라…… 좋은 선수죠."

"저는 아무래도 기교보다 힘이 좋은 선수가 좋더라고요."

"힘이라…… 다들 자기에게 없는 걸 바라게 되죠. 힘이 없으면 힘을 추구하게 되고, 세밀함이 부족한 사람은 세밀함을 원하게 되고……"

천일수는 이영민 대신 접시에 담긴 고기를 보면서 말했다.

"회장님은 어떤 선수를 좋아하십니까?"

천일수는 이영민의 질문을 받고 한쪽 입꼬리를 살짝 올리며 웃었다. 기다렸던 질문이라는 것인지, 쓸데없는 질문이라는 것인지, 예측하기 힘든 종류의 표정과 웃음이었다.

"저야, 뭐, 늘 페더러죠. 페더러는 완벽한 선수입니다. 테니스 역사상 그만큼 완벽한 선수를 찾기가 쉽지 않습니다. 이영민 씨는 힘이 좋은 선수가 좋다고 했죠? 아마 페더러는 부드러움으로 힘을 제압할 수 있다는 증거를 보여준 사람일 겁니다. 다른 선수들은 백핸드를 두 손으로 치지만 페더러는 한 손으로 가뿐히 공격합니다. 부드럽기 때문에 가능한 겁니다. 진정한 힘은 근육에서 나오는 게 아니라 유연함에서 나오는 것이죠. 유연하면 모든 걸 다 꺾을 수 있어요."

이영민은 천일수가 자신의 눈을 똑바로 쳐다보면서 말하고 있다는 걸 뒤늦게 깨달았다. 이영민은 천일수의 눈을 피하기 위해 고개를 숙이고 고기 한 점을 집었다.

"어머 회장님, 저도 페더러 좋아요. 잘생겼잖아요."

한유미가 끼어들었다.

"참, 지난번에 한유미 씨가 데려와서 잠깐 인사했던 사람 이름이 뭐였죠? 탐정이라는……"

"아, 구동치 씨요."

"테니스 선수였다고 했죠. 한유미 씨가 언제 시합 한번 잡아주겠어요? 미영 씨, 다음 주 시간 어떻게 되지?"

천일수가 송미영을 돌아보며 물었다. 송미영은 잠깐 허공을 보면서 스케줄을 기억해냈다.

"수요일까지는 약속이 있습니다."

"목요일이나 금요일에, 시간 되는지 한번 물어봐줘요."

"목요일이나, 금요일. 이 시간이죠? 네, 한번 물어볼게요. 그런데 단식으로 치실 거예요? 아니면 복식?"

"선수까지 했던 친군데, 단식으로는 힘들겠죠."

"아녜요, 회장님 정도면 선수들하고 쳐도 이기실 거예요."

"하하, 과찬의 말씀이네. 복식으로 칩시다. 그게 재미도 있고, 한유미 씨도 같이 칠 수 있고."

"네, 저야 그러면 더 좋죠."

식사가 끝날 때까지 잡담이 오고 갔지만 주로 천일수와 한유미만 말을 했다. 송미영은 회장이 하는 말을 유심히 들었고, 이영민은 조용히 고개를 숙인 채 열심히 고기를 먹었다. 황소 한 마리를 접시에 놓아주었더라도 부지런히 다 먹어치웠을 것이다. 천일수와 송미영이 가고 나자 이영민의 얼굴이 펴졌다.

"젠장, 고기 먹은 거 다 체하겠네."

이영민이 자세를 고쳐 앉으며 말했다.

"자긴 완전히 굳어서 말도 잘 못하더라."

한유미가 이영민 쪽으로 몸을 기울이면서 말했다.

"회장이 나 싫어하는 거 같지?"

"음, 좋아하는 거 같진 않았지만, 그래도 뭐, 싫어할 이유는 없잖아?"

"이유야 많지."

"어떤?"

"겁주는 거지. 너 같은 놈한테는 영상 사업 일을 절대 맡기지 않을 거니까 근처에 올 생각도 하지 말라고, 알아들었어? 힘도 없는 놈이 말야. 뭐, 이런 메시지일 수도 있고."

"회장님은 그런 거 직접 말하는 스타일이야. 뭐가 아쉬워서 그렇게 빙빙 돌려 말하겠어?"

"아무튼 나 싫어해."

"싫어해도 할 수 없지, 뭐."

"두고 봐, 회장이 나한테 무릎 꿇고 사정하게 될 날이 있을 테니까."

“회장님이 뭐가 아쉬워서 그래.”

“앞으로 아쉬울 일이 생길 거야.”

“자기 뭐 숨기고 있는 게 있구나?”

“뭘 숨겨.”

“비장의 카드 같은 걸 꼭 쥐고 있는 사람 표정이었어.”

“비장의 카드는 누구나 쥐고 있어. 숨기고 있다가 꺼내는 사람도 있고, 마지막까지 카드를 보여주지 못하고 게임을 끝내는 사람도 있고.”

“자기 이럴 때 보면 되게 음흉한 사람 같아.”

“나 음흉한 사람이야.”

이영민은 한유미의 무릎에 손을 올렸다. 굴곡이 심한 무릎뼈가 손에 들어왔다. 이영민은 손바닥을 펴서 한유미의 무릎뼈를 만지작거렸다. 손은 가끔 무릎뼈를 지나 치마 속으로 들어가기도 했고, 매끈한 정강이에 가 닿기도 했다.

“뭐야, 여기서 왜 이래.”

“음흉해 보인다면서? 본격적으로 음흉한 모습을 보여주려고.”

“웃겨.”

한유미는 그렇게 말하면서도 무릎의 위치를 옮기지 않았다. 오히려 만지기 좋게 다리를 살짝 벌려주었다. 벌려주었다기보다 다리에 힘이 빠지면서 자연스럽게 벌어진 것일 수도 있었다. 한유미의 허벅지 안쪽이 열리자 이영민의 손은 조금 더 과감해졌다. 손가락 하나가 허벅지 아래쪽까지 가 닿았다.

"올라가서 잠깐 있다 갈까? 몸도 노곤한데……"

이영민이 한유미의 다리에서 손을 떼며 말했다.

"어디?"

"게스트룸 잠깐 빌려달라 그래봐."

"내가?"

"여기 직원들 잘 알잖아."

"그래도 어떻게 그래."

이영민이 아무 말도 하지 않자 한유미가 자리에서 일어나 관리 사무실 쪽으로 갔다. 이영민은 불룩하게 튀어나온 바지 앞섶을 추스렸다. 5분도 지나지 않아 한유미가 열쇠 하나를 흔들면서 돌아왔다. 열쇠가 호실이 적힌 고리에 부딪치며 날카로운 소리를 냈다. 신음처럼 날카롭고 높은 소리였다.

"자긴 섹스하면서 왜 그렇게 가슴 만지는 걸 좋아해? 아직도 얼얼하다."

한유미는 침대에 누워 이영민의 가슴을 만지작거리며 말했다.

"많이 아팠어?"

이영민은 창밖을 보고 있었다. 창밖으로 가을의 색이 가득 펼쳐져 있었다.

"그냥 만지는 건 괜찮은데 막 쥐어짜잖아. 애정 결핍 같은 건가?"

"애정 결핍이면 가슴 만지는 거야?"

"몰라, 그런 얘기 어디선가 들은 것 같아서."

"야, 곧 겨울 오겠네. 낙엽이 뚝뚝, 떨어진다."

"여기 풍경이 참 근사하지?"

"그러네. 돈 많이 벌면 나도 이런 거나 하나 만들어서 조용히 지낼까?"

"얼마나 많이 벌게. 노블 클럽 같은 거 만들려면 몇백 억 있어야 할걸."

"뭐, 언젠가는 생길 수도 있지."

"자기 오늘 뭔가 되게 숨겨놓은 게 많은 사람처럼 얘기한다?"

"처음 만났을 때 나한테 했던 말 기억나?"

"뭐였지?"

"죽기 전에 하고 싶은 일이 있느냐고 했잖아."

"아, 딜리팅 가입하라고 했을 때? 그때 자기가 뭐라고 대답했지?"

"대답을 못 했지."

"왜 못 했지?"

"하고 싶은 일이 없었으니까."

"지금은 있어?"

"응, 생겼어."

"뭔데?"

"힘."

"무슨 힘?"

"힘 있는 사람이 될 거야."

"헬스클럽 다녀?"

"아니, 그런 힘 말고."

"아, 졸린다."

"자도 돼?"

"애들은 4시에나 오니까, 좀 자도 되긴 하는데."

"구동치라는 사람, 어떤 사람이야?"

"아, 참, 구동치 씨랑 회장님이랑 약속 정해야 하는구나."

"나중에 해."

"아, 나중에 할까? 잠이 확 깨네."

"어떤 사람이야? 구동치 씨는?"

"자기도 만났잖아."

"잘 모르겠어서."

"응, 글쎄. 나도 잘 모르긴 하는데, 경찰 출신의 탐정이고, 죽은 사람들 데이터를 없애주는 사람이고, 싱글에다가, 어깨 넓고, 얼굴도 뭐 그럭저럭 잘생겼고, 매너는 있지만, 싸가지는 없고, 어떤 때 보면 밥맛 확 떨어지다가도 어떤 때는 또 매력 있고, 유머 감각도 좀 있는 편이고……"

"그 사람 좋아해?"

"내가?"

"말하는 게 좋아하는 것 같아서."

"에이, 아냐."

"딴 남자 만나면 죽는다, 알지?"

이영민은 한유미의 어깨를 꼭 끌어안았다. 날아가려는 새를 움켜쥐듯이, 손가락 사이로 빠져나가는 물을 담아두듯이, 빈틈없이 어깨를 감쌌다. 손에 힘을 주면서 이영민은 자신도 모르게 이를 꽉 물고 있었다. 앞으로 있을 천일수와의 전쟁에서 어떤 일들이 벌어질지 알 수 없다는 데서 오는 긴장감이 턱을 얼얼하게 만들었다. 침착해야 해. 흔들리지 말아야 해. 힘을 키워야 해. 이영민은 창밖을 보며 속으로 중얼거렸다.

13

김인천과의 옥상 추락 실험이 있고 나서 며칠 후, 구동치는 사무실로 돌아오다 건전지를 사기 위해 1층 철물점에 들렀다. 애꾸눈오디오에서 나오는 목소리가 조금씩 작아지고 있었다. 플러그에 어댑터를 꽂으면 간단하게 해결할 수 있지만 사무실에 너저분한 선들이 뒤엉켜 있는 걸 보고 싶지 않았다.

구동치는 건전지를 들고 나오다 무심코 가게 입구에 달린 CCTV를 올려다보았다. 백기현이 CCTV로 소동을 피우던 게 생각났다. CCTV의 방향을 살펴보았다. CCTV는 문 양쪽 위로 달려 있었는데, 잘하면 사무실 침입자가 가게 앞을 지나가는 영상이 담겼을지도 모른다. 화질은 엉망이겠지만, 실루엣만 봐도 속이 시원할 것 같았다.

구동치는 백기현에게 CCTV 자료를 좀 봐도 될지 물어보았다. 백기현은 눈을 반짝였다. 거봐, 내가 뭐랬어, CCTV가 없었으면 다들 어쩔 뻔했어,라는 듯한 표정이었다. 백기현은 구동치에게 날짜를 다시 한 번 확인하고는 컴퓨터 앞에 앉았다.

"자, 구 선생, 범인을 찾아볼까요? 몇 시쯤일까?"

"그건 모르겠네요. 그날 치 영상을 다 복사해주시면 제가 한 번 볼게요."

"나 복사할 줄 모르는데요?"

"매뉴얼 같은 거 받으신 거 없어요?"

"없는데…… 내가 CCTV 회사에 전화해볼까요?"

"아니에요. 그러실 필요까지는 없습니다."

"아, 빈일이, 빈일이 그 녀석은 할 줄 알 겁니다."

백기현은 구동치에게 동의도 구하지 않고 전화기를 들어 이빈일을 불렀다. 5분쯤 지나자 이빈일이 1층으로 내려왔다. 이빈일은 백기현과 구동치에게 어색하게 인사했다.

"야, 빈일아, 너 CCTV 프로그램도 잘 알지? 이거 복사할 줄 알아?"

"복사는 간단할 거예요. 제가 좀 볼까요?"

이빈일은 컴퓨터 앞에 앉아서 프로그램 설정과 화면 구성을 살폈다. 마우스로 메뉴를 다루는 솜씨가 남달라 보였다.

"이거 CCTV 완전 최신형이네요. 며칠 거라고 하셨죠?"

"25일. 야, 최신형은 무슨…… 화질도 완전 엉망이던데."

"왜 엉망이에요? 이거 화질 최고일 텐데."

백기현은 이빈일 앞으로 끼어들어 화면을 클릭했다. 형상을 제대로 알아보기 힘들 정도로 망점이 큰 영상이 나타났다.

"에이, 아저씨, 그건 썸네일 화면이고요, 이걸 클릭해야죠."

"썸네일? 그게 뭐야?"

"이건 미리보기라고요."

이빈일이 한마디 하고는 다른 메뉴에서 영상을 플레이시키자, 선명하고 또렷한 영상이 화면 가득 펼쳐졌다. 눈부실 정도로 또렷한 영상에 백기현과 구동치가 동시에 낮은 탄성을 질렀다.

"그래, 그럼 그렇지, 최신형인데 화면이 그렇게 어두운 게 이상하긴 했어."

백기현이 무릎을 치며 말했다.

"25일 거, 통째로 다 구워요?"

"뭘 구워?"

"DVD로 복사하느냐고요."

"아, 그래, 복사해봐라."

영상이 4배속으로 움직이면서 DVD로 복사되고 있었다. 화면 속 사람들이 빨리 움직였다. 움직임 감지가 설정돼 있어서 화면 속에 사람이 없는 경우는 거의 없었다. 사람이 나타났다가 빠른 속도로 사라졌다. 아이들이 쪼그려 앉아서 뭘 보고 있는 장면도 있었고, 수수빗자루나 걸레 자루를 고르기 위해 쌓아둔 걸 뒤적이는 여자의 모습도 빠르게 지나갔다.

"내 이놈의 도둑놈의 새끼들 싹 다 잡을 수 있겠구나. 빈일이 네가 큰일했다. 도장 애새끼들 범죄 현장이 아주 똑똑하게 찍혔겠어."

백기현은 빨리 복사가 끝나기를 바랐다. 차철호에게 한 방 먹일 수 있는 절호의 기회가 왔다는 생각에 조바심이 났다. 만약 도장 아이들이 아무것도 훔친 게 없다면 조용히 일을 덮으면 그만이었다. 뒤에서 화면을 조용히 지켜보고 있던 구동치가 움찔했다.

"빈일아, 좀 전에 지나간 화면이 몇 시쯤인지 확인할 수 있지?"

"네, 25일 오후 5시 4분이네요."

"복사 중에도 화면 볼 수 있어?"

"볼 수 있죠."

이빈일이 10월 25일 5시 4분의 화면을 보여주었다. 모자를 쓰고 철물점 앞을 지나가는 남자 한 명이 보였다. 허리에 커다란 공구주머니를 차고 있었다. 남자는 화면에서 곧 사라졌다.

"어, 저놈 기억나네."

백기현이 화면을 가리키며 소리를 질렀다. 이빈일은 화면을 빠른 속도로 재생시켰다. 남자가 화면 속에 다시 등장하는지 확인하기 위해서였다. 남자는 5시 30분에 다시 화면 속으로 나타났다. 5시 4분과는 반대 방향으로 지나갔고, 다시 나타났을 때에는 백기현과 박찬일도 화면 속에 있었다. 두 번 다 남자의 얼굴은 제대로 보이지 않았다.

"맞아, 박 요리랑 얘기하다가 저놈 봤다니까. 그렇잖아도 박 요리랑 저놈 뭔가 수상하다 그런 얘기를 했어요. 저놈이 뭔 일을 저지른 겁니까? 아는 놈이에요?"

"아뇨, 움직이는 게 어쩐지 좀 수상해서요."

"그래요? 탐정님이시니까 딱 보면 아시는구나."

"저 남자 얼굴이 기억나세요?"

"얼굴이라…… 난 얼굴은 못 봤어요. 박 요리가 기억하려나? 박 요리가 막 따라가려고 하다가, 아마 따라가지는 않았을 텐데, 그래도 얼굴을 봤으려나? 빈일아, 식당 내려가서 박 요리 잠깐만 올라와보라고 해."

"지금요?"

"그럼 지금이지, 구 선생이 범인을 잡으시겠다는 건데 이보다 더 급박스러운 일이 어디 있어."

"아닙니다. 제가 나중에 물어봐도 됩니다."

"아니에요, 그러는 게 아닙니다. 쇠뿔은 단김에 빼고, 증거는 잡았을 때 굳혀야지. 내가 예전에 형사 영화 같은 거 많이 봐서 잘 안다니까요. 빈일아, 얼른 갔다 와."

"사장님, 도대체 저한테 일을 몇 개나 시키는 거예요. 저는 피시방 알바지 철물점 알바가 아니라고요."

"그래서? 안 가겠다고?"

"갔다 올게요."

이빈일은 툴툴거리면서도 재빠르게 일어섰다.

"형님, 부르셨어요?"

몇 분 지나지 않아서 박찬일의 큼직한 목소리가 가게 안으로 먼저 들어왔다.

"어, 박 요리, 얼른 들어와."

백기현의 목소리도 만만치 않게 컸다.

"어이, 구 탐정도 있네. 뭐야 오늘 반상회 하는 거예요?"

"지난번에 요 앞에서 봤던 놈 기억나지? 처음 보는 놈인데, 뭘 고치러 왔나 그랬잖아."

"예, 기억나죠. 사납게 생긴 새끼."

"얼굴이 기억나?"

"그럼요, 형님. 제 장사의 비결이 뭡니까, 한번 온 손님은 절대 잊어먹지 않는다. 그놈은 왜요?"

"구 선생이랑 애기 좀 해봐. 그놈이 뭔 일 저질렀나 봐."

백기현은 어떤 사건이 있었는지 궁금해했고, 두 사람이 어떤 이야기를 주고받는지 더 듣고 싶어했지만 구동치는 박찬일을 데리고 식당으로 내려갔다. 동네방네 떠들어서 좋을 이야기는 아니었다. '시칠리아의 향기' 문을 열고 들어가면서 박찬일이 이야기를 시작했다.

"좀 수상해 보이긴 했어. 누가 자기 얼굴 볼까 봐 모자를 푹 눌러쓴 데다 허리에는 이따만 한 공구주머니를 차고 있었어. 어떻게 보면 흔한 모습이라고 생각할 수도 있는데, 이상하게 그 새끼는 뭔가 살기 같은 게 느껴졌거든. 아무리 두꺼운 옷을 처입어도 살기 같은 건 못 감추는 법이거든. 무슨 일이야?"

"응, 사무실이 털렸는데, 아무래도 그놈 같아."

"네 사무실을 털어? 이야, 완전 미친놈이네? 천하의 구 탐정 사무실을 턴다…… 뭘 훔쳐갔어?"

"훔쳐간 건 없어."

"그럼 뭐야?"

"겁 좀 주려는 거겠지."

"어떤 새끼들이?"

"그건 모르지. 나한테 원한 있는 놈들이야 많겠지. 그놈 얼굴

기억할 수 있겠어?"

"기억하지. 마지막에 주차장으로 갈 때 나하고 눈이 딱 마주쳤거든. 사진 보면 알 수 있어."

"알았어. 사진 좀 구해볼게."

"아, 이상한 게 하나 더 있었는데……"

"어떤?"

"너 지난번에 원수도장에 대해서 물어봤었잖아."

"그랬지."

"이번 일이랑 원수도장이랑 상관 있어?"

"아마 없을걸. 원수도장은 누가 물어봐서 알려준 거였어. 내가 따로 뒷조사를 한 것도 아니고. 그건 왜?"

"그 새끼가 공구주머니를 차고 있었다고 했잖아. 거기에 작은 마크 하나가 붙어 있었는데, 몰라, 내가 잘못 본 걸지도 모르는데, 그 새끼랑 멀어지면서, 저걸 어디서 봤더라, 어디서 봤더라, 한참 생각했는데, 아무래도 그게 원수도장 표식이었던 것 같아. 뾰족한 삼각형이 동그란 원을 칼처럼 뚫고 나오는 모양인데, 흔한 표식은 아니잖아."

"그런 표식을 옷에다 붙이고 다닌다는 건 좀 이상하지 않아?"

"원수도장을 아는 사람이 몇 명이나 되겠냐. 완전 이상하지는 않지. 그렇게 끼리끼리 뭉치는 새끼들은 자긍심, 의리, 이런 걸 좆나게 중요하게 생각하니까. 또 몰라, 비밀 표식처럼 붙이고 다닐 수도 있어."

"그렇다면 원수도장 사람이 왜 내 사무실을 털지?"

"구 탐정이 뭔가 알아차린 것 같으니까 겁주려고 그런 거 아닐까? 여기서 손 떼, 씨방생이야, 뭐 그런 의미로다가."

"그렇다면야, 간단한 문제지만."

"그게 왜 간단해?"

"난 이미 원수도장 일은 손 뗐으니까. 박 셰프가 얘기했던 거 그대로 전달해주고 난 벌써 손 털었거든."

"씨발, 내가 얘기했다고 말했어? 나한테 달려드는 거 아냐?"

"당연히 박 셰프 얘긴 안했지. 아, 했나? 안 했을 거야. 아니다, 잠깐 했나?"

"뭐야, 확실히 해."

"겁나?"

"야, 구 탐정, 나 이래 봬도 옛날에 나이프 좀 잡아본 사람이야, 왜 이래. 누굴 쪼다로 알아. 논현동 나이프 박, 하면 지나가던 똥개들도 다 떨었어."

"안 했어, 걱정하지 마."

"휴, 다행이네. 겁난다기보다는 말야, 귀찮아지잖아."

"겁내는 거 같은데?"

"저녁 먹었어? 파스타나 말아줄까?"

"갑자기 말 돌리네. 저녁 생각은 없어. 나중에."

"그래, 나중에."

구동치는 주머니 속의 건전지를 만지작거리며 사무실로 올라갔다. 한쪽 손으로는 주머니 속 DVD 케이스를 두드리고, 또 한쪽 손으로는 볼록볼록한 건전지를 하나씩 세면서 머릿속을 정리해보았다. 원수도장에 대해서 김인천에게 어떤 말을 했는지부터 떠올려보았다. 별 게 없었다. 박찬일에게 들었던 부분과 박찬일이 알려준 사이트 링크와 다른 쪽 정보원을 통해 들은 쥐꼬리만 한 추가 정보가 전부였다. 현재 활동을 하고 있는지 어떤지에 대한 정보도 없었는데, 겁을 주려고 달려들 리는 없다. 어쩌면 그새 김인천이 원수도장을 들쑤셨고, 원수도장이 김인천에게 겁을 주려는 과정에서 불똥이 튀었을지도 모른다. 구동치는 김인천에게 전화를 걸었다.

"어쩐 일이신가, 바쁜 탐정님."

김인천이 빈정거리는 투로 전화를 받았다.

"선배, 원수도장 쑤셨어요?"

구동치가 다짜고짜 물었다.

"어디?"

"원수도장. 지난번 칼 때문에 제가 정보 줬던 데 있잖아요."

"내가 걔들을 왜 쑤셔. 뭔 일 있어?"

"아뇨, 그냥 물어봤어요."

"짜식이 싱겁기는…… 그때 네가 정보 줬던 거는 위에다 보고했다가 별 쓰레기 같은 정보를 다 주워서 올린다고 욕 먹은 거 말고는 별 진척이 없어. 현장에서 발견된 칼이랑 원수도장하고 상관이 있는 거면 증거를 들고 오래요."

"그 칼이 증거잖아."

"야, 칼에다 원수도장 아무개라고 이름 적어놨냐? 지문도 없고, 만든 공장도 찾을 길이 없고, 혈흔도 없고…… 야, 형사 안 해 본 사람처럼 그러냐, 다 알면서…… 나도 피곤하다."

"배동훈 사건은요?"

"그것도 마찬가지야. 손톱에 페인트 묻은 걸로는 증거가 안 된다 이거지. 이상한 게, 옥상에서 배동훈이 반항을 했으면 바닥에 사소한 흔적 같은 거라도 있어야 되는데, 아무것도 없단 말이야."

"반항을 안 했을 수도 있잖아요."

"야, 정말 모르겠다. 이놈의 증거, 증거, 증거, 씨발, 내가 전화번호부 뒤져서 증거라는 이름 가진 놈 있으면 찾아가서 뒤통수라도 한 대 치고 싶다. 깔끔하게 한 대 치고 폭행으로 들어갈란다. 증거 폭행죄로."

"선배, 전화번호부 없어진 지가 언젠데…… 인터넷 뒤져봐요. 증거가 없으면 증인이라는 이름은 있을지도 몰라."

"아유, 얄미운 새끼."

구동치는 김인천에게 사무실에 침입자가 있었다는 얘기를 할까 말까 고민했다. 이야기를 하는 순간 수많은 질문들이 우박처럼 쏟아질 게 뻔했다. 그 질문들의 포격을 맞고 있을 자신이 없었다. 구동치는 간단한 인사를 하고 전화를 끊었다. 아무것도 해결된 것 없이 의문만 커졌다. 손에 들린 DVD가 유일한 돌파구였다. CCTV에 찍힌 남자를 찾아내면 실마리를 풀 수 있을 것이다. 쉬운 일은 아니었다. 구동치는 아리아를 들으며 머리 위에다 생각들을 차곡차곡 쌓아나갔다.

구동치 머리 위에 떠돌아다니는 수많은 생각의 덩어리를 부수는 소리가 들렸다. 누군가 사무실 문을 두드리고 있었다. 구동치는 들어오면서 문을 잠가두었다. 오늘은 손님을 맞이하고 싶지 않았다. 구동치는 대답 없이 가만히 앉아 있었다. 애꾸눈오디오의 볼륨을 서서히 줄였다. 여긴 아무도 없어요, 돌아가세요. 구동치는 마음으로 중얼거렸다. 방문자가 돌아갈 때까지 꼼짝 않고 있을 생각이었다. 문 두드리는 소리가 계속 들렸다. 구동치도 움직이지 않았다. 똑똑똑, 똑똑똑. 잠시 쉬었다가 다시 똑똑똑, 똑똑똑. 계속 소리가 반복되었다. 구동치는 눈을 감았다. 생각을 해야 했지만 똑똑똑, 하는 소리가 들리면 생각은 부서졌다. 똑똑똑. 생각이 부서지는 소리였다. 문을 두드리는 소리는 5분째 반복됐다. 몹시 급한 일이거나 구동치를 아는 사람이 분명했다. 구동치는 문으로 향했다.

"누구십니까?"

구동치가 큰 소리로 말했다.

"이립니다."

"이리?"

"네, 형님."

구동치는 문을 열었다. 더부룩한 머리와 수염이 얼굴을 뒤덮은 이리가 계절에 어울리지 않는 두꺼운 패딩 점퍼를 입고 서 있었다. 이리 탐정은 구동치를 보자마자 허리를 숙여 인사를 했다.

"형님, 오랜만입니다."

"네가 어쩐 일이야? 여긴 어떻게 알았고?"

"저도 탐정입니다, 형님. 이 정도는 금방 알아내죠."

"들어와."

이리는 사무실 구석구석을 눈으로 훑으면서 자리에 앉았다. 자신의 지저분한 사무실과는 비교할 수 없을 정도로 깔끔하고 단정한 공간이었다. 두 사람은 탁자를 맞대고 앉아서 해야 할 이야기를 매만지고 있었다. 언제 마지막 이야기를 나눴는지, 그때 어떤 이야기들을 했고, 이제 어떤 이야기를 할 수 있을지 이야기의 줄기를 매만졌다. 두 사람 모두 쉽게 말을 꺼내지 않았다.

"네가 여기까지 찾아온 걸 보면, 뭔가 일이 터졌구나, 그렇지?"

구동치가 애꾸눈오디오의 전원 스위치를 끄면서 물었다.

"섭섭합니다. 형님 보고 싶어서 도시를 뒤지고 다녔는데, 첫인사가 겨우 그겁니까?"

이리가 웃으며 대답했다.

"네가 그럴 놈이 아니잖아. 사람보다 동물을 더 좋아하는 놈인데, 나를 찾으러 도시를 뒤졌다는 게 말이 되냐?"

"아니 누가 그래요? 제가 왜 사람보다 동물을 더 좋아해요."

"내가 그건 확실히 알지. 네가 좋아하는 것들의 순위. 1등이 돈, 2등이 동물, 3등이 여자, 4등이 어린아이, 5등이 남자, 6등이나. 정확하지?"

"순위가 약간 바뀌었어요. 1등은 돈 맞는데, 형님은 원래 2등이었어요. 3등이 동물이고 4등이 여자."

"웃기지 마."

"아, 진짜 제 말 안 믿으시네요."

"빨리 본론 얘기해. 무슨 일이야?"

"이런 데는 월세예요?"

"빨리 본론 얘기하라 그랬다."

"요새는 전세로는 잘 안 하죠?"

"이리야."

"왜 그렇게 겁을 주세요?"

"나이 드니까 점점 참을성이 없어지네. 지금 한계에 이르렀어."

"형님을 찾는 사람이 있어요."

"누가?"

"어떤 여자가요."

"자세하게 얘기해봐."

"형님이 딜리팅했던 사람의 딸인 모양인데, 꼭 되찾고 싶은 게 있대요. 그래서 형님을 찾으러 다니고 있어요. 일단, 다른 탐정에게 못 가도록 제가 꼭 붙들어 매뒀어요. 내가 찾아낼 테니 걱정하지 말고 기다리라고요. 문제는 형님 얼굴을 아주 똑똑하게 기억하고 있고, 형님이 딜리터라는 것도 알고 있어요. 큰일이죠?"

"네가 더 큰일이다."

"제가 왜요?"

"지금 양쪽으로 돈을 챙기려고 날 먼저 찾아온 거 아냐. 여자에게 여기 위치를 알려주지 않는다는 조건으로 내 돈을 챙긴 다음에, 위치를 알려주고 여자 돈을 챙기고, 너는 사라지고."

"제 이미지가 그래요? 제가 원래 그렇게 야비한 사람이었어요?"

"좀 그랬지."

"이야, 앞으로 똑바로 살아야겠네요. 내가 어쩌다가 형님한테 이런 소리를 듣게 됐을까요?"

"계속 해봐. 그래서 나더러 어쩌라고?"

"형님한테 미리 알려드리려고 온 거죠."

"알려주고 나면?"

"저의 착한 마음은 거기까지 생각도 못 해봤네요. 그냥 알려드리고 싶었어요."

"여자에게 여기 위치 알려줘."

"네? 정말요? 귀찮으실 텐데요."

"어차피 네가 얘기할 거잖아. 다른 데 가서 들쑤시기 전에 내가 만나서 해결하는 게 나아."

"역시 형님은 사내대장부십니다."

"요즘도 동물들 키우며 사냐?"

"애들 밥값 때문에 진짜 못살겠어요. 형님, 몇 년 만에 이렇게 만난 것도 참 기가 막힌 운명인데 앞으로 남는 일 있으면 저도 좀 주고 그러세요. 제가 사람 찾는 일은 기똥차게 잘하잖아요. 형님은 그런 거 좀 못하시고요."

"이게 어째서 운명이냐, 네가 날 찾아냈잖아."

"형님이 더 꼭꼭 숨어 계셨으면 제가 못 찾았을 텐데, 이렇게 쉽게 찾은 것도 운명이라면 운명이죠."

구동치는 이리를 싫어하지 않았지만 가까이 둘 생각은 없었다. 함께 일을 하면서 이리의 가장 큰 단점을 알아버렸다. 사람과의 약속보다 돈이 먼저인 탐정과는 일을 하기가 쉽지 않다. 돈이 그의 성격을 바꿀 수 있고, 돈이 그의 신념을 바꿀 수 있다. 돈이 그의 모든 걸 바꿀 수 있다.

"좋아, 그럼 사람 하나 찾아줄래?"

"예? 바로 일 하나 주시는 겁니까? 감사합니다, 형님."

구동치는 CCTV 속 남자를 이리에게 맡기기로 했다. 이건 더 큰 돈이 개입해도 상관없는 일이었다. 이쪽에서 놈을 찾아도 되고, 이리가 배신해서 반대가 되어도 상관없다. 어쨌든 연결되기만 하면 그만이었다. 이리 때문에 놈이 숨어버린다면 이리를 족치면 될 일이었다. 어쨌건 사건을 풀 수 있는 문은 지금으로선 하나뿐이었고, 그 하나의 자물쇠를 풀기 위해서 최대한 많은 열쇠가 필요했다. 쑤셔 넣다 보면 맞는 열쇠가 있을 것이다. 구동치는 이리를 데리고 피시방으로 내려갔다. 이리는 눈을 빛내면서 구동치의 뒤를 따라갔다.

14

정소윤은 눈을 감고 기억을 되살려보았다. 방으로 들어가서 컴퓨터의 전원 스위치를 켠다. 짧은 신호음과 함께 화면에 빛이 들어온다. 컴퓨터의 팬이 돌아가고, 조용하던 방에 소음이 더해진다. 컴퓨터 화면은 끊임없이 변화한다. 폴더 창이 나타났다 사라지고, 화면 아랫부분에 물음표가 생기기도 하고, 보이지 않는 곳에서 수많은 작업들이 이뤄진다. 정소윤은 사소한 흔적까지 모두 붙잡으려고 애쓰고 있다. 컴퓨터가 완전히 켜지고 나면 폴더를 하나씩 살펴본다. 바탕화면에 어떤 폴더가 있었는지 기억해본다. '영화'라는 폴더 속에는 다운로드한 몇 편의 영화가 들어 있다. 아빠와 함께 영화를 본 적은 없었다. 정소윤이 아빠가 보고 싶어 하는 영화를 다운로드 해준 적이 있다. 어떤 영화였더라. 기억이 나지 않는다. 상관없다. '영화' 폴더는 중요하지 않다. 기억 속에서 지워져도 괜찮다. 그 아래에 '사진'이라는 폴더가 있다. 정소윤은 눈을 감은 채 손가락으로 테이블을 톡톡, 더블 클릭했다. 폴더가 열리고 그 속에 '아빠 엄마 사진'이란 폴더와 '정소윤 사진'이라는 폴더가 들어 있다. '정소윤 사진' 폴더는 눈앞에서 지워버렸다. 그건 없어도 상관없었다. 정소윤에게는 아빠의 사진이 필요했다. 어떤 사진이 있었더라. 정소윤은 한 장 한 장 되살려보았다. 지난봄, 벚꽃 축제에 갔을 때 찍은 사진이 떠올랐다. 아빠는 환하게 웃고 있었다. 아빠가 농담을 했고, 정소윤이 웃자 아빠는 자신의 농담이 먹혔다면서 환하게 웃었다. 조금 흔들렸지만 환한 웃음이었다. 환한 웃음이어서 얼굴이 자세히 보이지 않았다. 아빠의 얼굴이 환한 빛처럼 보였다. 정소윤은 빛을 걷어내고 아빠의 얼굴을 자세히 생각한다. 아빠의 목소리가 생각난다.

"소윤아."

"응, 아빠."

한 장 한 장 보였던 사진들이 빠른 속도로 넘어간다. 사진이 동영상처럼 움직인다. 시간의 속도가 빨라진다. 분침이 초침처럼 흐르고, 시침이 분침의 속도로 흐른다. 정소윤은 사진을 붙잡을 수가 없다. 사진은 불타고 있다. 모서리부터 까맣게 변하고 있다. 벚꽃이 까맣게 변하고, 아빠의 얼굴도 까맣게 변한다. 모든 게 사라진다. 되살릴 수 없다.

찰칵, 찰칵, 찰칵, 찰칵, 하는 소리와 함께 남녀의 웃음소리가 들렸다. 이어폰을 끼고 아빠가 좋아하던 엔니오 모리코네를 듣고 있었는데, 사진 찍는 소리와 남녀의 웃음소리는 그 사이를 비집고 들어왔다. 눈을 감고 그렸던 영상들이 사라지고 있었다. 정소윤은 눈을 떴다. 여기가 어디지. 카페의 모습이 정소윤의 눈에 서서히 들어왔다. 자리가 많이 비었는데, 남녀는 하필이면 정소윤의 옆 테이블에 앉았다. 나란히 앉아 연신 카메라 버튼을 누르며 까르르 웃고 있었다. 오빠, 사진 이상해, 다시 찍어봐. 오빠가 팔이 기니까 멀리서 찍어봐. 여자가 웃으면서 남자를 재촉했다. 정소윤은 기다렸다. 찰칵, 찰칵, 하는 소리가 수십 번 반복됐다. 이게 뭐야, 오빠, 나 이상하게 나오잖아. 여자가 이번에는 조금 짜증을 내면서 말했다. 정소윤이 일어나서 옆 테이블로 걸어갔다. 여자 앞에 섰다.

"저기요."

정소윤이 조용히 말했다.

"네?"

여자가 고개를 들어 정소윤을 올려다보았다.

"그 소리요……"

"무슨 소리요?"

"카메라 소리, 그게 좀 크네요."

"이건 소리 못 줄여요."

여자는 남자를 돌아보며 동의를 구했지만 남자는 딴청을 피우고 있었다. 자신은 개입하지 않겠다는 표정이었다.

"그럼 안 찍으시면 안 돼요?"

"네?"

"사진 안 찍으시면 안 되냐고요."

"뭐요?"

"사진 왜 잘 안 나오는지 모르죠?"

"무슨 소리예요?"

"사진이 왜 자꾸 이상하게 나오는지 모르죠? 얼굴이 별로니까 사진이 잘 안 나오는 거예요. 아무리 노력해도 안 되니까 일찌감치 포기하시라고요."

"뭐요? 오빠, 이 여자 뭐래?"

"포기하라고요."

정소윤은 신경질적으로 말을 내뱉은 다음 곧바로 돌아섰다. 가방을 들고 찻값을 계산하고 문을 열고 나왔다. 뒤돌아보지 않았다. 여자가 어떤 표정을 하고 있을지 생각하지 않았다. 생각할 필요가 없었다. 눈을 감고 떠올렸던 컴퓨터 화면도 모두 날아가버렸다. 자신의 목소리가 되돌아와서 귀에 꽂혔다. '포기하라고요.' 정소윤은 자신의 목소리에 대답했다. '싫어요, 아직은 포기 못 해요.' 이리 탐정에게 일을 부탁한 지 사흘밖에 되지 않았지만 정소윤은 마음이 조급해졌다. 자신이 할 수 있는 일이 없었다. 일단은 이리 탐정을 믿고 있는 수밖에 없었다.

정소윤은 집 근처 카페에 들어갔다. 집에 들어가고 싶지 않았다. 엄마는 거실에 멍하니 앉아 있을 것이다. 침묵의 밀도가 숨 쉴 틈을 주지 않을 것이다. 집에는 최대한 늦게 들어가고 싶었다. 카페에 앉아서 커피를 주문하려는 순간, 전화가 걸려왔다. 이리 탐정이었다. 정소윤은 가방을 들고 카페에서 나왔다. 기쁜 소식이길 바라며 통화 버튼을 눌렀다.

15

"동치야, 얼른 일어나라, 사냥하러 가자."

전화기로 들리는 김인천의 목소리에는 여유 만만한 자신감이 묻어 있었다. 구동치는 전에도 그런 목소리를 들은 적이 있다. 루빅큐브를 손에 들고 몇 시간 동안 끙끙대던 김인천이 모든 색을 맞췄을 때 저런 목소리로 함성을 질러댔다. 그때 김인천은 칭찬을 기다리는 개 같았다고, 구동치는 기억했다. 자신이 어떤 일을 해냈는지 알아주길 바라듯 몸을 비비더니, 표정이 밝아지고, 말이 많아졌다. 전화기 너머 김인천의 표정이 선명하게 그려졌다.

구동치는 무슨 일인지 더 이상 묻지 않고 곧바로 김인천을 만나러 나갔다. 김인천은 경찰서 앞의 단골 다방에서 구동치를 기다리고 있었다.

"여어, 바쁜 탐정님 오셨네. 뭐 마실래? 늘 마시던 걸로?"

"내가 늘 마시던 게 뭔데요? 헛물?"

"아침부터 왜 또 이렇게 깐깐하게 구실까. 사냥하러 가시려면 뭘 많이 드셔야지. 든든하게 계란 띄운 쌍화차 어때?"

"커피 마실게요."

구동치는 자리에 앉다가 멈칫했다. 소파의 쿠션이 생각보다 헐렁했다. 짙푸른색 소파는 쇳덩이도 튕겨낼 듯 단단해 보였지만 막상 앉아보니 지푸라기로 속을 채운 것처럼 엉성했다. 구동치는 자세가 흐트러지지 않도록 허리를 세우고 앉았다.

"사냥할 게 뭔데요?"

구동치가 물었다.

"뭘 거 같냐?"

김인천이 웃으며 되물었다.

"토끼?"

"너무 작지."

"노루? 사슴?"

"그런 건 재미없지."

"더 큼지막한 거예요?"

"호랑이 정도 되려나."

"잘못 물리면 끝장이겠네."

"인간의 위대한 점이 뭐냐. 동물들하고 다이다이로 붙지 않고도 멀리서 총으로 제압할 수 있다는 거 아니냐."

"그건 선배한테나 해당되는 얘기고, 나는 총이 없잖아요."

"내가 멀찍이서 지원사격 해줄게, 걱정하지 마."

"어딜 또 보내려고요?"

"보내기 전에 네가 더 가고 싶어 하는 곳이지. 배동훈 태블릿피시가 어디 있는지 알아냈어."

"정말요?"

"정말이 아닌데, 이렇게 이른 시간에 널 불러냈겠냐."

"야, 선배, 대단하네."

"대단할 것까지는 없고, 그걸 들고 간 놈이 태블릿 피시를 이제야 켰나 봐. 오늘 아침에 위치 확인됐어."

"선배가 안 가요?"

"안 가는 게 아니라 못 가는 거지. 내가 자살자 태블릿 피시까지 뒤지는 걸 알면 서장이 가만 안 둘걸. 너는 만에 하나 걸려도, 딜리팅 계약서가 있잖아. 불법이긴 하지만 핑계는 댈 수 있잖아. 네가 피가 뚝뚝 떨어지는 태블릿 피시를 사냥해오면 그걸 나눠먹자."

"징그럽네."

"사냥이란 게 다 그렇지."

"나한테 좋은 건 뭔데요?"

"배동훈 딜리팅 케이스에 마침표를 찍는 거지."

김인천이 찻숟가락으로 계란 노른자를 떠먹으며 말했다. 노란색의 커다란 마침표를 먹는 것 같았다. 김인천은 얘기를 하는 내내 입가를 씰룩이면서 웃었다. 막다른 골목으로 몰렸다가 벽 사이에서 작은 문 하나를 발견했으니 웃음이 날 만했다. 그 문을 열고 나가면 뭐가 있을지는 중요하지 않았다. 거기에 문이 있다는 게 중요했다.

김인천은 휴대전화기처럼 생긴 작은 단말기를 책상 위에 내려놓았다. 화면에 상세한 지도가 빼곡하게 펼쳐졌고, 한가운데 빨간색 점이 깜빡이고 있었다. 빨간색 점에 태블릿 피시가 있다.

"갈 거지?"

김인천이 단말기를 구동치에게 빌며 물었다.

"가야죠."

구동치가 단말기를 쥐었다. 깜빡이는 빨간 점은 상처 입은 짐승의 심장 같았다. 규칙적인 반복이 금방이라도 멈출 것 같아 위태로워 보였다. 빨간 점이 구동치를 유혹하고 있었다. 어서 빨리 달려와서 자신을 구해달라고, 곧 사라질지 모른다고, 서두르지 않으면 늦을 것이고 만약 자신을 잃는다면 오랫동안 죄책감에 시달릴지 모른다고, 빨간 점이 비명을 지르고 있었다.

나는 어쩌다 이런 사람이 됐을까. 구동치는 속으로 중얼거렸다. 가끔은 스스로도 이해할 수 없는 때가 있었다. 어쩌다 딜리터가 되었는지 이해할 수 없었다. 무엇인가를 없애기 위해 이렇게 힘들게 찾아내야 할 때, 어렵게 찾아서 없앴지만 고마워해줄 사람은 이미 죽고 없다는 것을 깨달을 때, 불현듯 딜리터로서의 환멸이 찾아들었다. 손에 쥘 수 있는 게 아무것도 없었다.

구동치는 세상 그 누구보다도 자신이 이 일을 잘할 수 있다는 것도 알고 있었다. 딜리터로서 타고난 재능이 있었다. 부탁받은 일은 어떤 식으로든 끝까지 해결했고, 고객의 비밀을 떠벌리고 다니지 않을 정도로는 입이 무거웠다. 어지간한 상대는 힘으로 제압할 수 있었고, 테니스로 다져진 순발력 덕분에 다른 사람들보다 서너 발 정도는 앞서 달릴 수 있었으며, 손재주가 좋아서 열쇠를 따거나 기계를 다루는 일도 잘했다. 탐정 세계의 사람들도 구동치를 타고난 딜리터로 인정했다. 문득문득 찾아드는 환멸만 없다면 완벽한 딜리터라고 할 수 있을 것이다.

어쩌면 환멸 덕분에 구동치가 더욱 완벽한 딜리터가 된 것인지도 모른다. 비밀을 꼭 삭제해야 하는지 의심하고 고민하고 주저하고 머뭇대는 구동치의 마음은 오히려 비밀을 반드시 찾아 없애고야 말게 하는 힘이 되기도 했다. 비밀이 다른 사람에게 넘어가는 것을 막기 위해, 반드시 자기의 힘으로 비밀을 없애야겠다는 의지가 생기는 것이다.

배동훈의 태블릿 피시 역시 마찬가지였다. 배동훈의 태블릿 피시를 없애지 않는다고 해서 구동치가 곤란해질 일은 없었다. 책임을 물을 사람은 이미 없다. 배동훈과의 계약서에는 보증인도 없다. 태블릿 피시에 뭐가 들어 있는지도 구동치가 알 바 아니다. 태블릿 피시 속에 들어 있던 정보가 세상으로 빠져나와서 큰일이 생긴다 해도 구동치와는 상관없는 일이다. 할 만큼 했고, 할 만큼 했으면 그걸로 됐다. 됐다. 전부 됐다. 그렇게 생각하면서도 구동치는 마음을 가라앉히질 못했다. 어떻게 해서든 태블릿 피시를 찾아서 그걸 부숴버려야 했다. 그래야 자신이 살아 있다는 걸 증명할 수 있었다.

구동치는 커피의 마지막 한 모금을 마시고 자리에서 일어섰다. 구동치를 살피던 김인천의 눈길이 움직였다.

"무슨 일 생기면 연락해."

김인천이 웃으며 말했다.

"선배, 또 하나 마나한 소리 한다. 우리가 무슨 일 생기면 연락할 시간 있어요? 무슨 일이 그렇게 한가하게 생기는 경우, 있었어요?"

구동치가 대답했다.

"조심하라는 소리지, 인마, 또 까칠하게 군다."

"정확하게 하자고요. 무슨 일 생기면 알아서 처리하고, 뭐라도 하나 건지면 곧바로 연락해. 그런 소리잖아요."

"너 오늘 생리하냐?"

"답답해서 그럽니다. 갈게요."

구동치는 뒤돌아보지 않고 곧장 다방을 걸어 나왔다. 여자 가수가 부르던 트로트 음악이 등 뒤로 멀어졌다. 김인천이 "조심해서 갔다 와"라고 소리를 질렀지만 구동치는 대답하지 않았다.

단말기 속 빨간 점은 움직이지 않았다. 계속 같은 자리에서 깜빡였다. 구동치는 태블릿 피시의 위치 찾기 서비스가 완벽하지 않다는 걸 어디선가 본 기억이 났다. 몇백 미터부터 몇 킬로미터까지의 오차가 날 수도 있었다. 빨간 점이 이끄는 곳으로 가서 근처를 모두 뒤져야 할지도 모른다. 20분이면 도착할 수 있는 거리였다.

16

이영민이 운영하고 있는 'YM기획'은 규모가 큰 회사는 아니었지만 지난 몇 년 사이에 최고의 엔터테인먼트 대행사로 성장했다. 연예기획사가 아이돌 그룹을 생산하는 곳이라면, 엔터테인먼트 대행사는 아이돌 그룹이나 각종 연예인들의 유통을 맡는 곳이라고 할 수 있다. 행사 대행, 광고 제작, 연예인 섭외 대행, 공연 기획 등 엔터테인먼트와 관련된 온갖 일들을 닥치는 대로 했다. 나름의 틈새시장이었기 때문에 일은 끊이지 않았지만 투입하는 인력과 자금에 비해 수익성은 낮은 편이었다. 이영민은 투덜거리지 않고 사업을 밀고 나갔다. 2년이 지나자 일을 선택할 수 있었고, 3년이 지나자 업계에서 조금씩 힘을 갖게 됐다. 닥치는 대로 일을 하는 게 아니라 골라서 할 수 있었다. 수익률이 좀더 높은 일에 인력을 투입할 수 있었다.

엔터테인먼트 대행사에서 가장 중요한 일은 서로 흩어져 있는 점들을 선으로 연결시키는 것이다. 누가 누굴 원하는지 잘 알아야 했다. 누가 더 많은 사람을 알고 있는가의 문제이기도 했고, 중요한 고객들이 어떤 걸 필요로 하는지를 정확히 꿰뚫고 있는가의 문제이기도 했다. 이영민은 점을 선으로 잇는 데는 재능이 있었다. 어울려 보이지 않는 두 개의 점을 선으로 연결시켜 의외의 성공을 거둔 적이 여러 번 있었다. 사람들이 주목하지 않았던 걸그룹 멤버를 진행자로 내세운 행사가 좋은 평가를 얻기도 했고, 도심지의 옥상에서 릴레이로 펼쳐지는 어쿠스틱 공연을 기획해 엄청난 광고 수익을 거두기도 했다. 많은 연예기획사들이 'YM기획'을 인정하기 시작했다. 'YM기획'을 따라 하는 회사들도 생겨났다.

이영민에게 천일수의 노블엔터테인먼트는 꼭 밟고 지나가야 할 계단이었다. 그 계단을 밟지 못하면 더 높은 곳으로 올라갈 수 없었다. 이영민의 입장에서는 다리가 찢어지는 한이 있더라도 그 계단을 밟아야 했다. 노블엔터테인먼트는 업계에서 가장 폐쇄적인 것으로 유명했고, 회사의 일을 다른 업체에 맡기는 법이 별로 없었다. 일을 맡기더라도 아주 간단한 영상 제작물을 만드는 정도였다. 이영민 역시 배동훈 덕분에 노블엔터테인먼트의 일을 한두 개 맡을 수 있었지만, 엄마가 저녁을 차리다 꼬마에게 두부 한 모를 사 오라고 시키는 심부름 같은 일들뿐이었다. 그 정도 심부름으로는 성이 차지 않았다.

이영민은 작은 드라이버 하나만 들고 두꺼운 시멘트를 뚫는 기분으로 천천히 노블엔터테인먼트를 공략했다. 여러 종류의 선으로 점을 공략했지만 점은 좀처럼 열리지 않았다. 몇 달 전, 테니스 클럽에서 만난 한유미는 이영민의 새로운 선이 되어주었고 덕분에 노블엔터테인먼트에 좀더 가깝게 다가갈 수 있었다. 가까워졌다고 해도 점의 일부분에 겨우 닿았을 뿐이다.

'진정한 힘은 근육에서 나오는 게 아니라 유연함에서 나오는 거죠.' 천일수의 비꼬는 듯한 목소리가 이영민의 귓가에서 계속 어슬렁거렸다. 목소리가 들리면 얼굴의 표정까지 눈앞에 그려졌다. 목소리도, 얼굴의 표정도, 아무리 쫓아내도 사라지지 않았다. 이영민은 서랍에서 알약 하나를 꺼내 입안으로 던져 넣은 다음 의자에 앉아 효과가 나타나기를 기다렸다. 눈을 감고 5분쯤 기다리자 약 속에 숨어 있던 천사들이 나타났다. 천사들은 우선 입김만으로 천일수의 목소리를 멀리 보내버렸다. 조용한 노랫소리가 들렸다. 바다에서 나타난 요정 세이렌의 노랫소리 같았다. 사이렌 소리 같기도 했다. 뜨거운 기운 때문에 귀가 후끈했다. 시간이 느리게 흘렀다. 이영민이 눈을 뜨자 천사들의 날개 그림자가 보였다. 너무 빨라서 볼 수 없었다. 날개인지, 그림자인지, 꽁무니인지, 구름인지, 알 수 없었다. 천사들은 바쁘게 움직이면서 이영민 눈앞의 시간을 편평하게 펴고 있었다. 시간은 피자 반죽처럼 얇게 펴졌다. 기분이 좋아졌다. 이영민은 의자 옆으로 팔을 늘어뜨린 채 천사들의 작업을 바라보았다. 천사들은 날개를 바삐 움직여 이영민의 눈앞에 작은 파도를 만들었고, 파도는 조금씩 거세지면서 이영민에게 몰려들었다. 이영민은 눈길로 파도를 탔다. 점점 파도가 거세지고, 이영민의 온몸이 꿈틀거렸다. 곧장 바다로 뛰어들 기세였다. 입을 크게 벌리고, 하아아, 소리를 내더니 이영민은 고개를 위아래로 움직였다. 파도가 한차례 지나가고 새로운 파도가 몰려들었다. 멀리 있는 파도까지 한눈에 보였다. 문을 열고 누군가 들어왔다. 천사보다는 훨씬 컸다. 이영민은 현실과 환각을 구분할 수 없었다.

"이영민 씨."

앞에 서 있는 사람의 목소리가 파도를 타고 전달됐다. 이영민은 자신의 이름이 꿈틀대는 모습을 본 것 같았다.

"네."

"정신, 있습니까?"

"네에."

이영민의 혀가 동그랗게 말려서 대답까지 동그래졌다.

"정신 차리라고, 이 새끼야."

누군가 커다란 발로 이영민의 가슴팍을 걷어찼다. 이영민은 아픈 것보다 자신의 환각이 깨진 게 더 괴로웠다. 천사며, 파도며, 요정의 노랫소리며, 시간이며, 모든 게 다 사라졌다. 이영민은 정신을 차리려고 애썼다.

"누, 누구십니까?"

"이거 순 약쟁이 새끼네. 남들 다 일하는 시간에, 이게 뭐 하는 짓입니까요, 사장님."

"자, 잘못했습니다."

이영민은 자세를 낮추며 바닥을 살폈다. 등산화가 모두 네 개, 두 명이었다. 회사 정문과 사무실 입구에는 열 명이 넘는 직원들이 있었을 텐데, 이 녀석들은 어떻게 들어온 것일까. 간단하게 답이 나왔다. 무기가 있겠지. 대낮에 무기를 들고 들어왔다는 건 힘이 있다는 뜻이겠지. 바깥에 일당들이 더 있을지도 모르지. 몇 명이나 있을까. 이영민은 현실 감각을 되찾기 위해 계속 생각을 했다. 흔들리는 사물들을 눈으로 붙들면서 정신을 차리려 애썼다.

누군가 이영민의 뒷덜미를 손으로 잡아 상체를 끌어 올렸다. 이영민은 낯선 두 명의 남자들과 마주하게 됐다. 얼굴을 보고 싶지 않았지만 어쩔 수 없었다. 두 명 모두 모자를 썼고, 회색 작업복 차림이었다. 허리춤에는 공구주머니를 매달았다. 폭력과 어울리지 않는 건실한 모습이었다. 우두머리인 듯한 남자는 모자를 푹 눌러써서 눈매가 잘 보이지 않았지만, 볼이 푹 파이고 코와 턱의 선이 유독 날카로워서 마치 정박 중인 배의 닻을 보는 듯했다. 또 한 남자는 얼굴이 동그랗고 콧구멍이 커서 얼굴에 거대한 콘센트를 매단 채 걸어 다니는 것 같았다.

"이영민 사장님."

닻을 닮은 사내가 조용한 목소리로 말했다.

"예."

이영민이 공손하게 대답했다.

"짧게 묻고 빨리 지나가겠습니다. 대답해주십시오."

"예, 예, 알겠습니다."

"배동훈 씨의 태블릿 피시가 이곳에 있습니까?"

"네? 뭐라고요?"

"알아들으신 거 압니다."

"무슨 말씀을 하시는 건지……"

"이 사무실에 있으면 여기만 뒤지면 되고, 다른 곳에 있다면 회사를 다 뒤집어엎어야겠죠."

"전 잘 모르는 일입니다."

"태블릿 피시는 써본 적 있습니까?"

"태블릿 피시요? 예."

"거기에 위치 찾기 기능이 있는 거 아십니까?"

"네?"

"이영민 사장님께서 오전에 뭘 하셨는지 모르겠지만, 아무튼 태블릿 피시를 켜셨겠죠, 배동훈 씨 죽고 나서 처음으로요. 저희는 그 신호를 찾아서 여기까지 온 겁니다. 태블릿 피시만 넘겨주시면 간단하게 끝내겠습니다."

"저는…… 무슨 말씀인지 모르겠습니다."

"저희가 태블릿 피시를 찾고 나면 무슨 말씀인지 아시겠지요. 좀 살펴보겠습니다."

두 남자는 곧장 이영민의 책상 서랍을 뒤지기 시작했다. 이영민은 약 기운이 완전히 사라지지 않아 의자에서 일어나기도 힘들었다. 이영민은 고개를 흔들어 약 기운을 털어냈다. 입술이 떨리고, 머리카락이 흩날렸다.

"지금 뭐 하는 거야. 여기가 어딘 줄 알아? 응? 너희들 지금 큰 실수하는 거야. 김 실장, 밖에 아무도 없어?"

이영민이 소리를 질렀지만 두 남자는 개의치 않았다. 책상 서랍을 뒤지는 손놀림이 아주 가벼웠다. 서랍을 뒤집어엎는 경우는 없었다. 열어야 할 만큼 열어서 안을 들여다본 후, 다시 닫았다. 뒤지는 데도 절도가 있었고, 격이 있었다. 이영민은 자리에서 일어나려고 했지만 남자들은 그렇게 놓아두질 않았다. 손가락을 까딱하는 것만으로 이영민을 제자리에 주저앉혔다. 집게손가락은 공손하게 명령하고 있었다. '앉으세요.'

두 남자가 책상 서랍을 모두 뒤지고 책과 술이 있는 장식장 쪽으로 향했다. 위쪽 세 칸에는 책이 꽂혀 있었고, 아래쪽 두 칸에는 양주가 놓여 있었다. 남자들은 손가락으로 책을 훑었다. 손가락 끝에 하얀 먼지가 묻어났다.

"사형, 잠깐만 나와보세요."

사무실 문이 열리고 비슷한 복장의 키 작은 남자가 당황한 얼굴로 들어왔다. 같은 크기의 조끼일 텐데, 유독 커 보였다.

"무슨 일이야?"

닻을 닮은 사내가 물었다.

"누가 왔습니다."

"아무도 없는 척해."

"곧 사무실 문을 따고 들어올 것 같습니다."

"알았어."

닻을 닮은 사내가 밖으로 나갔다. 'YM기획' 실내에는 직원이 한 명도 없었다. 화재 경보가 울렸고, 경비는 사무실 점검을 이유로 직원들을 모두 1층으로 데리고 내려갔다. 닻을 닮은 사내가 그 일들을 모두 지휘했다. 많은 일이 일어나는 동안, 이영민은 약에 취해 있었다. 닻을 닮은 사내는 인터폰 화면에 나타난 남자를 보았다. 화면 속 남자는 모니터를 연신 쳐다보면서 문을 따고 있었다. 자물쇠에서 달그락거리는 소리가 들렸다.

들어오면, 기절시켜버릴까요?

키 작은 남자가 말 대신 수신호를 보냈다. 닻을 닮은 사내는 대꾸하지 않았다. 달그락거리는 문만 보았다. 상황을 어떻게 해결해야 할지 결정하지 못하고 있었다. 닻을 닮은 사내는 모자를 푹 눌러쓴 다음, 잠금장치를 풀고 문을 열었다. 갑자기 열린 문 앞에 어리둥절한 모습으로 구동치가 서 있었다.

"무슨 일입니까?"

닻을 닮은 사내가 물었다.

"두 분이야말로 여기서 뭐 하십니까? 좀전에 화재 경보가 울렸는데요."

구동치가 작은 다용도칼을 주머니에 넣으며 말했다. 닻을 닮은 사내도 키가 컸지만 구동치가 5센티미터는 더 높은 곳에서 숨을 쉬고 있었다.

"화재 경보기가 오작동한 겁니다. 저희가 작업하다 뭘 잘못 건드린 것 같습니다. 경비원에게 얘기 못 들으셨습니까?"

"얘기는 들었습니다만, 제가 직접 와봐야 할 것 같아서요."

"실례지만, 어디서 나오셨습니까?"

"경찰입니다."

"자신을 경찰이라고 밝힐 때는, 대체로 뭔가 보여주던데요."

닻을 닮은 사내의 말이 구동치에게 조용히 전달됐다. 구동치는 윗입술을 위로 끌어 올리며 웃었다. 넓어진 콧구멍에서 조그맣게 바람이 새어 나왔다.

"그 모자요."

"네?"

"뒤가 켕기는 분들이 그렇게 모자를 푹 눌러쓰죠."

구동치가 손가락으로 모자를 가리키며 말했다.

"지갑을 열어서 경찰 신분증 하나만 보여주시면 되는데요."

"지갑을 열려면 열쇠가 있어야 해서요."

"네?"

"안으로 들어가서 보여드리죠."

"작업자 외에는 들어올 수 없습니다. 보안상의 문제도 있고요."

"보안이라…… 보안상의 문제는 이미 생긴 것 같군요."

"무슨 문제요?"

"작업을 하고 계셨다는데, 언뜻 봐도 작업의 흔적이 없군요."

"안쪽 방에서 오작동을 일으킨 겁니다."

"들어가볼까요?"

"먼저 배지를 보여주시죠."

"일단 봅시다."

구동치가 사무실 안으로 발을 들여놓자, 키 작은 사내가 곧장 주먹을 뻗었다. 구동치는 간단하게 피한 다음 라켓을 휘둘러 바람을 부수듯 짧고 강하게 키 작은 사내의 얼굴을 후려쳤다. 굵직한 각목이 부러지는 것 같은 둔탁한 소리가 났다. 키 작은 사내가 비틀거리는 사이에 구동치는 관자놀이를 겨눠 다시 한 번 주먹을 휘둘렀다. 사내가 정신을 잃고 쓰러졌다. 닻을 닮은 사내는 두 발 뒤로 물러섰다.

"뭐 하는 놈들이십니까?"

구동치가 키 작은 사내를 발로 툭 건드리며 물었다. 키 작은 사내는 이미 정신을 잃었다.

"너는 누군데?"

닻을 닮은 사내가 짧게 말했다.

"경찰은 아니지만 완전 거짓말은 아니지. 전에는 경찰이었고, 조금 있으면 나를 따라 경찰들이 몰려올 거니까. 말하자면, 뭐랄까, 경찰들의 예고편이랄까."

"원하는 게 뭐야?"

닻을 닮은 사내가 허리에 찬 공구주머니의 입구를 손으로 열며 말했다.

"원하는 거야 많지. 돈을 많이 벌었으면 좋겠고, 빌어먹을 동네 호프집 맥주가 조금만 더 맛있으면 좋겠고, 이번 겨울에는 제발 눈이 덜 왔으면 좋겠고……"

"그게 무슨 개소리야."

"원하는 게 뭔지 물어봐놓고, 개소리가 뭡니까. 너는 원하는 게 뭔데?"

"네가 뭐 하는 놈인지 알았으면 좋겠다."

닻을 닮은 사내가 공구주머니에서 칼을 꺼냈다. 칼의 모양이 특이했다. 칼끝이 둥글어서 날카로운 느낌은 전혀 들지 않았다. 칼이라기보다 넙적한 막대기 같았다. 구동치는 그 칼을 보는 순간 긴장했다. 원수도장의 칼이었다.

구동치는 몸을 긴장시키고 주먹을 쥐었다. 박찬일의 설명이 맞다면 구동치는 이들의 상대가 되지 않는다. 1970년대 원수도장의 구성원들은 속세와의 인연을 끊고 하루 종일 무공만 연마했다. 무공을 통해 깨달음을 얻을 수 있으며, 무공을 통해 내세의 삶을 보장받을 수 있다고 믿었다. 원수도장은 단순한 단체가 아니라 하나의 종교였던 셈이다. 1970년대 원수도장의 정신이 지금도 그대로 남아 있다면, 이들을 상대로 싸우기 위해서는 자신도 목숨을 걸어야 할 것이라고, 구동치는 생각했다.

닻을 닮은 사내는 칼을 들고도 곧장 앞으로 나서지 않았다. 오히려 뒤로 물러섰다. 칼을 들고 있는 자세도 어정쩡했다. 칼끝을 구동치에게 겨누는 게 아니라 아래로 떨어뜨리고 있었다. 눈빛도 불안했다. 쓰러져 있는 동료와 구동치를 번갈아보았다. 모든 동작이 오랫동안 무술을 연마한 사람처럼 보이지 않았다. 구동치는 한 발 더 앞으로 내디뎌보았다. 닻을 닮은 사내는 다시 뒤로 물러섰다. 뭔가를 피하고 있는 인상이었다.

"조용히 갈 테니 보내주겠소?"

닻을 닮은 사내가 공손한 말투로 말했다.

"글쎄, 다 잡은 고기라서 놓아주긴 아까운데……"

구동치가 말했다.

"당신도 태블릿 피시를 찾아온 거겠지. 문을 열어준다면 우린 여기서 조용히 물러나겠소. 태블릿 피시는 당신이 알아서 하시오."

"여기가 무슨 IT 박람회야 뭐야. 태블릿 피시를 노리는 사람이 누군데? 그건 얘기해주고 가야지. 당신 꼬락서니 보니까 태블릿 피시 같은 건 필요 없을 거 같은데……"

"그건 말할 수 없소."

"그러면 보내주기가 힘들지. 나한텐 남는 게 하나도 없잖아. 다 잡은 고기도 놓치고, 고기들이 물고 있는 진주도 놓치고……"

"저기 방 안에 우리 동료 한 명이 더 있고, 그 친구랑 내가 사력을 다해 싸운다면 당신도 좀 힘들 거요. 우린 칼도 있으니, 누군가 크게 다치거나 죽겠지. 그래도 괜찮겠소?"

"그 정도는 늘 각오하고 있지. 하지만 곧 경찰이 올 테고, 경찰이 사력을 다해서 싸운다면, 뭐 그러는 경우는 별로 없지만, 만약 그런다면, 여기 계신 분들도 좀 힘들 거요. 누군가 크게 다치거나 경찰에 끌려가겠지. 괜찮겠어?"

"좋소. 그럼 오늘은 제가 빚진 걸로 하지요. 됐소?"

"그러지, 뭐."

구동치의 대답을 듣고 닻을 닮은 사내가 공구주머니에 칼을 도로 넣었다. 팽팽하게 압축됐던 실내 공기가 조금 느슨해졌다. 닻을 닮은 사내는 쓰러져 있던 키 작은 사내를 일으켜 세웠다.

키 작은 사내는 정신을 제대로 차리지 못했지만 간신히 몸은 움직일 수 있었다.

"정신 차리면 얘기 좀 전해주시오. 주먹은 그렇게 함부로 날리는 게 아니라고."

구동치가 닻을 닮은 사내에게 말했지만 대답은 돌아오지 않았다. 닻을 닮은 사내가 안쪽의 방을 향해 소리를 지르자, 콘센트를 닮은 사내가 걸어나왔다. 구동치는 셋이 함께 서 있는 모습을 보고 웃음이 났다. 똑같은 모양의 작업복을 입고 움직이는 세 남자의 모습이 개그 트리오를 보는 것 같았다. 닻을 닮은 남자와 콘센트를 닮은 남자 그리고 비실이. 잘 어울리는 조합이라고 생각했다. 그들의 작업복은 어딘지 모르게 낯이 익었고, 어디선가 이런 장면을 겪은 것 같다는 묘한 기시감이 그들과 함께 사라져 갔다.

세 남자가 나가고 나서야 구동치는 한숨을 내쉬었다. 닻을 닮은 사내 앞에서 큰소리를 치긴 했지만 구동치에게는 위험천만한 순간이었다. 그들을 순순히 보내지 말아야 했지만 어쩔 수 없었다. 그중 한 놈이라도 잡았다면 원수도장의 이야기를 들을 수 있을 것이고, 김인천이 해결하고 있는 사건에도 큰 도움을 줄 수 있었을 것이다. 하지만 칼을 가진 세 명의 남자를 맞상대하는 건 멍청한 짓이다.

구동치가 방문을 열고 들어가자 이영민의 얼굴이 보였다. 입에는 파란색 테이프가 붙어 있었고, 온몸은 밧줄로 묶여 있었다. 구동치는 우선 입에 붙은 테이프를 뜯어주었다. 테이프가 뜯겨나가는 소리를 들으며 구동치는 자신도 모르게 미간을 찌푸렸다.

"아니, 요즘도 이런 전근대적인 청테이프를 쓰는 사람들이 있네. 더 좋은 제품들이 많이 나올 텐데……"

"구 탐정님, 고맙습니다."

"방금 들어온 사람들, 누굽니까?"

"저도 모릅니다. 다짜고짜 들어와서는 저를 묶었습니다."

"저 사람들이 원하는 게 뭔데요?"

"그건…… 저도 모르죠. 강도 아닐까요?"

"사무실에 강도가 드는 건 좀 이상하지 않아요?"

"그렇죠, 이상하죠. 저를 묶고 나서 서랍을 뒤졌어요."

"그럼 찾는 게 있네요."

"네, 뭘 찾는지는 저도 모르겠습니다."

"전 알 것 같은데요."

"뭘 찾고 있는데요?"

"잠깐 만나본 바에 의하면, 저 사람들은 변태성욕자들이에요. 이영민 씨를 묶어놓은 다음, 욕보이려고 한 겁니다."

"저를 강간하려고 했다고요?"

"아까 공구주머니 봤어요? 거기에 오만 가지 기구들이 다 있을 겁니다. 이영민 씨 똥구멍을 쑤실 만한 도구가 엄청나게 많을 겁니다. 드라이버, 멍키렌치, 파이프렌치, 망치…… 그런데 그 사람들은 그걸로 만족을 못 한 거죠. 더 큰 거, 더 단단하고, 더 우람한 거, 그런 걸 찾는 겁니다."

"그런 게 저한테 있을 리 없잖아요."

"서랍을 열어보지 않으면, 그 안에 뭐가 들어 있을지 아무도 모르죠. 혹시 모르잖아요. 태블릿 피시 같은 거라도 들어 있으면 완전 횡재하는 거죠."

"태블릿 피시라뇨?"

"몰랐어요? 똥구멍을 쑤시는 데 태블릿 피시만 한 게 없다던데……"

"그게 무슨 소립니까?"

"매끈하고 투명해서 아주 좋대요. 들어가면 앱에서 소리도 나고, 거울처럼 쓸 수도 있고……"

"무슨 소리 하시는지 잘 모르겠습니다. 이 밧줄부터 좀 풀어주시겠어요?"

"어디 있는데요?"

"뭐가요?"

"태블릿 피시요."

"무슨 태블릿 피시요?"

"배동훈 씨 태블릿 피시요."

"구 탐정님."

"네."

"질문이 하나 있습니다."

“하시죠.”

“배동훈 씨가 가지고 있던 물건을 저에게 물려줬습니다. 이젠 제 소유가 된 겁니다. 제가 그걸 딜리팅 보험 항목에다 넣으려고 합니다. 제가 죽으면 그 물건은 사라져야 합니다. 구 탐정님은 그렇게 해주시겠죠?”

“그렇게 안 될 겁니다.”

“왜요?”

“그 물건은 이미 배동훈 씨가 저에게 딜리팅을 부탁한 거니까, 이영민 씨 소유가 되기 전에 사라질 겁니다.”

“죽기 전에 배동훈 씨가 생각을 바꿨는데도요?”

“저는 모르는 일입니다. 저는 계약서대로만 움직입니다.”

“법적으로는 제 물건입니다. 아시죠? 그걸 저한테서 빼앗을 수는 없습니다.”

“빼앗지는 않을 겁니다. 이영민 씨 눈앞에서 훔쳐갈 생각입니다. 조금만 기다려보세요. 제가 곧 태블릿 피시를 찾아내서 훔쳐가드릴 테니까요.”

“좋습니다. 자, 하나씩 대화로 풀어봅시다. 일단 이 밧줄부터 좀 풀어주세요.”

“대화로 푸는 데 밧줄이 무슨 상관입니까. 입에 붙은 테이프를 떼어드렸으니까, 얘기하세요. 전 찾고 있겠습니다.”

이영민은 답답하다는 듯 밧줄에 묶인 몸을 이리저리 흔들어보았다. 밧줄은 튼튼하게 묶여 있었다.

"구 탐정님, 제안 하나 해도 되겠습니까?"

"하시죠."

"태블릿 피시를 가만히 놓아두신다면, 제가 그 대가는 충분히 치러드리겠습니다."

"우와, 솔깃하는데요, 얼마나 큰 대가가 절 기다리고 있을지 궁금하군요."

"돈이 필요하십니까?"

"돈이야 늘 필요하죠."

"얼마나 필요하십니까?"

"많으면 많을수록 좋죠."

"섭섭하지 않게 챙겨드리겠습니다. 믿어주십시오. 제 생명의 은인이 되어주신다면, 끝까지 함께하겠습니다."

"끝까지 함께해주신다니, 정말 눈물나는군요. 알았어요. 일단 밧줄은 풀어드리죠."

구동치는 이영민의 몸에서 밧줄을 풀어주었다. 밧줄은 가늘고 단단해서 이영민의 몸에 자국을 남겼다. 손목을 죄던 밧줄 때문에 손에는 핏기가 없었고, 옷에 구김이 많았다. 이영민은 손목을 털어보고, 목을 좌우로 돌려보았다. 이상한 곳은 없었다.

"자, 이제 돈을 챙겨줄 차례인가요?"

구동치가 웃으면서 말했다.

"얼마를 원하십니까?"

이영민이 대답했다.

"난 그냥 얼마나 줄 건지 궁금해서요. 이영민 씨가 얼마나 줄지 알아야 태블릿 피시에 뭐가 들어 있을지 상상할 수 있으니까요."

"태블릿 피시엔 별 게 없습니다. 그저 배동훈 씨와 제가 함께 했던 추억이 들어 있습니다."

"아까 들이닥쳤던 놈들은 두 사람의 소중한 추억을 갈취하러 온 거였군요. 저런 나쁜 놈들을 보았나."

"구 탐정님께 우리의 비밀을 보여드릴 수는 없습니다. 이해하시죠?"

"뭔가 착각하시고 있는 것 같은데요. 저는 두 사람의 비밀에 아무런 관심이 없습니다. 전 그걸 부숴버리기 위해 온 사람입니다. 제 직업을 잊은 건 아니죠?"

"꼭 그렇게까지 찾아 없애야 합니까? 아까 말씀드렸잖아요. 그건 배동훈 씨의 물건이면서 제 물건이기도 합니다. 제가 그걸 훔친 것도 아니고, 순순히 물려받은 겁니다. 그런데 왜 자꾸 그걸 없애겠다는 겁니까. 저를 봐서라도 이번엔 그냥 물러서실 수도 있잖아요."

"이영민 씨의 어딜 보라는 거죠?"

"저도 구 탐정님의 고객입니다."

"고객이시죠. 그런데요?"

"그 태블릿 피시를 저의 딜리팅 항목에다 넣겠다고요."

"계속 같은 소리를 하게 만드시네요. 그건 배동훈 씨 물건입니다. 저는 약속을 지킬 거고요."

"그렇게까지 하셔야 합니까?"

"그게 제 직업인걸요. 이영민 씨가 저에게 딜리팅을 부탁한 물건도 이렇게 끝까지 없앤다고 생각하면 제가 듬직하지 않습니까?"

"참 듬직하네요."

"고맙습니다."

"천만 원 드리겠습니다."

"천만 원이면 회사 기밀 문서는 아니고, 사생활에 얽힌 문제인가요? 좀 약하지 않습니까?"

밖에서 웅성이는 소리가 들렸다. 대피했던 직원들이 사무실로 돌아오는 소리였다. 문을 열고 직원 한 명이 얼굴을 들이밀었다.

"어, 사장님 계셨네요?"

"너희들은 사장이 어떻게 됐는지는 관심도 없냐?"

"경비가 사장님은 벌써 대피하셨다고 하던데요."

"그래도 확인을 했어야지."

"무슨 일 있었어요?"

"나가 봐."

이영민은 널브러져 있던 밧줄을 차곡차곡 뭉친 다음 쓰레기통에 버렸다. 얇은 밧줄이었지만 모아놓으니 부피가 컸다.

"구 탐정님, 2천만 원 드리겠습니다. 그 정도 돈이면 태블릿 피시를 잊을 수 있겠습니까?"

"갑자기 보상금이 배가 되니까 점점 그 속의 내용이 궁금해지는데요. 제가 한번 추측해볼까요? 그 안에 들어 있는 물건은, 수동적인 물건이 아닙니다. 누군가로부터 지켜내기만 하면 되는 물건이 아니라 그걸로 누군가를 공격할 수 있는 물건입니다. 태블릿 피시에 들어 있으니 자료이거나 목록이거나 영상이거나 녹음 파일이거나 그런 것이겠죠? 그걸로 누군가를 협박할 수 있을 겁니다. 어떻습니까? 대충 맞았나요?"

"구 탐정님이 저에게 그런 말 하셨었죠? 사방으로 뻗어 있는 관심을 조금만 줄이면 살아남기가 좋을 거라고요. 지금 제가 드리고 싶은 얘기가 그겁니다. 상상을 조금만 자제하시면 살기가 편하실 겁니다."

"그런 건 상상이 아니라 추리라고 하는 겁니다."

"제의를 받아들이시겠습니까?"

"이영민 씨는 태블릿 피시 안에 뭐가 들어 있는지 알고 있습니다. 저는 모르고요. 그런 상태에서 거래를 한다는 건 좀 불공평한 것 같네요."

"카드 게임이란 게 그렇죠. 상대방 패를 모르고 베팅을 하는 겁니다."

"제가 판돈을 더 올릴 수도 있겠군요."

"2천만 원은 저의 마지막 제안입니다. 그걸 거절하시면 게임이 아니라 다른 국면으로 접어들겠죠."

"마지막으로 하나만 묻겠습니다."

"네, 그러시죠."

"제가 그 태블릿 피시를 세상에서 없애지 않았다는 이유로 엄청난 일이 생기거나 하진 않겠죠? 세계대전이 일어난다거나 우주인들이 지구를 침공한다거나."

"진담입니까?"

"태블릿 피시를 없애지 않아서 제가 하고 있는 일에 영향을 미치는 일은 없겠죠? 이영민 씨가 태블릿 피시로 어떤 일을 꾸미는지 모르겠지만, 그게 제 일에 영향을 미치는 일은 없었으면 좋겠습니다."

"당연히 그럴 겁니다. 구 탐정님에게는 아무런 일도 없을 겁니다. 저를 믿으십시오."

"알겠습니다."

"구 탐정님께서 물러나주신다니, 제가 보답 차원에서 정보 하나 알려드리죠."

"어떤 정보요?"

"지금 살고 계신 사무실 말입니다. 전에 제가 갔던 곳에 지금도 계신 거죠?"

"네, 아직도 거기 있죠."

"사무실을 사신 겁니까? 아니면 전세입니까?"

"당연히, 전세죠."

"제가 드리는 돈으로 이사나 준비하시죠."

"이사요?"

"그 정도만 말씀드릴게요."

"고맙군요."

"돈은 며칠 안에 제가 들고 가겠습니다. 영수증이랑 각서도 받아야 하니까요."

"그러죠."

구동치는 밖으로 걸어나왔다. 사무실 직원들의 시선이 구동치에게 몰렸다. 조용한 사무실에서 구동치의 발소리만 조용히 울렸다. 구동치가 문을 열고 밖으로 나갈 때까지 직원들의 침묵은 계속됐다. 구동치는 건물을 완전히 벗어난 다음 뒤를 돌아보았다. 따라오는 사람은 없었다. 원수도장 사람들이 뒤를 따라올지도 모른다는 생각을 했지만 그런 것 같지는 않았다. 구동치는 김인천에게 전화를 걸었다.

"찾았냐?"

김인천이 다급한 목소리로 전화를 받았다.

"내 안부는 안 물어봐요?"

구동치가 한 번 더 주위를 둘러보며 말했다.

"살아 있으니까 전화했겠지."

"인질로 붙잡혀 있어요, 지금."

"헛소리 하지 마. 안 믿어."

"왜 안 믿어요. 붙잡혔다니까."

"소리를 딱 들어보니 실내가 아니야. 어지간히 간덩이가 부은 놈들 아니고선 야외에서 전화 못 해."

"무슨 창고 같은 곳이라서 그래요."

"장난할 시간 없어. 빨리 얘기나 해. 찾았어?"

"찾긴 찾았는데 가지고 나오진 못했어요."

"그게 무슨 소리야?"

"이영민이라고 알죠? 배동훈이랑 알고 지내던 'YM기획' 대표."

"알지."

"와보니까 그 사람 사무실이에요."

"그래?"

"배동훈이 죽기 전에 줬거나 아니면 배동훈에게서 빼앗았겠죠."

"그래서 그냥 두고 나왔어?"

"태블릿 피시에 뭔가 굵직한 게 들어 있는 거 같아요. 어쩌면 배동훈이 죽은 것도 태블릿 피시에 있는 자료랑 관련 있을지도 몰라요."

"그러니까, 그런 중요한 걸 왜 놓아두고 왔냐고. 어떻게 해서든 가져왔어야지."

"선배, 잘 들어봐요. 지금부터 가정법의 세계로 들어갑니다. 배동훈이 죽은 이유가 태블릿 피시에 있는 자료 때문이라고 쳐요. 자살이 아니라 타살인 거죠. 그런데, 그 자료가 이영민의 손에 들어간 겁니다. 당연히 이영민도 위험해지겠죠. 이영민도 그걸 알고 있는 것 같아요. 이영민의 태도로 봐서는 그걸로 뭔가 역습을 꾸미고 있는 걸지도 모르겠어요. 당하기 전에 먼저 공격한다."

"이영민에게 태블릿 피시를 계속 가지고 있게 하고, 어떻게 움직이는지 본다?"

"그렇죠. 이영민을 미끼로 쓰면 큼지막한 물고기가 딸려 나올지도 모르겠어요."

"굿 아이디어이긴 한데, 지금 미행을 붙일 만한 인원이 없어. 위에서는 배동훈 케이스 접으라고 하고."

"그럼 어떡하죠?"

"일단 나라도 붙어봐야지, 뭐."

"시간 괜찮겠어요?"

"할 수 없지. 애들 좀 덜 보고, 와이프 좀 덜 보고, 축구 좀 덜 보고 살아야지. 대신에 너를 자주 봐야겠다. 네가 좀 도와줘."

"그럴게요."

구동치는 전화를 끊기 전에 조금 망설였다. 김인천에게 모든 이야기를 하는 게 좋을지 확신이 서지 않았다. 구동치의 머릿속 계산은 분명했다. 이영민이 돈을 주려고 하기 전부터 태블릿 피시를 거기에 남겨둘 생각이었다. 태블릿 피시로 이영민이 어떤 일을 할지 지켜볼 생각이었다. 이영민이 돈 얘기를 꺼내는 순간 낚싯바늘을 목구멍 깊숙이 문 셈이었다. 김인천에게 돈 얘기를 꺼내면 이야기가 길어질 게 뻔했다. 나쁠 게 뭔가. 계획은 계획대로 가고, 돈은 돈대로 받으면 된다. 원수도장 무리들을 만난 사실도 일단은 빼두었다. 너무 복잡한 이야기가 되면 김인천에게 설명하기 힘들어진다. 구동치는 그렇게 스스로를 설득하면서도 백 퍼센트 솔직하지 못했다는 사실이 계속 찜찜했다. 곧 이야기를 할 것이다. 이야기를 하면 그만이다. 죄책감을 느낄 필요는 없다.

구동치는 주머니에 들어 있던 위치 추적 단말기를 꺼냈다. 빨간 점은 어디에도 보이지 않았다. 위치 추적이 된다는 사실을 알고 이영민이 끈 것이다. 이미 늦었다. 원수도장 무리도, 배후의 인물도, 구동치도, 김인천도, 태블릿 피시가 누구 손에 있는지 알게 됐다. 구동치의 눈이 무거웠다. 긴장을 풀었더니 졸음이 몰려왔다. 아침부터 잠을 설친 탓이었다. 운전대를 잡고 큼지막한 하품을 한 번 했더니, 눈물이 핑 돌았다. 구동치는 사무실 방향으로 차를 몰았다.

17

천일수는 목요일 저녁마다 노블엔터테인먼트 지하에 있는 쇼룸에서 시간을 보냈다. 쇼룸에는 공연을 할 수 있는 작은 무대가 있었고, 객석 쪽에는 커다란 1인용 소파가 덩그러니 놓여 있었다. 객석과 무대 사이는 불투명한 유리가 가로막고 있었다. 천일수는 무대를 볼 수 있었지만 무대의 배우들은 천일수를 볼 수 없었다. 전에는 오디션장이었던 것을 천일수만의 무대로 개조한 것이었다.

저녁을 먹고 모든 일을 끝낸 천일수는 편안한 옷을 입고 소파에 앉았다. 소파 옆의 테이블에는 와인과 과일이 놓여 있었다. 소파에서 한 걸음 뒤쪽에 송미영이 서 있었다. 송미영이 손가락으로 무대를 가리키자 불이 꺼지고 막이 올라갔다.

무대는 영화의 객석처럼 만들어졌다. 일곱 명의 남녀가 천일수와 마주 앉아 있었고, 그들은 시선을 천일수의 머리 위쪽으로 향한 채 영화를 보고 있었다. 실제로 영화가 상영되고 있었다. 천일수는 고개를 돌려 어떤 영화가 시작되는지 보았다. 「투문 정션Two Moon Junction」이라는 영화였다. 천일수가 짧게 미소를 지었다. 객석의 맨 앞줄에 세 명이, 두 번째 줄에 한 명이, 세 번째 줄에 세 명이 앉아서 영화를 기다리고 있었다. 영화를 보는 사람들을 천일수는 보았다.

몇 분 지나자 세번째 줄에서 뭔가 수상한 움직임이 일어났다.

세번째 줄에는 덩치 큰 남자와 그의 커플인 듯한 붉은 티셔츠의 여자가 꼭 붙어 앉아 있었고, 옆으로 한 자리 건너 얼굴이 무척 작고 눈썹이 짙은 남자가 앉아 있었다. 무대 조명은 세번째 줄에 고정돼 있었다. 조명 때문에 눈썹 짙은 남자의 눈썹이 더욱 도드라졌다. 눈썹 남자는 영화를 보는 척하며 옆에 앉은 여자를 계속 흘낏거렸다. 붉은 티셔츠 여자에게 조명이 비추자 커다란 가슴이 배 쪽으로 깊은 그림자를 드리웠다. 붉은 티셔츠 때문에 가슴이 더 크게 보였다. 붉은 티셔츠 여자도 남자를 흘낏거리기 시작했다. 두 사람의 눈길이 자주 부딪쳤다. 덩치 큰 남자는 영화가 시작되자마자 잠에 빠져들었다. 영화가 시작되자마자 잠에 빠져든다는 것은 비현실적인 상황이었지만, 천일수는 사소한 문제는 그냥 넘기기로 했다.

덩치가 잠에 빠져든 사이, 눈썹이 티셔츠 여자의 옆자리로 건너왔다. 여자는 덩치를 신경 쓰면서도 몸은 이미 눈썹 쪽으로 기울고 있었다. 눈썹은 여자의 티셔츠 아래로 손을 집어 넣었다. 붉은 티셔츠가 출렁였다. 눈썹은 여자의 티셔츠를 걷어 올려 양쪽 가슴이 모두 드러나게 했다. 조명을 받은 여자의 가슴이 번들거렸다. 가슴과 가슴 사이의 골에는 짙은 그림자가 드리웠다. 눈썹은 여자의 브래지어를 아래로 내리고 젖꼭지를 빨기 시작했다. 한쪽 손으로는 반대쪽 가슴을 만지작거렸다. 여자는 가끔 덩치의 잠자는 모습을 보았지만 대부분의 신경을 눈썹 쪽으로 집중했다. 혀로 자신의 입술을 핥았다. 여자가 이번에는 눈썹의 바지를 내렸다. 바지 속에서 눈썹의 물건이 나타날 때쯤 조명이 사라지고, 영화 화면의 불빛만 남았다. 영화 화면이 밝아지고 어두워질 때마다 눈썹과 여자의 움직임이 드러났다가 사라지곤 했다. 여자가 입으로 눈썹의 물건을 단단하게 세웠고, 좀더 과감한 동작으로 넘어갔다. 여자가 일어나서 변기에 앉듯 눈썹의 무릎 위로 엉덩이를 대고 앉았다. 눈썹은 여자의 가슴을 쥐고, 여자는 눈썹의 무릎에 손을 짚은 채 앞뒤로 천천히 움직였다.

천일수는 바지 앞섶을 내리고 자신의 물건을 만지작거렸다. 여자의 엉덩이가 움직일 때마다 자신의 성기를 위아래로 쓸어내렸다.

"회장님, 도와드릴까요?"

송미영이 물었다. 천일수는 대답 대신 왼손을 들어올렸다. 괜찮다는 표시였다.

눈썹과 여자는 자세를 바꾸었다. 여자의 얼굴이 덩치에게 향하게 되고, 눈썹이 여자의 뒤를 공략하는 모습이었다. 이번에는 조명이 강하게 내려와 눈썹의 성기를 적나라하게 드러냈다. 여자가 낮은 신음을 쏟아냈다. 덩치는 깊은 잠에서 깨어나지 않았다. 앞줄에 앉은 사람들이 여자의 신음소리에 뒤를 돌아보았다. 조명이 약간 밝아지면서 첫번째 줄과 두번째 줄의 사람들에게도 빛이 향했다. 파티의 시간이었다. 눈썹과 여자의 섹스 모습을 본 사람들은 잠깐 눈치를 보다가 옷을 하나씩 벗었다. 맨 앞줄의 남녀가 서로를 애무하자, 혼자 앉아 있던 앞줄의 남자가 뒤로 넘어가서 혼자 있던 여자의 속옷을 벗겼다. 난교가 시작됐다. 그 장면을 보고 있던 천일수의 손동작도 빨라졌다. 덩치를 뺀 세 커플의 남녀는 극장 좌석에서 이리저리 엉키며 섹스를 했다. 영화 속에서 흘러나오는 음향과 여섯 남녀가 내뱉는 신음이 뒤엉켰다. 천일수의 성기에서 피가 솟구쳐 오르듯 정액이 뿜어져 나왔다. 송미영이 휴지를 건넸다.

"미영이 너도 저 영화 봤어?"

천일수가 바지에 묻은 정액을 닦아내며 물었다.

"투 문 정션이요? 아뇨, 못 봤습니다."

송미영이 옆으로 다가서며 대답했다.

"내가 저 영화 좋아하는 건 어떻게 알았어?"

"전에 한번 얘기하신 적이 있습니다."

"한번 봐봐, 재미있어."

"네, 시간 나면 볼게요."

"투 문 정션이 무슨 뜻인 줄 알아?"

"두 개의 달은 음부를 상징하는 거고, 거기에 정션이 붙으면…… 섹스를 뜻하는 거 아닐까요?"

"저 영화 포스터를 보고 내가 얼마나 흥분했는지 모를 거야. 온몸에 막 피가 돌더라. 영화 포스터에 뭐라고 적혔냐면, 달이 두 개, 숲이 하나, 투 문 정션. 몇 년 동안 정션이 숲을 뜻하는 말인 줄 알았어. 달이 두 개니까 가슴이고, 숲이 하나니까 여자들 거기를 가리키는 말인 줄 알았지. 저 영화 보려고 극장에 숨어

들어가다가 걸려서 뒤지게 얻어터졌지."

천일수는 오른손에 휴지를 들고 옛 생각에 잠겼다가 웃음을 터뜨렸다. 성기는 이미 작아져 있었다.

"회장님, 닦아드릴까요?"

"미영아, 여기 가슴 아래 명치를 만져봐 봐. 작은 게 뽈록 튀어나와 있지? 그게 왜 그런 줄 알아?"

천일수가 왼손으로 명치를 만지며 말했다. 송미영도 자신의 명치를 만져보았다. 손가락 끝에 뭔가 걸렸다.

"사람들이 잘 모르지만 여기에 말랑말랑한 씨앗이 하나씩 들어 있어. 태어날 때부터 있는 건데, 어떤 사람은 물을 주고 잘 키우는데 어떤 사람은 금방 죽여버리지. 어느 날 문득 명치를 만졌는데, 이 씨앗이 딱딱하게 굳어 있으면 잘못 산 거야. 미영아, 무슨 말인지 알겠어? 옛날을 생각하지 못하면 그건 잘못 사는 거고 헛사는 거야."

"예, 회장님."

"대단한 일도 아니고, 그저 물만 꼬박꼬박 주면 되는 건데 말이다. 말라 비틀어지지 않게, 하루하루, 성실하게. 무슨 말인지 알겠어?"

천일수는 정액을 마저 닦아내고 바지 지퍼를 올렸다. 바지에 몇 개의 얼룩이 남았다. 무대 위에서는 세 커플이 여전히 섹스를 하고 있었고, 덩치는 계속 잠들어 있었다.

"저 친구, 계속 잠들어 있는 건 이상하지 않아?"

천일수가 덩치를 가리키며 말했다.

"마지막에 저 친구가 깨어나면서 파티가 끝나는 겁니다."

송미영이 대답했다.

"뭔가 다른 역할이 더 있으면 좋을 텐데, 아쉽네."

"2부에서는 다른 역할도 있습니다."

"어떤 역할?"

"술집으로 자리를 옮기고요, 걸 프렌드가 화장실 간 사이에 다른 여자와 붙습니다. 걸 프렌드는 화장실에서 새로운 남자 만나고요."

"너무 똑같은 패턴 아니야?"

"지난 기획안 보고 오케이 하셨는데요? 식당, 카페, 극장, 술집, 일반적인 데이트 코스를 그대로 따라가는 거로요."

"그랬나? 알았어. 일단 찍어봐. 미영이가 알아서 잘하겠지. 내가 믿는 거 알지?"

"네, 회장님."

"남자들이 만드는 작품들은 완전 속도전이야. 무슨 말인지 알지? 탁탁탁, 빨리만 치면 되는 줄 알아. 작품 만들 생각 안 하고, 자기들이 보고 싶은 뽀르노만 만든단 말이지. 이런 상황을 만들 줄 몰라."

"네, 명심하겠습니다."

"지난번 사무실 야근 시리즈도 반응이 괜찮았지?"

"네, 3만 카피 정도 팔렸습니다."

"그래, 그러니까 그런 걸 만들어야 한다고."

"올라가시겠습니까?"

"아냐, 조금만 더 보자. 저기 빨간 옷 입은 애는 오늘 처음이야?"

"지난달에 데뷔 필름 찍고, 오늘이 두번째입니다."

"연기 잘하네. 사이즈도 좋고."

"메인으로 키워볼 생각입니다."

"그래, 괜찮겠다."

"올려 보내드릴까요?"

"그래, 그럼 끝나고 잠깐 보자고 해."

천일수는 소파에서 일어났다. 송미영이 뒤를 따라갔다. 쇼룸을 나가려는 순간, 천일수의 경호실장 나영욱이 문으로 들어서고 있었다. 얼굴 표정으로 위급상황을 5단계로 나눌 수 있다면, 나영욱의 표정은 의심의 여지없이 1단계였다.

"잠깐 드릴 말씀이 있습니다."

"무슨 일인데?"

"조용한 곳으로 가서 말씀드리겠습니다."

천일수의 뒤편에서는 여전히 세 커플의 섹스가 진행 중이었으니 조용한 곳이 아니긴 했다. 천일수는 나영욱과 함께 쇼룸을 떠나면서 송미영의 어깨를 두드렸다. 그게 어떤 의미인지는 둘 다 잘 알고 있었다.

송미영은 천일수가 앉았던 소파에서 세 커플의 섹스를 바라보았다. 어딘지 모르게 맥이 빠져 있는 느낌이었다. 모두들 열심히 몸을 흔들었지만, 강렬하게 마음을 움직이는 장면은 보이지 않았다. 이미 섹스는 마무리 단계로 접어들고 있었다. 사랑하는 사람들끼리의 섹스와 배우들 간의 섹스에는 아주 큰 차이가 있다. 사랑하는 사람들끼리의 섹스가 발단, 전개, 절정, 결말로 이어진다면 배우들 간의 섹스는 전개와 결말뿐이다. 수많은 전개들이 계속 이어지다가 어느 순간 끝이 난다. 세 남자의 정액이 여자들의 입과 가슴과 의자 주변에 흩뿌려지면서 섹스는 끝이 났다. 정액의 분출을 신호로 계속 잠들어 있던 덩치가 잠에서 깨어났다. 덩치는 어리둥절한 표정을 짓다가 이내 상황을 알아차리곤 자신의 여자와 들러붙은 눈썹의 얼굴을 주먹으로 친다. 눈썹이 뒤로 나뒹굴면서 모든 사람들의 시선이 덩치에게로 향한다.

"오케이, 컷. 다들 수고하셨어요."

카메라 촬영도 겸하고 있던 감독이 소리를 질렀다. 뒤쪽에 있던 촬영 스태프들이 배우들에게 목욕 수건을 나눠주었다. 송미영도 무대쪽으로 건너갔다.

"모두들 애썼어요. 덩치 씨, 때리는 연기 좋았어요."

송미영이 덩치를 위로했다.

"하는 일이 자는 거랑 때리는 거밖에 없는데 그거라도 잘해야죠."

덩치가 주먹을 어루만지며 통명스럽게 대답했다. 옆에 있던 배우 몇 명이 웃었다.

"오빠 진짜 잔 거 아냐? 눈이 퉁퉁 부었다."

붉은 티셔츠 여자가 말했다.

"잠깐 졸았나 봐. 아휴, 네가 소리를 하도 질러서 잠도 못 잔다, 야."

덩치가 눈을 비비며 말했다.

"세트장 술집으로 꾸미는 동안 잠깐 쉬시고요, 오늘 안으로 촬영 전부 끝낼게요. 조금만 힘내주시고요."

송미영은 배우들을 격려한 다음 붉은 티셔츠 여자를 잠깐 불러냈다. 천일수 회장의 이야기를 전하자 여자의 얼굴이 밝아졌다. 천일수 회장의 눈에 든다는 것은 포르노 업계에서 탑 클래스가 될 가능성이 높아진다는 뜻이었고, 지금 가지고 있는 돈보다 훨씬 많은 돈을 거머쥘 확률이 높아진다는 뜻이었다. 목욕 수건을 거머쥔 붉은 티셔츠 여자의 손에 힘이 들어갔다. 여자는 송미영에게 고개를 숙여 인사했다.

스태프가 영화 끄는 걸 잊어버렸는지, 무대 건너편에서는 계속 「투 문 정션」 영상이 나오고 있었다. 사람들이 놀이공원 속에서 웃고 떠들며 놀고 있었다. 에로틱한 장면은 나오지 않았다. 어째서 저런 영화를 보고 감동을 받은 것인지 송미영은 이해할 수 없었다. 감동이 아니라 자극이라고 했던가. 화면 구성도 사람들이 입은 옷도 촌스러워 보였다.

목욕 수건을 하나씩 두른 배우들은 자기들끼리 뭔가 떠들고 있었고, 영화 속 사람들은 놀이공원에서 시끌벅적하게 떠들었다. 그 사이에 있던 송미영에게 갑자기 진공의 순간이 찾아왔다. 귓속에서 윙, 하는 소리만 들릴 뿐 사람들의 말소리가 들리지 않았다. 고개를 흔들어보았지만 소용없었다. 영화 속 장면과 영화 밖 배우들의 모습이 하나로 합해지고, 무성영화의 한 장면이 되었다. 송미영은 헛기침을 하고, 일부러 소리를 내보았다. "아아아아아" 귀가 뚫리고 소리가 다시 들렸다.

18

천일수는 지난 40년 동안 단 하루도 빼놓지 않고 매일 밤 11시에 일기를 써왔다. 일기라고 할 것까지도 없었다. 그날 있었던 가장 중요한 일을 작은 수첩에 한 줄로 적는 것이었다. 한 줄을 넘는 경우는 거의 없었다. 같은 일을 지속적으로 하기 위해서는 최소한의 노력을 들여서 할 수 있어야 하며, 가장 간략한 형태여야 한다고 천일수는 생각했다. 초반에는 생각나는 것을 모두 수첩에 적었지만 그 방식이 잘못됐다는 걸 곧 깨달았다. 내키는 대로 모두 적다 보면 쓰지 않아도 될 것들을 쓰게 됐고, 쓰지 않아도 될 것들을 쓰고 나면 몹시 피곤해졌다. 일주일쯤 일기를 쓰다가 한 줄 일기로 바꿔 쓰게 됐고, 그 형식으로 40년을 지속했다.

대단한 문장은 없었다. 누군가를 새로 만났거나 새로운 일을 시작하게 됐거나 뜻밖의 일을 당했을 때 그 느낌을 한 줄로 적었다. 앞으로 어떻게 살아야겠다는 결심을 적는 경우가 많았고, 성공을 원하는 염원이 많았고, 어떤 날은 한 일이 아무것도 없었다는 걸 굳이 적기도 했다. 이런 식이었다.

3. 5. 병식이와 소주를 두 병 마셨다.

3. 6. 적을 알고 나를 알면, 성공을 할 수 있다.

3. 7. 죽겠다고 생각하고 부지런하게 움직이자.

하루에 한 줄뿐이었기 때문에 수첩이 많이 필요하지도 않았다. 1년은 365줄이면 되고, 10년은 3,650줄이면 되고, 40년은 14,600줄이면 된다. 천일수가 선택한 수첩은 한쪽에 20줄을 적을 수 있었고 모두 200쪽이었다. 모두 4,000줄을 적을 수 있으므로 한 권에다 10년을 모두 담을 수 있었다. 천일수는 10년에 한 권씩 수첩을 쓰기로 했다. 10년에 350일 정도는 두 줄을 써도 상관없었지만, 한 줄을 넘기는 경우는 거의 없었다. 천일수는 매일 밤 11시에 알람을 맞춰놓고 잊지 않기 위해 노력했다. 열여섯 살 때부터 차던 (지금은 완전히 고장나버린) 카시오 시계를 서랍에 잘 간직하고 있는 이유도 그 마음을 잊지 않기 위해서였다.

한 줄을 금방 쓰는 날도 있었고, 쉽게 마음을 잡지 못하는 날도 있었다. 하루의 모든 일이 정리가 된 다음에야 한 줄을 쓸 수 있었다.

나영욱의 보고를 듣고 난 후, 천일수는 마음속 깊은 곳에서 밀려 나오는 짜증 때문에 좀처럼 집중을 할 수가 없었다. 이영민에 대한 짜증과 원수도장에 대한 짜증과 배동훈에 대한 짜증이 한데 뒤섞였다. 이영민이 이처럼 귀찮은 존재가 될 줄은 몰랐다. 진작에 싹을 잘라버렸어야 했을까. 천일수답지 않게 자책과 후회를 했다. 싹을 자르기 위해서는 그만큼의 노력이 필요했을 테고, 에너지를 쏟아야 했을 것이다. 후회를 하지 않기 위해서는 이제라도 싹을 잘라야 했지만, 이제는 싹이라고 하기에는 너무 큰 나무가 돼 있었다. 전에는 손끝으로 간단히 뽑아버리면 그만이었지만 이제는 대형 전기톱을 사용해야 할 정도가 됐다.

천일수는 수첩을 뒤적이다 첫번째 수첩의 첫 장을 펼쳤다. 한 줄을 쓰기 힘들 때면 옛 일기를 자주 들추었다. 첫 장 첫 줄에는 '혼자 살아가고, 혼자 자랄 것이다'라는 글씨가 희미하게 씌어져 있었다. 40년이 지나 잉크가 많이 증발해버렸다. 잉크와 함께 날아간 시간이 느껴졌다.

천일수가 강원도의 집을 떠나게 된 이유로는 새엄마 아들의 영향이 가장 컸다. 형이라고 불러야 했지만 그럴 수 없었다. 한 번도 형이라고 부른 적이 없었고, 앞으로도 평생 형이라는 단어를 쓰지 않을 생각이었다. 어머니는 천일수가 열두 살일 때 사고로 돌아가셨다. 다시는 생각하고 싶지 않은 끔찍한 교통사고였다. 어머니는 식당 일을 마치고 버스를 타고 돌아오던 길이었다. 운전사가 어떤 상황이었는지는 아무도 알지 못한다. 담배를 피우고 있었는지, 졸고 있었는지, 집안에 큰 문제가 있어서 도무지 운전에 집중할 수 없었던 것인지, 아무도 알지 못한다. 생존자가 없었기 때문이다. 버스에 타고 있었던 사람은 모두 일곱 명이었는데, 난간을 뚫고 언덕으로 떨어진 버스 안에서 단 한 명도 살아남지 못했다. 워낙 갑작스럽게 일어난 일이었고, 가파른 언덕이었고, 버스가 뒤집히면서 화재까지 일어났기 때문에 누구도 살아남기 힘들었다. 구조대가 추락한 버스에 진입하는 데만 세 시간이 걸렸다. 어머니의 시체는 새카맣게 탔고, 팔 하나가 몸에서 떨어져나간 채였다. 천일수는 그 얘기를 들어서 알았지만 눈으로 본 것만 같았다.

천일수는 어머니가 죽고 나서 1년이 지난 후에야 사고 현장에 가보았다. 아버지가 새로운 사람과 결혼을 하겠다는 얘기를 했고, 열세 살의 천일수는 아무런 대답도 할 수 없었다. 어떤 대답을 해야 할지 정답을 알 수 없었다. 그저 어머니가 보고 싶어졌다. 사고 현장이 어딘지는 알고 있었지만 거기까지 갈 엄두는 내지 못했는데, 그때는 거길 꼭 봐야겠다는 생각이 들었다. 어머니가 타고 다니던 시내버스를 이용해 그곳으로 갔다. 꾸불꾸불한 산길을 오랫동안 달려야 하는 노선이었다. 1년이 지났지만 사고 현장에는 흔적이 남아 있었다. 앞으로 다시는 그런 일이 없도록 하겠다는 듯 새로 설치한 난간이 사고 현장에 굳건하게 서 있었고, 버스가 추락했던 언덕 아래에는 부러진 나무들이 화살표가 되어 사고 지점을 가리키고 있었다. 천일수는 언덕 아래로 내려가보려고 했지만 너무 가파른 길이어서 엄두가 나지 않았다. 그저 언덕 아래를 내려다볼 수 있을 뿐이었다. 어머니의 눈이 마지막으로 보았을 언덕을 한참 내려다보고 있는데, 갑자기 울음이 터졌다. 어머니가 없다는 게 그제야 실감났다. 어린 나이였지만 천일수는 어머니의 마지막 고통을 느낄 수 있을 것 같았다. 언덕 아래를 보고 있는데 어디선가 비명이 들리는 것 같기도 했다. 귀신의 소리일지도 모른다고, 천일수는 생각했다. 벗어나고 싶었지만 발이 떨어지지 않았다. 무서웠지만 울음이 그치지 않았다. 어머니가 보고 싶었다.

집으로 돌아온 천일수는 말이 없어졌다. 아버지의 질문에도 짧게 대답할 뿐이었다. 아버지와 결혼한 새엄마는 나쁜 사람 같아 보이지 않았지만 어머니가 서 있던 자리에 선다는 사실만으로도 좋은 사람의 자격을 잃은 것이라고 천일수는 생각했다. 새엄마 앞에서는 입을 열고 싶지도 않았다. 가장 큰 골칫거리는 새엄마의 아들이었다. 일찌감치 결혼한 덕분인지 새엄마에게는 스무 살 된 아들이 있었는데, 독립할 생각은 전혀 하지 않고 집에서 빈둥거리기만 했다. 아버지와 새엄마가 일을 하러 나갔기 때문에 천일수는 새엄마의 아들과 집에서 함께 보내는 시간이 많았다. 새엄마의 아들은 전에는 천일수의 방이었으나 지금은 자신의 것이 된 방에서 포르노 잡지를 보면서 보내는 시간이 많았는데, 가끔 천일수의 눈앞에다 벌거벗은 여자들의 사진을 들이밀곤 했다.

"야, 인마, 이거 봐, 죽이지?"

천일수는 대답을 하지 않았다. 그러면 곧 꿀밤이 날아왔다.

"새끼야, 이게 얼마나 구하기 힘든 건지 모르지? 한 권 줄까? 학교에 가져가면 애들이 껌뻑 죽을 거야. 형이 한 권 줄게."

천일수는 대답을 하지 않았다. 고개를 숙이고 땅만 보았다.

"형이 말하는데 어딜 봐, 새끼야. 야, 됐다. 꺼져."

새엄마의 아들은 잡지를 말아서 천일수의 머리를 내려쳤다.

집에 있는 방은 모두 세 개였지만 하나를 창고로 쓰고 있었기 때문에 천일수는 아버지와 새엄마 옆에서 잠을 자야 했다. 아빠는 종종 천일수를 새엄마 아들 방에서 자게 했다. 천일수도 그 이유를 알고 있었다. 가고 싶지 않았지만 떼를 쓴다고 될 일이 아니었다. 한번은 불을 때지 않는 창고방에 들어가서 이불을 뒤집어쓰고 잠을 청했다가 한 시간도 안 되어서 포기하고 말았다.

새엄마 아들은 밤늦게까지 잠을 자지 않았다. 천일수도 쉽게 잠들 수 없었지만 이불을 머리끝까지 올리고 잠든 척했다. 이불을 뒤집어쓰고 좋은 생각을 하려고 했다. 어머니와 함께했던 순간들을 생각해보려고 애썼다. 웃음소리, 파란색 슬리퍼, 머리를 감겨주던 손, 바느질할 때의 눈, 업어주던 등, 밥냄새, 부르던 목소리, 목소리, 목소리가 잘 기억나지 않았다. 다른 것들은 잘 떠올릴 수 있었지만 목소리는 점점 희미해지고 있었다.

"야, 자냐? 잡지 하나 줄까? 형이랑 같이 볼까? 크크크."

새엄마 아들은 이불을 발로 툭툭 차면서 말을 걸었다. 천일수는 대답하지 않았다.

"지금 너네 아빠랑 우리 엄마랑 뭐 하는지 알지? 너 그런 거 알아? 형이 가르쳐줄까? 아, 씨발 이러다 또 동생 낳는 거 아니야?"

천일수는 대답하지 않았다.

그러던 어느 날 새벽, 천일수는 이상한 느낌에 잠에서 깼다. 방에 불은 꺼져 있었고, 사방이 고요했다. 잠들어야 할 것들은 모두 잠들고, 깨어나야 할 것들은 깨기 전이었다. 아래쪽 이불이 걷혀 있고 천일수의 팬티가 내려가 있어서 엉덩이 쪽이 허전했다. 팬티가 내려가 있다는 걸 깨달았지만 몸을 움직이지는 않았다. 몸을 움직일 수 없었다. 무슨 일이 일어나든 일단 기다리고 있어야 했다. 무슨 일이 일어나고 있는지 알아야 했다. 묵직한 무언가가 천일수의 엉덩이를 건드렸다. 돌덩이처럼 단단했다. 천일수의 귀에 가쁜 숨소리가 들렸다. 천일수의 엉덩이를 벌리고 그 속에다 자신의 것을 넣고 싶었던 모양이지만, 잘 되지 않았다. 신음이 다시 들렸다. 휴, 하는 소리와 함께 손으로 단단한 돌덩이를 위아래로 쓰다듬는 소리가 들렸다. 돌덩이가 가끔 천일수의 엉덩이를 툭, 툭, 쳤다. 그러다가도 천일수의 엉덩이 속으로 넣어보려는 시도를 계속했다. 천일수는 지금 어떤 일이 일어나고 있는지 정확한 판단을 할 수가 없었다. 소리를 지르며 일어서야 하는지, 일어나서 새엄마 아들의 얼굴을 발로 걷어차야 하는지, 잠자코 가만히 있으면 곧 끝나는 일인지 알 수 없었다. 아, 씨발, 하는 짧은 감탄사와 함께 뜨끈뜨끈한 무언가가 천일수의 엉덩이로 떨어졌다. 새엄마 아들은 휴지를 꺼내 천일수 엉덩이를 꼼꼼하게 닦아냈다.

그런 일이 몇 번 더 있었다. 천일수는 그때만 생각하면 입에서 욕지거리가 튀어나왔다. 지금도 궁금한 것은 새엄마 아들이 자신의 돌덩이를 천일수의 항문에다 쑤셔 넣지 않은 이유다. 기술 부족이었던 것인지, 아니면 최소한의 양심 때문에 그런 것인지 알 수 없었다. 아마도 기술 부족 때문이었을 것이라고, 그럴 수 있었다면 충분히 그러고도 남았을 놈이라고 천일수는 생각했다.

천일수는 중학교에 입학한 지 1년 석 달 만에 집에서 나왔다. 아버지에게만 간단한 편지를 썼다. 어머니가 타고 다니던 버스를 타고 집에서 떠나왔다. 처음에는 공장에 다니던 친구에게 얹혀 살았다. 친구의 자취방에서 수첩의 첫번째 줄을 썼다. 이제 혼자 살아가고, 혼자 자랄 것이다. 수첩에 적힌 한 줄을 읽으며 이를 꽉 깨물었다. 천일수 역시 친구와 함께 1년 동안 시멘트 공장에 다녔다. 시멘트 공장에서 만난 형의 소개로 서울에 오게 된 것이 열여덟 살 때였다.

수첩의 페이지를 빠르게 넘겨보았다. 열여섯 살부터 스물여섯 살까지 한 줄로 정리된 수많은 날들이 빠르게 지나갔다. 자주 등장하는 몇 개의 단어들이 천일수의 눈에 띄었다. 성공하는 길, 노력, 복수, 여자 장사, 계산과 같은 단어들이었다. 그 단어들이 그의 인생을 요약하고 있는 것 같았다. 10년이 빠르게 지나가고, 또 다른 10년의 수첩을 펼쳤다. 거기에도 비슷한 단어들이 많았다. 천일수는 네 권의 수첩을 포개어놓고 담배를 꺼내 물었다. 자주 피우지는 않았지만 생각을 많이 해야 할 때면 담배에 손이 가곤 했다. 지금은 생각을 해야 할 때였다.

담배에 불을 붙이고 두 모금을 빨아들였을 때 휴대전화 벨이 울렸다. 나영욱에게서 걸려온 것이었다.

"무슨 일이야?"

천일수가 내뱉은 담배 연기와 말이 뒤섞였다.

"아까 말씀드렸던 방해꾼 말입니다. 누군지 알아냈습니다."

"누구야? 내가 아는 놈인가?"

"예, 전에 한 번 보셨죠. 구동치라는 탐정입니다."

"아, 한유미가 데려왔던 그 사람?"

"네, 맞습니다."

"그 친구는 왜 끼어든 거야?"

"잘 모르겠습니다. 태블릿 피시 신호 보고 곧장 달려든 걸 보면 아무래도 경찰과 끈이 닿아 있는 것 같습니다."

"골치 아프게 됐군. 태블릿 피시가 그 친구 손으로 넘어간 건가?"

"확실하지는 않습니다. 이영민이 계속 가지고 있을 수도 있죠. 쉽게 넘기지는 않았을 겁니다. 돈으로 매수했을 수도 있고, 뭔가 딜을 했을 수도 있습니다."

"태블릿 피시에 있는 자료로 딜을 하지는 않았을 거야. 그 패를 까버리고 나면 나를 협박할 게 없어지니까."

"네."

"누가 가지고 있냐에 따라 판이 달라지겠군."

"일단 둘 다라고 생각하고 있어야겠죠. 구동치가 가져갔다면 경찰이 개입될 가능성이 큽니다. 위로 더 올라가기 전에 밑선에서 자르시는 게 좋을 것 같습니다. 전에 회장님을 찾아왔던 그 형사가 담당자니까, 이영민에게 사람을 붙였을 겁니다. 돈을 받거나 뭔가 딜을 했더라도 일단 사람을 붙였겠죠. 내일 제가 그 형사를 한번 만나보겠습니다."

"이영민이 태블릿 피시로 뭔가 할 생각이 있다면 곧 연락이 오겠지."

"이영민 주위에 경호 인력이 좀 늘어났습니다. 조폭 애들을 불러들인 것 같습니다."

"개 같은 경우구만. 구동치는 약속이 돼 있으니까 내가 한번 살펴보지. 그리고, 원수도장 녀석들은 무슨 일 처리를 그따위로 해. 입단속 잘 시키고, 따끔하게 한마디 해줘."

"네, 알겠습니다. 내일 다시 보고드리겠습니다."

나영욱은 전화를 끊고 한숨을 내쉬었다. 손가락으로 두 눈알을 지그시 눌렀다. 동그란 눈알을 구석구석 눌러주고 나면 피곤이 줄어들었다.

"죄송합니다. 일 처리를 제대로 못해서……"

나영욱의 옆에 앉아 있던 닻을 닮은 사내가 시무룩한 목소리로 말했다.

"괜찮습니다. 그럴 수도 있죠."

나영욱이 애써 웃으며 말했다.

"저는 일단 형제들을 안전하게 보호해야 한다는 생각에 칼을 접었던 겁니다. 끝까지 해결을 했어야 하는 건데……"

"옳은 선택이었습니다. 거기서 그 탐정을 제압했더라면 일이 더 복잡해졌을 겁니다."

"대사형께서 곤란한 일을 겪게 될까 봐 걱정이 됩니다."

"예, 아무래도 사안이 사안이니만큼 회장님이 노여워하시는 게 당연하지요. 하지만 그래도 어쩔 수 있나요, 상황이 그런걸요. 걱정 마십시오. 제가 잘 해결해보겠습니다."

나영욱은 눈을 몇 번 깜빡이다가 이내 눈을 감았다. 방 안에 있던 대여섯 명의 원수도장 사람들은 나영욱의 눈치만 보며 입을 열지 못했다. 작은 헛기침 소리만 몇 번 들렸다.

"우리 어쩌다 이렇게 됐는지 모르겠습니다."

닻을 닮은 사내가 비장한 투로 읊조렸다. 누군가 들으라고 한 말이 아니라 허공에 건넨 말이었다.

"그게 무슨 말입니까?"

나영욱이 눈을 뜨고 물었다.

"우리 신세가 처량해서 그럽니다. 도장의 존폐도 장담하기 힘든 데다 우리가 하고 있는 일이 이게 뭡니까. 용역 깡패들이랑 다를 게 뭐가 있습니까?"

닻을 닮은 사내의 목소리가 한 톤 높아졌다.

"말이 지나치십니다. 용역 깡패들이랑 다를 게 뭐냐뇨."

"제 말이 틀렸습니까? 아마 대사형이 없었다면 원수도장은 진작에 문을 닫았겠지요. 대사형 덕분에 우리 형제들이 헤어지지 않고 어떻게든 버티고 있는 거겠지요. 하지만 말입니다, 저는 그런 생각이 듭니다. 이렇게까지 하면서 우리가 도를 지키는 게 맞는 것인지 잘 모르겠습니다. 진정한 도를 위해서라면 각자 흩어져서 수련을 하다가 기회가 왔을 때 날개를 펴는 게 맞는 게 아닌지 모르겠습니다."

"사형의 말이 무슨 뜻인지 알겠습니다. 하지만 말입니다, 우리가 흩어지는 순간 원수도장은 흔적도 없이 궤멸되고 말 겁니다. 개개인의 도는 먼지와 같은 것이고, 함께했을 때 물질로서의 도가 완성됩니다. 저는 어떻게든 원수도장을 지켜내고 물질로서의 도를 이룩할 것입니다. 그게 제가 할 일입니다. 사부님들이 목숨을 걸고 지켜냈던 원수도장을 제 손으로 없애는 일은 절대 없을 겁니다. 용역 깡패요? 그럴지도 모르죠. 하지만 저는 이보다 더한 일도 할 수 있습니다. 죽이라면 죽이죠. 죽여서라도 우리가 살아야죠. 원수도장의 진정한 도요? 진정한 도는 살아남는 것입니다. 살아남아야 도를 펼칠 기회가 오죠. 천 회장님은 원수도장의 은인이십니다. 그분이 없었다면 우리는 진작에 먼지가 되었겠죠. 만약 천 회장님의 뜻이 원수도장의 도와 반대되는 길로 향해 있더라도 저는 그 길을 따를 것입니다. 그것이 또한 원수도장의 도를 이루는 길입니다."

나영욱의 말에 형제들이 숙연해졌다. 원수도장을 지키기 위해 대사형 나영욱이 얼마나 애쓰고 있는지 모두 알고 있었기에 아무런 반박도 할 수 없었다. 5년 전, 원수도장이 먼지가 될 위기에 처했을 때 모든 걸 끝까지 붙들고 있었던 사람이 나영욱이었고, 나영욱에게 힘을 실어준 사람이 천일수였다. 무술계의 세력 다툼에서 밀려난 데다 도장의 월세도 내지 못할 처지에 있던 원수도장 식구들에게 큰돈을 거머쥘 수 있는 일자리를 주었다. 비록 맡은 일이 노블 클럽이 들어설 땅에 살고 있는 사람들을 강제로 내쫓는 것이긴 했지만, 원수도장 식구들은 살기 위해서 귀를 막고 눈을 가리고 코를 막은 채 그 일을 했다. 도장 내에서도 외부의 도움을 받는다는 것에 반대한 사람이 없었던 것은 아니다. 서른 명 중에서 다섯 명이 도복을 벗고 떠났다. 나영욱은 끝까지 설득했지만 마음을 돌릴 수는 없었다.

"좋습니다. 원수도장을 떠날 형제들은, 지금 떠나십시오. 우리는 지금 중대한 결단의 순간에 서 있습니다. 모든 걸 버리고 죽음을 선택하는 레밍쥐가 되느냐, 이를 꽉 깨물고 살아남는 들개가 되느냐, 이제 선택해야 합니다. 사부들의 가르침을 되새겨 보십시오. 진정한 도란, 모름지기 끝까지 참아내는 자의 것이며 좁은 강에 있기보다는 커다란 바다에 있는 것이라 했습니다. 강은 바다의 이치를 알지 못합니다. 강은 바다에 이를 것을 알지 못합니다. 허나, 바다는 강이 다다를 곳을 알기에 조금만 더 견디라 합니다. 조금만 더 흘러보라 합니다. 조금만 더 굽이치라 합니다. 사부들이 우리에게 가르쳐준 것이 그것입니다. 지금의 사소한 시련 때문에 포기한다면, 우리는 사부들의 가르침을 붙들고 얕은 강에 빠져 죽는 바보들이 되고 마는 것입니다. 그러나 형제들이여, 저는 더 이상 붙잡지 않겠습니다. 떠날 형제는 지금 떠나십시오. 그러나 지금 떠나지 않는다면 바다에 다다를 때까지 저와 함께해야 할 것입니다."

나영욱의 말은 형제들의 마음을 움직였다. 그들은 어쩌면 떠나야 할 이유보다 여기 남아 있어야 할 이유를 더욱 간절하게 원했던 것인지도 모른다. 나영욱은 그 이유를 제시했고, 형제들은 모두 남기로 결정했다.

형제들은 살아남아야 할 이유를 듣고 나자 한결 쉽게 천일수를 도울 수 있었다. 살아남기 위해서라는 근거가 그들의 힘을 부추겼다. 칼을 쓰지는 않았지만 워낙 무술로 단련된 사람들이라 일을 하는 것은 어렵지 않았다. 천일수가 생각한 것보다 훨씬 일찍 노블 클럽 자리가 깨끗하게 정리됐다. 오랫동안 그 땅에 땀을 묻었던 주민들은 자신들의 땅을 헐값에 넘길 수밖에 없었다. 원수도장 형제들의 눈을 한 번이라도 본 사람들은 그게 절대 사람의 눈일 리 없다고 생각했다.

천일수는 나영욱을 경호원으로 채용했다. 원수도장 형제들에게 계속 일을 맡기기 위해서는 다리가 되어줄 사람이 필요했다. 나영욱 역시 제안을 받아들이지 않을 이유가 없었다. 원수도장을 유지하기 위해서는 일이 필요했고, 돈이 필요했고, 누군가에게 닻을 끈이 필요했고, 야생성을 유지할 수 있는 적이 필요했다.

닻을 닮은 사내가 무슨 말인가를 하려고 계속 입을 오물거렸지만 끝내 아무 말도 하지 못했다. 나영욱과의 약속이 떠올랐다. 지금 떠나지 않는다면, 바다에 다다를 때까지, 저와 함께, 해야 할 것입니다. 닻을 닮은 사내는 모든 게 아득했다. 어디가 바다일까. 바다를 보면 여기가 바다란 걸 알 수 있을까. 여긴 바다가 아니며 조금 더 흘러가야 더 큰 바다가 있다고, 이게 바다처럼 보이지만 실은 조금 큰 강일 뿐이라고, 나영욱 대사형이 말한다면 모두 고개를 끄덕일 것이다.

나영욱은 방 안에 모인 형제들의 등을 한 명씩 어루만졌다. 등을 어루만지는 손바닥이 무슨 말을 하는 것 같았다. 달래는 듯 밀어붙이고, 타이르는 듯 질책하고, 위로하는 듯 명령하는 것 같았다. 아무도 중간에 내릴 수 없다고 선언하는 것 같았다. 형제들은 그것도 나쁘지 않다고 생각했다. 어차피 길은 바다로 향하는 길 하나뿐이다.

19

정소윤과 이리 탐정이 만난 곳은 구동치의 사무실에서 50미터쯤 떨어진, 악어동네 초입의 외국계 커피 전문 체인점이었다. 악어동네 사람들이 재개발 루머를 기정 사실화하기 시작한 것은 커피 전문점이 문을 열고 나서부터였다. 거대한 커피 전문점이 어울리는 동네가 아니었다. 커피 향보다는 돈냄새가 더 많이 풍기는 가게였다. 정소윤이 문을 열고 들어섰을 때 이리 탐정은 커피를 앞에 놓고 멍한 눈으로 창밖을 내다보고 있었다.

"잘나가는 딜리터는 아닌가 봐요, 이런 산골짜기에 사무실이 있는 걸 보면요."

정소윤이 혀를 내밀며 숨을 크게 내쉬었다. 걸어 올라오자면 제법 가파르고, 시간을 많이 잡아먹는 길이었다.

"원래 고수들은 이런 데 숨어 있는 겁니다."

"고수예요?"

"유능한 딜리터죠."

"유능한 딜리터가 저한테 들키고 그래요?"

"그런 우발적인 사건은 어쩔 수 없습니다. 제가 이 형님을 좀 아는데요, 아휴, 옛날에는 진짜 잘나가던 분이었어요. 형사 때려치우고 탐정 시작했을 때는 맡은 일도 되게 많았고, 사건 해결률도 아마 1등이었을 거예요. 요즘엔 사설 탐정들이 많이 생겨서 일이 줄긴 했지만, 그래도 업계에서 이만큼 일 잘하는 사람 없을 겁니다. 예전엔 이혼 증거 수집이나 미행도 곧잘 했는데, 요즘엔 인터넷 발자국 지우기랑 딜리터 일만 하나 봐요."

"전부터 아셨다고요?"

"네, 잘 아는 사이는 아니지만."

"제가 그림 보여줬을 때는 몰랐잖아요."

"그림 보고는 당연히 모르죠. 그림을 잘 그리면 뭐 합니까, 닮게 그려야지. 난 소윤 씨 그림 보고 처음엔 영화배우나 모델인 줄 알았어요. 아무튼 그게 중요한 게 아니고요, 제가 형님을 찾아내느라 얼마나 힘들었는지, 그것만 좀 알아주세요. 걸어 올라와봐서 알겠지만 이렇게 구석진 데 있는 사람을 찾아내는 건 보통 힘든 일이 아니에요. 저처럼 사람 찾는 데 이골이 난 사람에게도 힘든 일이라 이겁니다."

"알겠어요. 잘 알겠으니까 자랑은 그만하고요. 어떻게 하면 하드디스크를 되돌려받을 수 있는지나 알려주세요."

"이건 제가 추가 비용도 받지 않고 서비스해드리는 거니까 잘 들으세요. 제가 구동치 형님을 좀 아는데요, 이 형님이 은근히 약한 구석이 있어요. 구동치 형님의 유일한 약점이 눈물이에요. 남의 비밀을 모으는 게 습관인 사람이라서 그런지 어떤 때는 좀 감상적이에요. 강철 같은 사람처럼 보여도 우는 사람이 앞에 있으면 조금 주춤하게 된다, 이겁니다. 모든 눈물에 그런 건 아니고요, 진실한 눈물에 약합니다. 그러니까 눈물이 나려는 걸 굳이 참을 필요는 없어요. 누구나 다 그렇다고 생각하겠지만, 저 같은 경우엔 눈물만 봐도 짜증이 나거든요. 뭘 해주고 싶다가도 눈물 흘리는 걸 보면 화가 나고 다 싫어져요. 눈물은 감정의 과소비예요. 감정을 드러내 보이는 극단적인 선택이 바로 눈물이라 이겁니다. 무슨 말이냐 하면……"

"그래서, 저보고 울라는 거죠?"

"네, 간단히 말하면 그렇습니다."

"간단히 말하지 않으면요?"

"그러니까 정확히 제 말은……"

"그러니까 결국 울라는 거잖아요. 복잡한 이유는 됐고요."

"울 수 있으면 그러는 것도 하나의 방법일 수 있겠다, 그거죠."

"됐어요. 다른 건요?"

"혹시 하드디스크를 되찾았는데, 그게 망가졌다면 저한테 가져오세요. 제가 잘 아는 복구업체 소개시켜드릴게요."

"중개 수수료는 얼마나 받으시게요?"

"이야, 저를 이상한 사람으로 보시네요. 저 그런 사람 아닙니다. 소윤 씨를 위해서 여러 가지로 도와줄 게 없나 생각해서 말한 겁니다."

"알겠어요. 미안해요. 그런데 이름이 구동치예요?"

"네, 구동치."

"되게 특이한 이름이네요."

"외우기 쉽죠."

이리 탐정은 정소윤에게 쪽지를 건넸다. 구동치의 사무실 주소를 적은 쪽지였다.

"같이 안 가세요?"

"저요? 혼자 가셔야 울기 좋죠. 50미터만 걸어가시면 됩니다. 호수는 거기 적혀 있고요."

"제가 가는 건 모르죠?"

"아뇨. 알고 있습니다. 제가 구동치 형님을 얼마나 설득했는지 모릅니다. 형님이 만나셔야 합니다. 그 여자, 얼굴은 무척 예쁜데 온몸이 독기로 가득해요. 형님이 계속 피해 다닐 수는 없을 겁니다. 일단 만나보십시오. 만나서 이야기를 하세요. 형님이 실수를 한 거니까, 정면 돌파를 하시는 게 현명한 일이라고 봅니다. 그랬더니, 형님이 알겠다고, 고개를 끄덕이면서 제 손을 잡으시더라고요."

"손은 왜 잡아요?"

"제 충고가 가슴에 와 닿았나 보죠."

"그렇게 감상적인 사람이에요? 눈물에 약하고, 충고에 약하고."

"아뇨, 그렇지는 않은데, 제가 워낙 사람의 마음을 잘 읽고……"

"됐어요. 갈게요."

정소윤이 일어났다. 말허리가 잘린 이리 탐정은 마음이 상했지만 내색하지 않았다.

"독기가 있다는 건 나쁜 뜻이 아니고요. 말이 그렇다는 거니까……"

"괜찮아요. 저, 지금 독기로 충만해요."

정소윤은 가벼운 목례를 하고 밖으로 나섰다. 가을의 그늘은 온도가 낮고 공기가 차가워서 이미 도착한 겨울이 때를 기다리면서 숨어 있는 곳 같았다. 언덕을 오르느라 흘린 땀이 식은 탓도 있었을 것이다. 정소윤은 옷깃을 여민 다음 구동치가 있는 악어빌딩을 향해 걸어갔다.

구동치의 사무실에 처음 들어와본 백기현은 어디에 서 있어야 할지 몰라 여기저기를 기웃거렸다. 괜히 창밖을 내다보기도 하고, 옷장을 만져보기도 하고, 파일 보관함을 손으로 툭툭 치기도 했다.

"할 말 있다면서요."

어수선하게 돌아다니는 백기현을 한참 지켜보던 구동치가 참다못해 말을 던졌다.

"아, 나는 이런 데는 처음 들어와봐서요. 어떻게 앉아서 어떻게 말을 해야 하는지, 그런 걸 내가 몰라요."

백기현이 턱을 긁으면서 대답했다.

"거기에 있는 의자에 앉으시면 되고요, 저한테 하고 싶은 얘기를 아무렇게나 하시면 됩니다. 일단 앉으세요."

"네, 앉았습니다."

"저한테 하실 말씀은 개인적인 것인가요? 아니면 전기세가 많이 나왔다 뭐 이런 얘기 하시려는 건가요?"

"에이 구 선생, 내가 그런 얘기 하려고 들어오지는 않지."

"자, 그럼 편안하게 하고 싶은 얘길 해보세요."

"내가 오늘은 구 탐정님한테 볼일이 있어서 온 겁니다."

"사람을 찾으시게요?"

"아냐. 내가 이 나이에 누굴 찾아서 뭘 해요. 알던 사람도 다 버려야 할 판인데."

"전 누굴 겁주거나 이혼 증거 수집 하거나 그런 일은 안 하는 거 아시죠?"

"알지, 알지, 내가 구 선생 잘 알지."

"얘기하세요."

"내가 박 요리한테 들었는데 말이에요, 구 선생이 좀 특별한 일도 한다고 그러더라고요."

"특별한 어떤 일요?"

"딜리팅이랬나, 아니 딜리터라고 그랬나……"

"딜리팅 맞습니다."

"그거 딜리팅이라는 거, 부탁하려면 가격이 많이 비싼가요?"

"가격보다도 딜리팅이 어떤 건지 정확히 들으셨어요?"

"간단하게 말하면 내가 갑자기 죽었을 때 뒤처리 해주는 거 아닌가?"

"뒤처리까진 아니고요, 없애달라는 물건을 얘기하시면 조용히 없애드리는 거죠."

"그래, 조용히…… 그거 좋네요. 사람들이 제일 많이 없애달라는 게 뭐예요?"

"다양하죠. 비밀문서, 사진, 연애편지, 컴퓨터……"

"난 조금 이해가 안 되는 게, 사람들은 다들 언제 죽을지 모르잖아. 그렇게 없애고 싶은 거면 미리 없애버리면 되잖아요?"

"마지막까지 붙들고 싶은 거죠."

"이상한 사람들이네."

"이상한 사람들이 아닙니다. 누구나 그럴 수 있어요."

"그렇게 생각해요?"

"백 사장님도 딜리팅 의뢰하려고 오신 거 아니에요?"

"아니, 굳이 하고 싶다기보다……"

백기현은 말을 멈췄다. 무언가 망설이고 있었다. 번지점프대 위에 서 있는 사람의 표정이었다. 내딛고 싶지만 쉽게 발이 떨어지지 않는 듯, 막막한 표정이었다. 손바닥을 두세 번 비비더니 결심한 듯 안주머니에 들어 있던 지갑을 꺼냈다. 검은색 지갑은 언뜻 봐도 세월이 느껴졌다. 낡았고, 색이 바랬다. 백기현은 손가락을 지갑 속 깊은 곳에 넣어 뭔가를 끄집어냈다. 구동치에게 건넨 것은 3×4 크기의 증명사진이었다.

"이게 뭡니까?"

구동치가 사진을 받아들며 물었다.

"여기서 말하는 건 다 비밀을 지켜주는 거지요? 구 선생."

백기현이 지갑을 책상에 내려놓으며 물었다.

"네, 그건 걱정하지 마십시오."

"그 여자 어때 보여요?"

"미인이네요."

"어떤 여자 같아요?"

"얼굴만 보고 성격을 알기는 힘들죠."

"탐정이면 그런 것도 좀 알아야 되는 거 아닙니까?"

"눈이 좀 슬퍼 보이네요."

"그렇죠. 참 슬픈 눈이야. 살아 있으면 지금도 그렇게 슬픈 눈일지, 그게 참 궁금했어요."

"이 여자분을 찾아달라는 부탁입니까?"

"아니, 사람 찾는 거 아니라니까. 그리고 30년도 더 지난 사진으로 어떻게 사람을 찾겠어요. 구 선생, 부탁이 있어요. 내가 죽으면 그 사진을 좀 없애줄 수 있을까? 여기, 지갑 안쪽 주머니에 작은 주머니가 또 하나 있는데, 거기에 넣어둘 겁니다. 없애줄 수 있지?"

"사모님이 알아서는 안 되는 사람입니까?"

"마누라도 그 여자를 알고 있어요."

"그러면 굳이 저한테 부탁하는 이유가 뭡니까?"

"그 여자는 내가 스물다섯 살 때 사랑한 여자였어요. 아무것도 모르는 멍청한 놈이어서 그 여자를 놓치고 말았지. 왜 그랬을까, 왜 그랬을까, 아무리 생각해봐도, 구 선생, 답은 하나밖에 없어요. 내가 멍청해서 그랬던 거야. 내가 멍청한 걸 바로 깨달았는데, 이미 늦었지. 사람이 참 독해요. 시간이 지나니깐 그래도 밥 먹고 다른 여자 만나서 사랑하고 그러면서 살 수 있더라고. 구 선생, 내가 어떤 사람 같아요? 구 선생 눈에는 내가 수도 파이프나 고치는 늙은이로 보이겠지? 하지만 나도 꽤 파란만장하게 살았다는 얘기만 해두지."

"그러시군요."

"구 선생, 언제 날 잡아서 내 연애 얘기 한번 해드릴게요. 듣고 있으면 아주 눈물이 줄줄 흐를 겁니다. 내가 여자들 눈물도 참 많이 흘리게 했지. 그 여자랑 딱 한 번 여행을 갔어요. 둘이서 밤새 끌어안고 만지고 놀다가 새벽 늦게 잠이 든 거예요. 아침에 눈을 딱 떴는데, 그 여자가 나를 빤히 들여다보고 있는 거야. 그런 적 있어요? 모든 불빛이 다 사라지고 하나만 남는 거예요. 그 여자 눈빛만 딱 남더라고. 난 그 눈빛을 못 잊겠어. 야, 이런 게 평화로구나, 이런 게 조용한 거구나. 구 선생, 내가 죽기 직전에 떠올릴 수 있는 걸 딱 하나만 골라야 한다면 바로 그 눈빛입니다. 난 그 빛을 보면서 죽고 싶어요. 이 사진을 버리면 그 눈빛을 기억하지 못할까 봐 겁나요. 그런데, 내가 죽으면 마누라가 지갑 속에 있는 이 사진을 볼 거 아니에요. 그것도 좀 싫더라고. 나한테 얼마나 배신감을 느끼겠어. 어떻게 해야 하나, 버려야 하나, 조금만 더 가지고 있다가 버려야 하나, 그러고 있었지요."

"제가 전문가로서 충고해주길 바라시는 거죠?"

"해주면 좋고요."

"지금 버리세요."

"아니, 왜요?"

"백 사장님의 추억이 얼마나 중요한지 그런 걸 제가 가늠할 수는 없습니다. 그 사진 한 장이 인생 전체의 의미일 수도 있겠죠. 전 그저 비밀을 영원히, 무덤까지 가져가고 싶다면, 지금 버려야 한다는 충고를 드리는 겁니다. 그걸 사모님이 보지 않았으면 하는 마음이 조금이라도 있으면 버리세요."

"못 버리겠어요. 그러니까 구 선생이 나중에 도와달라고요."

"그럼 신경 쓰지 마세요. 죽고 난 다음인데 뭐가 걱정입니까?"

"아니, 딜리터라는 사람이 뭐 그래요? 죽고 난 다음이 신경쓰이니까 부탁하는 거 아니에요."

"돈이 많이 들 겁니다."

"얼마나 비싼데요?"

"2백만 원이요."

"2백만 원? 뭐가 그렇게 비싸?"

"비싸다고 말씀드렸잖아요. 그러니까, 지금 사진을 버리세요. 원래는 지금 이렇게 얘기하는 것도 상담비를 받습니다."

"전부 다 돈이로구만."

"비밀을 지키는 데는 늘 비용이 듭니다. 제 귀는 아주 깊은 우물이라서 돌을 던져도 소리가 나지 않지만, 우물을 깊게 파려면 돈이 필요하죠."

"선금은 지금 주고, 잔금은 나중에 마누라한테 받으면 안 되나?"

"무슨 명목으로요?"

"뭐, 돈을 빌린 것처럼 차용증을 써주면 되지 않나."

"일이 복잡해지겠는데요."

"뭐가 문제야, 돈만 받으면 되는 거 아닌가. 근데 궁금한 게 말야, 내가 죽었는데 구 선생이 사진을 없애지 못하고 마누라가 사진을 보게 되면 어떻게 되는 거예요?"

"어떻게 되긴요, 보는 거죠."

"그런 무책임한 말이 어디 있어요. 책임을 져야지."

"저는 최선을 다합니다. 성공률은 80퍼센트이고, 시중에 널려 있는 딜리터 중에서는 성공률이 가장 높죠."

"실패해도 책임을 지지 않는 겁니까?"

"백 사장님, 이건 위험한 일이고 중요한 일입니다. 비밀을 묻어버리는 일이니까요. 저의 책임은 최선을 다하는 겁니다. 그래서 다들 저를 믿죠."

구동치는 백기현에게 사진을 되돌려주었다. 백기현은 망설이고 있었다. 2백만 원이라는 돈의 가치에 대해 생각하고 있었다. 구동치는 고객과 가격 협상을 할 때마다 비슷한 전략을 썼다. 과연 그만큼의 비용을 지불하고 지킬 만한 값어치가 있는 비밀인가, 비밀의 가격은 과연 얼마인가, 그런 질문을 스스로에게 할 정도의 가격을 불렀다. 전략이라고 말하기도 힘들다. 그건 딜리터로서의 윤리라고 할 수도 있었다. 비밀이 몹시 중요한 사람은 비싼 값을 치르고서라도 지키려고 든다. 가격이 너무 비싸다고 생각하는 사람은 비밀의 등급을 낮추고, 비밀을 포기한다. 비밀의 의미를 정확히 알려주는 일, 비밀의 가격을 정확히 책정하도록 도와주는 일, 그것이 바로 딜리터의 역할이었다. 구동치가 상담비를 받는 것도 그런 이유에서였다. 물론 백기현에게는 조금 더 비싼 가격을 부르긴 했다. 포기가 쉽도록 도와준 것이다.

백기현이 사진을 지갑에 넣고 있을 때 문을 두드리는 소리가 들렸다. 문소리는 다급하지만 절도 있었고, 다분히 공격적이었다. 뜻밖의 상황을 준비하는 자의 두려움도, 낯선 공간을 앞둔 자의 설렘도, 침묵을 깨는 자의 미안함도 찾아볼 수 없었다. 거기에는 묵묵한 분노만이 스며 있었다. 구동치는 그걸 느꼈고, 백기현은 느끼지 못했다. 백기현은 자신의 망설임을 잠시 중단할 수 있어서 다행이라고 생각했다.

구동치는 문을 두드리는 사람이 누구인지 알고 있었다. 10분 전쯤 이리 탐정으로부터 문자를 받았다. '그 여자가 곧 갈 것'이라는 메시지였다. 문 두드리는 소리만으로 그 여자가 왔음을 직감했다. 구동치는 예약한 사람이 아니면 절대 문을 열어주지 않았고, 고객끼리는 서로 마주치지 않도록 했다. 예약해서 방문한 사람이라도 사전 정보를 알고 있다는 티를 내지 않았다. 누군가의 삶에 지나치게 개입하지 않을 것이며, 고객들의 삶도 서로 뒤섞이게 하지 않겠다는 구동치의 생각에서 비롯된 행동이었다.

구동치는 일부러 백기현을 곧바로 보내지 않고 시간을 끌었다. 백기현과 정소윤이 만나게 해서는 안 됐지만 일부러 그 룰을 어겼다. 분노가 머리끝까지 치밀어오른 사람이라도 사람들이 많은 곳에서는 함부로 화를 낼 수 없다. 개인의 분노를 공개할 수 있는 사람은 의외로 많지 않다. 구동치는 백기현을 잠깐 앉아 있게 한 다음 문을 열었다. 정소윤이 굳은 얼굴로 서 있었다.

"오랜만이시네요."

정소윤이 이죽거리면서 말했다.

"아, 저희가 만난 적이 있던가요?"

구동치는 일단 모른 체했다.

"아주 잠깐 만났죠. 그쪽이 정말 눈 깜짝할 새 사라지셨구요."

"그랬나요? 제가 만나는 사람이 많아서……"

"모른 척하지 마세요. 이리 탐정에게 얘기 다 들으셨을 거 아니에요."

구동치는 정소윤을 안으로 안내했다. 백기현이 자리에서 일어나며 정소윤을 위아래로 훑어보았다. 정소윤도 지지 않고 백기현의 눈을 보았다. 눈빛을 나누는 사이, 정소윤의 분노가 조금은 사그라들 것이라고 구동치는 생각했다.

철물점 앞에서 만났더라면 백기현의 질문 공세가 시작됐겠지만 구동치의 사무실에서는 백기현도 어쩔 수 없었다. 뭔가 말을 꺼내려다 이내 포기하고, 입을 다물었다. 백기현은 구동치를 향해 눈인사만 하고는 지갑이 들어 있는 쪽의 가슴팍을 만지작거리며 밖으로 나갔다.

"잘 생각해보세요."

구동치가 백기현의 등을 소리로 밀었다. 잘 생각해보면 다시는 그런 말을 꺼낼 수 없을 것이라는 의미 같았다.

"일단 앉으시죠."

구동치가 문을 닫으며 정소윤에게 말했다.

"바쁘신 모양인데, 빨리 끝내죠? 제가 왜 왔는지 알잖아요?"

정소윤은 앉을 생각이 없었다.

"그때는 제가 경황이 없어서 제대로 인사도 못 드렸습니다. 구동치라고 합니다."

구동치가 손을 내밀었다.

"경황이라고요? 지금 저하고 장난하시는 거예요?"

정소윤의 가슴이 들썩임과 동시에 콧방귀가 새어 나왔다.

"그런 말 알아요? 앉아서 이룬 세계 정복만큼이나 위대한 게 없다. 일단 앉아요, 앉아서 얘기합시다."

"좋아요. 앉는 것까진 양보하죠."

정소윤은 일부러 소리내어 의자를 끌어당겼다. 그녀의 몸으로 오후의 햇살이 잠깐 스쳤다. 구동치는 정소윤을 신기한 듯 바라보았다. 정소윤은 푸른색 트렌치코트 안에 얇은 데님 재킷을 입었고, 그 속에 하늘색 셔츠를 입었는데, 여섯 개의 옷깃이 겹겹이 싸여 있어서 마치 포개진 꽃잎을 보는 것 같았다. 푸른 빛깔의 옷 때문에 정소윤의 화난 얼굴이 더욱 붉어 보였고, 차가운 공기를 지나왔다는 흔적이라도 남기듯 볼은 발그스름하게 상기돼 있었다. 푸른색 이파리에 싸인 꽃을 보는 것 같다고, 구동치는 생각했다. 길에서 마주쳤다면 한 번 더 보기 위해 고개를 돌렸을 정도로 구동치의 마음을 사로잡는 외모였다. 앞머리를 양쪽 귀 뒤로 넘겨 고정시키는 바람에 생긴 이마의 작은 그늘이 화사한 얼굴에 작은 비밀을 만들고 있었지만, 콧잔등과 입가의 미세한 주름은 그녀의 평소 성격을 고스란히 보여주고 있었다. 친구들과 함께 큰 소리로 웃다가 싫은 사람 앞에선 얼굴을 찡그리기도 하고, 화를 내다가도 모든 걸 이해하면 곧바로 풀리는 감정의 그래프가 주름에 새겨져 있었다.

"아버지의 하드디스크를 찾으시겠다고요?"

구동치는 곧장 본론으로 뛰어들었다.

"아버지의 하드디스크가 아니에요. 제 하드디스크이기도 하죠."

정소윤이 머리카락을 귀 뒤로 넘기며 말했다.

"글쎄요, 제가 계약할 때 그런 말씀은 없었는데요."

"말한 것들만 진실인 건 아니죠. 아버지가 모든 걸 얘기하실 수는 없잖아요."

"저는 말해진 것들과 종이 위에 적힌 것들만 믿습니다. 그중에 거짓말도 많지만 그거야 뭐 어쩔 수 없는 일이고요."

"말하지 않은 진실보다 종이 위에 적힌 거짓말이 더 중요하다고요?"

"저에게는 그렇습니다."

"그래요, 할 수 없네요. 제가 주거침입죄와 특수절도죄로 구동치 씨를 신고하면 이야기가 좀 달라질걸요?"

"글쎄요, 달라질까요? 아마 별로 달라지지 않을 겁니다. 일단 증인 한 명에 증거는 하나도 없고요, 아, 제가 지문을 남겼거나 CCTV에 찍혔을지도 모른다는 희망은 버리세요. 저는 프로페셔널입니다. 제가 원래 그렇게 덜렁거리는 사람이 아닌데, 그날은 이상하게 마음이 급했죠. 제가 정소윤 씨를 만난 건 엄청난 우연이란 겁니다. 소윤 씨가 열심히 노력해서 뭔가 꼬투리를 잡으신다고 해도 그렇게 대단한 건 아닐 거예요. 기껏해야 머리카락 같은 걸 테고, 그런 걸로는 저를 엮기가 힘들죠. 그리고 의욕적으로 협박하시는 건 좋은데, 특수절도죄는 그렇게 성립되는 게 아닙니다. 제가 전직 경찰이었단 얘기는 들으셨나요? 그 얘기는 경찰서에 아직도 제 친구들이 많다는 얘기고, 기본적으로 소윤 씨가 저보다는 불리한 상황이라는 겁니다. 아, 아버지의 계약서나 하드디스크가 남아 있다면 중요한 증거가 될지도 모르겠네요. 남아 있다면 말이죠. 남아 있다면……"

"돌려주세요."

"이젠 사라졌습니다. 영원히. 잊어버리세요."

"망가진 하드디스크라도 돌려주세요."

"버렸습니다."

"어디예요? 어디에 버렸어요? 알려주세요."

"다 분해해서 한강에 버렸습니다."

"한강 어디예요? 알려주세요."

"잘 모르는 곳입니다."

"알려주세요. 찾아낼 수 있어요. 알려주세요."

"정소윤 씨, 그렇게 떼를 쓴다고 해결될 문제가 아닙니다."

"이게 떼처럼 보여요? 지금 이게 어린애들이 장난감 사달라고 떼쓰는 것처럼 보여요? 난 도대체 모르겠어요. 아빠가 왜 그 하드디스크를 없애달라고 했는지, 그걸 모르겠다고요. 구동치 씨는 거기에 뭐가 들어 있는지 모르잖아요. 거기에, 내가 아빠를 기억할 수 있는 게 거기 다 들어 있다고요. 그런데 어떻게 뭘 잊어버려요. 뭘 어떻게 잊어버리냐고요. 당신은 그냥 저기 한강에 버렸다고, 간단하게 버렸다고 말하지만, 그게 나한테는 무슨 의미인지 알아요? 버렸다는 게 나한테는 무슨 의미인지, 내가 얼마나 괴로울지 생각해봤어? 이 피도 눈물도 없는 쓰레기야. 그게 뭐가 중요해. 아빠가 아무리 그걸 없애달라고 했어도, 그건 내 꺼란 말야. 거기에 있는 아빠 사진을 내가 찍었고, 음악도 내가 골라준 거고, 동영상도 전부 다 내가 찍었단 말야. 내 꺼란 말야, 전부. 전부 다 빨리 내놓으라고."

말이 끝나자마자 정소윤의 울음이 터져 나왔다. 건잡을 수 없는, 아이의 눈물이었다. 작전이고 뭐고를 생각하지 않은 진짜 눈물이었다. 구동치는 정소윤 앞에서 어찌할 줄을 몰랐다. 귀엽다는 생각이 들면서도 대책 없는 울음에 어떤 반응을 보여야 할지 몰라 겁이 나기도 했다. 하드디스크를 돌려주지 않으면 눈물로 사무실을 수몰시킬 기세였다. 고개를 숙인 채 울고 있는 정소윤의 머리 위를 오후의 햇살이 비추고 있었다.

20

정소윤은 다음 날부터 구동치를 쫓아다니기로 마음먹었다. 한번도 정시에 출근해본 적이 없었는데, 아침 6시에 눈이 뜨였다. 간단히 아침을 챙겨 먹고 잠들어 있는 어머니에게 인사를 한 다음, 운동화 끈을 단단히 매고 곧장 악어빌딩으로 달려갔다. 전날 구동치의 사무실을 유심히 관찰했다. 침대와 옷장이 있는 걸로 봐서 구동치가 사무실에서 잠을 잔다는 결론을 내렸다. 7시까지 도착하면 될 것이라고 생각했는데 구동치의 사무실 문 앞에 서서 귀를 기울여봐도 인기척이 없었다. 30분이나 기다려봐도 아무런 소리가 들리지 않았다. 정소윤은 1층으로 내려와 철물점 안을 흘낏거렸다.

"예, 어서 오세요."

백기현이 신발을 신고 밖으로 나왔다.

"안녕하세요? 어제 잠깐 뵈었죠?"

정소윤이 웃으며 인사했다.

"아, 어제 구 탐정 방에서 본 아가씨구만. 이렇게 일찍 어쩐 일이야? 뭐 사러 온 거야? 이 근처 살아?"

"아뇨, 그게 아니고, 구 탐정님 만나러 왔는데 안 계신가 봐요?"

"아가씨, 여기가 무슨 관리사무실인 줄 알아? 구 탐정이 언제 어디 갔는지 내가 다 알 것 같아? 내가 그렇게 할 일 없는 아저씨로 보여? 응? 말해봐."

"죄송합니다."

"그런데, 실은 다 알아."

"네?"

"내가 다 안다고. 방에서 늙은 아저씨가 할 일이 뭐 있겠어. CCTV나 보면서 놀고 있는 거지. 요 앞에서 어떤 일이 벌어지는지 내가 다 안다고. 도둑노무 셰끼들이 한번 더 와야 덜미를 잡는데, 영 소식이 없네."

"무슨 말씀이신지……"

"아, 그런 게 있어. 구 탐정 30분 전에 나갔어."

"어디로요?"

"어디로? CCTV에 지나가는 사람이 어디로 가는지도 적혀 있을 거 같아?"

"아뇨, 죄송합니다."

"그런데, 내가 알아. 운동하러 갔어. 매일 이 시간에 운동하러 나가거든."

"예에……"

정소윤은 돌아서서 나왔다. 더 이상 이야기하고 싶지 않았다. 백기현과 잠깐 얘기했는데 머리가 지끈거렸다. 백기현이 정소윤을 따라서 나왔다.

"그런데 어제 얘기 다 끝난 거 아니었어? 구 탐정은 무슨 일로 만나러 왔어?"

"할 얘기가 좀더 있어서요."

"그렇게 질질 울고 짜니까 말을 다 못 하지. 사람이 얘기를 할 때는 감정으로 하는 게 아니라 이성으로, 이 머리로 해야 한다고."

"제가 운 건 어떻게 알았어요?"

"어? 그냥 알았어. 하도 크게 울어서 여기 밑에까지 소리가 들렸어."

"엿들으셨어요?"

"이 아가씨가 생사람을 잡네. 내가 그렇게 할 일 없는 사람으로 보여?"

"네, 그렇게 보여요."

"큰일 낼 아가씨네. 여기서 기다려. 한 30분 있으면 구 탐정 올 거니까."

백기현은 정소윤을 밖에 세워두고 안으로 들어갔다. 정소윤은 계단으로 올라가는 입구에 쭈그리고 앉았다. 출근 시간이어서 많은 사람들이 악어빌딩 앞을 지나갔지만 정소윤을 보는 사람은 거의 없었다. 모두 묵묵히 앞만 보며 걸어갔다. 정소윤은 회사 일을 떠올렸다. 아직까지는 다른 직원들이 빈틈을 잘 메워주고 있지만 언제까지나 그럴 수는 없을 것이다. 회사 일도 회사 일이지만 정소윤이 개인적으로 하고 있는 디자인 작업도 전혀 손을 대지 못하고 있었다. 하드디스크를 잃어버린 마당에 다른 일을 할 수는 없었다. 일단 그것부터 찾아야 모든 걸 다시 시작할 수 있었다.

"여기서 뭐 하는 겁니까?"

세운 무릎 사이로 얼굴을 파묻고 있던 정소윤 앞에 구동치가 나타났다. 운동복을 입은 구동치의 머리에는 샤워 후의 물기가 남아 있었다.

"어, 운동하고 오셨어요?"

정소윤이 고개를 들며 환하게 웃었다.

"뭐 하시냐고요."

"구 탐정님 기다렸는데요?"

"절 왜요?"

"따라다니려고요."

"정소윤 씨."

"네."

"하드디스크는 이제 없어요. 인정하세요."

"있는 거 알아요."

"어떻게 알아요?"

"있을 거 같아요."

"없어요."

"그러면 딱 하나만 부탁해도 돼요?"

"뭔데요?"

"사무실에 엄청 큰 파일 보관함 있잖아요. 그거 제가 한 번씩 다 열어봐도 돼요? 그걸 다 보고 나면 순순히 인정할게요."

"그건 보여드릴 수 없어요."

"거기 있을 거 같아요. 파일 보관함 속 어딘가에 있을 거 같아요."

"거길 다 봤는데도 없으면 다른 데 있을 거라고 생각하게 될 거예요."

"아뇨, 거기만 다 보면 인정할게요."

"안 됩니다."

"거봐요. 거기 있을 거 같아요."

"그만하죠, 이제."

구동치는 정소윤의 옆을 통과해 계단으로 갔다. 정소윤이 벌떡 일어나 구동치의 뒤를 따라갔다. 계단을 세 개씩 올라가는 구동치를 따라잡기 힘들어서 정소윤은 연신 숨을 헐떡거렸다. 구동치는 신경도 쓰지 않고 위로 올라갔다. 정소윤은 그래도 끝까지 힘을 냈다. 열심히 쫓아간 덕분에 반 층밖에 차이 나지 않았다. 구동치는 사무실로 들어가면서 문을 닫았다. 정소윤은 숨을 몰아쉬다 계단 난간을 잡고 주저앉았다.

정소윤이 멍한 눈빛으로 닫힌 문을 보고 있는데, 건너편 원룸의 문이 열리면서 오윤정이 밖으로 나왔다. 난간을 붙들고 있는 정소윤의 얼굴을 보고는 오윤정이 낮고 짧은 비명을 질렀다.

"엄마야."

"아, 죄송합니다."

"누, 누구세요?"

"저요? 구동치 씨한테 휴우…… 휴, 뭘 받을 게 있어서요."

"빚쟁이세요?"

"빚은 아니고, 휴…… 아뇨, 빚이라고, 할 수도 있겠네요."

"빚이 많아요?"

"아뇨. 그런 건 아니고요."

"땀이 많이 나요. 어디 아프세요?"

"아뇨, 휴우…… 휴."

"그럼, 빚 잘 받으세요."

오윤정이 인사를 하고 내려가려는데 구동치가 사무실에서 나왔다. 검은색 티셔츠에 검은색 재킷, 한결같은 복장의 구동치는 고개를 까딱하며 오윤정에게 인사하고 곧바로 계단을 내려갔다. 그 뒤를 정소윤이 따라갔고, 오윤정도 곧바로 따라 내려갔다.

"어디 가세요?"

정소윤의 말에 구동치는 답을 하지 않았다.

"구 탐정님."

정소윤이 소리를 질렀지만 구동치는 뒤를 돌아보지 않았다. 계단 세 개를 성큼성큼 걸어서 금세 1층으로 내려갔다. 정소윤은 잰걸음으로 구동치를 따라갔다.

"어디 가시냐고요."

정소윤의 목소리가 계단 통로를 타고 나와 구동치를 앞질러 바깥으로 먼저 나갔다. 밖에 서서 상황을 살피던 백기현이 깜짝 놀라서 뒤로 물러설 정도로 날카롭게 가시가 돋친 목소리였다.

"야, 구 탐정."

주차장으로 빠르게 걸어가던 구동치를 박찬일이 불러 세웠다. 박찬일은 커다란 보스턴백을 어깨에 짊어지고 특유의 껄렁한 자세로 걸어오고 있었다.

"왜 그쪽에서 내려와?"

"집이 너무 멀어서 옮겼어. 윗동네에다 월세 하나 구했어."

"잘 만났다. 물어볼 거 있었는데."

"뭘 자꾸 물어봐, 돈도 안 내고."

"돈 줄게, 자세하게 얘기해주면."

"알았어. 한마디에 천 원씩이다. 근데, 저 아가씬 누구셔?"

정소윤이 몇 발짝 뒤에서 박찬일과 구동치가 하는 얘기를 듣고 있었다. 구동치가 한숨을 내쉬는 사이, 박찬일은 뒤늦게 오윤정을 발견하고는 멋쩍게 인사를 했다. 오윤정은 어색하게 인사를 받고 큰 도로를 향해 빠르게 걸어갔다. 출근 시간이어서 사람들이 많았다. 머리가 젖은 여자들과 눈꼽을 떼지 못한 남자들과 알코올 기운 감도는 혈색이 평상시의 낯빛이 되어버린 아저씨들이 무더기로 쏟아져 나왔다.

구동치는 박찬일을 철물점 앞으로 데리고 가서 묻고 싶었던 것을 물었다. 정소윤이 들어도 상관없는 이야기들이기 때문에 굳이 실내로 들어갈 필요는 없었다. 구동치가 궁금한 것은 며칠 전에 만났던 원수도장 사람들에 대한 것이었다. 닻을 닮은 사내는 자신을 향하던 칼끝을 왜 내렸는지, 그런 검법이 있는지, 그 사내들이 원수도장 사람들이 맞는지, 원수도장이 맞다면 궤멸됐다던 그 사람들이 왜 다시 활개를 치고 있는지 듣고 싶었다. 전에 박찬일이 원수도장 궤멸 이야기를 해주려던 게 생각났다. 두 사람은 철물점 앞의 작은 평상에 앉았고, 정소윤은 그 옆에서 있었다.

"검법까지야 내가 모르지만 걔들은 원래 칼을 그렇게 써. 칼로 찌르는 법은 거의 없고, 자르거나 치거나 베는 경우가 많으니까 다른 칼잡이들이랑은 좀 다르지. 자세를 이렇게 했어?"

박찬일이 가방을 내려놓고 칼 잡은 자세를 취했다.

"응, 그랬어. 손이 좀더 내려가 있었고."

"원수도인 건 확실하네. 칼끝도 둥글둥글하다 그랬지?"

"칼은 확실해. 전에 본 칼하고 똑같이 생겼어."

"야, 원수도장 놈들이 아직까지 살아 있었구나. 끈질긴 놈들이네."

"원수도장 궤멸 이야긴 뭐야?"

"맞아, 지난번에 그 얘길 못 해줬구나. 무도에는 보통 두 가지 길이 있어. 현실 속에서 사람들과 함께 살아가면서 무공을 단련하고 도를 찾는 게 첫번째 길, 일상도지. 우리 주위에 있는 무도가 대부분 이런 거야. 도장에서 단련하고, 가르치고, 익히고, 사람들과 함께 살아가는 법을 가르치고, 공경하고, 존경하는 길이지. 또 하나는 은도야. 이 사람들은 철저하게 숨어서 지내. 속세에 내려오는 법이 없고, 야생에서 살아가면서 그들만의 도를 추구하는 거야. 한마디로 좆나게 힘든 길이지. 원수도장은 만들어질 때부터 은도의 길을 선택했어. 1980년대까지는 은도의 길이 가능했지. 그때까지만 해도 개발되지 않은 땅도 많았고, 산에 올라가면 이것저것 먹을 것도 있었고, 숨어 지내는 게 가능했지. 이들이 궤멸된 사건이 있었는데, 그게 1980년대야. 이들이 숨어 지내고 있던 야산에 갑자기 총을 든 군인이 나타났어. 누군가 신고를 한 것인지, 아니면 우연히 맞닥뜨린 것인지는 잘 모르겠어. 아무튼 깜짝 놀란 원수도장 사람들은 군인들을 피해서 깊은 산으로 들어갔는데, 군인들이 흔적을 찾아서 쫓아간 거야. 지금도 여러 가지 추측이 난무하는데, 군인들이 이 사람들을 간첩으로 생각했다는 게 가장 그럴듯해. 산에서 수련을 하던 사람들이니 얼마나 행색이 초라했겠어. 완전 야생 그 자체였겠지. 모두 비쩍 곯았고 살도 별로 없는데, 근육은 완전 빠방하지, 눈빛은 살벌하지, 수상하긴 수상했을 거야. 어느 날, 원수도장의 사부가 군인들을 만나러 가서 자초지종을 설명했어. 이 사람들은 도를 추구하는 사람들이고, 속세를 떠난 사람들이다, 조용히 보내주면 좋겠다, 그런 말을 했겠지. 부대의 책임자였던 대위도 아, 그런가 보다, 조용히 끝내야겠네, 싶었지만, 보고를 안 하긴 좀 그런 거야. 나중에 일 생기면 책임을 져야 하니까 말이야. 일단 상부에다 보고를 했고, 지시를 기다렸어. 상부에서는 아무런 답변도 없었어. 그 시절이 좀 혼란스러웠냐. 상부도 그럴 정신이 없었겠지. 며칠이 지나서야 지시가 내려왔어. 의심되는 자들은 일단 모조리 잡아들이라고, 체포에 불응하는 자들에게는 발포해도 된다고, 명령이 떨어진 거야. 씨발, 군인들도 좆같지, 발포가 무슨 애 이름도 아니고, 구 탐정도 총 쏴봐서 알겠지만, 그게 사람 돌게 만드는 거거든. 방아쇠 땡겨본 놈들은 전부 알 거야, 그게 얼마나 좆같은 일인지. 대위는 일단 원수도장 사부를 불렀어. 조용히 처리합시다. 따라가서 잠깐만 조사받고 다시 옵시다, 그런 거지. 자기도 입장이 있으니까. 그런데 사부가 거절한 거야. 그럴 수 없다고, 못 가겠다고. 대위가 그랬어. 상부에서 지시가 내려왔어요. 불응하면 발포하래요. 이게 무슨 소리인지 알겠어요? 급박한 상황이다 이겁니다, 일을 크게 만들지 마세요. 대위는 시간을 좀 주기로 했어. 하루만 더 생각해보고, 다른 사람들하고도 상의하고 그러세요. 잘 결정하셔야 합니다. 그러고는 사부를 돌려보냈는데, 그날 밤 일이 터졌어. 원수도장 내부에서도 의견이 분분했는데 강경파였던 한 사람이 일을 벌인 거지. 군인들에게 겁을 주려고 부대 쪽으로 내려가다가 발각된 거야. 군인들도 어, 어, 하다가 총을 쏴버렸고 군인들 겁주려던 사람은 그 자리에서 즉사했어. 원수도장 사람들 절반은 흥분해서 부대로 밀고 내려왔고, 절반은 깊은 산으로 도망갔어. 완전 아비규환이었겠지. 그 사건 때문에 군인들도 두 명이 죽었어. 원수도장은 사부를 비롯해서 아홉 명이 죽었고, 열여섯 명이 중상을 입었어. 엄청나게 큰 사건이었지. 정부에서는 원수도장 사람들을 간첩으로 몰았어. 전부 속세를 떠났거나 속세와 깊은 관련이 없는 사람들이니 문제 될 것도 별로 없었지."

"난 전부 다 처음 듣는 이야기네."

"대부분 잘 몰라. 나 정도 되니까 이렇게 속속들이 아는 거지."

"그 뒤로 원수도장이 궤멸됐다는 거지?"

"당연하지. 그렇게 흩어진 사람들이 무슨 재주로 도를 추구하겠냐. 도는 무슨 얼어죽을 도, 형제를 버리고 도망갔다는 죄책감 때문에 평생 괴로워하며 살았겠지."

"그럼 내가 만난 원수도장 사람들은 뭐지?"

"그러게, 나도 궁금하다."

구동치는 원수도장의 이야기가 믿기지 않아서 다른 말을 이을 수 없었다. 이야기에 대한 질문을 던지거나 자신의 의견을 덧붙이고 싶었지만 할 수 있는 말이 없었다. 박찬일과 구동치 사이에는 이야기의 공동이 생겨났고, 깊은 우물 아래에서 들려오는 듯한 속이 텅 빈 메아리가 두 사람 주변을 감돌았다. 정소윤이 그 사이로 끼어들었다.

"저도 비슷한 얘기 들은 적 있어요. 무술의 고수들을 다루는 다큐멘터리였는데, 1980년대에는 산에서 수련을 하다가 간첩으로 신고당하는 사람들이 그렇게 많았대요."

정소윤의 말에 구동치와 박찬일 둘 다 대꾸하지 않았다. 박찬일은 정소윤의 눈치를 보고 있었고, 구동치는 정소윤을 무시하고 있었다. 어디 멀리서 들려오는 것처럼 구동치의 전화벨이 울렸다. 구동치가 바지에서 전화기를 꺼내자 벨소리가 크게 들렸다. 김인천이었다.

"예, 선배."

"동치야, 조금 있다가 뭐 하나 터지려나 본데, 올 수 있어?"

"지금요?"

"야, 선배는 차에서 밤 새워가며 일하는데, 지금요? 지금요? 그런 소리가 나오냐, 인마."

"어디예요?"

"지금 이영민 뒤에 붙었는데, 지금, 구도가 존나 복잡하다. 이 새끼 어디서 데리고 왔는지 덩치들이 딱 붙어 다니네. 하고 다니는 꼬라지 보니까 조직에 있는 놈들이야. 차 타고 출발하길래 따라붙으려는데, 다른 놈들이 또 있어."

"누군데요?"

"몰라, 이영민 노리는 놈들 같은데, 이거 뭐, 완전히 줄줄이 비엔나네. 일단 따라가면서 계속 연락할 테니까, 대기하고 있어봐."

"어디로 갈 줄 알고 대기를 합니까?"

"일단 대기하고 있다가 선배가 콜, 하면 바로 뛰어와야지, 인마. 지금 서에다가 연락해봤자 지원도 못 받아. 우리 둘이서 해결해야 돼. 참, 네가 빌려준 녹음기 비밀번호가 뭐냐?"

"0102요, 제 생일이잖아요."

"야, 내가 네 생일을 어떻게 알아. 그리고 이건 왜 맨날 자동으로 잠기는 거야?"

"자동으로 잠기게 해놨으니까 그렇죠. 보안 몰라요, 보안?"

"보안은 얼어죽을, 연락하면 곧바로 뛰어오기나 해. 이거 녹음은 원터치로 되는 거지?"

"네, 빨간 버튼만 누르면 돼요. 전화 받으면 바로 달려갈게요. 서울 벗어날 것 같으면 중간에 전화 한번 줘요."

"오케이, 야, 간만에 큰 거 하나 잡으려나 보다."

"김칫국 마시지 말고 제대로 따라붙기나 해요."

"선배가 누구냐? 걱정은 사무실 캐비닛에다 넣어두고 나와라."

전화를 끊고 구동치는 박찬일과 인사를 한 후 주차장 쪽으로 걸어갔다. 정소윤이 그 뒤를 바짝 따라갔다. 주차장에 거의 다다랐을 때 구동치가 몸을 획 돌리며 정소윤의 팔을 잡았다. 정소윤은 짧은 비명을 질렀다.

"정소윤 씨, 도대체 어쩌자는 겁니까? 예?"

구동치의 기운에 밀려서 정소윤의 몸이 흔들렸다.

"신경 쓰지 마세요. 전 제가 할 일을 할 거예요."

정소윤이 구동치의 팔을 뿌리치며 대답했다.

"없다고요, 하드디스크는 없어요. 받아들이고 집에 가세요."

"못 가요."

"저를 따라다닌다고 사라졌던 하드디스크가 되돌아오는 것도 아니잖아요."

"그럼 어떡해요. 할 수 있는 게 없단 말이에요. 아무것도, 할 수 있는 게 없다고요. 이거라도 해야지, 아저씨를 쫓아가기라도 해야 된다고요, 저더러 어쩌라고요, 집에 가서 방에 처박혀 울고 있으라고요? 그렇게는 못 해요, 뭐라도 할 거라고요."

"맘대로 하세요."

구동치는 자동차에 탔다. 정소윤은 주차비를 내고 주차장 한 쪽에 서 있던 자신의 차로 갔다. 구동치를 따라갈 생각이었다. 구동치의 자동차는 꼼짝하지 않았다. 시동은 걸려 있었지만 움직이지 않았다. 정소윤은 자동차의 시동을 걸어놓고 구동치의 자동차를 지켜보고 있었다. 시동이 걸린 자동차 두 대는 경주를 앞두고 으르렁거리는 동물들 같았다.

정소윤은 옆으로 길쭉한 룸미러에 얼굴을 비춰보았다. 땀을 흘린 탓에 눈밑과 볼이 엉망이었다. 얼굴빛도 발갛게 상기돼 있었다. 자신이 지금 무슨 일을 하고 있는지, 스스로도 이해할 수 없었다. 구동치의 말대로 아무리 노력해도 안 되는 일이 있는 법이다. 돌이킬 수 없는 일도 있는 법이다. 하지만 아무리 노력해도 포기할 수 없는 일도 있는 법이다.

정소윤이 마지막 끈을 놓지 않는 데는 이리 탐정의 짤막한 한 마디도 보탬이 됐다. '동치 형님은, 남의 비밀을 모으는 게 습관인 사람'이라는 말을 분명히 기억하고 있다. 구동치가 하드디스크를 버린 게 아니라면 어딘가에 살아 있을 가능성이 있다고 정소윤은 생각했다. 처음에는 구동치 사무실을 털어볼까도 생각했다. 그쪽 방면의 전문가를 구해서 돈을 준다면 시도해볼 만한 일이었다. 정소윤은 그 정도까지 막나가고 싶지는 않았다. 그건 아빠를 모독하는 일일지도 모른다고 생각했다.

하드디스크를 없애달라고 했던 이유는 무엇일까. 분명히 어떤 이유가 있을 것이다. 하드디스크를 찾으려면 그 이유 따위는 생각하지 말아야 했다. 아빠의 뜻 같은 건 염두에 두지 말아야 했다. 마음이 약해질지 모른다. 숨기려고 했던 게 어떤 것이든 정소윤은 자신의 것을 되찾아야 했다. 하드디스크 속에는 두 개가 동시에 들어 있을 것이다. 아빠가 숨기려고 했던 것은 생각하지 말고, 자신이 찾아야 할 것만 생각하기로 했다.

구동치는 시동을 켜둔 채 계속 생각을 했다. 배가 고팠지만 뭔가 먹고 싶다는 생각은 들지 않았다. 배가 텅 비어가는 느낌이 좋았다. 배가 텅 빌수록 생각하는 게 쉬웠다. 평소엔 어떤 걸 생각해야 할지 생각하는 데도 시간이 많이 걸렸는데, 배가 텅 비면 생각에 접근하는 속도가 무척 빨라졌다. 몇 년 전, 한 종교인이 자신의 노트 딜리팅을 부탁한 적이 있었다. 거기에는 매일매일 신을 향해 다가가려는 마음과 함께 끊임없이 신을 회의하는 마음이 함께 적혀 있었다. 그 노트가 공개됐다면, 그를 알고 있던 많은 사람들이 큰 충격에 빠졌을 것이다. 그 노트에 이런 말이 적혀 있었다.

'공복의 신, 웃기는 얘기지만 가능한 신. 새벽에 일어나 신을 찾으면 신은 배 속으로 먼저 달려든다. 공복은 신이 살기 적당한 환경인가. 음식을 밀어넣으면 신은 금방 사라진다. 사라지고, 악마가 달려든다. 악마, 악마, 악마. 악마란 게 과연 있나. 공복의 신이 사라진 게 아니라, 음식과 결합한 신이 악마가 되는 거 아닐까. 음식이 사라지고 나면 다시 악마가 신으로 바뀌는 건가. 폭식은 욕망이고, 게걸스러운 악마다. 잔뜩 먹어서 악마를 불러볼까. 악마와 얼굴을 맞대고 디저트를 먹어볼까.'

구동치는 그 글을 읽는 순간 무언가 잔뜩 먹고 싶어졌다가 금세 식욕이 사라졌다. 공복의 신이란 게 어떤 건지 알 것 같았다. 공복의 신은 가끔 소리를 지르기도 했다. 꾸륵, 꾸륵, 배 속에서 신의 말씀과 계시가 계속 울려 퍼졌다. 신을 만나기란 쉬웠다. 점심 때 테니스 시합을 하려면 뭘 먹어두는 게 좋았지만 식욕이 없었다. 공복의 신과 함께 테니스를 치면 쉽게 이길 수 있을까. 구동치는 그 문장을 생각하고 혼자 웃었다. 구동치는 기어를 D로 바꾸고 자동차를 움직였다. 테니스 클럽으로 가기 전에 들러야 할 곳이 있었다. 룸미러로 정소윤의 자동차가 따라오는 게 보였다. 귀찮았지만 일단은 서둘러 따돌리지 않을 생각이었다. 어딘가 적당한 곳에서 간단하게 따돌릴 수 있는 상대였다. 배 속에서 좀더 텅 빈 소리가 났다. 꾸륵이 아니라 쿠릉, 쿠릉, 쿠르륵 하는, 텅 빈 대나무 속에서 나는 듯한 소리였다. 언뜻 들으면 자동차 엔진 소리 같기도 했다. 쿠릉, 쿠릉, 구동치는 천천히 자동차를 몰았다.

21

이리 탐정이 정보를 수집하는 방식은 다른 탐정들에 비해 유별난 구석이 있었다. 대부분의 탐정들은 사건의 근방에다 낚싯대를 여러 개 걸쳐두고 정보를 수집한다. 낚싯대가 많으면 많을수록, 즉 정보원이 많으면 많을수록 물고기를 낚아챌 확률이 높아진다. 탐정의 역량이란 얼마나 많은 낚싯대를 드리우는가, 얼마나 유심히 낚싯대의 찌를 들여다볼 수 있는가, 얼마나 잘 기다린 후 정보를 종합하는가로 판단할 수 있다. 미끼를 문 물고기를 낚아채는 능력도 중요하지만 우선은 낚싯대를 들여다보는 눈이 더 중요하다.

낚싯대를 드리우고 찌를 관찰하는 탐정들과 달리 이리는 곧장 물속으로 돌진하는 타입이었다. 낚싯줄 하나를 붙들고 있다가 물고기의 그림자만 보여도 물속으로 달려든다. 기다리기보다는 뛰어들고, 종합하기보다는 꿰뚫고 지나가며, 이성적이기보다는 본능적이다. 장단점이 있게 마련이다. 본능이 맞았을 때는 시간을 단축할 수 있지만 선택이 틀렸을 때는 물고기를 모두 쫓아버려 더 이상 낚시를 하지 못할 수도 있다. 이리의 방식은 가끔 실패했지만 일단 성공하면 두 배 이상의 기쁨을 맛볼 수 있었다. 이리는 자신의 본능을 믿었다. 믿지 않고서는 무모할 수 없었다. 실패의 예감을 품고 있으면 무모하기 힘들었다. 이리 탐정은 본능적으로 성공을 갈망했고, 성공적으로 본능을 조절했다. 일단 목표물이 정해지면, 집요할 만큼 좁고 깊은 구멍을 팠다.

구동치가 맡긴 일을 시작하면서 이리는 한 가지에만 몰두했다. 침입자의 옷이었다. CCTV에서 침입자의 모습을 보는 순간, 작업복에 초점을 맞출 수밖에 없겠다는 생각을 했다. 구동치의 말에 의하면, 공구주머니에 동그란 원을 뚫고 나오는 삼각형 표식이 있다고 했지만 CCTV에는 찍히지 않았다. 가슴에서 허리까지밖에는 보이지 않았다. 아주 잠깐 화면 속에 얼굴이 나타났지만 캡쳐로 뽑아내기에는 너무 짧은 시간이었다. 작업복에서 답을 찾아내야 했다.

대체로 유니폼에는 많은 정보가 들어 있게 마련이다. 이름표가 있는지 없는지, 이름표가 없다면 왜 없는지, 회사의 마크가 제대로 붙어 있는지, 옷의 어느 부분이 낡아 있는지, 회사에서 하는 일과 옷의 낡은 부분은 상관성이 있는지, 몸에다 장비를 부착할 수 있는 보조장치가 있는지…… 수많은 정보가 옷의 곳곳에 숨어 있다. 이리는 화면을 확대한 다음 침입자의 작업복 곳곳을 살펴보았다. 컴퓨터 보정 작업을 거쳐 작업복을 샅샅이 뒤진 후에야 '화경산업'이라는 회사 이름을 발견할 수 있었다. 작업복의 가슴팍에 회색 실로 희미하게 '화경산업'이라는 글자가 꿰매져 있었다. 일단 출발점이 확보된 셈이었다.

이리는 인터넷에서 화경산업의 정보를 찾은 후 곧장 회사로 찾아갔다. 화경산업은 거울을 만드는 회사였다. 유리 원단을 사와서 여러 형태로 가공한 후 다양한 거울을 제작하는 곳이었다. 이리는 용무가 있어 찾아온 사람처럼 공장 안으로 불쑥 들어갔다. CCTV 화면 속에서 본 작업복을 입고 일하는 사람이 많았다. 반짝이는 빛 속에서 수많은 사물들이 거울에 비치고 반사되고 어른거렸다. 이리는 공장 한켠에 있는 사무실로 들어가서 직접 만든 위조 신분증으로 형사를 사칭하고 몇 가지 정보를 얻어낼 수 있었다. 작업복은 유리 파편 사고를 대비해 특수 제작한 것으로 외부로 가지고 나갈 수 없었으며 그건 퇴직한 사람들도 마찬가지였다. 그동안 수고했다고 퇴직 기념으로 하나씩 챙겨주기에는 워낙 고가의 물품이었다. 잔뜩 겁을 집어먹고 설명을 해주던 여직원은 고개를 좌우로 흔들면서 '작업복은 늘 수량을 관리하기 때문에 외부로 유출될 확률이 거의 없다'고 했다. 이리는 '확률이 거의 없다'는 직원의 이야기가 기뻤다. 확률이 없어야 표적이 좁아진다. 여직원이 설명을 하는 동안 사무실로 사장이 들어왔고, 이리는 위조한 신분증을 다시 한 번 보여줬다. 화경산업의 작업복을 입은 누군가 절도 사건에 연루됐다는 얘기를 꺼내자 사장의 눈이 커졌다. 작업자가 작업복을 입고 나갔을 확률, 없다. 교대하는 도중 작업복을 빼돌렸을 확률, 없다. 누군가 작업복을 훔쳐갔을 확률, 없다. 사장은 작업복 관리 대장을 보여주며 회사의 물품 관리가 얼마나 철저한지 이야기했다. 각 작업복에는 고유번호까지 붙어 있었고, 수량을 철저하게 관리하고 있었다. 그렇다면 표적이 좁혀졌다. 냇물이 이유 없이 더러워졌다면 거슬러 올라가보면 된다.

이리는 화경산업에 작업복을 공급하고 있는 '상도 유니폼'을 찾아갔다. 상도 유니폼은 방탄복, 방서복, 농약 방제복 등 다양한 특수 작업복을 제작하는 회사였다. 화경산업과 마찬가지로 절도 사건을 들먹이며 경찰 신분증을 꺼내자 쉽게 정보를 얻어낼 수 있었다. 덥수룩한 턱수염과 구레나룻도 이리를 경찰처럼 보이게 하는 데 한몫했다. 일주일 정도 집에 들어가지 못하고 잠복수사를 했대도 믿을 몰골이었다.

화경산업에서는 총 다섯 번 작업복을 주문했다. 네 번은 주문자의 이름이 동일했고, 한 번은 다른 이름이었다.

"이 주문만 주문자가 다르네요?"

이리가 손가락으로 모니터를 찍으며 말했다.

"2년 전이고, 주문자 이름이…… 네, 다르네요."

담당자는 괜히 마우스 휠을 위아래로 굴리며 대답했다.

"이건 무슨 뜻입니까? 급행, 현금?"

"긴급한 주문이라는 뜻이고, 현금으로 결제를 하고 찾아가셨네요."

"그런 경우가 많이 있습니까?"

"드물긴 하지만 있긴 있죠. 급행 작업료는 추가로 받고 있고요. 여기 보시면 주문한 다음 날 저녁에 직접 찾아가신 걸로 돼있네요. 수량은 스물두 벌이고요."

"돈을 내기만 하면 누구나 특정 작업복을 주문할 수 있는 거군요?"

담당자는 이리의 질문에 담긴 의도를 파악하기 위해 눈을 껌뻑거리기만 했다. 몇 초의 망설임 끝에 담당자가 입을 열었다.

"무슨 말씀인지?"

"화경산업과 관련 없는 사람이 화경산업 로고가 찍힌 작업복을 만들 수 있는 게 좀 이상해서요."

"뭐, 대단한 옷도 아니고요, 그건 어디서나 다 마찬가지일 겁니다. 꼼꼼하게 확인하는 데는 없을 거예요."

"이미 거래했던 곳이면 간단한 확인 절차는 거치겠죠."

"그게 문제가 될까요?"

"문제가 될 수도 있겠죠. 여기서 제작한 옷을 입고 범죄를 저질렀다면 범인을 도운 것이나 마찬가지니까요."

"그럼 어떻게 하죠?"

"일단 어떤 놈들이 화경산업 작업복을 만들어갔는지 알아봅시다. 주문한 사람 연락처는 남아 있죠?"

"네, 전화번호가 있습니다."

담당자는 자신의 실수 때문에 그 모든 일들이 벌어졌을지도 모른다는 두려움 때문에 순순히 연락처를 내주었다. 이리는 주문자의 이름과 휴대전화 번호를 받아 들고 자동차로 돌아왔다. 곧바로 전화를 걸 생각이었다. 머릿속으로 어떤 대화가 오가야 할지 작전을 짰다. 알고 있는 것은 전화번호뿐이다. 주문자의 이름은 아마도 가짜일 것이다. 상대방의 정신을 쏙 빼놓는 대화여야 했다. 이리는 가상의 대화를 생각하기 전에 전화를 받는 사람이 어떤 사람일지 생각했다. 스물두 벌의 작업복을 주문했다는 것은, 어떤 조직, 어떤 단체일 것이다. 그리고 대체로 그런 주문은 조직에서 총무의 역할을 맡은 사람이 할 것이다. 아니면 막내이거나. 막내라면 일이 좀더 간단해질 것이다. 막내들은 쉽게 겁먹고 쉽게 조종당한다. 어떤 선택을 해야 할지 잘 판단하지 못하며 자신의 판단을 언제나 의심한다.

2년이 지난 지금까지 별일이 없었으므로 모두 작업복에 대해서는 까맣게 잊고 있을 것이다. 자신들이 어떤 작업복을 입고 있으며, 그 작업복을 언제쯤 제작했는지도 기억하지 못할 것이다. 회사명을 도용한 것은 속임수가 필요했기 때문이겠지만, 그런 속임수조차 쓸 기회가 없었을지도 모른다. 누군가 그들의 흔적을 쫓아 여기까지 온 일도 없었을 것이다. 시간이 그들의 주의력을 녹슬게 만들었을 것이다. 무방비 상태일 것이다. 이리는 그 틈을 노릴 생각이었다. 전화를 받는 누군가의 정신을 어지럽게 만든 다음 정보를 얻어내야 했다.

이리는 공중전화로 가서 전화를 걸었다. 신호가 울렸다. 하나, 둘, 셋, 넷…… 이리는 전화벨 숫자를 세며 목소리를 가다듬었다. 다급한 목소리를 만들어내기 위해 마음속으로 뜀뛰기를 했다.

"여보세요?"

상대방의 목소리가 들리자 이리의 머릿속이 바빠졌다. 목소리만으로 상대방의 상태를 알아내야 했다. 불안한가, 궁금한가, 호기심이 많은가, 바쁜가, 한가한가…… 정확하게 모든 걸 알아낼 수 없더라도 대략 어떤 상태인지는 파악해야 했다.

"여기 상도 유니폼인데요."

이리는 약간 짜증이 섞인 목소리로 말했다.

"어디요?"

"상도 유니폼이요, 상도. 작업복 제작 맡긴 곳이요."

"아, 무슨 일인데요?"

"무슨 일이라뇨. 작업복 주문해놓고 왜 찾아가질 않으시냐고요."

"작업복 주문을 했다고요?"

"화경산업 맞죠?"

"화경산업이요? 아, 네, 맞긴 한데요."

"맞긴 한데라뇨, 지금 이 번호로 화경산업 작업복 주문하셨잖아요. 급행으로 맡겨놓고 찾으러 오신다더니 연락도 없고, 이러면 곤란합니다. 찾으러 오기 힘드셔도 연락은 하셔야죠. 일단 돈을 입금하시면 저희가 택배로 보내드리겠습니다."

"제가 확인하고 전화드리겠습니다."

"무슨 확인이요?"

"제가 담당이 아니라서요. 담당자에게 확인해보겠습니다."

"저희 전화 시스템이 이상하니까 5분 후에 다시 전화드릴게요."

"알겠습니다."

이리는 전화를 끊었다. 이 방법이 먹힐지 확신할 수 없었지만 일단 미끼를 던지고 기다릴 수밖에 없었다. 이리가 손해 볼 일은 없었다. 이리는 상대의 반응을 예상해보았다. 가볍게 무시할 수는 없을 것이다. 진짜 화경산업으로 연락이 가면 회사 이름을 사칭한 게 발각될 것이고 어떤 식으로든 문제가 생길 테니 최대한 조용히 처리하고 싶을 것이다. 아니면 아예 완벽하게 잠수를 탈 수도 있다.

이리는 풍성한 턱수염을 만지작거리며 5분을 기다렸다. 그리고 1분을 더 기다렸다. 다시 수화기를 집었다.

"확인해보셨습니까?"

이리는 번거로운 일을 억지로 하고 있는 듯한 목소리로 말했다.

"그게, 다른 직원이 주문한 건가 봅니다. 주문한 작업복이 모두 몇 벌입니까?"

"총 열두 벌이네요."

"예, 저희가 찾으러 가긴 좀 힘들 것 같고요, 택배로 보내주시겠습니까? 가격이랑 계좌번호 알려주십시오."

"액수와 계좌는 문자로 입력해드릴게요. 입금하시면 곧바로 보내드리겠습니다. 참, 착불입니다. 주소 불러주세요."

이리는 수화기 너머에서 들려오는 주소를 받아적었다. 숨소리로라도 좋아하는 티를 내게 될까 봐 감정을 최대한 억누르며 메모를 했다. 끊기 전에 한마디 더 해야 할 것 같았다.

"다음에 또 이러시면 곤란합니다. 물건은 저희가 최대한 빨리 보내드릴게요."

"예."

이리는 전화를 끊고 주먹을 꽉 쥐었다. 생각보다 쉽게 정보를 건져 올렸다. 이리는 상도 유니폼으로 뛰어가서 회사 계좌번호와 작업복 열두 벌 가격을 문자 메시지로 보내게 했다. 입금 수신인 창에 '상도 유니폼'이라는 이름이 보이지 않으면 의심을 살 수도 있었다. 자신들이 속고 있다는 것을 최대한 늦게 알도록 해야 했다. 상도 유니폼 직원은 바짝 얼어서 이유도 묻지 못하고 시키는 대로 문자 메시지를 보냈다. 이리는 직원에게 감사의 인사를 한 후 차를 타고 메모해놓은 주소지로 향했다. 다음 계획은 자동차 속에서 생각하기로 했다.

자동차 안에서 이리저리 생각해봤지만 두 가지 방법뿐이었다. 첫째, 구동치에게 주소를 알려주고 자신은 빠지는 것. 둘째, 택배 직원을 가장하고 들어가서 좀더 정보를 캐내는 것. 첫째 방법은 무책임해 보이지만 안전한 방법이고, 둘째 방법은 귀찮은 데다 위험이 따랐다. 택배 직원을 가장하려면 준비해야 할 것도 많았다. 발각될 경우 도와줄 사람도 없었다. '이리야, 그만 생각하자, 돈만 받고 빠지면 되잖아.' 이리는 자신을 타일렀다. 이리는 자신에게 어울리는, 첫번째 길을 선택했다. 이리는 자동차를 세우고 구동치에게 전화를 걸었다. 전화벨이 한참 울리고 나서야 구동치가 전화를 받았다.

“어, 무슨 일이야? 빨리 말해.”

구동치가 낮고 빠른 목소리로 말했다.

“형님, 어딘데요?”

이리가 느릿느릿 물었다.

“어딘지 알아서 뭐 해? 용건만 말해.”

“형님, 오전에 찬바람 맞았어요? 엄청 쌀쌀맞으시네. 제가요, 찾아냈습니다.”

“뭘 찾아내?”

“CCTV에 찍힌 놈, 주소 알아냈습니다. 엄청나게 힘든 과정을 거쳤지만 형님이 바쁘신 것 같으니까 생략하기로 하고요. 어떻게 할까요?”

“확실하게 알아낸 거야?”

“그게요, 놈이 입었던 옷을 추적해서 찾아낸 곳인데요, 혼자 있는 게 아니라 패거리랑 같이 있을 거 같아요. 그래서 제가 혼자 치고 들어가기도 좀 그렇고요.”

“그건 나한테 맡기고 넌 가만히 있어.”

“네, 그럴 생각이었습니다. 주소는 문자로 찍어드릴게요.”

구동치는 전화를 끊고 식당 화장실로 들어갔다. 시합을 끝내고 샤워를 한 탓에 얼굴이 발갛게 상기돼 있었다. 천일수 회장과의 테니스 경기는 생각보다 재미있었다. 천일수는 누구보다 경기 운영을 잘하는 사람이었다. 구동치의 약점이 드롭샷이란 것을 경기 시작 10분 만에 간파했고, 집중적으로 공략했다. 처음에는 당황스러웠지만 구동치 역시 해법을 찾아냈다. 드롭샷이 불가능하도록 모든 공을 라인 근처 깊숙한 곳으로 보냈다. 하지만 혼자서 잘한다고 이길 수 있는 게임이 아니었다.

복식에서 가장 중요한 것은 파트너의 약점을 얼마나 잘 이해하고 있느냐다. 천일수는 송미영의 약점을 누구보다 잘 알고 있었고, 약점을 어떤 식으로 보완해야 하는지도 알고 있었다. 송미영의 실력이 한유미보다 한 수 위였던 데다 천일수와 송미영의 호흡이 무척 좋았기 때문에 경기는 마지막까지 흥미진진하게 흘러갔다. 마지막 네트의 행운이 따라준 덕분에 구동치와 한유미가 간신히 이길 수 있었다. 네 사람 모두 오랜만에 좋은 경기를 했다고 자평했고, 들뜬 분위기는 식당으로 이어졌다. 경기 중 재미있었던 몇몇 장면에 대해 다시 이야기했고, 송미영의 위기관리 능력을 칭찬했고, 한유미의 체력에 놀라움을 표시했다. 구동치는 손을 씻고 테이블로 다시 돌아왔다.

"어머, 화장실 갔다 오는데 왜 이렇게 오래 걸려요? 몰래 가서 이상한 약 먹고 온 거 아녜요? 아까 뛰는 거 보니까 무슨 약을 먹긴 먹는 것 같던데."

한유미가 구동치를 흘겨보며 말했다.

"아직 그럴 나이는 아니죠."

구동치가 심드렁하게 대답했다.

"왜 그럴 나이가 아니에요. 낼모레면 마흔인데…… 미리미리 챙겨둬야 해요."

"누굴 위해서요?"

"동치 씨랑 얘기하면 참 이상해요. 솔직해서 좋긴 한데, 가끔 사람 참 난처하게 하는 거 알아요?"

"솔직하지는 않습니다."

"이거 봐요, 이런 게 솔직한 거라니까요. 회장님, 이런 사람을 곁에 둬야 한다니까요. 잘못된 게 있으면 잘못됐다고 얘기해줄 사람이 있어야 해요."

한유미가 천일수를 보며 말했다.

"유미 씨 얘긴 알겠는데, 제 주위에는 지금 그런 사람이 넘쳐납니다."

천일수가 커피 잔에 박힌 보석을 만지작거리며 대답했다.

"어머, 정말요? 운이 좋으시네요?"

"제가 운 하나는 기가 막히게 좋죠. 여기 있는 송미영 씨도 그런 사람 중 한 명입니다. 얼마나 직언하기를 좋아하는지 몰라요."

"미영 씨가 그런 사람이었어요? 평소에는 말을 많이 하나 보죠?"

"가시 박힌 말만 골라서 하죠. 구동치 씨랑 잘 어울리겠네요."

"어머, 아니에요. 반대되는 사람끼리 만나야 좋대요. 동치 씨는 저 같은 사람이랑 더 잘 어울리죠."

한유미의 말에 천일수가 웃었다. 구동치는 주머니에서 진동을 느꼈다. 짧게 한 번 울리고 끝나면 이리가 보낸 문자 메시지라고 생각했을 텐데, 진동은 계속 이어졌다. 구동치는 휴대전화를 테이블 아래로 내리고 액정 화면을 보았다. 처음 보는 번호였다. 평소 같았으면 받지 않았겠지만 그럴 수 없었다. 김인천이 걸어온 전화일지도 몰랐다. 구동치는 다시 양해를 구하고 자리에서 일어났다. 전화를 받으러 구석으로 걸어가는데, 구동치는 이상하게 마음이 찜찜했다. 휴대전화 액정에 찍힌 전화번호가 계속 무언가 말을 하는 것 같았다. 아주 불길한 일들이 일어나고 있다는, 이제 곧 엄청난 소식이 전해질 것 같다는 예감이 드는 번호였다. 구동치는 자신의 예감이 틀리길 바랐다. 숨을 크게 쉰 다음 통화 버튼을 눌렀다.

전화는 경찰서에서 온 것이었다. 전화를 건 사람은 예전에 함께 근무했던 선배였다. 잘 지내고 있냐는 간단한 안부 인사를 하는데도 목소리가 밝지 않았다. 구동치는 어떤 일이 벌어졌다는 걸 직감했다. 그리고 그건 김인천과 관련된 사건일 게 분명했다. 좀 와봐야겠다. 옛 선배는 낮은 목소리로 천천히 발음했다. 선배, 무슨 일인데요? 구동치는 대답을 알고 싶지만 대답을 듣고 싶지 않기도 했다. 인천 선배가 좀 다쳤다. 얼마나요? 좀 심해. 얼마나요? 아무튼 빨리 와봐. 지금 어딘데요? 지금 후송 중인데서 바로 옆 블록에 있는 병원 알지? 거기로 갈 거 같다. 얼마나, 얼마나 다쳤어요? 칼 맞았는데 출혈이 좀 심해. 위험해요? 모르겠다. 일단 들어가봐야 알겠지. 구동치는 어지러웠다. 주변의 가구들이 자신을 중심으로 휘는 것 같았다. 전화를 끊고 벽을 짚었다. 이번에는 바닥이 좁아지고 천장이 무한정 넓어졌다. 천장에 붙어 있던 것들이 모두 아래로 내려앉을 것 같았다. 구동치는 고개를 흔들면서 정신을 차리려 애썼다. 무슨 일이 생긴 것인지 가늠하려 애썼다. 천일수와 한유미가 웃으면서 얘기하는 모습이 바다 건너편의 풍경인 것처럼 멀어 보였다.

식당 문이 열리고 경호실장 나영욱이 굳은 얼굴로 들어왔다. 나영욱이 천일수의 귀에다 대고 뭐라고 얘기를 하자 천일수의 얼굴도 곧바로 딱딱하게 굳었다. 말과 입김으로 굳은 얼굴을 전염시키는 광경 같았다. 두 사람은 어느새 똑같은 표정이 되어 있었다. 구동치는 천일수와 나영욱의 표정을 보았다. 거기엔 다급함과 당황스러움이 있었다. 구동치는 자신이 받은 충격과 저들의 다급함이 같은 이야기에서 비롯된 것인지도 모르겠다는 생각이 들었다. 근거 없는 추측이지만 그럴 가능성도 있었다. 세상의 모든 사람들이 적으로 느껴졌다. 구동치는 주머니에다 휴대전화를 넣고 천일수에게 걸어갔다. 다리에 힘이 없었다. 휴대전화를 주머니에 넣자마자 짧은 진동이 울렸다. 이리의 문자 메시지일 것이다. 천일수는 구동치를 보며 웃었지만 그 웃음에는 묘한 난처함이 숨어 있었다. 구동치는 그 난처함을 읽었다. 구동치의 머릿속에서, 가슴팍에서, 손바닥과 손가락에서, 팔꿈치에서 무언가 꿈틀거리며 끓기 시작했다. 구동치는 끓고 있는 게 무언지 알고 있었다. 그것은 아직 방향을 찾지 못하고 몸속에 고여 있는, 대상이 정해진다면 언제라도 폭발할 수 있는, 분노였다.

22

구동치는 병원의 시끌벅적한 대기실에서 저녁을 맞았고, 그 자리에 몇 시간을 앉아 있었다. 중환자실 문 앞에는 눈도 깜빡이지 않고 남편이 눈뜨길 기다리는 김인천의 부인 백승자가 앉아 있었기 때문에 구동치는 일반 대기실에 있을 수밖에 없었다. 평소에는 형수님이라고 불렀지만 병원에서 만났을 때 그녀를 어떻게 불러야 할지 알 수 없었다. 형수님이라는 호칭은 일상적인 상황에서만 썼기 때문에 이런 상황에서 부를 만한 호칭이 아니라는 생각이 들었고, 지나치게 친밀하게 들리는 바람에 상대방의 마음을 불편하게 할지도 모른다는 생각이 들기도 했다. 구동치는 김인천의 사고에 대한 죄책감 때문에 백승자를 대하기가 더욱 불편했다. 구동치가 고개를 까딱하며 인사를 했지만 백승자는 아무런 반응도 보이지 않았다. 백승자의 눈은 어느 곳도 보고 있질 않았다. 어디로 가 닿아야 할지 알 수 없어 배회하는 눈빛이었다. 수백 개의 얇은 막이 겹겹이 쌓여 있어서 좀처럼 초점을 찾지 못하는 눈빛이었다. 구동치는 그 눈빛을 다시 들여다볼 자신이 없었다.

저녁 뉴스가 시작되고 사람들이 하나 둘 대기실을 떠날 때쯤 백승자가 구동치 앞에 나타났다. 백승자는 구동치의 건너편 의자에 털썩 주저앉더니 수첩과 녹음기를 건넸다.

"앰뷸런스에서도 꼭 쥐고 있었대요."

백승자는 한숨을 쉬듯 말했다. 구동치를 보지 않고 먼 곳을 응시했다.

"예? 이걸 왜 저한테?"

구동치는 수첩과 녹음기를 받으면서도 선뜻 자신 쪽으로 끌어당기지 못했다.

"필요하잖아요."

"예?"

"이거 필요하잖아요. 요새 동치 씨 얘길 자주 했어요. 동치 씨가 잡아줘요."

"네, 형수님. 제가 잡을게요."

"네, 잡아줘요."

"형수님, 죄송합니다. 인천 선배는 일어날 겁니다. 걱정 마세요."

"알아요. 일어나겠죠. 일어나야죠."

"이상한 생각하지 마세요. 꼭 일어날 겁니다."

"이상한 생각 안 해요."

"괜찮으세요?"

"괜찮아요. 이상한 생각 안 해요."

"좀 쉬셔야 할 것 같아요."

"네, 쉬어요."

백승자는 구동치의 뒤편에 있는 벽을 보며 이야기하다가 중환자실로 돌아갔다. 구동치는 백승자의 뒷모습을 눈으로 좇았다. 땅 대신에 허공을 밟고 앞으로 나아가는 사람 같았다. 사람과 대화한 게 아니라 인간의 말을 따라하는 유령과 얘기한 것 같았다. 백승자가 가고 없는데도 누군가 건너편 의자에 앉아 있는 것 같은 기분이었다.

구동치는 손에 쥔 수첩을 내려다보았다. 수백 번, 수천 번 봐왔던 회색 수첩이었다. 수첩은 언제나 김인천의 손에 쥐여 있었다. 다른 곳에 있는 걸 본 적이 없었다. 김인천의 큼지막한 손에 있을 때 수첩은 아주 작아 보였다. 김인천이 거기에다 뭘 적을 때면 수첩이 부서질까 봐 조마조마했던 기억이 났다. '수첩 좀 큰 거 써요.' '이게 어때서, 인마.' '손에 비해서 수첩이 작단 생각 안 해요?' '형사 수첩은 작아야 돼, 그래야 어디든 쏙쏙 들어가지.'

김인천은 쓰는 걸 무척 좋아했다. 어떤 정보가 생기면 무조건 수첩에 적었다. 아주 사소한 것까지 적었다. 틈만 나면 적었다. 수첩을 잠깐 훔쳐본 적이 있었다. 카메라로 촬영하듯 모든 상황을 빼곡하게 적어놓았다. 스쳐 지나간 자동차 번호, 용의자의 인상 착의, 가방의 색깔, 가방을 드는 모습, 가방끈의 길이, 티셔츠의 그림, 바지의 색깔, 안경의 모양 같은 게 빈틈없이 적혀 있었다. 적어두지 않으면 모든 정보들이 날아간다는 듯이 종이에다 붙들어두었다. 일주일에 수첩 하나를 쓸 정도로 많은 양의 정보를 메모했다. 녹음기는 상대방의 목소리를 저장하기 위한 것이었다. 대화의 내용을 적을 수는 있지만 목소리의 결까지 저장할 수 없으므로 녹음기도 자주 이용했다. 김인천에게 수첩과 녹음기는 양손이나 마찬가지였다. 한 손으로는 적었고, 한 손으로는 녹음했다.

사건의 개요는 동료 형사에게 대충 들었다. 별다른 단서가 없었다. 칼에 찔린 채 시 외곽의 골목에서 발견됐으며, 사건을 목격한 사람은 아무도 없었다. 김인천을 다른 곳에서 칼로 찌른 후 차로 실어와 시 외곽의 한적한 곳에 버렸다는 게 동료 형사의 추측이었다. 외진 골목에 방치해서 죽일 생각이었는지, 아니면 사람들에게 발견되게 할 목적이었는지는 분명치 않았다. 인적이 전혀 없는 골목도 아니었으며, 사람이 많은 골목도 아니었다. 주변 건물을 뒤졌지만 사고 현장이라 할 만한 곳이 없었다. 동료 형사들은 김인천의 수첩에서도 별다른 단서를 찾지 못했다. 한 사람의 인상착의가 적혀 있었지만 그걸로 뭔가 찾아내긴 힘들었다. 손에 꼭 쥐고 있던 녹음기 역시 비밀번호로 잠겨 있어서 들을 수 없었다.

백승자가 건네준 수첩과 녹음기를 쥐고 멍하니 맞은편 벽을 보고 있던 구동치의 눈에 낯익은 얼굴이 보였다. 구동치는 그 사람을 어디에서 봤는지 기억을 떠올렸다. 몇 시간 동안 멍한 상태로 있었기 때문에 머리가 제대로 굴러가지 않았다. 눈이 마주치자 맞은편에 있던 얼굴이 웃으면서 손을 흔들었다. 그제야 기억이 났다. 정소윤이었다. 테니스장으로 가는 동안 따돌렸다고 생각했는데, 환하게 웃는 얼굴로 맞은편에 앉아 있었다. 구동치는 정소윤이 있는 자리로 걸어갔다.

"여기서 뭐 하세요?"

"저요? 앉아 있는데요?"

"언제부터 여기 있었어요?"

"구 탐정님 올 때 같이 들어왔죠."

"여기 있는 건 어떻게 알았어요?"

"아는 방법이 있어요."

"도청했죠?"

"네?"

"이리한테 부탁해서 도청폰 만든 거 아니에요?"

"어떻게 아셨어요?"

"그냥 찔러본 거예요."

구동치는 정소윤에게 소리 지를 힘도 없었다. 서 있을 힘도 없었다. 구동치는 정소윤의 옆자리에 주저앉았다.

"많이 다쳤어요?"

"네."

"힘드시겠다."

"누가 힘들어요?"

"전부 다요. 다친 사람도 힘들고, 다친 사람을 보고 있는 사람도 힘들고, 다친 사람을 보고 있는 사람을 보고 있는 사람도 힘들고."

"미안하게 생각해요."

"뭐가 미안해요?"

"하드디스크요."

"진짜로 버렸어요?"

"네, 진짜로 버렸어요."

"완전히 포기해야겠네요. 그렇죠?"

"네."

"하루 종일 그 생각만 하게 되더라고요. 하드디스크에 뭐가 들었더라, 뭐가 있었더라, 무슨 사진이 있었고, 동영상은 뭐가 있었더라. 그런데 아까 완전히 까먹고 있던 거 생각났어요."

"뭐요?"

"네 달 동안 작업한 사진들이 거기 있거든요. 회사에서 하는 디자인 말고 제가 개인적으로 자원봉사를 하고 있어요. 지진이나 화재나 큰 사고를 당한 사람들 사진을 복원시켜주는 일이에요. 물에 젖고 불에 타고 찢어진 사진을 컴퓨터로 되살려주는 건데, 작년에 큰 지진이 났던 K마을 기억하세요? 기억나죠? 뉴스에서도 한참 나왔잖아요. 그 마을 사람들 사진 5백 장을 복원한 게 거기 들어 있어요. 아, 진짜, 며칠만 더 작업하면 되는 건데…… 그걸 백업도 안 해놓은 거 있죠. 내가 미쳤지. 외장하드에 넣어뒀어야 하는데, 아, 진짜 미치겠어요."

"그 사진들은 원본이 있을 거 아닙니까."

"있죠. 있긴 있는데, 그 사진들 다시 스캔받고 네 달 동안 또 작업해야 하잖아요. 마을 사람들한테 너무 미안해요. 작업해놓은 것들 미리 조금씩 보내줬으면 좋았을 텐데, 한꺼번에 '짜잔' 보여주고 싶어서 계속 쌓아놓기만 했거든요. 아니에요, 사실, 그건 괜찮아요. 밤 새워서 또 하면 되는 거니까. 마을 사람들 기뻐하는 걸 빨리 보고 싶어서 되게 열심히 작업했는데…… 어휴, 전부 다 잊어버려야죠."

"사진 복원해서 주면 좋아해요?"

"좋아하죠, 그럼. 사람이 원래 그렇게 몰인정한 스타일이에요?"

"제가 뭘요?"

"말하는 게 이상하잖아요. 사람들이 추억을 얼마나 중요하게 생각하는 줄 알아요? 지난번에 어떤 할머니 젊은 시절 사진을 복원해준 적이 있는데, 제 손을 잡고 고맙다는 얘기를 몇 번이나 했는지 몰라요. 그리고 복원한 사진 받아 들고 우는 사람이 얼마나 많은데요."

"그럴 수도 있겠네요."

"이것 봐, 참 이상한 사람이야. 그럴 수도 있겠네요, 가 뭐예요."

"인정하는 거잖아요. 그럴 수도 있겠다고."

"아, 예, 참 인정 많으신 분이네요."

두 사람이 얘기하는 사이 병원 대기실에는 사람이 거의 다 빠져나가고 없었다. 텔레비전 앞에서 멍하니 화면을 올려다보고 있는 사십대 남자 한 명, 신발을 가지런히 모아놓고 의자에 드러

누워 있는 오십대 여자, 잡지책을 보고 있는 이십대 여자, 그렇게 세 명뿐이었다.

"집에 안 가요?"

구동치가 정소윤에게 물었다.

"안 가요. 구 탐정님 따라다녀야죠."

"이제 완전히 포기한다면서요."

"다시 생각 바꿨어요. 계속 미행할 거예요."

"도청폰까지 있으신 분이 뭐가 걱정이에요."

"들켰으니까 다른 전화 쓸 거 아니에요."

"꼭 이 전화 쓸게요. 전화 쓰고 끊을 때마다 소윤 씨에게 안부 인사할게요."

"진짜 찔러본 거였어요?"

"네, 이리라면 그런 걸 추천하고도 남을 놈이죠."

"괜히 들켰네."

정소윤이 무릎을 세워 두 팔로 안으며 말했다.

"집에 가요."

"구 탐정님은 집에 안 가요?"

"안 가요."

"그럼 저도 안 가요."

"마음대로 하세요."

구동치는 정소윤과 투닥투닥 이야기하는 게 좋았다. 정소윤이 있어서 혼자라는 생각이 들지 않았다. 병원 침대에 누워 생사를 넘나들고 있는 김인천에게는 미안했지만, 정소윤이 있어 가파른 자책의 나락으로 떨어지지 않았다. 정소윤과 얘기할 수 있어 비탄에 젖은 감정이 저 혼자 춤추지 않게 할 수 있었고, 만약이라는 단어가 빚어내는 회한의 소용돌이에 말려들지 않을 수 있었다. 정소윤이 집에 가지 않고 옆에 앉아 있어주길 바랐다. 구동치는 그런 생각이 드는 자신이 낯설었다.

"구 탐정님은 딜리팅하면서 죄책감 같은 거 없어요?"

정소윤이 구동치의 머릿속에 펼쳐진 잡념의 책을 읽고 있었다는 듯 물었다.

"무슨 죄책감요?"

구동치가 정소윤을 돌아보며 물었다.

"물건을 없애는 것에 대한 죄책감요."

"아뇨. 사람들이 부탁한 걸 없애는 건데요."

"어떤 물건이든 소유주가 한 명은 아니잖아요. 구 탐정님이 없앤 하드디스크만 봐도 아빠 소유이기도 하고 제 소유이기도 하잖아요."

"그런 걸 다 신경 쓸 수는 없죠."

"너무 신경을 안 쓰는 거라곤 생각 안 해요?"

"네, 안 해요."

"우와, 뻔뻔하시다."

"원래 좀 뻔뻔해요."

"하긴, 뻔뻔해야 할 수 있는 일이겠네요."

"그렇다고 볼 수도 있죠."

"배 안 고프세요?"

"배고파요?"

"배고프니까 물어보죠."

"먹을 걸 파는지 모르겠네요. 지하 식당은 연 곳이 있을 거예요. 먹고 와요."

"먹고 와요?"

"먹고 가도 되고요."

"같이 안 갈래요?"

"저는 배 안 고파요."

"혼자선 안 갈래요. 귀찮아요. 굶죠, 뭐."

구동치는 중환자실로 가보았다. 백승자는 여전히 같은 자세로 중환자실 문을 노려보며 의자에 앉아 있었다. 문이 열리는 순간, 남편이 살아올 것을 믿는 사람 같았다. 어쩌면 저 자세 그대로 잠들어 있는 것인지도 몰랐다. 뒷모습밖에는 볼 수 없어서 어떤 상태인지 확인할 길이 없었다. 앉은 상태로 눈을 좀 붙이고 있는 것인지도 몰랐다. 그렇게라도 해주면 구동치의 마음이 조금 편할 것 같았다.

구동치는 정소윤을 데리고 지하 식당가로 내려갔다. 문을 연 곳은 설렁탕집 한 군데뿐이었다. 구동치는 마음이 급했다. 빨리 설렁탕을 먹고 대기실로 돌아가야 할 것 같았다. 백승자가 잠깐 나왔다가 자신이 없어진 걸 보면 얼마나 큰 배신감을 느낄지 생각했다. 구동치는 숟가락을 놓았지만 정소윤은 맛있게, 천천히 설렁탕을 먹었다. 밥을 설렁탕에 말지 않고 먹었다. 반쯤 먹은 설렁탕 그릇에다 깍두기 국물을 떠 넣더니 밥을 세 숟가락 말았다. 하얀 국물이 분홍색으로 변했고, 푸른색 파와 밥 알갱이가 군데군데 작은 섬처럼 떠 있었다.

정소윤은 밥을 떠 먹다가 갑자기 멈췄다. 고개를 숙인 채 입을 우물거리며 설렁탕을 삼키다가 갑자기 얼굴의 주름들이 일그러졌다. 정소윤은 어깨를 들썩이며 울기 시작했다. 소리는 내지 않았다. 구동치는 놀라서 지켜보기만 했다. 정소윤의 눈물이 설렁탕 속으로 떨어졌다. 구동치는 옆에 있던 냅킨을 집어서 건넸다.

"아, 미안해요. 요새 자꾸, 갑자기 그래요."

정소윤이 냅킨으로 눈가를 닦아내며 말했다.

"괜찮아요?"

"괜찮아요. 아이 씨, 왜 이러지. 갑자기 아빠 생각나서요."

"네."

"아빠가 설렁탕 이렇게 먹는 거 가르쳐줬거든요."

"더 울어요."

"아뇨, 다 울었어요."

"더 먹어요."

"네, 다 먹을 거예요. 싹 다 비울 거예요."

정소윤은 다시 숟가락을 쥐었다. 고개를 파묻고 끝까지, 마지막 한 방울의 국물까지 모두 비웠다. 두 사람이 설렁탕을 먹은

30분 동안 많은 게 바뀌지는 않았다. 대기실의 텔레비전에서는 뉴스가 끝난 후 저녁 드라마를 방송하고 있었고, 사십대의 남자 대신 오십대의 여자가 텔레비전을 보고 있었다. 두 사람이 앉아 있던 자리는 여전히 비어 있었다. 구동치는 중환자실에 다시 들렀다. 백승자는 여전히 같은 자세로 앉아 있었다. 백승자가 잠깐 나왔다 들어갔는지 알 수 없었지만 앉아 있는 자세로 봐서는 전혀 움직이지 않은 것 같았다.

구동치는 대기실에 앉아서 창밖을 내다보았다. 창밖의 어둠은 제 속살을 보여주는 대신 어둠을 들여다보는 구동치를 되비춰주었다. 구동치는 자신의 모습이 보기 싫어 수첩으로 고개를 떨구었다. 수첩을 자세히 살펴볼 생각이었다. 거기에 뭘 적었는지 모두 읽어볼 생각이었다. 녹음기에 어떤 소리가 녹음돼 있는지도, 김인천이 마지막으로 담은 소리가 뭔지도, 주변에서 어떤 소리가 들리는지도 모두 들어볼 생각이었다.

"설렁탕 사주셨으니, 저는 이걸로 대접."

정소윤이 종이컵 하나를 내밀었다. 앞 머리카락 끝이 젖어 있었다.

"세수하고 왔어요?"

구동치가 종이컵을 받으며 물었다.

"밤 새우려면 준비를 해야죠."

"왜 밤을 새워요?"

"그 수첩 볼 생각 아니에요?"

"저 혼자 볼 건데요?"

"전 뭐 할 일 없어요? 심심해요."

"없어요."

"녹음기는요?"

"소윤 씨랑 저랑 한 팀처럼 말하네요?"

"뭐, 한 팀은 아니지만 힘들 땐 서로 도와야죠."

"힘들지 않은데요."

"힘들어 보여요."

"좋아요, 그럼 녹음기는 내가 들고 있고 이어폰만 줄게요."

"뭘 잘못 만질까 봐 그러는 거예요?"

"네."

"이거 왜 이러세요. 저 컴퓨터와 함께 20년을 일한 여자예요."

"그래도 할 수 없어요."

"알았어요. 주세요. 듣다가 뭔가 중요한 얘기 나온다 싶으면 말해줄게요."

구동치는 비밀번호를 눌러 재생을 시킨 다음 이어폰을 건넸다. 정소윤은 귀에다 이어폰을 꽂았다. 정소윤의 눈빛은 진지했다. 눈과 귀를 총동원해서 소리를 잡아챌 준비를 하고 있었다. 구동치가 뭔가 얘기를 꺼내려고 하자 정소윤은 검지를 입술에 대며 조용히 하라는 신호를 보냈다. 구동치는 고개를 끄덕였다.

구동치는 수첩을 맨 뒷장부터 한 장씩 넘겼다. 김인천이 겪었던 시간을 거꾸로 되짚어보려는 것이었다. 맨 뒷장에는 전화번호로 보이는 숫자가 몇 개 적혀 있었다. 그런 번호들은 대개 맥락과 상관없이 급하게 적은 것들이라서 큰 상관이 없는 것들이었다. 수첩을 거꾸로 넘기다 가장 처음으로 만난 것은 '악인의 형상은 돋을새김되어 있다'라는 문장이었다. 몇 줄 위에는 '머리카락 10센티미터 이하. 이마 넓고 눈썹 짙다. 눈 몰려 있고, 코 뭉툭, 인중 길다. 입술 얇다. 키 175센티미터. 몸무게는 80~85'라는 한 사람의 인상착의가 자세히 적혀 있었다. 구동치는 인상착의를 읽으면서 눈앞에다 몽타주를 그려보았다. 아랫줄에 적은 '악인의 형상'이란 이 사람의 모습을 보고 생각난 문장일 것이다.

구동치는 '악인의 형상은 돋을새김되어 있다'라는 문장을 보고 몇 년 전 일을 떠올렸다. 함께 형사 생활을 하던 시절, 김인천이 쑥스러워하는 표정으로 종이 뭉치를 건넨 적이 있었다. 두꺼운 종이 뭉치에는 작은 글씨가 숨 쉴 틈 없이 박혀 있었다. 김인천이 쓴 소설이었다. 구동치는 소설을 책상 서랍에 쑤셔 넣었다가 당직을 서던 어느 날 첫 장을 열어보았다. 소설을 많이 읽어본 것은 아니었지만 구동치는 그 소설이 수준 미달의 작품이란 걸 단박에 알 수 있었다. 틀린 맞춤법이 여러 개 보였고, 상황을 설명하는 묘사도 뭔가 어색했고, 대사도 이상한 것들이 많았다. "자동차가 쌩쌩 지나다니는 도로에서, 철퍽, 네가 쓰러졌을 때, 나는 회개했어" 같은 이상한 독백도 있었다. "넌 절대 회개하지 마. 회개해서 용서받으려고 하지 마" 같은 비장한 대사도 있었다. 철퍽, 파박, 쿠궁, 야잇, 퍼걱, 같은 의성어들이 지나치게 많았고, 이야기가 꽉 막혀 있다 싶으면 '한편' '이 시각 즈음 다른 곳에서는' 같은 식으로 갑자기 화제를 돌리기도 했다. 구동치는 한 시간 만에 소설을 모두 읽었다. 빨리 읽을 수 있다는 건 소설의 가장 큰 장점이었다. 수준 미달이었지만 소설을 관통하는 뜨거운 심장이 느껴졌다.

구동치는 김인천이 쓴 소설 속의 사건을 알고 있었다. 김인천이 몇 년 동안 범인을 쫓아다니고 있던 미제 사건이었다. 현실과는 달리 소설 속에서는 중반 즈음 범인이 잡힌다. 소설의 후반부는 형사가 범인을 괴롭히는 장면으로 가득 채워져 있었다. 범인을 사건 현장으로 데려간 다음 죽도록 두들겨 패고 집에 가둔 다음 며칠 굶기고 나서 다시 두들겨 팬다. 끔찍한 묘사도 많았지만 중요한 장면에서 '쿠다당' 같은 의성어들이 자주 반복되는 바람에 오히려 웃으면서 읽을 수 있었다. 구동치는 다음 날 김인천에게 종이 뭉치를 돌려주었다.

"어때? 재미있어?"

"그놈 잡아서 패는데 속이 아주 시원해지던데요."

"그렇지? 야, 쓰면서 나도 얼마나 신났겠냐."

"이제 출판사에서 책 내고 소설가도 되고 그러는 거예요?"

"누가 이런 걸 책으로 내줘. 그냥 써본 거지."

"혹시 모르죠. 이런 취향 좋아하는 출판사가 있을지도 모르잖아요."

"내가 소설이란 거 한번 써보니까 말야, 별 게 아니긴 하더라고. 인터넷에서 찾아보니까 소설의 3대 요건이란 게 있어요. 무식한 놈, 뭔지 모르지? 인물, 사건, 배경. 야, 이건 딱 우리 전문이잖아. 인물, 우리가 얼마나 잘 아냐. 우린 척, 보면 어떤 인간인지 대충 감 잡잖아. 사건? 히야, 우리보다 사건 잘 아는 놈들이 어디 있겠어? 마지막으로 배경이 문젠데 말야. 이게 좀 약해."

"많이 약하더라, 선배."

"그렇지?"

"또 써봐요. 소설에 대해 잘 모르지만 재능은 있어 보이던데요."

"그래? 있어 보여?"

"일단, 소설 같아 보이긴 해요."

"어디 가서 내가 소설 쓴단 말 하지 마. 알았지?"

"왜요?"

"씨발, 창피하잖아. 내가 나중에 뭔 일 당하면 말야, 여기 마지막 서랍에다 넣어놓을 테니까 네가 싹 버려줘. 알았지?"

"버리긴 왜 버려요. 내 이름으로 출판해서 돈 벌어야지."

"그래, 돈 많이 벌어서 무덤에다 금가루 좀 뿌려주라."

"묘비명 바꿔줄게요. 소설가 김인천, 걸작을 완성하지 못하고 잠들다, 크크."

"조옿다."

구동치는 '조옿다'라고 했던 김인천의 말투와 목소리가 생각나서 혼자 웃었다. 왼쪽 어깨가 뻐근했다. 정소윤이 어깨에 머리를 기댄 채 잠들어 있었다. 구동치는 움직이지 않으려고 애썼다.

김인천의 그 말이 어쩌면 딜리팅의 시작이었을지도 모른다고, 구동치는 생각했다. 유명 소설가에게서 일을 맡은 것은 그보다 훨씬 뒤의 일이었다. 가끔 김인천의 책상 맨 아래 칸 서랍을 볼 때마다 기묘한 생각이 들곤 했다. 그 속에는 오직 두 사람만이 아는 이야기가 들어 있었다. 현실에서는 잡히지 않았던 범인이 죽도록 두들겨 맞는 다른 차원의 이야기, 실제로 일어나지 않았지만 실제로 일어나기도 했던 이야기, 아무도 모르는 이야기가 그 속에 들어 있다는 생각만으로도 묘하게 흥분됐다. 딜리팅해야 할 것들을 버리지 못하게 된 건 김인천의 탓일지도 모른다고, 구동치는 생각했다. 비밀의 이야기들이 얼마나 묘한 흥분을 주는지 그때 처음 알게 됐다.

정소윤의 머리가 점점 무거워지고 있었다. 구동치는 정소윤의 귀에서 이어폰을 뺐다. 정소윤은 잠깐 움찔했지만 다시 깊은 잠에 빠졌다.

구동치는 정소윤이 듣고 있던 이어폰을 귀에 꽂았다. 자동차 소리인지, 공사장 소리인지, 물을 틀어놓은 소리인지, 먼 곳으로부터 작은 소음이 비슷한 음량으로 계속 들렸다. 구동치는 이어폰을 귀에 꽂은 채 수첩을 보았다. 정소윤이 잠든 게 이해가 갔다. 큰 굴곡이 없는 소리 때문에 수첩에 집중하기 힘들었다. 수첩을 넘기면서 10분을 더 들어보았지만 아무런 변화가 없었다.

빨리감기를 하려고 녹음기의 버튼을 만졌을 때, 구동치는 지옥에서 들려오는 듯한 목소리를 들었다.

"동치야……"

김인천의 목소리였다. 모든 장기를 쥐어짜서 끌어 올리는 소리였다. 구동치는 음량을 최대로 높였다. 한참 동안 소리가 들리지 않다가 기침 소리가 들렸다.

"동치야…… 새끼들이…… 그 새끼들이 아니야. V2U, 그 사장이랑……"

구동치는 소리를 듣는 것만으로 가슴이 찢어지는 듯했다. 김인천은 모음 하나 자음 하나를 발음하기 위해 자신의 남은 삶을 소비하고 있었다. 녹음한 음성을 듣지 않는 대신 김인천이 침대에서 일어날 수 있다면, 그런 거래를 할 수 있다면, 구동치는 그러고 싶었다. 소리와 삶을 맞바꿀 수 있다면 그러고 싶었다. 그럴 수 없으므로 구동치는 모든 음성을 다 잡아채기 위해 온 신경을 기울였다. 구동치는 정소윤의 머리를 들어서 벽에 기대게 했다. 깊은 잠에 빠져서 깨지 않았다. 중환자실로 갔다. 백승자는 여전히 똑같은 모습이었다. 여전히 중환자실 문을 노려보며 뭔가 걸어 나오기를 기다리고 있었다.

김인천은 칼에 찔린 장소와 자신을 칼로 찌른 사람이 누구인지 말했다. 말을 하는 도중에도 계속 기침이 터져 나왔다. 그만 얘기하라고, 이제 알겠으니 그만 하라고 얘기하고 싶었다. 내가 다 들었으니 그만 숨을 가다듬고 쉬라고 말하고 싶었다. 김인천은 이야기를 멈추지 않았다. 구동치는 차를 몰고 병원 밖으로 나왔다. 비가 내리고 있었다. 길바닥의 물웅덩이가 어른거리며 빛을 반사했다. 차들이 지나가며 내는 도로의 물소리가 녹음기 속의 작은 소음과 합해졌다. 두 가지 소리는 같은 시간의 소리인 것처럼 자연스럽게 뒤섞였다. 구동치는 녹음기 속에서 나오는 김인천의 목소리가 과거가 아닌 현재의 소리였으면, 녹음기가 아닌 전화기 속의 목소리였으면 좋겠다고 생각했다. 열심히 달려가서 김인천에게 닿을 수 있으면 좋겠다고 생각했다. 그의 손을 붙잡고 일으켜 세울 수 있으면 좋겠다고, 별일 아닌 것처럼 툭툭 털고 일어날 수 있으면 좋겠다고 생각했다. 그러나 구동치는 녹음기 속에서 들려오는 소리의 미래를 이미 알고 있었다. 소음은 곧 잠잠해질 것이고, 김인천은 아무런 소리도 내지 못하게 될 것이다. 구동치는 빗길인 줄 알면서도 자동차의 속도를 높였다.

23

김인천이 칼을 맞고 쓰러진 다음 날 새벽, 악어동네에는 두 건의 화재 사고가 일어났다. 한 건은 언덕에 있는 봉제공장을 거의 다 태우고 나서야 간신히 불길이 잡혔고, 한 건은 부지런한 동네 사람이 일찌감치 발견한 덕분에 초기 진화할 수 있었다. 먼저 불이 난 곳은 악어빌딩 2층이었다. 차철호는 새벽 운동을 나서던 길에 자신의 도장에서 연기가 새어 나오는 걸 보고 곧바로 계단을 뛰어 올라갔다. 도장의 문이 활짝 열려 있었고, 구석의 책상에서 시작된 불이 마루로 옮겨 붙기 직전이었다. 차철호는 책상에다 정신없이 물을 들이부었다. 나무로 된 바닥에 불이 붙었다면 대형 화재로 변했을지도 모른다. 몇 분만 늦었더라도 불길을 잡지 못했을 것이다.

차철호는 불길을 다 잡고 나서야 화재의 원인을 살펴보았다. 책상에서 불이 날 만한 이유가 없었다. 퇴근할 때면 모든 전원을 끄고, 휴지통은 매일 깨끗하게 비운다. 누군가 불을 지른 게 분명했다. 환기를 시키기 위해 창문을 모두 열었을 때 멀리서 사이렌 소리가 들렸다.

차철호는 아무리 생각해도 자신의 도장에 불을 지를 만한 사람을 떠올릴 수 없었다. 도장의 교육 방침을 싫어하던 학생이 그랬을까? 그거야 도장을 옮기면 그만이지. 지난번 대련에서 자신에게 졌던 아랫마을 도장 사범이 그랬을까? 같은 무도인끼리 그랬을 리 없다. 몸에 어느 정도의 분노가 쌓여야 건물을 통째로 날려버릴 방화 계획을 세울 수 있는 것일까. 얼마나 악독해야 사람의 목숨을 빼앗을지도 모르는 계획을 실행에 옮길 수 있는 것일까. 차철호가 불씨를 발견하지 못했더라면, 건물 전체가 통째로 날아가버렸을 것이다. 도장의 마루에 옮겨붙은 불은 폭발적으로 커지고, 3층의 피시방으로 번졌을 것이다. 손님이 많지 않은 새벽 시간이어서 인명 피해는 적었겠지만 컴퓨터로 옮겨붙은 불이 건물을 삽시간에 불구덩이로 만들었을 것이다. 상상만으로도 끔찍한 일이었다. 사이렌 소리가 가까운 곳에서 들려왔다. 차철호가 창밖을 내다보자 소방차가 지나가는 게 보였다. 차철호는 동네에 또 한 건의 화재 사고가 발생한 걸 직감하고 밖으로 뛰어나갔다.

소방차는 좁은 골목 앞에서 더 이상 전진하지 못했다. 소방관들은 차에서 내려 동력소방펌프와 호스를 들고 골목을 뛰어올라갔다. 사이렌 소리에 깨어난 동네 사람들이 집 밖으로 나왔고, 불이 난 공장을 근심 섞인 표정으로 쳐다보았다. 골목 곳곳에서 사람들의 탄식이 흘러나왔다. 안타까운 탄식들은 종종 멀리 있는 불길에 대한 안심처럼 들리기도 했다.

차철호는 불이 난 공장 쪽으로 뛰어가다 언덕을 내려오는 수상한 남자와 마주쳤다. 남자는 야구모자를 눌러쓰고 바람막이 점퍼 주머니에 두 손을 찔러 넣은 채 빠른 걸음으로 언덕을 내려오고 있었다. 새벽 언덕에 어울리지 않는 모습이었다. 새벽 일찍 어딘가 일을 하러 나가는 청년의 모습이라고 생각하면 이상한 모습이 아닐 수도 있었지만 차철호는 남자에게서 시선을 뗄 수 없었다. 남자는 역주행하는 자동차 같았고, 정전이 된 건물에서 유일하게 불이 켜진 창문 같았다. 차철호는 풍경에 어울리지 못하는 남자의 불안과 어두운 활기를 감지했다. 차철호는 불이 난 공장과 남자를 번갈아 보았다. 남자는 불이 난 공장으로 애써 고개를 돌리지 않았다. 그게 더 이상했다. 근처에 불이 났다면 누구나 한 번쯤은 돌아보게 된다. 강한 부정은 긍정이듯, 불이 난 공장과의 관계를 완전히 부정하려는 남자의 몸짓이 오히려 더 수상했다.

차철호는 남자를 따라가기로 했다. 남자가 뒤를 돌아보지 않았기 때문에 미행하기가 수월했다. 뒤늦게 잠에서 깨어난 사람들이 계속 밖으로 몰려나왔고, 모든 시선은 불이 난 공장으로 향했다. 어수선한 동네에서 남자를 주시하는 사람은 없었다. 혹시나 마을 사람들이 알은척을 하면 곤란해질 것 같아서 차철호는 고개를 숙인 채 남자의 뒤를 따라갔다.

남자의 발걸음이 잠깐 느려지더니 고개를 들어 합기도장의 창문을 보았다. 차철호는 남자의 사소한 동작까지 놓치지 않았다. 남자는 2층을 올려다본 다음, 고개를 잠깐 갸우뚱하더니 다시 한 번 올려다보았다. 어째서 아무 일도 없는 것일까, 이해할 수 없다는 듯한 뒷모습이었다. 수상한 뒷모습을 본 이상 차철호는 남자를 그냥 보내줄 수 없었다.

"저기, 아저씨."

차철호가 남자를 불렀다. 남자는 못 들은 척 계속 걸었다. 차철호는 남자의 어깨를 붙잡았다. 순간 남자가 몸을 틀면서 차철호의 손을 쳐냈다.

"뭡니까?"

남자가 한 발 뒤로 물러서며 소리를 질렀다.

"잠깐만 뭐 좀 물어보게요. 이 동네 살아요?"

차철호가 남자의 눈을 보려고 고개를 숙이며 물었다.

"이 동네 사는데요, 왜요?"

남자가 고개를 숙이며 말했다.

"처음 보는 얼굴이라서요."

"처음 보면 뭐요?"

"언제 이사오셨어요?"

"얼마 전에 이사왔어요."

"제가 부동산 일을 해서 대충 다 알죠. 몇 번지에 사세요? 아, 새로 이사 오셨으면 기도원 아래 파란 대문집인가요?"

"예, 맞아요."

"기도원, 요즘은 조용해요? 시끄럽다고 항의 많이 들어오던데. 아, 거기가 파란 대문 맞나? 아니다, 녹색 대문으로 바꿨던가?"

"대문요? 이사온 지 얼마 안 돼서 모르겠어요."

"기도원은 그대로 있죠?"

"네, 저 빨리 가봐야 해서……"

"잠깐만요. 2년 전에 없어졌다고 하던데……"

"네?"

"거기 기도원이 없어지고 무슨 절 같은 걸로 바뀌지 않았어요?"

"아, 몰라요."

"네가 불 질렀냐?"

"뭔 소리야."

"모자 벗어봐."

"지랄하네, 개새끼."

남자가 소리를 내지르며 주먹을 뻗었지만 차철호는 이미 상대의 공격을 예상하고 있었다. 날아오는 남자의 주먹을 잡아서 꺾은 다음 오른발로 정강이를 걷어찼다. 남자가 공중으로 붕 떠올랐다가 아래로 떨어졌다. 차철호는 공격을 늦추지 않았다. 팔을 꺾은 상태에서 오른 손날로 목덜미를 강하게 치자 남자가 '컥' 하는 소리를 내며 정신을 잃었다. 순식간에 벌어진 일이라 차철호가 남자를 제압하는 광경을 본 사람은 아무도 없었다. 차철호는 일단 남자를 어깨에 둘러 업고 합기도장으로 올라갔다.

차철호는 도복 허리띠 두 개를 이은 다음 의식이 없는 남자를 의자에다 묶었다. 남자는 5분이 지나서야 정신을 차렸다. 눈을 뜨고도 현실 감각이 돌아오지 않는 모양이었다. 모자를 벗겨놓으니 이십대 초반의 앳된 얼굴이 드러났다. 남자는 도장의 내부를 두리번거리다가 불이 시작됐던 철제 책상에 잠깐 시선이 머물렀다.

"제대로 안 타서 섭섭하냐?"

차철호가 손바닥으로 남자의 머리를 툭 치면서 말했다.

"뭔 소립니까? 제가 불을 왜 질러요?"

남자가 억울하다는 듯 말했다.

"그럼 왜 거짓말 했어?"

"제가 무슨 거짓말을 해요?"

"이 동네 산다면서?"

"귀찮아서 대충 말했죠."

"야, 편하게 사네. 귀찮다고 거짓말을 해?"

"잘못했습니다. 이것 좀 풀어주세요. 정말로 제가 불 지른 거 아니에요."

"그럼 왜 나를 깠어?"

"아저씨가 먼저 잡았잖아요. 정말 제가 불 안 질렀어요."

"그건 차근차근 알아보도록 하자. 이 사람아, 저기 써놓은 글자가 무슨 뜻인 줄 알아?"

"모르겠는데요."

"인자무적, 참는 자에게 복이 온다는 뜻이야. 묶여 있는 게 힘들어도 잘 참고 있어봐. 너 때문에 도장 문도 며칠 닫아야 하잖아. 귀찮게 됐다고…… 무슨 말인지 알아? 응? 내가 잠깐 볼일 보고 올 테니까 눈 좀 붙이고 있어. 알았지?"

차철호는 남자의 볼을 쓰다듬었다. 남자는 고개를 들어 차철호를 노려보았지만 그것 말고는 할 수 있는 일이 없었다. 차철호는 도복 허리띠로 얼굴을 둘러싸 남자의 입을 막았다. 종이 네 장에다 '도장 내부 사정으로 오늘과 내일은 수업이 없습니다—관장 차철호'라고 적은 다음 밖으로 나갔다. 종이를 도장 문에 붙이고, 2층 계단참에다 붙이고, 1층 계단이 시작되는 벽에다 붙이고, 건물 입구에 붙였다. 새벽은 거의 끝나고, 아침이 시작되고 있었다. 봉제공장의 불길은 거의 잡혔고, 구경하던 사람들의 수도 많이 줄어 있었다. 불길이 자신의 집까지 번질 걱정은 없었기 때문에 안심하고 안으로 들어간 것일지도 몰랐다. 이제 모두 출근을 준비해야 할 시간이었다.

차철호는 불이 난 봉제공장으로 가보았다. 소방관들이 화재 현장을 돌아다니며 잔불이 없는지 확인하고 있었다. 까맣게 그을린 물체들이 사방에 널브러져 있었고, 불에 타기 전에 무엇이었는지 추측할 수 없는 잔해들 사이에서 연기가 피어올랐다. 어제 저녁까지 건물이 있었던 장소는 이제 평면이 되었다. 모든 것이 아래로 바짝 내려앉았다. 다친 사람이 없는 게 다행이었다.

불이 난 원인이 무엇일지 눈짐작할 수 없었다. 차철호는 화재 현장을 대충 한 바퀴 돌아보고 다시 악어빌딩 쪽으로 내려왔다. 백기현이 셔터를 올리며 철물점 문을 열고 있었다.

"일찍 나오셨네요."

"어, 차 관장이 이렇게 일찍 어쩐 일이야?"

"불 난 거 보셨어요?"

"봤지. 완전히 폭삭 내려앉았더구만."

"저, 드릴 말씀이 있는데 놀라지 마세요."

"뭔데? 심하게 놀랄 일이면 말하지 마. 나 심장이 약해."

"저희 건물에도 오늘 불이 날 뻔했어요."

"뭐? 어디에?"

"도장에 불이 붙었는데, 다행히 제가 운동 나가다가 봤어요."

"많이 탔어? 내 가게까진 안 붙었지?"

"예, 책상이랑 마루 조금만 태우고 바로 꺼졌어요."

"야, 큰일 했다, 차 관장. 얼마나 탔나 도장에 올라가보자."

"그런데 말입니다."

"뭐야, 또 뭐가 있어? 내 가게 불 붙었지? 솔직히 말해."

"아뇨, 그게 아니고요."

"그게 아니면 뭐야. 불나서 바닥에 구멍 났어?"

"아뇨."

"그럼 뭐가 문제야. 얼른 말해. 내 머리 탄다."

"제가 오늘 화재 현장 근처에서 한 놈을 잡았는데요, 제 생각엔 이놈이 불을 지른 거 같아서요."

"그래? 확실해? 그럼 경찰에 신고해야지."

"증거는 없어요. 그런데 이 자식을 뒤쫓는데 저한테 주먹을 날리는 거예요. 제가 손을 좀 봐줬죠. 자식이 갑자기 기절하는 바람에 지금 도장에 잡아놨어요. 오늘 두 군데서 불이 난 게 이상하지 않습니까? 경찰에 신고해봤자 나중에 조사해서 알려주겠다 어쩌고 저쩌고 시간만 끌 거예요. 제가 한번 조져볼라고요. 뭐라도 불겠죠."

"일단 올라가보자."

백기현은 셔터를 다시 내리고 차철호와 함께 도장으로 올라갔다. 의자에 묶여 있던 남자는 심하게 땀을 흘리고 있었다. 어떻게든 끈을 풀어보려고 애쓴 흔적이 역력했다. 입에 물려 있던 허리띠에도 침이 한가득 묻어 있었다.

"야, 차 관장, 독한 데가 있네. 사람을 어떻게 이 지경으로 만들어놨어."

"이렇게 해야 도망을 못 가죠."

"이제 어떻게 하려고?"

"어디 한 군데 분질러놓으면 슬슬 얘기를 시작할 겁니다."

"일단 질문부터 해야 하는 거 아니야? 네가 불질렀어? 왜 질렀어? 이유가 뭐야? 이런 거 물어봐야 하지 않아? 영화 보면 다 그렇게 하더라."

"아저씨가 잘 몰라서 그래요. 이런 놈들은 질문부터 하면 마음이 늘어지고 거짓말부터 떠올리거든요. 영화에서야 멋있게 하려고 그러는 거고, 단도직입적으로 훅, 들어가줘야 합니다. 제가 무도인 아닙니까. 고통, 이런 거는 제가 전문입니다. 이런 놈들은 일단 고통을 받고 어디 한 군데 부러져야 머리가 돌아가기 시작하거든요."

"아, 그래?"

"당연하죠."

"그런데 이놈이 범인이 아니면 어떻게 하지?"

"확실합니다. 불지른 놈 맞아요. 무도인의 육감이란 게 있습니다. 아니면 왜 저한테 주먹을 날리겠습니까."

"아니면 큰일이야. 지금이라도 경찰에 넘겨. 경찰이 알아서 해결해주겠지."

"에이, 보나 마나 증거불충분 뭐 이런 얘기 하겠죠. 제가 자백을 받아낼 겁니다."

남자는 눈을 동그랗게 뜨고 두 사람의 말이 왔다 갔다 하는 걸 지켜보았다. 남자는 차철호가 웃옷을 벗는 걸 보며 뭔가 웅얼거렸지만 입에 물린 허리띠 때문에 제대로 말할 수 없었다.

"지금 이놈이 뭐라고 하는 거 같은데?"

백기현이 차철호에게 말했다.

"지금은 들을 필요 없습니다. 지금은 입 열어줘봤자, 살려달라, 내가 안 그랬다, 그런 얘기밖에 안 해요."

차철호가 남자를 보지도 않고 말했다.

"야, 차 관장 무서운 사람이었네. 이런 모습 처음이야."

"제가 전에도 말씀드렸죠. 저는 무서울 때는 무서운 사람입니다. 잘 봐두세요."

"그런데 합기도 관장님이 이렇게 막, 폭력적으로 나와도 되는 거야?"

"이건 폭력이 아닙니다. 악을 응징하고 거짓을 심판하는 거죠."

남자는 입에 물려 있는 허리띠 사이로 계속 웅얼거렸다. 소리는 새어 나오지 못했다. 남자의 눈이 점점 커졌다. 입에서 흘러나와 허리띠를 적신 침이 이젠 턱 밑으로 넘쳐흐르고 있었다.

"차 관장 합기도가 몇 단이야?"

"몇 단이냐는 중요하지 않습니다."

"그럼 뭐가 중요해?"

"합기도의 기가 중요합니다. 기라는 것은 진심입니다. 진심으로 주먹을 내지르고, 진심으로 팔을 꺾고, 진심으로 상대를 던지고, 진심으로 적의 기를 눌러야 합니다. 패배를 예상하면 절대 이길 수 없습니다."

"그렇지, 지는 놈들은 지는 이유가 있어."

"전에 제 실력 못 믿으셨죠? 오늘 제가 제대로 보여드리겠습니다. 이게 참, 정식으로 하려면 이놈 풀어주고 대련을 해야 하는데, 도망갈 위험이 있으니까요, 묶어놓은 상태에서 제 실력만 잠깐 보여드리죠."

차철호는 의자에 묶인 허리띠만 풀었다. 남자는 팔이 뒤로 묶인 채 자리에서 일어섰다. 차철호의 몸이 갑자기 빨라지더니 남자의 몸 아래로 파고들었다. 몸을 젖혀 남자의 허리춤을 잡고는 남자의 몸을 허공으로 날려보냈다. 남자는 팔로 바닥을 짚을 수 없었기 때문에 어깨로 떨어지는 수밖에 없었다. 도장의 마룻바닥에 부딪쳐 무언가 부러지는 소리가 들렸다. 남자는 끙, 하는 소리밖에 낼 수 없었다.

"보셨죠?"

"에이, 그렇게 묶어놓고는 누가 못 던지나?"

"아니, 이게 보기보다 무척 힘든 기술이라니까요."

"알았어, 알았어."

차철호는 남자를 일으켜 세웠다. 남자의 얼굴에는 분노와 체념이 뒤섞여 있었다. 어찌하고 싶지만 어찌해볼 수 없는 무력감이 분노와 함께 들끓고 있었다. 차철호는 남자를 다시 의자에 앉혔다. 남자는 어깨를 아래로 축 늘어뜨렸다.

"이제 물어봐. 궁금하네."

"그럴까요?"

입에 채워진 재갈을 풀어주자 남자는 가쁜 숨을 몰아쉬었다. 고통의 한숨이 공기와 함께 몸을 들락거렸다.

"저, 저한테 정말 왜 이러시는 겁니까?"

남자가 울먹이며 말했다.

"왜 이러시다니, 아까 우리가 한 얘기 못 들었어?"

차철호가 고개를 갸웃하며 말했다.

"저는 불 안 질렀다고요."

남자가 소리를 질렀다. 차철호는 남자의 입에 다시 허리띠를 둘렀다. 머리 뒤에서 단단하게 묶었다. 남자는 고개를 흔들며 저항했지만 이미 기력이 빠진 상태였다.

"차 관장, 때리고 부러뜨린다고 해결될 일이 아닌 것 같아."

백기현은 차철호를 보며 말했다.

"됩니다. 조금만 기다려보세요."

차철호는 자신감을 잃지 않았다. 무슨 수를 쓰든 남자의 입에서 자백이 튀어나오게 할 생각이었다. 백기현이 차철호의 귀에다 대고 뭔가 이야기를 했다. 차철호는 아랫입술을 내밀며 고개를 끄덕끄덕했다. 뭔가 그럴듯한 이야기라고 생각할 때 차철호가 하는 행동이었다. 이야기를 마친 백기현은 도장 밖으로 나갔고, 5분이 지나서 가방 하나를 들고 돌아왔다.

백기현의 가방 속에는 온갖 도구들이 들어 있었다. 못, 드라이버, 전동드릴, 체인, 리퍼, 휴대용 칼 등의 물건들이 좁은 가방 속에 차곡차곡 쌓여 있었다. 백기현이 출장 서비스를 다닐 때 들고 가는 가방이었다.

"야, 여기 없는 게 없네요."

차철호가 가방을 들여다보며 감탄했다.

"차 관장, 내가 말했잖아. 이런 애들은 얼굴 처맞고 팔다리 부러지는 건 많이 겪어봤을 거야. 이렇게 도구를 사용해서 새로운 경험을 하게 해줘야 진짜 고통을 알 수 있지."

백기현이 으스대며 말했다.

"뭘로 한번 해볼까요?"

"못 같은 거 괜찮지 않아? 바닥이 나무니까 엄지발가락에다 못을 박으면 꼼짝 못할 거 아냐."

"못 좋네요. 망치는 어디 있어요?"

"응, 이게 망치야. 여기 접힌 부분을 펴서 돌리면 망치가 되는 거야. 좋지?"

"와, 신기하네요."

"차 관장이 몰라서 그렇지, 철물점에 신기한 게 얼마나 많은데 그래."

"몰랐어요."

차철호는 왼손에 못을 들고 오른손에는 망치를 든 채 가방 안을 골똘히 들여다보았다. 장난감을 고르는 아이처럼 호기심으로 가득한 눈빛이었다.

"그리고 입에 묶은 것도 좀 풀어주자. 신음이 나와야 얼마나 고통스러워하는지 알 수 있잖아."

"그럴까요?"

차철호는 남자의 입에 채워진 끈을 풀어주었다. 남자의 얼굴은 이미 하얗게 질려 있었다.

"제가 말씀드릴게요. 다 말씀드릴게요."

남자가 소리를 질렀다.

"뭘 말씀해주실 건데?"

차철호가 남자의 눈을 빤히 쳐다보며 말했다.

"예, 제가 불질렀어요. 경찰에 다 말씀드릴 테니까 이것 좀 풀어주세요."

"경찰? 누가 경찰을 부른대?"

"경찰에 자수하겠습니다."

"누가 경찰에 자수하게 놔둔대?"

"그럼 어떻게 하라고요?"

"일단 우리한테 얘기해봐. 무슨 일이 있었는지."

차철호는 못과 망치를 옆으로 밀어두었다. 남자는 물 한 잔을 부탁했다. 남자는 말을 한다기보다 내장에서 말을 끄집어내는 것 같았다. 단어 하나하나를 말할 때마다 고통스러워했고, 자신의 입에서 나오는 말이 피라도 되는 양 힘겨워했다.

남자는 외운 시나리오를 얘기하는 것처럼 말했다. 허점투성이의 이야기였다. 전에 사귀던 여자친구가 이 동네에 살며 봉제공장에 다녔다. 어느 날 여자친구의 이별 통보를 듣고는 동네로 달려왔다가 여자친구의 오빠에게 죽도록 얻어터지고 입원까지 했는데, 그 자식이 다니던 도장이 바로 차철호가 운영하는 합기도장이었다. 그래서 봉제공장과 합기도장에 불을 지르기로 했다는 얘기였다.

"야, 그게 말이 되냐?"

차철호가 남자의 머리를 한 대 쥐어박았다.

"왜 말이 안 됩니까?"

남자가 눈을 껌뻑이며 대꾸했다.

"누가 쓴 소설인지 몰라도, 이 사람아, 참 이야기 못 만들었다. 그럴듯하지가 않잖아."

"진짠데 뭐가 그럴듯하지가 않습니까."

"다른 버전은 없어? 한 개만 준비해왔어? 이 사람이 성의가 없네."

"정말 여자친구 때문에 그런 겁니다."

"네가 잘 몰라서 그러는데, 악어빌딩이 그렇게 만만한 데가 아냐. 여기가 드라마 작가 선생님도 살고 계시는 곳이야. 우리가 얼마나 그런 거 잘 알겠어. 우린 말이 안 되는 이야기 들으면 딱 안다고."

"진짭니다. 그 오빠 새끼도 제가 얼마나 미워했는지 모릅니다."

"야, 이제 연기까지 하시네. 그렇게 미우면 그 여자랑 오빠를 족쳐야지 불을 지른다는 게 말이 안 되잖아. 응? 상식적으로, 이 사람아. 안 되겠네, 엄지발가락에 못이 박혀봐야 정신을 차리겠어."

차철호는 남자의 머리를 한 대씩 툭툭 치면서 말을 이어갔다. 충분히 기분 나쁠 행동이었지만 남자는 별다른 반응을 보이지 않았다.

"재개발 때문이겠구만."

백기현이 단정 짓듯 말했다.

"재개발요?"

차철호가 물었다.

"작년에 옆동네에 불난 거 있었지? 그게 다 철거 반대하는 사람들 쫓아내려고 그랬다는 거 아냐. 불나면 보상금 적게 줘도 되니까."

"여긴 재개발 시작도 안 했는데요?"

"시작을 왜 안 해? 차 관장이 모르고 있는 거지. 진작에 철거 공장 돌아가고 있어."

"여길 왜 재개발해요?"

"차 관장 같은 세입자가 뭘 알겠어."

"아니, 진짜예요? 이 사람들이, 웃기네. 여길 개발한 적이 있어야 재개발을 하는 거지, 한 번도 개발한 적이 없는 동네를 재개발한다니까 말이 안 되는 거죠."

"차 관장 말도 맞네. 여길 개발한 적이 없지."

"아니, 이 새끼들이 대체 사람을 뭘로 보고……"

"철거 밑밥 까는 거 맞지?"

백기현이 남자의 눈을 보면서 말했다. 남자는 백기현의 눈을 피하려고 먼 곳을 내다보았다. 창으로 들어온 아침 햇살이 도망가려는 남자의 눈동자를 붙들고 밝게 비추었다.

백기현은 구동치에게 도움을 구하기로 했다. 구동치라면 남자를 어떻게 처리하는 게 좋을지 알 것이었다. 남자에게서 뭔가 더 캐내는 게 좋을지, 경찰에게 보내는 게 좋을지, 남자를 미끼로 더 큰 물고기를 잡아내는 게 좋을지 결정할 수 있을 것이었다. 백기현은 차철호에게 구 선생을 모셔오라고 했다. 부탁이 아니라 명령이었다. 차철호는 백기현의 명령에 반항하지 않았다. 오히려 한 팀이라도 된 것처럼 '예' 하는 짧은 구호를 외치고 층

계를 뛰어올라갔다. 백기현은 창문을 닫았다. 곧 겨울이 들이닥칠 것처럼 바람이 차가웠다.

24

머리가 없는 주제에 판단을 하려는 놈들은 대가리를 잘라야 정신을 차린다. 천일수는 전날의 한 줄 일기에다 그렇게 적었다. 일 처리를 똑바로 하지 못하는 놈들이란 건 원수도장 식구들이었다. 쓰고 보니 이상한 한 줄이었다. 대가리를 자르면 정신을 못 차리겠구나 싶었지만 그냥 두었다. 나영욱에게서 사건에 대한 보고를 받았을 때, 구동치가 함께 있지 않았더라면 천일수는 식탁을 뒤엎었을 것이다. 사방에다 욕을 내뱉었을 것이다. 어쩌면 나영욱을 단번에 걷어찼을 수도 있다. 그만큼 화가 났다. 구동치가 자리를 뜨고 나서 천일수는 곧바로 나영욱에게 여러 가지 지시를 내렸다. 이영민과 태블릿 피시의 위치를 파악하는 게 첫번째였고, 김인천의 상태를 조사하는 게 두번째였고, 다음 날 악어동네를 들쑤셔서 작은 문젯거리를 만들라는 게 세번째였다. 나영욱은 그날 저녁 세 가지 지시에 대한 보고를 했다. 이영민과 태블릿 피시는 어디론가 사라졌으며, 김인천은 삶과 죽음에 양다리를 걸친 상태고, 원수도장의 막내를 시켜 악어동네 몇 군데에다 불을 낼 예정이었다.

"낮에 무슨 일이 있었던 거야?"

천일수가 차분한 목소리로 물었다.

"식구들이 실수를 한 모양입니다."

나영욱은 말을 하면서도 고개를 들지 못했다.

"최근에는 실수가 잦네."

"죄송합니다, 회장님."

"죄송할 건 없고, 정확한 팩트만 이야기해봐."

"이영민이 갑자기 어디론가 나가길래 식구들이 따라붙었습니다. 식구들이 형사놈 따라붙은 건 눈치를 못 챈 모양입니다. 이영민이 'V2U'로 들어갔다고 하길래, 밖에서 기다리지 말고 일단 덮치라고 제가 지시를 내렸는데, 그사이 가게 안에 형사놈이 와 있었던 모양입니다. 죄송합니다."

"죄송하다는 말 듣고 싶지 않다고 했잖아. 그러지 말자고, 제발, 우리 서로 죄송하지 말자고, 응?"

"자수할 사람을, 제가 이미 정해놓았습니다. 무슨 일이 있어도 절대 입을 열지 않을 식구입니다. 제가 해결하겠습니다, 회장님."

"대체 칼은 왜 쓴 거야? 응? 칼 잘 안 쓰잖아?"

"형사놈이 무기를 꺼내 드는 바람에 그렇게 된 것 같습니다."

"된 것 같은 건 뭐야?"

"아직 정확한 보고를 못 받았는데, 식구들은 자신들이 찌르지 않았다고, 가보니 이미 칼에 찔려 있었다고, 그러다가 다시 또 죄송하다고 횡설수설하고 있습니다. 지금 제정신이 아닌 것 같습니다."

"V2U 사장은 어떻게 된 거야, 그럼."

"아마 이영민이랑 같이 도망간 것 같습니다."

"아, 정말, 짜증나네. 일을 이렇게 힘들게 할 거야. 나 실장."

"죄송합니다."

"나 실장, 테니스 쳐본 적 있지?"

"네, 쳐봤습니다."

"테니스 칠 때 뭐가 제일 중요해?"

"네?"

"머리가 좋아야 해, 아니면 팔뚝 근육이 좋아야 해, 스냅이 좋아야 해. 뭐든 얘기해봐, 뭐가 제일 중요할 거 같아?"

"팔 힘이 세야 할 것 같습니다."

"그것 봐. 그게 문제라고. 나 실장은 지금 뭐든 팔 힘으로, 무조건 힘으로 공을 넘기고 있잖아. 공이 팡, 팡, 잘 넘어가는 거 같지? 상대방이 엄청 겁먹는 거 같지? 계속 그렇게 공을 치면 어떻게 되는지 알아? 어깨랑 팔꿈치랑 완전 아작나는 거야."

"죄송합니다."

"다시 얘기해봐. 뭐가 제일 중요할 것 같아?"

"판단력이 중요할 것 같습니다."

"그럴 거 같습니까?"

"네."

"땡. 테니스는 판단력으로 치는 게 아냐. 판단하면 이미 늦어. 판단하는 사이에 공 지나가잖아. 판단하려고 하지 마. 알았어?"

"네."

"또 얘기해봐. 뭐가 제일 중요할 것 같아?"

"모르겠습니다. 죄송합니다, 회장님."

"죄송하지 말자고 했지?"

"네, 모르겠습니다."

"스텝이에요, 스텝. 공 날아오지? 그러면 판단하지 말고 무조건 뛰어서 공 가까이 가라고. 무슨 말인지 알겠어? 발바닥이 안 보이게 좆나게 빨리 뛰어야지, 씨발, 자세도 나오고, 판단도 할 수 있고, 니미랄, 좆나게 좋은 팔뚝 힘도 쓸 수 있는 거야. 알겠어?"

"네, 죄송합니다. 회장님."

"빨리빨리, 제발 좀, 납득이 가게 움직이라고. 죄송하지 말고, 빨리 이영민 그 새끼 잡아오라고. 그 새끼 입에다 태블릿 피시 물려서 내 앞에 데려오라고."

천일수는 그 말을 마치고 곧장 방으로 올라갔다. 화를 참지 못하고 방 안에 있는 것들을 몇 개 걷어차고 난 다음에야 자리에 앉을 수 있었다. 자리에 앉아서 수첩에다 한 줄을 적었다. '머리가 없는 주제에 판단을 하려는 놈들은 대가리를 잘라야 정신을 차린다.' 수첩에 그 한 줄을 적고 나니 화가 조금 가라앉았다.

악어동네에 문젯거리를 만들라고 한 데에는 두 가지 목적이 있었다. 재개발 사업을 본격적으로 진행하기 위해 철거를 시작해야 할 때가 됐고, 일단 작은 문젯거리를 조금씩 쌓아놓아야 재개발에 드는 비용을 줄일 수 있었다. 또 하나의 목적은 구동치의 관심을 다른 곳으로 돌려보자는 것이었다. 테니스 게임을 하면서 구동치가 어떤 사람인지 알 수 있었다. 천일수는 경기 시작 후 구동치의 약점을 간파했다. 약점이라기보다 시합을 대하는 태도라고 할 수도 있었다. 구동치가 진지하게 시합을 대하고 있지 않다는 걸 알 수 있었다. 한 수 아래로 생각하는 게 분명했다. 구동치는 열심히 뛰지 않았고, 스트로크만으로도 충분히 게임을 이길 수 있다고 생각하는 듯했다. 천일수는 드롭샷으로 계속 구동치를 괴롭혔다. 곧바로 반응이 왔다. 스트로크를 할 때마다 라인 깊숙한 곳으로 공을 보냈다. 구동치는 눈치가 빠른 사람이었고, 즉각적으로 반응하는 사람이었고, 역공에 강한 사람이었다. 천일수는 테니스 시합만으로 그 사람을 판단할 수 있다고 믿었다. 천일수에게 구동치는 위험한 사람이었다. 천일수는 여러 가지 문제를 만들어서 구동치가 집중하지 못하도록 만들 생각이었다. 이를테면 전면전이기도 하고 게릴라전이기도 했다. 문제는 많으면 많을수록 좋았다.

천일수는 다음 날 아침 더 이상 참지 못하고 경호실장 나영욱의 얼굴을 후려쳤다. 나영욱은 또다시 머리를 들지 못한 채 악어동네에 불을 지르러 간 막내가 돌아오지 않는다는 보고를 했고, 천일수는 말없이 나영욱의 얼굴에 스트레이트를 날렸다. 운동으로 다져진 나영욱도 두 발 뒤로 물러설 정도로 강력한 주먹이었다. 나영욱은 제자리로 돌아왔다. 콧구멍에서 되직한 피가 흘러내렸다. 천일수는 자신의 손수건을 나영욱에게 건넸다. 나영욱은 손수건의 모서리 부분으로 피를 닦아냈다.

"괜찮아?"

천일수가 손수건을 다시 받으며 물었다.

"네, 괜찮습니다, 회장님."

나영욱이 고개를 숙였다.

"코피 나는데 고개 들어."

"네, 회장님."

"누구한테 잡힌 거야?"

"아직 잘 모르겠습니다. 파악 중입니다."

"언제 파악 끝나는데?"

"빨리 움직이도록 하겠습니다."

나영욱은 그날 저녁이 다 되어서야 돌아왔다. 원수도장의 식구들은 하루 종일 악어동네를 헤집고 다니면서 정보를 찾았다. 나영욱은 모든 집을 샅샅이 뒤져서라도 막내의 소식을 알아오라고 했지만 그건 악어동네를 모르고 하는 소리였다. 정돈되지 않은 수많은 집과 골목 사이에서 정보를 찾는 건 불가능한 일이었다. 사람들을 붙잡고 물어볼 수 있었다면 얘기가 달랐겠지만 원수도장 식구들은 최대한 표시 나지 않게 동네를 헤집고 다니며 막내를 찾아내야 했다. 제대로 된 수색이 가능할 리 없었다. 방화범으로 붙잡혔다면 경찰과 연결된 소식통에서 연락이 왔어야 했다. 막내는 어디에도 없었다.

"동네 안에 있는 게 확실합니다."

나영욱이 천일수에게 말했다.

"무슨 근거로?"

천일수는 소파에 앉아서 담배를 피우고 있었다.

"지금까지 연락이 없고, 경찰 쪽에서도 흔적이 없고, 다른 덴 갈 곳이 없습니다. 제 추측은 이렇습니다. 막내가 일을 마치고 돌아오는 길에 누군가와 시비가 붙은 겁니다. 녀석이 좀 욱하는 성격이 있습니다. 싸우다 어딘가 다쳐서 숨어 있거나 누군가에게 붙잡혀 있을 것 같습니다."

"순전히 추측이잖아."

"그렇지 않고선 설명이 불가능합니다."

"내가 지금 추측을 하래? 설명을 하라는 거 아냐, 근거를 가지고 와서."

"제가 동네를 샅샅이 뒤져서라도 찾아내겠습니다. 밤이 되면 뭔가 움직임이 있을 겁니다. 식구들을 전부 그쪽으로 보내겠습니다."

"또 일 다 망치려고? 도대체 지금 실수만 몇 번째야?"

"이번엔 반드시 해결하겠습니다."

"에이, 정말, 나 실장, 반드시라는 말 하지 마. 자꾸 반드시 믿게 되잖아. 반드시를 믿었는데, 반드시가 안 되면 더 화가 나는 거 알지?"

천일수가 재떨이에다 담배를 비벼 끌 때 송미영이 방 안으로 들어왔다. 송미영의 얼굴은 모든 일을 끝내고 휴식을 하러 가기 직전의 여유로운 표정이 아니었다. 갓 출근한 사람처럼 표정이 딱딱하게 굳어 있었다.

"회장님, 이영민이 전화했습니다. 통화를 하고 싶다고 합니다. 어떻게 할까요?"

송미영이 천일수 앞에 섰다.

"어떻게 하긴…… 통화해야지. 전화 걸어줘."

천일수의 말에 송미영이 휴대전화 버튼을 눌렀다. 날카로운 전자음악을 통화대기음으로 설정해놓아서 노랫소리가 방 안으로 퍼져 나왔다. 몇 분 전에 통화를 했으니 곧바로 전화를 받는 게 정상이겠지만 이영민은 시간을 끌었다. 신호가 한참 울렸는데도 전화를 받지 않았다. 천일수는 한쪽 입술을 끌어 올리며 기가 차다는 듯 웃었다. 한참 기다린 후에야 이영민이 전화를 받았고, 송미영은 휴대전화를 천일수에게 건넸다.

"어이, 이영민 사장. 어쩐 일이에요? 밤늦게?"

천일수가 능청스럽게 말을 건넸다.

"밤늦게 잠 못 드실 것 같아서, 제가 말 상대나 해드리려고요."

이영민도 천연한 목소리로 대꾸했다.

"못 본 사이에 말솜씨가 많이 느셨네. 말 상대하기 좋겠어."

"본론으로 곧바로 들어가볼까요?"

"본론이 있다면 그래야지. 그럽시다."

"자, 그럼 제가 정리를 좀 해보겠습니다. 제가 배동훈 씨 태블릿 피시를 갖고 있는 건 아시는 거고, 그 태블릿 피시를 빼앗아 보겠다고 사람까지, 그것도 형사까지 건드린 것도 제가 아는 거고…… 또 더 알아야 할 게 있나요?"

"모르는 게 나을 때도 있지."

"전 이미 너무 많은 걸 알게 돼서요."

"안됐네, 그것 참."

"이 태블릿 피시에 든 자료가 복제 불가능하다는 건 회장님도 아실 테고, 만약 복사할 수 있다고 해도 사본을 남겨둘 만큼 제가 멍청하지 않다는 것도 아실 테죠."

"글쎄요. 난 이영민 사장을 굉장히 멍청하게 본 편이라서."

"잘못 보셨네요. 거래라면, 저도 좀 연륜이 있거든요."

"하, 그래요? 전혀 몰랐네. 그래서 무슨 거래를 하겠다는 건지……"

"제가 필요한 게 뭐, 돈밖에 더 있겠습니까. 태블릿 피시를 넘겨드릴 테니 제가 우뚝 일어설 수 있는 반석을 마련해달라는 말씀이죠. 아, 한 가지 더 있네요. 태블릿 피시 때문에 먼저 간 배동훈 사장 몸값은 꼭 받아야겠습니다."

"이 사장, 제가 전에 한 말 기억합니까? 테니스 칠 때?"

"글쎄요, 별로 중요한 얘기가 아니었는지 가물가물하네요."

"진정한 힘은 근육에서 나오는 게 아니라 유연함에서 나온다고 말씀드렸죠."

"아, 그랬나요?"

"좀 유연하게 생각해봐요, 이 사장. 지금 그 데이터를 나한테 팔 수 있다고 생각해요? 좋아요. 내가 그걸 산다고 칩시다. 그럼

이 사장은 여기서 잘 살 수 있을까? 나하고 같이 얼굴 맞대고 일할 수 있겠어요?"

"서로서로 노력해봐야죠."

"노력이라…… 세상에는 아무리 노력해도 안 되는 일이 더 많아요. 땅덩어리도 좁아놔서 자주 마주칠 테고, 서로 얼굴 붉힐 일 많을 거예요. 만날 때마다 서로서로 기분 나쁘고 그럴 거 아닙니까. 태블릿 피시랑 몸값을 얼마나 생각하는지 모르겠는데, 가격을 한번 맞춰봅시다. 내가 보기엔 우리 둘 중에 한 명은 여길 떠나는 게 맞는 것 같아요. 내가 떠나면 좋겠지만 이 사장도 아시다시피 벌여놓은 일이 워낙 많잖아요. 내가 지금 무슨 말하는 건지 알겠죠? 아실 거야, 멍청하지 않은 이 사장님이니까."

"조금 생각해보죠. 일단 가격부터 한번 맞춰볼까요?"

"아, 그 전에 한 가지만 짚고 넘어갑시다."

"짚으시죠."

"그 태블릿 피시가 보안을 강화한 것이라고 해도 세상에 완전무결하게 복제 불가능하다는 건 말이 안 되잖아요. 안 그래요?"

"제가 복제를 시도하지 않겠다고 약속드리죠."

"하하하하하하, 약속이라, 그 약속 좋네. 다른 카메라로 재촬영해서 복사본을 만들거나 뭐 어떤 방식으로든 사본이 생기면, 이 사장님은 어떻게 되는지 알죠? 이 땅이든 그 땅이든 저 땅이든 아무 땅도 못 밟게 될 거예요. 무슨 말인지 알죠? 아실 거야, 멍청하지 않은 우리 이 사장님."

"다른 카메라로 재촬영하면 어차피 자료로서의 신빙성이 없어집니다. 아, 제가 그러겠다는 뜻은 아니고요."

"자, 일단 가격을 불러봐요."

천일수는 나영욱에게 손짓을 했다. 어서 가서 볼일 보라는, 빨리 가서 막내나 찾아오라는 손짓이었다. 나영욱은 허리를 굽혀 인사하고 밖으로 나갔다. 천일수는 송미영에게 물 마시는 시늉을 해 보였다. 송미영이 물을 떠 왔다. 천일수는 이영민의 말을 들으며 물을 마셨다. 마른 목구멍 속으로 물이 미끄러져 들어가는 소리가 상대방에게도 들렸다. 천일수는 시계를 보았다. 곧 11시였다. 천일수는 오늘의 한 줄 일기를 어떻게 쓰면 좋을지 생각했다. 어제와 비슷하게 쓰면 어떨까 생각했다. 머리가 없는 주제에 거래를 하려는 놈들은 손가락을 잘라버려야 정신을 차린다. 어제와는 달리 이번엔 말이 좀 되는 한 줄 같았다.

25

구동치는 차 안에서 어둠의 풍경을 뚫어지게 바라보았다. 약속 시간까지는 아직 세 시간이나 남았는데 좀처럼 긴장이 풀리지 않았다. 잠깐 눈이라도 붙일 셈이었는데 정신은 점점 더 또렷해졌다. 창고 너머의 어둑어둑한 공간에서 조금이라도 움직이는 물체가 보이면 눈이 크게 뜨였다. 움직이는 물체는 대부분 새들이거나 바람에 휩쓸려온 비닐봉지 같은 쓰레기들이었다. 시외곽의 창고이긴 하지만 가끔 지나가는 차들이 있어서 정신을 완전히 놓고 있긴 힘들었다. 생각해보니 며칠 동안 깊게 잠을 잔 적이 없었다. 수면을 떠다니는 물수제비처럼 대부분 얕은 수면이었다.

전날 본 영상이 환상이었던 것처럼 잔상으로 남아 눈앞에서 어른거렸다. 생각하면 생각할수록 비현실적인 화면이었다. 구동치는 손가락으로 눈두덩 위를 지그시 눌러보았다.

병원을 빠져나와 전속력으로 차를 운전하던 날 하루 전 새벽, 구동치는 이영민의 전화를 받았다. 전화 수신창에 이영민이라는 이름이 뜨자마자 구동치는 갓길에 차를 세웠다.

"구 탐정님."

이영민의 목소리는 차분하게 가라앉아 있었다.

"어떻게 된 겁니까?"

구동치는 화를 내고 싶었지만 그럴 자격이 없다는 걸 알고 있었다. 이영민에게서 태블릿 피시를 빼앗아왔다면, 그래서 김인천에게 미행할 기회를 주지 않았다면 사건은 전혀 다른 국면으로 흘러갔을 것이다. 이영민을 미끼로 썼는데, 물고기가 잡히는 대신 낚시를 하던 김인천이 물속에 빠져 죽기 직전이었다. 모두 자신의 잘못된 판단 때문이라고, 구동치는 자책했다.

"어떻게 되다뇨? 저야말로 묻고 싶군요. 왜 경찰에 정보를 흘린 겁니까?"

"정보를 흘리다뇨?"

"구 탐정님 말고는 정보를 흘릴 사람이 없죠. 그 형사가 어떻게 알고 저를 쫓아온 겁니까?"

"그거야 배동훈 태블릿 피시를 위치 추적하고 있었으니 알게 된 거겠죠."

"거짓말 마세요. 경찰에선 배동훈 사건을 다 접었습니다."

"제가 말씀드렸죠. 태블릿 피시가 제 일을 가로막는 일이 없게 해달라고요. 도대체 태블릿 피시 안에 뭐가 들어 있는 겁니까? 뭐가 들어 있길래 이렇게 여러 사람들이 다쳐야 하냐고요."

"좋습니다. 보여드리죠. 지금 제가 있는 곳으로 올 수 있습니까?"

구동치는 이영민이 불러준 주소로 자동차를 몰았다. 주소지는 도심에서 약간 떨어진 공장지대였고, 음모를 꾸미기에 적당한 장소처럼 보였다. 창고로 들어가면서 구동치는 가스총을 챙겼다.

널찍한 창고의 한가운데에는 오래된 컴퓨터가 가득 쌓여 있었다. 모니터는 한 대도 없었고, 컴퓨터 본체뿐이었다. 본체에서 떨어져 나온 하드디스크가 케이블 몇 개로 간신히 연결돼 있는 것도 있었고, 아예 완전히 분리돼 있는 것도 많았다. 제대로 작동이 될 만한 것은 없어 보였다. 구동치는 고물 컴퓨터들이 만든 산을 한 바퀴 돌았지만 이영민은 보이지 않았다. 어디로 가야 할지 알 수 없었다. 구동치는 이영민에게 전화를 걸었다. 이영민은 구동치에게 안쪽 사무실로 들어올 수 있는 길을 알려주었다.

창고 사무실에는 이영민과 'V2U'의 사장 장상배가 함께 앉아서 모니터를 들여다보고 있었다. 모니터에는 창고 외부와 내부의 곳곳을 비추는 화면이 아홉 개의 창에 분할되어 보였다. 사무실에는 모니터 말고도 다른 장비들이 많았다.

"구 탐정님, 어서 오세요. 장 사장은 구면이시죠?"

이영민이 구동치에게 장상배를 소개했다. 태블릿 피시에 관련된 걸 물어보느라 가게로 찾아가 이야기를 나눈 적이 있었다. 두 사람이 함께 있는 걸 본 구동치는 예전에 들었던 장상배의 답변들이 모두 거짓일지 모르겠다는 생각이 들었다. 어떤 걸 물어봤는지 생각나지 않았고, 어떤 답변을 들었는지도 명확하지 않았다. 기억나지 않는 게 다행이라고 구동치는 생각했다. 기억났더라면 모든 게 허망할 뻔했다. 이영민은 구동치에게 의자를 건넸다.

"구 탐정님, 형사분은 어떠세요? 깨어나셨어요?"

이영민이 물었다.

"아뇨, 아직."

구동치가 답했다.

"저도 너무 순식간에 벌어진 일이라서…… 제가 장 사장 가게에 들렀을 때 천일수 패거리들이 저를 잡으려고 달려들었습니다. 저와 장 사장은 간신히 도망쳤는데, 형사분이 그 사이에 끼었다가 그만…… 구 탐정님이 정보를 흘리지 않았으면 이런 일도 없었을 텐데 말이죠. 안타깝게 생각합니다."

"흘린 게 아닙니다."

"그러면요?"

"공유한 겁니다. 우린 한 팀이니까요."

구동치가 단호하게 말했다.

"그럼 태블릿 피시를 포기한다고 할 때부터 나를 미끼로 써먹을 생각이었군요?"

"이영민 씨, 지난번에 만났을 때 내가 태블릿 피시를 없앴다면 이런 일도 없었을 겁니다."

"알겠습니다. 그럼 피장파장으로 하죠."

"피장파장이 아니죠. 저의 '만약'이 이영민 씨의 '만약'보다 앞서 있기 때문에, 제 '만약'이 성립하는 순간 이영민 씨의 '만약'은 존재할 수 없는 겁니다."

"구 탐정님, 그거 아세요? 당신, 참 까다로운 사람입니다."

"까다로운 게 아니라 정확한 거죠."

"좋습니다. 정확한 구 탐정님, 이제 구 탐정님께 도움을 구할 차례군요. 아니, 도움이라기보다 거래라고 해야겠군요."

이영민은 담배를 꺼내 물었다. 한숨이 나왔고, 하얀 담배 연기가 한숨의 방향을 보여주었다. 이영민은 담배를 모두 피울 동안 말을 하지 않았다. 재떨이에 담배를 비벼 끈 다음 입을 열었다.

"구 탐정님, 이 태블릿 피시에는 천일수의 회사를 한 방에 무너뜨릴 만한 자료가 들어 있습니다. 배 사장은 천일수를 괴롭히고 조이고 숨 막히게 한 다음, 경쟁 회사에다 태블릿 피시를 팔아먹고 외국으로 뜨는 원대한 계획을 세웠죠. 저도 거기에 동참하기로 했고요. 그런 이유 때문에 천일수가 배 사장을 그 높은 곳에서 떨어뜨려 죽인 겁니다. 잔인한 놈이죠. 안 그렇습니까?"

"배동훈 씨가 그걸 빼돌린 겁니까?"

"아뇨, 배 사장은 그런 정보엔 접근도 못 하죠. 이강혁이라고, 천일수를 무지막지하게 싫어하는 놈이 있답니다. 그 친구가 먼저 접근해왔다고 배 사장에게 들었습니다."

구동치는 이강혁이라는 이름을 어디선가 들었던 기억이 났지만 생각해내지 못했다. 머릿속에서 수많은 사람들의 얼굴과 이름이 나타났다가 사라졌다.

"이강혁은 어디 소속인데요?"

"나도 잘 모릅니다. 이름만 기억할 뿐이죠. 나중에 혹시 써먹어야 할 이름일 수도 있으니까."

"그 친구는 어떻게 그걸 빼낸 거죠? 그 정도 자료면 쉽지 않을 텐데……"

구동치가 물었다.

"글쎄요, 내부에 도와주는 사람이 있다고 하던데, 거기까진 제가 잘 모르겠습니다."

이영민이 대답했다.

"뭔가 명확한 게 없군요. 배동훈 씨가 죽기 전에 다른 말은 한 게 없고요?"

"배 사장은 죽기 전날에도 저하고 같이 있었습니다. 'V2U'에서 장 사장과 함께 태블릿 피시의 자료를 빼낼 방법을 고민하고 있었죠. 자료가 태블릿 피시에 들어 있으면 아무래도 폭발력이 약하니까요. 천일수 쪽에서 태블릿 피시가 없어진 걸 뒤늦게 알고 배 사장을 덮친 거 같습니다."

"태블릿 피시에서 자료를 빼내는 건 간단한 거 아닙니까?"

구동치가 퉁명스러운 말투로 물었다.

"간단하지가 않습니다. 해킹한 다음에 보안을 강화한 제품이기 때문에 어떤 컴퓨터와 연결해도 인식이 안 돼요. 그야말로 원 앤 온리, 왕따 태블릿 피시인 거죠. 마지막까지 여러 방법을 시도해봤는데 끝내 성공하지 못했습니다. 그나마 다행이었던 것은 배 사장이 죽기 전날 태블릿 피시를 'V2U'에 놓고 간 겁니다. 그러지 않았다면 태블릿 피시는 진작에 천일수 사장 손에 들어갔겠죠. 배 사장이 죽었다는 얘기를 듣고 저는 곧바로 태블릿 피시를 가져왔고, 오랫동안 생각했습니다. 이걸 어떻게 해야 할까,

어떻게 하는 게 맞는 것일까. 그러다 이제 결심했습니다. 최후이자 최선의 방법을 선택했습니다."

"뭡니까, 그게?"

"천일수를 파멸시키고 저도 끝장나지 않는 방법은 하나밖에 없습니다. 구 탐정님이 저를 도와주셔야 가능한 일입니다. 그리고 배 사장의 죽음값도 꼭 받아내야겠습니다."

"그러니까 그 방법이 뭐냐고요."

이영민은 자신의 계획을 차근차근 이야기했다. 구동치가 듣기에 성공 가능성이 거의 없는 계획이었다. 있다고 하더라도 누군가 다칠 수밖에 없는 계획이었다. 이영민의 이야기를 들으면서 구동치는 머리카락이 쭈뼛 서는 듯한 순간을 여러 번 경험했다. 때로는 치밀하고, 결국은 자기 중심적인 치밀함이 돋보이는 그의 계획을 들으며 구동치는 자신의 흔적을 지우려는 수많은 사람들의 마음 역시 이와 다르지 않을 것이라고 생각했다. 살아 있으면서 더 많은 사람에게 사랑받으려는 마음이 삶을 붙잡으려는 손짓이라면, 죽고 난 후에 좋은 사람으로 남아 있으려는 마음은, 어쩌면 삶을 더 세게 거머쥐려는 추한 욕망일 수도 있었다. 구동치는 이영민의 계획이 안쓰러우면서도 무서웠다.

계획은 이랬다. 우선, 태블릿 피시에 들어 있는 자료를 동영상으로 촬영한다. 추출은 불가능하지만 촬영은 가능하다. 촬영된 자료는 조작을 의심받겠지만 가라앉은 진실을 건져 올릴 꼬투리가 될 수는 있을 것이다. 말하자면 비공식적인 백업을 하는 것이다. 백업이 끝나면, 천일수에게 태블릿 피시를 판다. 천일수는 분명 태블릿 피시를 살 것이다. 천일수는 태블릿 피시 속 자료가 다른 곳으로 유출되지 않았는지 확인할 것이다. 이 일은 아마 경호실장 나영욱을 시킬 것이다. 돈을 받은 다음 이영민은 외국으로 뜨고, 천일수는 태블릿 피시를 없앤다. 이영민이 구동치에게 부탁한 것은 촬영한 동영상을 보관해달라는 것이었다. 이영민이 외국에서 자리를 잡게 되면, 즉 흔적과 발자국을 모두 지우고 나면 구동치가 촬영한 동영상을 공개한다. 동영상 공개 이후의 일들에 대해서는 운명에 맡긴다.

"천일수가 순순히 이영민 씨를 놔줄 거 같습니까?"

"놔주지 않으면요?"

"글쎄요. 배동훈 씨를 죽인 놈들입니다. 이영민 씨라고 해서 안전할 것 같지는 않은데요?"

"저도 준비해놓은 게 있습니다. 저쪽에서 공격을 감행한다면, 저도 전면전입니다."

"계속 얘기를 듣다 보니 중요한 걸 하나 빼먹은 것 같군요. 도대체 이 난장판에 끼어들어서 내가 얻을 수 있는 게 뭡니까?"

"제가 사람을 잘못 봤나요? 형사님이 칼에 찔렸는데 가만히 계실 겁니까? 누가 그랬는지 뻔히 아는데요? 저를 도와주시면 천일수에 대해서 제가 아는 정보를 모두 드리죠."

"그 자료를 공개하면 나도 위험해질 텐데, 그런 걸 다 감수하라고요?"

"제가 공개하는 것보다는 훨씬 덜 위험하겠죠. 처음엔 배 사장이랑 태블릿 피시를 다른 회사에 팔려고 했었습니다. 아마 그랬다면 우린 둘 다 죽었겠죠. 제가 살아남을 수 있는 길은 천일수에게 이걸 돌려주고 돈을 받는 것뿐입니다."

구동치는 이영민의 제안을 받아들일 수밖에 없다는 걸 알고 있었다. 사건의 중심에 서 있으려면 그 수밖에는 없었다. 지금 구동치가 서 있는 곳은 얼음 언덕이었다. 한 발을 뒤로 뺐다가는 언덕 아래로 한참 미끄러져 내려갈 것이고, 제자리로 돌아오기 위해서는 오랜 시간이 걸릴 것이다. 구동치는 일단 자료를 보고 난 다음에 판단하겠다고 말했다. 그것이 가장 합당한 결론이었고, 마지막 결정을 일단 보류할 수 있는 핑계였다.

태블릿 피시에 들어 있는 영상들은 충격적이었다. 구동치는 화면을 보면서 구토가 나오는 걸 간신히 참았다. 입을 꾹 다물고 침을 몇 번이나 삼켰다. 화면은 그만큼 강렬했고, 적나라했고, 선명했다. 뭉개진 살구색으로 그린 추상화 같기도 했고, 꿈틀거리는 동물들의 미세한 움직임을 클로즈업한 다큐멘터리 같기도 했다. 영상 속에 등장하는 사람들의 눈빛이 텅 비어 있어서 놀랐다. 그중 몇 명은 만난 적이 있거나 텔레비전에서 본 적이 있는 사람들이었는데, 아는 사람 같지 않았다. 현실의 영상이 아니라 지옥의 영상 같았다. 어쩌면 천국의 영상일 수도 있었다. 이영민과 장상배는 이미 여러 번 봤기 때문인지 표정 하나 변하지 않고 화면을 응시했다. 구동치는 화면 아래쪽에 있는 총 재생시간을 보았다. 두 시간 남짓 되는 영상이었다. 더 볼 필요가 없었다. 더 보지 않아도 앞으로 펼쳐질 영상을 짐작할 수 있었다. 이영민은 태블릿 피시에 들어 있는 다른 자료들도 보여주었다.

구동치는 결정을 미루지 않았다. 자신이 자료들을 가지고 있어야 할 것 같았다. 가지고 있으면 뭔가 할 수 있을 것 같았다. 이영민은 곧바로 영상 촬영에 들어갔다. 태블릿 피시를 거치대에 세워서 고정시킨 다음 카메라 역시 삼각대로 고정시켰다. 시간이 꽤 걸릴 작업이었다. 구동치는 다녀올 곳이 있었다. 김인천이 칼에 찔린 'V2U'에 가봐야 했다.

김인천이 칼에 찔렸던 곳은 깨끗하게 청소가 돼 있었다. 핏자국도 없었고, 가게 내부도 잘 정돈돼 있었다. 싸움이 일어났다면 뭐라도 부서진 흔적이 있어야 했지만 청소를 잘 끝내고 잠가놓은 가게처럼 고요하고 평온한 공기로 가득 차 있었다. 구동치는 쭈그리고 앉아 단서가 될 만한 걸 찾아보았다.

'V2U'는 와이드비전 빌딩 지하의 맨 끝에 입점해 있는 가게였다. 한때 비디오와 카메라와 영상 전문기기로 이름을 날렸던 빌딩이었지만 지금은 비어 있는 가게가 더 많았다. 'V2U' 옆에는 비상계단으로 향하는 방화문이 있었다. 구동치는 이영민에게서 들은 정보를 통해 사람들의 동선을 상상해보았다. 장상배는 가게에 있었고, 이영민이 찾아왔다. 그렇다면 이 자리에 서서 이렇게 말했겠지. '어, 왔어요?' 이영민은 뒤를 한번 힐끔 보면서 손만 들어 인사했겠지. 인천 선배는 방화문 뒤에 숨어 있었을까? 아님 여기쯤일까. 건너편 가게 문에는 '임대 문의'라는 쪽지가 휴대전화 번호와 함께 붙어 있었다. 여기 숨어서 지켜볼 수는 있겠지만 너무 가깝다고 생각했을 거야. 사람이 이렇게 없으면 금방 들킬 수밖에 없지. 이영민을 미행하던 녀석들은 아마 저쪽에 숨어 있다가 때가 됐다 싶어 이쪽으로 천천히 걸어왔겠지. 장상배와 이영민은 얘기를 주고받다가 녀석들을 발견하고는 급하게 뭔가 챙겼을 거야. 지켜보던 인천 선배가 가게로 걸어갔겠지. 장상배와 이영민이 도망칠 때, 그때 일이 벌어진 거겠지. 이쯤에서 칼을 맞았을까. 이렇게 뒤로 물러나면서 저항을 했겠지. 두 놈이 함께 달려들었고, 둘 중 한 명이 찔렀겠지. 구동치는 김인천이 칼을 맞았을 것 같은 지점을 살펴보았다. 핏자국은 어디에도 없었다.

녹음기에서 들었던 김인천의 신음이 들리는 것 같았다. 김인천은 자동차 트렁크에 실려 이동하는 중에 목소리를 녹음했을 것이다. 마지막 숨으로 한 음절 한 음절을 말했을 것이다. 김인천은 누가 자신을 찔렀는지 알려주기 위해, 구동치에게 마지막 정보를 제공하기 위해, 자신의 숨을 아끼지 않았다. 그건 복수를 위한 것이 아니었다. 그저 최대한 많은 걸 알려주려는 형사 특유의 직업 정신이었다. 상상 속에서 김인천의 신음이 들려오는 것 같았다. 구동치는 그 소리들을 떨쳐내려고 고개를 흔들었다. 소리를 떨쳐내자 이번엔 영상이 떠올랐다. 일그러진 김인천의 표정이 눈앞에서 선명했다. 구동치는 자신이 칼을 맞은 것 같았다.

뭔가 배를 쿡, 쿡, 쿡, 찌르는 듯했다. 통증은 짧고 강렬했으며 지속적이었다.

구동치는 방화문을 열고 비상계단으로 가보았다. 지하 1층과 1층 사이의 계단참에서 처음으로 핏자국을 보았다. 선명한 핏자국이 거기서부터 시작됐다. 1층으로 오르는 계단에도 핏자국이 보였다. 천일수의 부하들이 닦아낸 것인지 건물 청소부가 닦아낸 것인지 알 수 없었다.

구동치는 건물 천장을 살펴보다 구석에서 끊어진 전선을 발견했다. CCTV가 있을 만한 자리였다. 오래전에 뜯긴 것인지, 사건이 일어난 후에 누군가 뜯어간 것인지 알 수 없었다. 비상계단을 통해 바깥으로 나가자 곧바로 1층 주차장이 나타났다. 핏자국도 거기서 끊어졌다. 천일수의 부하들이 김인천을 차에 태운 자리였을 것이다.

구동치는 자동차에 탄 다음 잠깐 멍하니 앉아 있었다. 어떤 일이 일어난 것인지 생각해보려다 깜빡 잠이 들었다. 전화벨 소리에 잠에서 깨어났다. 한 시간이나 지나 있었다. 구동치는 전화벨을 무시하고 조금 더 자고 싶었다.

"형님, 어제 문자 보셨죠?"

통화 버튼을 누르자마자 이리의 목소리가 밀려왔다.

"어, 봤지."

구동치가 짤막한 기지개를 켜며 말했다.

"주무셨어요?"

"아냐, 말해."

"히야, 한가하시네요. 어제 저는 급하게 문자 드린 건데, 신경도 안 쓰고 주무시네요."

"왜 신경을 안 써. 급한 일이 있었어."

"급한 일 뭐요?"

"김인천 선배 알지?"

"알죠, 그럼. 저를 얼마나 많이 쥐어박으신 분인데."

"어제 칼에 맞았어."

"정말요? 누구한테요?"

"아직 잘 모르겠어."

"어떤 미친 개새끼가 형사를 담갔대요? 간덩이가 부은 새끼네."

"응, 무슨 일이야?"

"어제 제가 문자 드린 곳이요. 안 가봤죠?"

"응, 못 가봤지, 아직."

"어제 문자 드리고 나서 저도 바로 돌아왔어요. 그런데, 제가 누굽니까. 몹시 꼼꼼한 놈 아닙니까. 혹시 간밤에 뭔 일 있었나 싶어서 오늘도 또 가봤거든요. 뭔가 심상치가 않은 거예요. 어제하고는 다르게 문 앞에 승합차가 서 있고, 사람들이 계속 바쁘게 움직이는 겁니다. 뭔 일이 터진 거죠. 제가 조용히 지켜보고 있다가 승합차 하나를 따라가봤습니다. 그랬더니 말입니다. 어디로 간 줄 아십니까?"

"어디?"

"형님네 동네로 갔습니다."

"악어동네로?"

"네, 공터에 집결한 걸 봤는데 한 스무 명이 서서 뭔 얘기를 하고 있더라고요."

"무슨 얘기 하는지 들었어?"

"아뇨. 공터라서 얘기는 못 들었는데, 구역별로 지시를 내리는 걸로 봐서 뭘 찾는 것 같더라고요."

"알았어. 고맙다."

"진짜 고맙죠? 형님이 나중에 저 좀 챙겨주셔야 합니다. 이런 후배를 또 어디 가서 찾겠습니까?"

"그래, 너처럼 예의 없는 후배는 처음 본다."

"갑자기 무슨 말씀이에요? 제가 왜 예의가 없어요?"

"예의 있는 후배가 선배 휴대전화 해킹해서 넘기냐? 거짓말할 생각하지 마. 정소윤 씨한테 다 들었으니까."

"에이, 형님, 그게 아니고요. 만나서 제가 자세하게 말씀드릴게요. 그럴 만한 사정이 있었다니까요."

"됐어. 피곤해."

구동치는 전화를 끊고 악어빌딩으로 향했다. 비 그친 오후의 따끈따끈한 햇살이 구동치의 허벅지를 비추었다. 몇 분 지나자 허벅지가 따뜻해졌다. 차가운 것들은 따뜻해지고, 젖은 것들은 바싹 마르는 시간이었다. 악어빌딩에 도착하면 4층에 올라가 아리아를 틀어놓고 따뜻한 햇살을 받으며 한숨 자고 싶었다. 빨래 널듯 자신의 몸을 창틀에 널어놓고 잠들고 싶었다. 구동치는 주차장에 차를 세우고, 악어빌딩으로 향했다. 백기현이 가게 앞에 나와 주위를 두리번거리고 있었다. 구동치를 보자 눈이 커졌다.

"어, 구 선생, 왜 이렇게 늦었어. 큰일 났어."

"늦다뇨? 무슨 일 있습니까?"

"무슨 일 있지. 빨리 따라와봐."

"가게는요? 비워놓으시려고요?"

"안에 마누라 있어. 빨리 올라가자고."

백기현은 구동치의 손을 잡아끌고는 옥상으로 올라갔다. 옥상에 있는 창고에 들어갔더니 차철호가 벌떡 일어섰다. 차철호는 하고 싶은 말을 입에 잔뜩 머금고 있었다. 구동치는 창고 구석 의자에 묶여 있는 남자를 뒤늦게 보았다. 남자의 눈에 짤막한 희망이 보였다가 이내 모든 걸 포기하는 눈빛으로 바뀌었다. 차철호가 남자를 붙잡게 된 과정을 설명했고, 백기현이 중간중간 끼어들며 '이 새끼, 완전 딱 걸린 거지' '재개발 때문이라니까' '어찌나 말도 안 되는 소리를 계속하는지'와 같은 논평을 했다.

차철호는 꿋꿋하게 설명을 마쳤다.

"구 선생님께서 어떻게 하면 좋을지 좀 알려주십시오."

차철호가 의자에 묶인 남자를 가리키며 말했다.

"뭘 어떻게 합니까. 빨리 풀어줘야죠."

구동치가 단호하게 대답했다.

"풀어줘요? 저놈이 자기 입으로 불을 질렀다고 다 얘기했는데?"

"이렇게 붙잡아놓는다고 해결될 문제가 아닙니다. 경찰에 맡기세요."

차철호가 난처한 표정을 지으며 구동치를 창고 밖으로 데리고 나갔다. 백기현도 그 뒤에 바짝 붙어서 옥상으로 나왔다.

"저, 실은, 어떻게 해야 할지 몰라서요. 제가 홧김에 애를 좀 패는 바람에 경찰에 얘기하기도 그렇고요. 지금 풀어주면 녀석이 저를 고발할 것 같기도 한데, 그러면 또 저는 어떻게 되나 싶기도 하고, 구 선생님이 잘 좀 해결해주십시오."

차철호가 작은 목소리로 말했다.

"그러게, 애를 좀 심하게 패긴 하더라. 무도인이 뭐 그러냐."

백기현이 옆에 서 있다가 말했다.

"형님, 말씀 참 섭섭하게 하신다. 못이랑 망치랑 드라이버랑 들고 온 사람이 누군데요. 형님 아까 진짜 미친 사람 같았어요."

"야, 이놈이 이제 나한테 전부 덮어씌우려고 그러네."

구동치가 두 손을 들어 말을 중단시켰다. 구동치의 손바닥을 본 백기현과 차철호는 곧바로 말을 멈췄다.

"두 분은 잠깐 여기에 계십시오. 제가 얘기를 좀 해보겠습니다. 아셨죠?"

구동치의 말에 두 사람은 고개를 끄덕이고 옥상 난간 쪽으로 갔다. 난간에 서서도 둘은 티격태격 말싸움을 계속 했다.

"야, 차 관장, 너 말 되게 이상하게 한다. 뭐, 미친 사람?"

"형님이 먼저 시비 거셨잖아요. 무도인이 왜 그러냐고."

"야, 내가 왜 네 형님이야. 사장님이라고 불러."

"사장님은 무슨, 동네 아저씨지."

"야, 이놈 봐라."

구동치는 창고에 들어가기 전에 생각을 정리해보았다. 자신이 알고 있는 정보를 눈앞에다 한 줄로 늘어놓았다. 예전에 레고블록 조립에 빠진 적이 있었다. 구동치가 레고블록 조립을 하면서 가장 즐거웠던 때는 조각들을 가지런히 정리하던 순간이었다. 정리를 잘해놓으면 조립은 훨씬 쉬웠다. 생각과 정리가 필요할 때면 레고블록을 조립하던 때를 떠올렸다. 큰 것들은 이쪽으로, 둥근 것들은 저쪽으로, 작아서 눈에 띄지 않는 것들은 여기로, 길쭉한 것들은 저기로, 정리한다. 구동치는 알고 있는 정보의 조각과 생각의 조각을 크기별로, 중요도별로 정리해보았다.

구동치는 창고 안으로 들어가 의자 앞에 섰다. 남자는 입에는 재갈이 채워져 있어 눈으로만 말하고 있었다. 말의 내용이 어떤 것인지 알 것 같았다.

"재갈을 풀어드릴 겁니다. 소리 지르면 제가 놀랄 거고, 제가 놀라면 어떤 일이 생길지 모릅니다. 이해하셨죠?"

구동치가 차근차근 말했다. 남자가 고개를 끄덕였다. 팔을 등 뒤로 돌려 재갈을 풀어주었다. 남자가 거친 숨을 몰아쉬며 침을 삼켰다.

"좀 전에 어떤 일을 당했는지 모르겠습니다만, 저를 저분들과 똑같이 생각하면 곤란합니다. 때리지 않을 거고, 어딜 부러뜨리지도 않을 거니까 겁먹지 마세요. 대신 서로에 대한 예의를 갖추는 겁니다. 제가 묻고 당신은 대답하고…… 어렵지 않겠죠? 자꾸 거짓말 생각해내지 말고, 정상적인 뇌로 간단하고 명료하게 생각하는 겁니다. 아셨죠?"

"네, 알겠습니다."

"좋습니다. 물 좀 드릴까요?"

"네, 감사합니다."

"자, 여기, 천천히 마셔요. 복잡하게 생각하지 마요. 여기서 어쩌지, 벗어나야 하는데 어쩌지, 어떻게 탈출하지, 그런 생각 말고 그냥 마음을 툭 내려놓으세요. 곧 모든 게 끝날 겁니다."

"그런 생각 안 했습니다."

"네, 좋습니다. 첫번째 질문입니다. 원수도장의 일원이시죠?"

구동치의 갑작스러운 질문에 남자의 눈동자가 흔들렸다.

"복잡하게 생각하지 마시라니까요. 그냥 떠오르는 걸 정확하게 말하면 됩니다. 원수도장이라는 말을 들으니, 제가 어디까지 알고 있는지 궁금해졌죠? 머리가 빨리 돌아가기 시작했죠? 그러니까 거짓말은 소용없습니다. 거짓말을 하려면 우선 저를 알아야 합니다. 제가 알고 있는 부분은 언급하지 않고, 모르는 부분에 대해서만 거짓말을 해야 제대로 먹힐 텐데, 어디까지 알고 있는지 모르니 섣부른 거짓말을 하는 건 도리어 거짓말임을 자백하는 겁니다. 마음을 내려놓아보세요. 원수도장의 멤버죠?"

"네."

남자가 떨리는 목소리로 대답했다.

"좋습니다. 두번째 질문입니다. 불을 지른 건 천일수의 지시인가요, 아니면 원수도장의 단독 행동인가요?"

"제가 혼자 그런 겁니다. 회장님은 아무런……"

"아, 말 끊어서 죄송합니다만, 좀 전의 질문에는 함정이 하나 있습니다. 함정을 잘 피하시라고 미리 말씀드립니다."

"천일수 회장님과는 상관이 없는 일입니다."

"아, 그래요?"

"네, 저 혼자 저지른 일입니다. 제가 다 말씀드리겠습니다."

"아, 천일수 씨가 회장이었군요. 저는 사장인 줄 알았는데."

"네?"

"별일 아닙니다. 관계를 좀 정리해본 겁니다. 천일수 회장과 원수도장 사이는 점선이었는데, 덕분에 실선이 됐습니다. 세번째 질문입니다. 제가 누군지 압니까? 제 이름은 구동치라고 합니다."

"아뇨. 모르겠습니다."

"정말 처음 들어보는 이름인가 보네요. 너무 놀라지 마세요. 제 이름이 이상해서 저도 가끔 놀라곤 합니다. 그쪽 이름을 묻고 싶지만 그러지 않을게요. 이름을 모르는 채로 헤어집시다. 막내님이라고 해두죠. 원수도장 식구들이 막내님 한 명 구하려고 애를 쓸 것 같습니까? 절대 안 그럴 겁니다. 혹시 일이 잘못되면 입을 꾹 다물고 있으라고 교육받았겠죠. 막내님도 아마 그럴 생각일 거고요. 그게 다 무슨 소용이랍니까. 막내라서 꼬리를 잘라내듯 쉽게 버릴 겁니다."

"마음대로 생각하시죠."

"믿고 있군요? 원수도장을."

"마음대로 생각하시라니까요."

"제가 원수도장에 대해 뭐라고 하니까 화가 나는군요? 선배들이 자신을 구하러 와줄 거라고 확신하는군요?"

"우리는 선배, 후배가 없습니다. 모두 같은 식구일 뿐입니다."

"좋습니다. 그건 거짓말이 아니라 정보가 부족한 거니까 이해해드리죠. 원수도장의 윗사람들은 아마 내 이름을 알 겁니다. 마주친 적도 있었으니까 조사를 했겠죠. 그런 정보를 전혀 모른다는 게 막내님이 원수도장의 꼬리라는 사실을 입증하는 겁니다. 얼마 전에는 원수도장의 누군가가 제 사무실에 침입해서 금고를 턴 적이 있어요. 그것도 모르죠?"

"모릅니다."

"그거 봐요. 꼬리가 확실하네. 어째서 불을 질렀는지, 그런 건 묻지 않겠습니다. 거짓말을 할 확률이 크고, 정확한 이유를 알 것 같지도 않으니까. 재개발 때문이든 다른 무엇 때문이든 막내님의 의도와는 전혀 상관없는 일이겠죠. 모르는 건 물어봐도 절대 답할 수 없죠. 정리를 좀 해야겠어요, 정리를. 아무튼 얘기해줘서 고맙습니다. 막내님이 원하는 대로 해줄게요. 원수도장으로 돌아가든 경찰서로 가든 아니면 산으로 도망가든 원하는 대로 해줄게요. 대신 여기서 조금만 더 기다려주세요."

구동치는 남자의 입에 다시 재갈을 물렸다. 남자는 반항하지 않고 순순히 입을 벌렸다. 자신이 뭔가 잘못한 것 같다는 생각이 들었지만 뭘 잘못했는지 명확하게 짚어낼 수 없었다. 한 말은 별로 없었다. 구동치는 차철호와 백기현을 불러 두 가지를 부탁했다. 남자가 여기 갇혀 있다는 말을 동네 사람 누구에게도 하지 말 것, 자신의 지시가 있을 때까지 절대 남자를 풀어주거나 밖으로 내보내지 말 것. 차철호와 백기현은 자신들이 만들어낸 비밀에 구동치가 건네준 비밀을 모두 떠안은 다음, 그걸 지켜야 한다는 생각에 얼굴이 굳어졌다. 두 사람은 비장한 표정으로 보초 교대를 어떻게 할 것인지 상의했다.

날씨가 추워지면 악어빌딩의 악취는 확실히 줄어들었다. 4층으로 내려가면서 구동치는 계절을 느낄 수 있었다. 이제 곧 모든 것들이 얼어붙고, 냄새마저 얼어붙는 냉동의 시간이 올 것이다. 구동치는 사무실의 창문을 모두 열어 환기시켰다. 바깥의 차가운 공기와 실내의 탁한 공기가 머리를 맞대고 기싸움을 벌였다. 구동치는 이리에게 전화를 걸었다.

"형님, 동네 가보셨어요? 뭔일이래요?"

전화가 연결되자마자 이리의 질문이 쏟아져 들어왔다.

"별일 아니야. 신경 안 써도 돼. 일 하나 더 맡아줘야겠다."

구동치가 말했다.

"에이, 별일 없을 리가 없는데…… 동치 형님, 제가 요즘 무지막지하게 바쁜데도 형님에게 모든 시간을 쏟아붓고 있는 거 아시죠? 나중에 어떤 식으로든 제가 이걸 다 청구할 겁니다. 각오하세요."

"그래, 각오할게. 나도 너한테 휴대전화 해킹에 대해서 청구할 거니까. 사람 한 명만 알아봐줘."

"누구요?"

"이름은 이강혁이고…… 다른 정보는 별로 없어. 노블엔터테인먼트 천일수 회장 알지?"

"알죠."

"얼마 전에 죽은 배동훈이라고 있어. 인천 선배가 맡았던 사건인데, 이강혁은 죽은 배동훈과 천일수 회장 사이 어딘가에 있는 인물인 것 같아. 이강혁은 천일수 회장을 엄청나게 싫어해서 배동훈에게 접근했던 인물이야. 이 정도면 찾아볼 수 있겠지?"

"형님, 맨날 이렇게 어려운 문제만 던져주십니까. 제 능력 테스트하는 거예요?"

"엄살 부리지 마. 그래도 늘 해결해내잖아."

"그거야 그렇지만…… 아무튼 제가 다 청구할 겁니다. 알아볼게요."

구동치는 전화를 끊고 창 아래 1층을 내려다보았다. 오후의 그림자들이 동네를 지나가고 있었다. 고양이들이 몸을 길게 늘어뜨리는 모습 같기도 했다. 그림자는 담을 타 넘고, 벽에 기대고, 거리를 가로질러 갔다. 구동치는 동네 골목을 어슬렁거리는 한 사람을 발견했다. 한눈에 원수도장 사람이란 걸 알아볼 수 있었다. 다른 골목에서도 한 명이 눈에 띄었다. 구동치는 콧방귀를 뀌며 웃었다. '저런 식으로 사람을 어떻게 찾는단 말야?' 혼잣말이 나왔다. 2층 합기도장에 불을 질렀다면 근처에 있을 가능성이 높다는 걸 알 테고, 그렇다면 이 건물도 모두 뒤졌을 텐데 옥상에 있는 동료를 찾지 못했다. 원수도장의 실력을 알 만했다.

구동치는 애꾸눈오디오의 전원을 켰다. 책상 위에 두 다리를 올리고 의자를 뒤로 젖혔다. 조용히 생각할 시간이 필요했다. 익숙한 편안함과 음악이 구동치의 몸을 감쌌다. 구동치의 눈길이 파일 보관함 쪽으로 향했다. 전에는 보관함을 볼 때마다 비밀을 소유한 자의 뿌듯함 같은 게 있었는데, 이제는 모든 것이 두렵게 느껴졌다. 말하자면 보관함은 거대한 폭탄 같은 것이었다. 언제 어디서 어떤 비밀이 폭발할지 알 수 없었다. 다른 탐정에게 파일 보관함의 딜리팅을 의뢰했다지만, 그것은 자신이 조절할 수 있는 부분이 아니었다. 자신이 갑자기 죽고, 비밀이 폭발한다면, 수많은 사람들이 피해를 입게 될지도 모른다.

구동치는 딜리팅을 시작하던 초기, 자신이라면 뭘 없애고 싶을지 생각해보았다. 아무리 생각해도 마땅히 떠오르는 게 없었다. 비밀이라고 할 만한 게 없었다. 구동치의 유일한 비밀은 자신의 비밀을 없애려는 사람들의 비밀을 가지고 있다는 것이었다. 그것 말고는 숨길 게 없었다. 비밀을 가지고 싶지 않았다. 구동치는 비밀을 없애려는 사람들의 마음을 이해했지만, 한편으로는 그 마음이 지극히 이기적인 것이라는 생각도 들었다. 죽음 이후의 삶은 자신이 조절할 수 있는 것이 아닌데, 딜리팅은 타인의 힘을 빌려 그 삶을 조금 바꿔보려는 것이었다.

파일 보관함에 들어 있는 비밀을 모두 폭로하면 어떤 일이 벌어질까 상상해본 적도 있다. 비밀을 알아야 할 사람들에게 비밀 가득한 택배를 보내는 것이다. 비밀의 위치를 제자리로 돌려놓는 순간, 수많은 사람들이 감당하기 어려운 고통에 시달릴 것이다. 궁금증을 해결한 사람들은 환희에 휩싸일지도 모른다. 잃어버렸다고 생각한 물건을 되찾은 사람들은 안심할 것이다. 그러나 그게 다 무슨 소용일까. 때로는 알지 못하고 사라져버리는 비밀도 필요한 법이다. 보관함 속의 파일들 중에서 반드시 되살리고 싶은 비밀은 거의 없었다. 구동치는 이번 일이 끝나면 파일 보관함을 없애야겠다고 마음먹었다.

눈을 감았다가 아리아 사이를 뚫고 나온 날카로운 전화벨 소리 때문에 정신을 차렸다. 이영민이었다. 통화는 간단하게 끝났다. 태블릿 피시 촬영이 모두 끝났고, 천일수에게 전화해서 거래를 할 것이니 구동치가 옆에 있어야 한다는 내용이었다. 구동치는 알겠다고, 곧 가겠다고 답하고 전화를 끊었다. 조금만 더 이렇게 쉬고 싶었다. 눈을 감은 채 책상에 다리를 올리고 아리아를 듣고 싶었다. 김인천이 칼에 맞았다는 소식을 들었을 때의 분노는 이미 온데간데없었다. 뜨겁고 강렬한 분노의 감정은 오래가지 못했고, 지금 그 자리엔 차갑고 서늘한 감정이 자리잡고 있었다. 그 감정을 뭐라고 불러야 할지 알 수 없었다. 스테인리스처럼 차갑고 매끈한 감정이었다. 대리석처럼 단단하고 서늘한 감정이었다. 쉽게 부서지지 않는, 묵직한 돌덩이 같은 마음이었다. 뭐라고 부를 수는 없어도 구동치는 자신의 마음을 정면으로 응시했다. 그 마음만 있다면 무슨 일이라도 할 수 있을 것 같았다. 지금 구동치가 믿을 수 있는 것은 오직, 자신의 차가운 마음뿐이었다.

26

나영욱은 믿을 만한 식구 두 명만 데려가기로 했다. 나머지는 계속 악어동네를 수색하는 데 집중하게 했다. 많은 식구가 움직이면 오히려 눈에 띄기만 할 뿐이었다. 천일수의 지시사항은 짧았다. 이영민에 대해서는 한마디도 하지 않았고 태블릿 피시만 확실히 가져오라는 말을 강조했다. '이번에는 좀, 확실하게'라는 말을 마지막에 덧붙였다. 나영욱은 태블릿 피시가 유출됐다는 보고를 처음 받았을 때의 천일수를 떠올렸다. 열다섯 살 때 무술을 배우기 시작한 이후로 누군가에게 그렇게 많이 맞은 날이 없었다. 코피가 난 것은 물론이고, 갈비뼈에 금이 갔고 머리에도 출혈이 있었다. 천일수는 손에 집히는 모든 걸 집어던졌다. 발로 걷어찼고, 주먹을 되는대로 휘둘렀다. 나영욱은 피하지 않고 모든 폭력을 받아냈다.

천일수의 주먹은 위험한 무기였다. 보통 사람보다 힘이 세기도 했지만 결과를 예상하지 않고 내뻗는 주먹이어서 더욱 위험했다. 상대방이 죽어도 상관없다는 심정으로 던지는 주먹은, 누군가를 정말 죽일 수도 있다. 나영욱은 적당히 충격을 줄여가며 맞아야 했고, 자신의 목숨이 위험하지 않을 만큼만 맞아야 했다. 태블릿 피시 유출이 얼마나 심각한 사건이었는지, 천일수의 폭력으로 알 수 있었다. 천일수가 무지막지한 폭력을 행사한 데는 나영욱이 무술의 고수라는 점도 어느 정도 작용했다. '어렴히 알아서 잘 맞겠지'라는 심정과 무술의 고수를 이렇게 죽도록 팰 수 있다는 쾌감이 합해져 더욱 강력한 무기가 되었다.

나영욱은 지금도 태블릿 피시 유출의 경위를 조사하고 있지만 내부자의 소행일 뿐이라는 점 말고는 아무런 단서도 찾아내지 못했다. 그날 저녁 회사에 남아 있던 서른네 명의 직원들은 모두 믿을 만한 사람들이었다. 회사에 그런 자료가 있다는 걸 아는 것만 해도 굉장한 고급 정보인데, 보안이 엄중한 지하의 금고에서 어떻게 그걸 빼돌린 것인지, CCTV는 어째서 작동을 멈추고 있었는지, 나영욱이 밝혀낸 것은 아무것도 없었다. 누군가 경쟁 회사에서 큰돈을 받고 움직였을 확률이 가장 크다는 정도만 추측할 수 있을 뿐이었다. 나영욱에 대한 천일수의 태도가 급변한 게 그때부터였다. 천일수는 원수도장 식구들을 자주 무시했고, 노블 클럽의 터를 닦을 때 큰 힘이 되었던 원수도장의 활약을 별것 아닌 것처럼 말하기도 했다. 그렇지만 나영욱은 천일수 옆에 바짝 붙어서 떨어지지 않았다. 원수도장을 유지시킬 수 있는 길은 하나뿐이었다.

나영욱 일행은 자동차를 몰고 이영민이 알려준 창고로 향했다. 차를 타고 30분 정도 달려야 하는 거리였다. 차 안의 분위기는 조용히 가라앉아 있었다. 막내는 사라졌고, 식구가 사람을 한 명 다치게 했으며, 후원자는 잔뜩 화가 나 있다. 기분 좋을 이유가 없었다.

"혼자 보내는 게 아니었습니다."

닻을 닮은 사내가 혼잣말처럼 중얼거렸다. 닻을 닮은 사내와 함께 뒷좌석에 있던 나영욱은 대꾸를 하지 않았다.

"막내를 어떻게든 찾아내야 합니다."

닻을 닮은 사내가 이번에는 나영욱을 보며 말했다.

"노력하고 있잖아요. 모두들."

나영욱은 정면을 보며 말했다.

"더 적극적으로 찾아내야 합니다."

"어떻게요? 집집마다 다 들어가서 수색을 해요? 무슨 수로요. 기다려봅시다. 지금은 이 일에만 집중하세요. 중요한 일입니다."

차 안의 분위기는 다시 무거워졌다. 목적지에 도착할 때까지 아무도 입을 열지 않았다. 창고에 도착한 세 사람은 정강이 쪽에 칼 한 자루씩을 챙겨 넣었다. 원수도장의 트레이드 마크라고 할 수 있는 칼이었다.

세 사람이 창고 옆 주차장에 도착하는 모습부터 새벽 어스름 속에서 각자의 칼을 챙기는 모습까지, 주차장 구석에 있는 트럭의 운전석에서 구동치는 모든 걸 지켜보고 있었다. 주차장이 잘 보이면서 몸을 숨길 수 있는 자리를 찾느라 시간이 많이 걸렸다. 무전기로 이영민에게 도착 사실을 알려주었다. 정강이에 칼 한 자루씩을 챙긴 것도 말해주었다. 구동치의 역할은 별 게 없었다. 이영민이 촬영한 영상 테이프를 챙긴 후 거래를 지켜보는 것뿐이었다. 지켜보고 상황을 듣는 것뿐이었다. 이영민은 '위급한 상황이 생기면 구 탐정님은 곧바로 자리를 뜨십시오. 무슨 말인지 아시죠?'라고 당부를 했다. 만약의 사태가 생겼을 때 이영민을 지켜줄 조직원도 열 명쯤 와서 기다리고 있었다.

자동차에는 경호실장 나영욱 말고도 아는 얼굴이 한 명 더 있었다. 이영민의 사무실에서 싸움을 벌였던 닻을 닮은 사내가 함께 타고 있었다. 운전석에서 내린 사내도 어쩐지 낯이 익었다. 어쩌면 그 남자가 자신의 사무실을 털었던 바로 그놈일지도 모른다고, 구동치는 추측했다. CCTV 화면 속 남자는 특유의 껄렁껄렁한 자세로 걸었던 기억이 났다. 단언할 수는 없지만 걷는 모습이 꽤 닮은 건 확실했다. 나영욱이 껄렁껄렁한 남자를 P라고 불렀다.

돈이 들어 있을 거라고 짐작되는 상자를 P가 들고 들어가는 걸로 봐서 가장 지위가 낮다는 걸 알 수 있었다. 구동치는 P의 얼굴을 자세히 보았다. 실제 얼굴을 보고 CCTV를 다시 보면 정확히 알 수 있을 것 같았다. 세 사람은 창고 안으로 들어갔다. 구동치는 이어폰을 귀에 잘 맞게 끼었다. 창고 안쪽의 상황이 이어폰으로 들렸다.

창고 안에는 이영민과 장상배 그리고 건장한 남자 두 명이 함께 서서 나영욱 일행을 기다리고 있었다. 위급시 투입될 조직원들은 안쪽 사무실에서 상황을 지켜보고 있었다. 이영민이 지시를 내리면 곧바로 뛰어들 준비를 했다.

"오랜만입니다. 나영욱 실장님이셨던가요?"

이영민이 앞으로 나서서 손을 내밀었다. 나영욱이 악수를 받아주었다.

"창고가 기괴하게 생겼네요."

나영욱이 주변을 둘러보며 말했다.

"컴퓨터 창고로 쓰던 건물인데, 요샌 아시다시피 경기가 안 좋아서 문 닫았죠."

"태블릿 피시부터 갖고 오시죠."

"아휴, 급하게 서두르시네요. 저기 뒤에 아는 분이 한 명 있네요. 저를 막 때리고 그랬던 분이네요. 나 실장님, 부탁 하나 해도 될까요?"

"하십시오."

"제가 뒤끝이 많아서요. 저분, 저기 그분, 네, 당신요, 기억나죠? 저 때렸던 거, 기억나죠? 제가 저 사람 얼굴 한 대만 딱 치고 시작하면 안 될까요?"

"안 됩니다."

"왜 안 돼요."

"오늘의 거래와는 상관없는 일입니다."

"상관있는 일이죠. 제가 저 사람 얼굴을 보니 화가 나서 진정이 안 됩니다. 그러면 거래가 틀어질지도 모르죠."

"다시 한 번 말씀드리지만, 안 됩니다."

나영욱과 이영민이 말싸움을 벌이는 사이에 닻을 닮은 사내가 앞으로 걸어 나왔다. 나영욱 옆에 서서 입을 앙다물었다. 이영민은 닻을 닮은 사내의 얼굴을 힘껏 후려쳤다. 강한 주먹은 아니었지만 코피가 흘렀다. 닻을 닮은 사내는 옷 소매로 피를 훔쳐내고 원래 있던 자리로 돌아갔다.

"됐습니까, 이제?"

나영욱이 신경질적으로 말했다.

"네, 이젠 좀 마음이 차분해지네요."

이영민이 손짓으로 장상배를 불렀다. 장상배가 태블릿 피시를 들고 앞으로 걸어 나왔다. 나영욱은 P에게 손짓을 했다. P가 앞으로 걸어나왔다. 태블릿 피시를 건네자 P가 전원을 켰다. 전원이 켜진 태블릿 피시의 폴더로 들어가서 비밀번호를 두드렸다. 거기에는 태블릿 피시를 사용한 흔적이 고스란히 담겨 있었다. 언제 전원을 켰고, 어떤 프로그램을 사용했는지 모두 적혀 있었다. 그리고 프로그램을 추출했을 때의 흔적도 남게 돼 있었다.

"깨끗합니다."

P가 나지막한 목소리로 말했다.

"일단 공식적인 추출은 안 한 거네."

나영욱이 말했다. P가 다시 한 번 고개를 끄덕였다.

"돈은 챙겨오셨죠?"

이영민이 기름칠한 듯한 매끈한 목소리로 말했다.

"그 전에 하나만 확실하게 해두죠. 이영민 씨."

"그러시죠."

"자료를 촬영했다면 저희가 알아낼 길이 없습니다. 이 창고를 다 뒤져보면 나올 수도 있겠죠. 저는 이영민 씨가 자료를 복사했다고 생각하는 쪽입니다. 아니라고 답하겠지만 저는 그렇게 믿는 쪽입니다. 혹시 몰라서, 보험용으로, 흥미로워서, 어떤 이유가 됐든, 그렇게 믿는 쪽입니다. 그거야 어쩔 수 없는 일입니다. 만약 자료를 촬영한 화면이 어디선가 발견된다면 그 순간 이영민 씨는 죽은 목숨입니다. 아시겠습니까?"

"협박하는 겁니까?"

"협박이 아닙니다. 촬영을 하지 않았다면 아무 상관도 없는 이야기입니다. 허공의 먼지 같은 이야기지요. 그냥 참고하시라고 말씀드리는 겁니다."

"그러니까 나 실장님의 만약을 받아들인다고 치면, 일단 촬영한 화면을 공개하지 않으면 저는 살 수 있는 거네요? 죽지 않을 수 있단 거네요?"

"당연합니다."

"그런데, 배동훈은 왜 죽인 겁니까? 협박이 잘 안 돼서?"

"사고였습니다."

"사고요? 그런 걸 사고라고 부르는 거군요? 그럼 저도 사고로 죽이는 거 아닙니까?"

"겁만 주려고 했던 겁니다. 사고였습니다."

"알겠습니다. 믿죠."

"이영민 씨에겐 잘된 일 아닙니까? 이제 배동훈 씨도 없겠다, 그 돈을 혼자 꿀꺽 먹을 수 있게 됐잖아요."

"제가 뭐 하러 이런 모험을 합니까? 배동훈 씨를 추모하는 의미에서 이 일을 마무리 짓고 있는 겁니다. 친구의 마지막 일을 도와주는 겁니다. 돈이요? 나 실장님, 이 돈 탐나십니까?"

"아뇨."

"돈이 있으면 할 수 있는 게 많을 텐데요."

"돈보다 중요한 게 있는 법이죠."

"하, 궁금하네요. 돈보다 중요한 게 뭐죠?"

"이영민 씨가 방금 말하셨잖아요. 팀워크, 의리, 그런 거죠."

"크크크크, 네, 그렇죠, 의리, 중요하죠. 나 실장님이 거느리고 있는 식구들과의 의리 말씀이시군요."

"그렇습니다."

"잘 알겠습니다. 잡소리가 길었네요. 자, 전부 확인하셨죠? 그럼 이제 제가 확인할 차례죠?"

이영민이 손짓을 하자 건장한 남자 두 명이 박스 쪽으로 걸어갔다. 박스를 열고 그 안에 들어 있는 돈을 확인했다. 돈을 모두 확인한 남자들이 짧게 고개를 끄덕였다. 이영민이 다시 신호를 하자 남자가 박스를 들고 왔다.

"자, 이걸로 다 끝난 거네요?"

나영욱이 깍지 낀 손을 사타구니 앞으로 놓으며 말했다.

"그렇네요. 제가 사실 나 실장님은 무척 좋아했습니다. 천일수 회장 밑에 있긴 아까운 분이다, 그런 생각을 많이 했죠."

이영민이 목덜미를 긁으며 말했다.

"감사하네요. 저를 좋아해주신 분도 다 있고."

"그래서 말인데, 제가 좋은 정보 하나 드릴까요? 거래 축하 보너스라고 생각하십시오."

"무슨 정보요?"

"태블릿 피시가 어떻게 유출된 건지 궁금하시죠? 아닌가, 이제 와서 그런 게 중요할 게 없나요? 아, 내부자 소행이니, 괜히 밝혀봤자 의리만 깨지는 건가요?"

"알고 있습니까?"

"정확하지는 않지만 배동훈 씨에게 들은 단서가 하나 있죠. 궁금하십니까?"

"알려주시죠."

"자, 여기 있습니다. 그 안에 아이디가 하나 들어 있습니다. 그게 무슨 아이디인지는 모릅니다. 메일 주소인지, 사내 아이디인지, 아무튼 배동훈 씨가 그 아이디를 들은 적이 있다고 했습니다. 무슨 뜻인가 싶어 사전을 찾아봤죠. 그래서 기억이 납니다. 모쪼록 자그마한 도움이라도 되면 좋겠군요."

이영민이 쪽지를 건넸다. 나영욱은 쪽지를 열어서 읽고는 곧바로 입에다 넣고 우물우물 씹어 먹었다.

"아는 아이디입니까?"

이영민이 물었다.

"아뇨. 저만 알고 있으면 됩니다."

나영욱이 대답했다.

이영민과 나영욱은 악수를 했다. 나영욱 일행이 창고 밖으로 나가려는 순간에 이영민이 큰 소리로 말했다.

“참, 그 얘길 안 했네요. 정보 드리는 김에 다 드려야지. 내부자와 연락책을 맡았던 사람, 그러니까 배동훈에게 접근한 사람은 이강혁이라고 하더군요.”

“누구요?”

“이, 강, 혁. 아는 사람입니까?”

나영욱과 일행의 표정이 한순간에 굳었다. 그들의 표정에 ‘우리 모두 아는 사람’이라고 씌여져 있었다. 나영욱은 애써 표정을 추스르고 밖으로 걸어 나왔다.

창고 밖으로 걸어 나오는 세 사람의 모습이, 구동치에게는 라디오로 듣던 사건이 텔레비전으로 옮겨진 듯한 순간이었다. 구동치가 이어폰으로 들은 마지막 대사는 ‘이, 강, 혁. 아는 사람입니까?’였고 이어진 화면은 심각한 표정으로 걸어 나오는 세 남자였다. 대사와 화면의 관계를 구동치는 이해하려고 노력했다. 세 사람이 차에 탔지만 움직임은 전혀 없었다. 새벽의 작은 소음들이 먼 곳에서 들려오고 있었다. 주차장은 조용했다. 새들도 보이지 않았다. 곧 시동이 걸렸고, 차가 움직였다.

구동치는 본능적으로 움직였다. 생각할 겨를이 없었다. 옆에 있던 자동차로 옮겨 탔고, 그들을 따라갔다. 주차장을 빠져나가자 곧바로 이영민에게서 전화가 걸려왔다.

“구 탐정님 어디 가시는 겁니까?”

“따라가봐야겠습니다.”

"왜요?"

"모르겠어요. 그래야겠습니다."

"촬영 테이프는 공개하시면 안 됩니다. 아시죠? 시간이 필요합니다."

"걱정 마요."

구동치는 전화를 끊었다. 세 사람이 탄 자동차의 후미등이 유난히 빨갛게 보였다. 구동치는 멀찌감치 떨어져서 자동차를 쫓았다. 새벽의 도로는 한산했고, 예열이 덜 끝난 기계처럼 차가워 보였다. 구동치는 두 손을 쥐었다 폈다 했다. 손끝이 저릿했다. 운전대에서 손을 떼도 자동차는 잘 굴러갔다. 자고 일어나도 여전히 도로 위를 달리고 있을 것 같았다. 액셀러레이터를 밟고 있는 두 다리의 느낌은 먼 나라에서 일어나는 일 같았고, 도무지 남의 일만 같았다. 머리와 팔과 다리는 회복할 수 없이 망가진 삼각관계처럼 서로에게 아무런 관심을 보이지 않았다. 운전대를 잡고 있는 사람도 자신이 아닌 것 같았다. 구동치는 자동차가 자신을 어딘가 먼 곳으로, 모든 게 해결될 수 있는 곳으로, 편히 쉴 수 있는 곳으로 데려가주길 바라며 운전대에 손을 얹고 형식적으로 앉아 있었다.

27

'포티, 러브.'

구동치가 가장 사랑하는 단어였다. 가장 사랑하는 순간이기도 했다. 심판이 그 단어를 발음하는 순간이 너무나 아찔하고 짜릿해서, 생각만 해도 몸이 흔들렸다. 심판의 목소리가 테니스 코트를 한 바퀴 감싸고 돈 다음 허공으로 흩어져버리는 그 순간을 구동치는 사랑했다.

'포티, 러브'는 절체절명의 순간을 뜻하는 단어이기도 했다. 40 대 0은 낭떠러지에 서 있는 점수이고, 궁지에 몰린 점수다. 0이라는 숫자에다 왜 '러브'라는 감미로운 의미와 발음을 결합시킨 것일까. 구동치는 '러브'라는 발음이 달걀을 뜻하는 프랑스어 'l'oeuf'에서 왔다는 걸 알고 있었지만, 그 단어를 들을 때마다 다른 상상을 하곤 했다. '러브'는 한 점도 내지 못한 패자에게 들려주는 위로의 말이 아닐까. 포티 러브로 이기고 있을 때도 있었고 포티 러브로 지고 있을 때도 있었지만 구동치는 그 단어를 들을 때마다 위로받는 기분이 들었다.

나영욱 일행의 자동차를 따라가면서 구동치는 계속 그 단어를 발음했다. 지금의 상황과 어울리는 점수 같았다. '포티, 러브.' 누가 포티이고 누가 러브인지 알 수 없었다. 어딘지 모르는 낭떠러지에 서 있다는 사실만 확실했다.

자동차가 도착한 곳은 노인들이 많이 살기로 유명한 동네였다. 노인들이 많이 살지만 가파른 언덕이 많은 곳이었다. 나영욱 일행이 탄 자동차는 언덕배기까지 올라가서야 멈췄다. 자동차 트렁크가 조금만 더 무거웠다가는 뒤집히고 말 것 같은 경사였다. 세 사람은 차에서 내려 악어빌딩보다 상태가 더 좋지 않은 건물로 들어갔다. 구동치는 건물을 유심히 살폈다. 원수도장 간판이 있으리라고는 생각지 않았지만 그 비슷한 이름도 찾을 수 없었다. 무술이나 스포츠와 관련된 간판은 보이지 않았다. 4층짜리 그 건물의 이름은 '인의빌딩'이었다.

구동치는 자동차에 앉아서 건물을 이리저리 살피다가 갑자기 눈앞에 나타난 거대한 얼굴 때문에 숨이 컥 막혔다. 뒤로 물러서며 살펴보니 잘 알고 있는 얼굴이었다. 이리 탐정이 손가락으로 자동차 유리를 두드렸다.

"형님, 왜 이렇게 놀라세요."

"야, 인마, 그렇게 갑자기 나타나니까 놀라지."

구동치가 자동차 창문을 내리며 말했다.

"형님 오시는 거 봤어요."

"이렇게 일찍 웬일이야?"

"웬일이긴요, 일 때문에 왔죠."

"무슨 일?"

"무슨 일이라뇨, 형님이 일 맡기셨잖아요."

"무슨 일? 아, 이강혁?"

"네, 이강혁이랑 원수도장이랑 관련이 있어요."

"사실은 나도 그것 때문에 여기까지 왔어."

구동치는 이리를 자동차 옆좌석에 앉게 하고, 그동안의 일을 설명했다. 이제는 이리를 믿어도 될 것 같았다. 믿어야 할 것 같았다. 혼자서 플래시를 들고 어두운 밤길을 걸어가는 게 버거웠다. 누군가의 도움이 필요했다. 김인천이 있었다면 좋은 파트너가 돼주었겠지만 언제 다시 자신의 옆에 서줄 수 있을지 상상하기 힘들었다. 이리에게 그동안 있었던 일들, 이영민과 관련된 일들과 김인천의 사고에 얽힌 이야기부터 방금 있었던 나영욱과 이영민의 거래까지 모든 걸 이야기해주었다. 얘기를 하고 나자 비밀을 털어놓은 것처럼 속이 시원했다.

"뭐가 되게 복잡하네요."

"그렇지?"

"이강혁이라는 사람, 원래 원수도장의 식구였대요."

"그래?"

"식구였다가 5년 전에 대판 싸우고 원수도장을 떠났대요. 뭔 일이 있었는지는 모르겠어요. 이강혁은 그때부터 여러 가지 일을 전전하다가 1년 전부터 헤드폰 수입하는 회사에 들어갔는데, 그 회사 위치가 바로……"

"배동훈이 죽었던 그 건물이지?"

"그렇죠."

"그 얘기들을 맞춰보면 이렇게 되는 거네. 이강혁은 원수도장 식구였다가 사이가 안 좋게 나왔다. 뭔가 불만이 많다. 그러다가 같은 건물에 있는 배동훈이 천일수와 일하는 걸 알게 되고, 천일수와 나영욱에게 복수를 하기로 한다. 내부의 누군가와 공모해서 태블릿 피시를 유출한 다음, 배동훈에게 팔아먹었다. 여기까진 맞지?"

"배동훈이 죽은 날, 이강혁이 현장에서 체포된 기록이 있더라고요."

"그래? 아, 그래, 맞아. 기억났다. 인천 선배가 누굴 잡았었어."

"네, 사건 직후에 비상계단을 통해서 내려오는 게 건물 CCTV에 찍혔대요."

"자, 생각해보자. 원수도장 식구들이 배동훈에게 겁을 주러 온 거야. 그런데, 이강혁이 그 장면을 본 거지. 얼굴을 숨겨야 하니까, 비상계단으로 피한 거고."

"슬슬 말이 돼가는데요?"

"이강혁을 빨리 확보해야겠다. 지금 어디 있는지 알아?"

"알죠."

"어디 있어?"

이리는 손가락으로 원수도장의 본부가 있는 허름한 인의빌딩을 가리켰다. 구동치는 이리의 손가락과 건물을 번갈아보았다.

"저기 있다고?"

"네, 한 시간 전에 저기로 들어갔어요."

"그걸 왜 지금 얘기해?"

"안 물어봤잖아요."

"벌써 뭔 일이 난 거 아닐까? 가보자."

"이강혁, 3층까지 올라가는 거 봤어요."

구동치와 이리는 자동차에서 내려 인의빌딩으로 조심스럽게 뛰어갔다. 잘 꾸려진 조직이라면 누군가 망을 보는 사람이 있어야 했지만, 원수도장 식구들은 모두 악어동네에서 막내를 찾고 있었다. 사람이 남아 있을 리 없었다. 구동치는 이리에게 1층에서 망을 보게 하고, 아무런 제재 없이, 걱정하지 않고 3층으로 올라갔다. 냄새는 악어빌딩보다 더 심한 수준이었다. '냄새가 난다'기보다 냄새 그 자체가 빌딩이 된 듯한 기분도 들었다. 구동치는 조심스럽게 계단을 밟고 올라가서 복도 끝 쪽으로 걸었다. '신요물산'이라는 간판이 붙어 있는 사무실에서 소리가 새어 나왔다.

신요물산 정문 건너편에 공용 화장실 문이 있었다. 그곳이라면 안을 들여다볼 수 있을 것 같았다. 구동치는 천천히 화장실로 걸어갔다.

"이게 무슨 짓이야!"

열려 있던 사무실 안에서 갑자기 터져 나온 소리 때문에 구동치는 그 자리에 멈춰 섰다. 자신에게 하는 말이 아니라는 걸 알고 있었지만 어쩐지 몸을 움직일 수 없었다. 구동치는 화장실로 가는 걸 포기하고 벽에 바짝 붙어서 사무실에서 나오는 소리를 듣기로 했다. 손에는 전화기를 꼭 쥐고 있었다. 누군가 오면 이리가 알려줄 것이었다.

"저희가 새로운 원수도장을 만들겠습니다. 대사형은 이제 물러나시죠."

"자네들이 얼마나 일을 망쳐놨는지 알아?"

"망친 건 없습니다. 제자리로 돌려놓은 것뿐입니다."

"많은 사람들이 다쳤잖아."

"대사형, 지금 제정신입니까? 대사형은 사람을 죽였습니다."

"그건 사고였어. 그리고 자네가 태블릿 피시를 유출하지 않았다면 그럴 일도 없었고."

"대사형께서 처음부터 옳은 선택을 했다면 그럴 일도 없었겠죠."

"그래, 그래서 이제 어떻게 하겠다는 건가?"

"천일수 회장과의 관계를 끊을 겁니다. 그리고 다시 산으로 들어가 수련에 매진할 겁니다."

"회장님의 은혜를 저버리겠다는 건가?"

"저희가 받은 은혜가 아니죠. 대사형이 받은 은혜죠. 그건 알아서 갚으십시오."

구동치는 사무실 안에서 무언가가 움직일 것 같다는 예감을 했다. 빨리 화장실 쪽으로 숨어야 했다. 발바닥을 땅에 붙이고 미끄러지듯이 화장실 쪽으로 들어갔다. 사무실 안에서는 눈치를 채지 못한 것 같았다.

"우린, 칼에 피를 묻혔어. 돌아갈 수 없어."

"아뇨, 아직 늦지 않았습니다."

"형사를 찔렀다고."

"아뇨, 그건 우리가 그런 게 아닙니다."

"그게 무슨 소리야?"

"제가 사고가 났던 곳의 CCTV를 모두 조사했습니다. 대부분 폐업 직전의 가게들이어서 CCTV도 멀쩡한 게 없었습니다. 딱 하나 작동하는 게 있더군요. 화면이 흐리긴 하지만 사람을 구별할 정도는 됩니다. 그 화면이 있으면 저희 누명을 벗을 수 있을 겁니다."

"그래? 형사를 찌른 게 누군데?"

"제가 나중에 화면을 보여드리겠습니다."

화장실에서 이야기를 듣고 있던 구동치의 눈에 핏발이 섰다. 당장 달려나가서 CCTV 화면이 어디 있는지 묻고 싶었지만 일단은 참기로 했다. 구동치는 화장실의 작은 창문으로 안을 들여다보았다. 사무실 일부분이 눈에 들어왔다.

원수도장 식구들은 두 그룹으로 나뉜 채 대치하고 있었다. 구동치의 눈에 들어온 사람은 입구를 등지고 서 있는 나영욱과 태블릿 피시가 든 가방을 들고 있는 P, 그리고 처음 보는 얼굴의 남자였다. 구동치는 그 남자가 이강혁이라는 걸 직감했다. 나영욱과 이강혁의 싸움이었다. 이강혁과 함께 태블릿 피시를 빼돌린 내부의 스파이는 아마도 P일 거라고 짐작했다. 구동치는 사람들이 서 있는 모습을 보고 누가 누구의 적인지, 아군인지 구별할 수 있었다. 이강혁과 P는 태블릿 피시를 들고 밖으로 나가려 하고 있었고, 나영욱은 그 앞을 가로막고 있었다.

"그걸 가져가서 어쩌겠다는 건가?"

나영욱이 소리를 질렀다.

"공개하지는 않겠습니다. 일종의 보험입니다."

이강혁이 말했다.

"그럼 내 입장이 뭐가 되겠나."

"대사형, 죄송합니다. 하지만 이 방법밖에는 없습니다. 지금 빨리 막내를 찾아낸 다음 흔적 없이 사라지겠습니다."

"모두 자네들을 따를 거라고 생각하나?"

"따르게 하겠습니다."

"대사형, 저도 이들을 따르겠습니다."

구동치의 눈에 보이지 않던 닻을 닮은 사내가 시야에 드러났다. 이강혁과 P의 뒤로 가서 섰다.

구동치는 판단이 서질 않았다. 지금 저들을 덮쳐서 김인천에 대한 증거를 확보해야 할지, 아니면 상황을 좀더 지켜봐야 할지 알 수 없었다. 구동치의 머릿속으로 한 가지 방법이 떠올랐다. 구동치는 화장실에 쭈그리고 앉아 이리에게 문자 메시지를 보냈다.

"저희를 막지 못할 것입니다. 비켜주십시오."

이강혁의 목소리였다.

"꼭 이렇게 해야겠나?"

나영욱의 목소리였다. 움직이는 소리가 들리지 않았다. 몇 분이 지났을까, 문이 덜컹하는 소리가 들렸다. 구동치는 화장실 문 뒤에 바짝 붙어서 일행의 움직임을 살폈다. 나영욱은 밖으로 나오지 않았고, 이강혁과 닻을 닮은 남자와 P가 복도로 걸어갔다. 구동치는 심호흡을 했다. 복도를 지나 계단을 내려가는 발소리를 듣고 구동치는 화장실 밖으로 나왔다. 나영욱은 보이지 않았다. 구동치는 발소리를 죽이며 그들을 따라갔다. 이리가 일을 제대로 해놓길 바랄 뿐이었다.

3층에서 2층으로 내려가고, 2층에서 1층으로 내려가는 계단에서 구동치는 일행에게 바싹 달라붙었다. 일행은 누군가가 따라오고 있을 거라고는 생각지 못하는 것 같았다. 구동치는 주머니에 있던 가스총을 꺼냈다. 마지막 계단참을 돌아 내려갈 때 세 사람이 웅성거리는 소리가 들렸다. '어, 이게 뭐야.' '이사하는 건가?' 길쭉한 소파가 계단참에 놓여 있었다. 구동치는 그 순간을 놓치지 않고 뛰어내려가서 세 사람의 얼굴에다 가스총을 발사했다. 탄창에 들어 있던 여섯 발을 모두 발사했고, 대부분 명중했다. 당황한 세 사람은 피하지도 못한 채 얼굴을 감싸쥐고만 있었다. 구동치는 P가 들고 있던 태블릿 피시 가방을 뺏은 다음 소파를 밟고 뛰어넘었다. 이리가 자동차에 시동을 걸어둔 채 건물 앞에서 기다리고 있었다. 구동치가 차에 올라타자마자 자동차가 움직였다. 이리는 가파른 언덕을 내려와서 한참을 더 달린 후에야 자동차의 속도를 늦추었다.

"휴우, 이리야, 고생했다. 잘했어."

"형님은, 뭐 그런 문자를 보냅니까. 혼자 밑에서 얼마나 바빴는지 알아요?"

"안 되면 할 수 없다는 생각으로 보냈지. 야, 근데 그 소파는 대체 어디서 구한 거야?"

"이 근처에 그런 거 천지던데요? 소파도 있고, 장롱도 있고, 쓸 만한 물건들을 길거리에 다 내놓았던데요."

"고생했다."

구동치가 말했다. 이리는 운전하던 오른손을 들어 구동치 앞으로 뻗었다. 구동치는 아무런 반응을 보이지 않았다.

"하이파이브 해요."

이리가 입을 삐죽거리면서 말했다.

"앞이나 똑바로 봐."

구동치가 손가락으로 정면을 가리켰다. 이제 거래의 시간만이 남았다.

28

구동치는 옛 동료를 통해 이강혁의 전화번호를 간단히 알아냈지만 곧바로 전화를 걸지는 않았다. 지금 어떤 상황이 벌어진 것인지 침착하게 판단할 수 있는 시간을 주고 싶었다. 차철호에게 먼저 전화를 해서 동네 상황은 어떤지 물어보았다. 별다른 특이 사항은 없었다. 원수도장 막내는 묶인 채 조용히 앉아 있었고, 떠먹여주는 밥을 군말 없이 먹었다. 자신의 처지를 받아들이고 있었다.

이강혁에게 전화를 건 것은 정오 무렵이었다. 구동치는 언제쯤 사람의 판단력이 가장 정확해지는지 알고 있었다. 해가 정수리를 비추는 순간이 가장 머리가 맑아지는 순간이며, 가장 합리적인 선택을 할 수 있는 순간이다. 이강혁은 곧바로 전화를 받았다.

"아까는 놀라게 해서 죄송합니다."

구동치가 공손하게 말했다.

"구동치 씨죠?"

이강혁이 담담하게 물었다.

"네, 인사는 생략하게 돼서 좋군요."

"구동치 씨가 원하는 게 뭔지 궁금하네요."

"아까 나영욱 씨와 이야기하는 걸 들었습니다. CCTV 데이터에 흥미가 생기더군요."

"CCTV 데이터와 태블릿 피시를 바꾸자고요? 공정한 거래 같지는 않은데요."

"이강혁 씨가 CCTV 데이터를 가지고 있어봤자 할 수 있는 게 없을 겁니다."

"형사를 찌른 건 원수도장 식구들이 아닙니다. CCTV 데이터가 있어야 그걸 입증할 수 있습니다."

"저도 이영민이 범인이란 건 알고 있습니다. 김인천 형사가 칼에 찔려서 숨을 쉬기 힘든데도 그 이름을 똑똑하게 말했죠. 제가 가지고 있는 녹음 파일과 CCTV 데이터가 합해져야 제대로 된 증거가 될 수 있을 겁니다."

"좋습니다. CCTV 데이터와 태블릿 피시를 바꾸죠."

"아뇨. 태블릿 피시는 제가 가질 겁니다."

"그럼 무슨 거래를 하자는 말입니까?"

"막내를 드리죠."

"막내요?"

"지금 악어동네 어딘가에서 괴로워하고 있을 원수도장의 막내를 보내드리겠다고요."

이강혁이 멈칫했다. 휴대전화기의 마이크를 끄고 주위 사람들과 상의하는 듯했다. 침묵은 길게 이어지지 않았고, 곧 주위의 미세한 잡음이 다시 들려왔다.

"좋습니다. 대신 부탁이 있습니다."

"네, 하시죠."

"구 탐정님은 전직 형사라고 알고 있습니다."

"흔히 그렇게들 알고 있죠."

"이영민이 꼭 체포되도록 해주십시오. 그리고 원수도장 식구들에게는 피해가 없도록 해주십시오. 원수도장의 잘못이 아주 없는 것은 아닙니다. 칼로 찌른 건 이영민이지만 유기한 건 원수도장 식구들입니다. 인정합니다. 일찍 병원으로 갔다면 더 좋았겠죠. 그걸 덮어주실 수 있을까요?"

"약속은 못 드리지만 최대한 노력해보겠습니다."

"그리고 또 하나 있습니다. 동네에다 불을 지른 것도 원수도장 식구가 한 것입니다. 천일수 회장의 지시가 있긴 했지만 실행에 옮긴 건 분명히 잘못한 일이죠. 그것도 조용히 넘어갈 수 있을까요?"

"그것도 최대한 노력해보겠습니다."

"구동치 씨를 믿어보죠. 좋습니다. 어떻게 거래를 하죠?"

"악어동네 입구에 커다란 카페가 하나 있습니다. 한 시간 후에 거기서 만나죠. 제가 가지는 못하고, 수염이 덥수룩한 동료를 보낼 겁니다. 아마 카페에 들어서는 순간, 이 친구를 알아보실 수 있을 겁니다. 일단 카페에서 CCTV 화면을 확인한 다음 막내를 넘겨드리겠습니다."

"좋습니다. 한 시간 후에. 그런데요…… 태블릿 피시로 뭘 하실 겁니까?"

"아직 생각 중입니다."

"실은, 자료가 공개되면 원수도장 식구들도 좀 위험해질 수 있어서요."

"그 부분에 대해선 약속드리지 못하겠습니다. 죄송하군요."

구동치는 전화를 끊었다. 거래는 짧을수록 좋았다. 생각할 시간을 많이 주면 갈등하게 마련이고, 갈등하면 결정을 번복할 가능성이 높아진다. 구동치는 이리에게 상황을 설명하고, 차철호에게 전화를 걸어 한 시간 반 후에 사람들이 남자를 데리러 갈 것이라고 알려주었다.

"형님은 뭐 하시게요?"

이리가 슈퍼마켓에서 사온 빵을 씹어 먹으며 말했다.

"할 일이 있어."

구동치는 이온음료를 마시며 대답했다.

"어려운 일은 맨날 저한테만 시키고 말이죠. 진짜로 이거 다 청구할 겁니다, 형님. 나중에 모른다고 하시면 안 됩니다. 제가 시간당 얼만지 아세요? 예전 생각하시면 안 됩니다. 엄청 비싸졌어요."

"천일수 만나고 올 거야."

"만나서 어쩌시게요?"

"악어동네 일은 잘 부탁한다."

"그런 건 걱정하지 마시고, 돈이나 잘 챙겨주세요. 천일수 만나서 어쩌시게요?"

"가면서 생각해봐야지."

"네, 뭔 일 있으면 전화하시고요."

"내가 누구냐. 걱정은 사무실 캐비닛에다 넣어두고 가라."

"네? 캐비닛이요? 무슨 소리예요?"

"아냐. 그냥 농담이 생각 나서…… 차는 내가 좀 쓸게."

"예, 형님. 깨끗하게 쓰지 말고 험하게 쓴 다음에 새 걸로 사주세요."

구동치는 대답하지 않고 정면을 바라보았다. 이리는 눈치를 살피다가 곧 차에서 내렸고, 택시를 이용해 악어동네까지 갔다. 약속 시간까지는 10분 정도 남아 있었다. 이리는 아이스 커피를 주문해 받은 다음 자리에 앉았다.

"저, 구동치 씨가 보낸……"

이리 앞에 이강혁과 P가 함께 서 있었다.

"네, 빨리 오셨네요. 앉으시죠."

이리가 아이스 커피 한 모금을 빨대로 빨며 말했다. 이리는 계속 아이스 커피를 들이켰다. 이야기를 시작하기 전에 아이스 커피 한 잔을 모두 마셨다. 이강혁은 가방에서 노트북과 USB를 꺼냈다.

"USB에 담아왔습니다."

"이야, 되게 서두르시네."

이리는 노트북을 끌어당겨서 동영상 파일을 열었다. 화면이 선명하지는 않았다. 기다란 복도가 보였고, 양쪽으로 가게들이 늘어서 있었다.

"복도 끝, 그러니까 화면 위쪽을 자세히 보시면 됩니다."

이강혁이 설명했다. 이리는 화면 위쪽을 보았다. 두 사람이 복도 끝 왼쪽에 있는 가게로 들어갔다. 한참 동안 보이지 않았다. 복도를 지나다니는 사람은 거의 없었다. 몇 분 후, 두 사람이 갑자기 빠르게 움직이더니 화면 오른쪽으로 뛰었다. 화면 바깥으로 사라졌다. 오른쪽에서 나타난 사람은 세 사람이었다. 한 사람은 손에 칼 같은 걸 들고 있었고, 한 사람이 다른 한 사람의 목을 조르고 있었다. 화면 아래쪽에서 또 다른 두 사람이 나타났다. 두 사람은 칼을 들고 화면 위쪽을 향해 뛰었고, 화면 위쪽에 있던 세 사람은 급하게 방화문을 열고 나갔다. 화면 아래쪽에 있던 두 사람이 쫓아갔다. 화면 위쪽 방화문으로 나가면서 영상은 끝이 났다.

"이게 다예요?"

이리가 시큰둥하게 물었다.

"확대하면 좀더 잘 보일 겁니다. 화면이 좀 작아서요."

"좀 흐리긴 하네요."

"우리가 쓰는 칼과 형사의 배에 난 자상을 비교해보면 알 수 있을 겁니다."

이강혁이 설명했다.

"이영민 씨가 사용한 칼을 발견하면 좋은데……"

"화면을 자세히 보면 이영민이 형사를 붙잡고 있습니다. 충동적으로 저지른 일이 아닙니다. 우리 식구들이 쫓아올 걸 알고 있었고, 형사가 올 것도 알고 있었을 겁니다. 우리한테 전부 뒤집어씌우려고 준비한 겁니다. 김인천 형사의 마지막 녹음을 구동치 씨가 가지고 있다고 들었습니다."

"알겠습니다. 일단 거래는 거래니까…… 따라오시죠."

이리는 USB를 챙겨 주머니 속에다 넣고 자리에서 일어났다. 두 사람이 이리를 따라 일어났다. 카페에서 악어동네로 걸어가는 길에 있는 공영주차장에는 젊은 남자들 10여 명이 모여 있었다. 이강혁과 P가 나타나자 젊은 남자들은 긴장하며 손을 들었다. 이강혁이 손을 들어 걱정하지 말라는 듯한 신호를 보냈다.

이리는 악어빌딩으로 들어가 계단을 올라갔다. 이강혁과 P도 말없이 계단을 따라갔다. 4층을 지나 좁은 문을 열고 건물 옥상으로 올라갔다. 옥상에서는 차철호가 기다리고 있었다.

"이리 씹니까?"

차철호가 손을 내밀었다.

"네, 아까 전화받으신 분이죠?"

이리가 손을 잡았다. 차철호는 이리를 따라 들어온 두 남자에게 시선을 돌렸다. '물건'을 인수하러 온 사람들이란 걸 한눈에 알 수 있었다.

"보시면 알고, 들어보시면 더 잘 알겠지만, 제가 참 성심성의껏 돌보았습니다. 밥도 꼬박꼬박 주고요, 물도 꼬박꼬박 주고요, 식물처럼 잘 보살폈습니다. 물론, 붙잡는 과정에서 조금의 충돌이 있었습니다. 제가 무도인이다보니 어쩔 수 없이 부상을 입힐 수밖에 없었습니다. 그 점 이해해주길 바라고요."

차철호가 창고 문을 열었다. 의자에 묶여 있는 상태인 건 똑같았지만 막내는 비교적 깨끗한 모습이었다. 구동치의 전화를 받고 차철호가 물수건으로 열심히 닦아준 덕분이었다. 입에 물려 있던 재갈도 없어졌다. 차철호는 의자 뒤로 묶여 있던 손을 풀어주었다. 막내가 힘없는 표정으로 이강혁에게 갔다.

"사형, 죄송합니다."

"괜찮아요. 아무튼 다행입니다. 어디 다친 데는 없고요?"

"어깨 쪽을 약간 다쳤는데, 심하진 않습니다."

"자, 어서 갑시다."

이강혁과 P는 차철호와 이리에게 눈인사를 한 후 막내와 함께 옥상을 내려갔다. 차철호는 막내와 눈을 맞추지 않으려고 옥상 난간에서 동네를 내려다보며 딴전을 피웠다. 인사를 하기에도 어색한 분위기였다. '그동안 고생했어요'라는 인사가 차철호의 입술 근처에서 만들어졌지만 끝내 발음되지는 않았다. 고생을 시킨 사람이 자신이었기 때문에 어울리지 않는 인사라는 생각이 들었다. 이리 역시 내려가지 않고 옥상에 남았다. 거래는 끝났다. 원수도장 식구들이 더 이상의 문젯거리를 만들지 않을 거란 걸 이리는 알고 있었다.

계단을 빠르게 뛰어오는 소리가 들렸다. 백기현이었다.

"야, 차 관장, 벌써 끝났어?"

"뭐가 끝나요?"

"데려갔어?"

"네, 데려갔어요. 구 탐정은 대체 무슨 거래를 한 걸까요? 애써 잡은 놈을 이렇게 쉽게 풀어주네요."

"전문가야 전문가. 구 탐정이 우리한테 손해날 일 하겠어? 믿자고. 그런데 그 자식, 네가 가혹 행위한 거 신고 안 하겠지?"

"제가 언제 가혹 행위를 했습니까?"

"안 하면 다행이고."

"뭘 안 해요. 가혹 행위를 안 했는데."

"차 관장, 그건 그렇고, 너 아침에 드라마 봤냐?"

"무슨 드라마요?"

"여기 4층 처녀가 드라마 쓴다고 했잖아. 일요일 아침 드라마래서 오늘 봤는데, 야, 그거 무지하게 재미있더라."

두 사람의 대화를 듣고 있던 이리는 피식 웃었다. 사무실을 빼줘야 할 때가 됐는데, 이 동네로 이사 올까 싶은 마음이 들었다. 옥상에 가건물을 만들면 동물을 키우기에도 좋을 것 같았다. 옥상에서 내려다보이는 풍경도 근사했다. 옥상에서 주차장이 내려다보였다. 이강혁과 P와 막내가 주차장 쪽으로 걸어가고 있었다. 주차장에 도착한 막내는 원수도장 사람들과 일일이 포옹을 했다. 식구들은 막내의 등을 두드려주기도 하고, 손을 잡아주기도 했다. 한 명은 막내의 머리카락을 헝클어뜨리며 장난을 쳤다.

이리는 구동치에게 전화를 걸었다. 옥상에서는 뭐든 다 멋지게 보였다. 위에서 내려다보면 모든 풍경에 이야기가 있어 보인다. 골목과 골목 사이에 사는 사람들은 이야기에 둔감하지만 풍경을 조망하고 연결하면, 이야기가 된다.

"어, 이리야."

"다 끝냈어요."

"CCTV 화면 봤어?"

"네, 깨끗하진 않은데, 볼 만해요."

"원수도장 막내는?"

"지금 막 데리고 갔어요. 별일 없을 거 같습니다. 조용히 사라질 거 같아요."

"그래. 다행이다."

"어디예요?"

"응, 천일수 회장 사무실 앞. 이따 연락할게, 끊어야겠다."

"네, 형님."

구동치는 전화를 끊고 송미영이 안내하는 천일수 회장의 방으로 들어갔다. 천일수는 커다란 사무실에서 구동치를 기다리고 있었다. 전에는 강인해 보이던 짧은 백발이, 이제는 피로해 보였다. 넓은 공간 속에 있어서인지 왜소해 보였고, 백발 때문에 표정이 더욱 어두워 보였다. 책상 앞에 손님용 의자 하나만 덩그러니 놓여 있었다.

"갑자기 어쩐 일입니까?"

천일수가 깍지 낀 손을 허벅지에 올려놓으며 말했다.

"갑작스러운 일이, 그동안 많았죠."

구동치는 상체를 뒤로 젖히며 대답했다.

"차 한잔하시겠습니까?"

"괜찮습니다. 차가 앞에 있으면 너무 여유로워져서요."

"여유를 가져야죠. 무슨 일이 있든지."

"나 실장님은 안 보이시네요?"

"예, 무슨 볼일이라도?"

"늘 곁에 계셨던 것 같아서요."

"꼭 그렇진 않았죠. 잠깐 일 보러 나갔습니다."

"또 어떤 무시무시한 일을 벌이시길래 경호실장님을 직접 보내셨을까요?"

"하하하, 무슨 그런 말씀을."

"아직 보고를 받으신 게 없나 보군요."

"무슨 소리이신지?"

"이영민을 만나러 간 걸로 아는데, 왜 안 돌아올까요?"

"이영민이요?"

"네, 이영민 씨요. 회장님도 알고 저도 아는 이영민 씨요."

"정보가 빠르시네."

"회장님이 생각하는 것보다 더 빠를 수도 있죠."

"너무 빠르면 놓치는 게 많아집니다. 차근차근 가면서 현실을 정확히 봐야죠."

"이영민을 왜 만나는지도 알고 있습니다."

"알고 있으시겠죠."

"또 어떤 걸 제가 알고 있을까요?"

"글쎄요, 여길 찾아온 건 두 가지 중 하나겠죠. 내가 알고 있는 걸 몰라서 물어보러 왔거나, 내가 모르고 있는 걸 알고 있어서 거래를 하러 왔거나."

"회장님도 빠르시네요. 후자입니다."

"내가 모르는 게 확실합니까?"

"저 라켓에 매달린 공이 확실히 돌아옵니까?"

구동치는 벽에 세워진 테니스 라켓을 손으로 가리키며 말했다. 테니스 라켓에 긴 끈이 달려 있고, 끝에 연두색 공이 붙어 있었다.

"확실히 돌아오죠. 끈에 매달려 있으니까."

천일수가 조금 귀찮은 듯한 말투로 대답했다.

"저 공이랑 똑같습니다. 제가 끈을 쥐고 있거든요. 공이 돌아온다는 걸 확실히 알고 있죠."

"머리 나쁜 사람에게는 어려운 얘기군요. 직접적으로 말씀하시죠."

"때로는 비유가 더 정확하기도 합니다."

"나 같은 장사꾼들은 숫자만 믿죠. 누군가 저에게 10을 주시오, 그러면 나는 7만 드릴 수 있소, 그러면 다시 상대방이 9를 제시하고 결국 8에서 결론이 나는, 그런 세계가 진짜 세계죠."

"비유의 세계도 진짜 세계입니다. 그렇게 보이지 않을 뿐이지."

"말을 어렵게 하는 버릇이 있으시네."

"10을 드리겠습니다."

"10이라…… 그걸 저한테 왜 줍니까?"

"바라는 게 있으니까요."

"10을 받고 20을 뜯어가시게?"

"20일 수도 있고, 5일 수도 있고, 0일 수도 있고요."

"숫자 얘길 하는데 이것도 비유 같네요. 10이면 뭡니까?"

"뭘 것 같습니까?"

"10이면, 글쎄요. 워낙 큰 숫자라서 상상하기 힘든데요."

"작은 숫자이기도 하죠."

"그럴 수도 있고요."

"태블릿 피시입니다."

"태블릿 피시요? 지금 가지고 있다고요?"

"네, 제가 가지고 있습니다."

"그게 왜 구동치 씨 손에 있는 건지는 모르겠지만, 만약 갖고 있다면 10인 건 맞네요."

"10을 드리면 받으시겠죠?"

"원하는 걸 들어보고요."

"그 전에 정보부터 몇 개 드리죠. 회장님께서 궁금해하실 것 같으니까, 정보도 5번까지 드리죠. 자, 그럼 1번 정보입니다. 악어동네에 불을 질렀던 원수도장의 막내는 안전합니다. 회장님께서 보내셨으니, 궁금하시겠죠?"

"무슨 소리인지 모르겠군요."

"네, 그렇다고 해두죠. 2번 정보로 넘어갑니다. 원수도장 식구들은 지금 나영욱 실장에게서 모두 돌아섰습니다. 나 실장 혼자만 남은 거죠. 그 사람들, 회장님을 버리고 자신들의 길을 가기로 했습니다. 잘 선택한 거죠. 3번 정보도 이어서 말씀드리겠습니다. 회장님을 배신한 사람이 궁금하셨죠? P입니다. 물론 뒤에서 조종한 건 이강혁이었지만요. 아, 2번, 3번은 묶어서 원 플러스 원으로 판매하죠. 비슷한 정보니까요. 자, 그럼 제대로 된 3번입니다. 걱정하실까 봐 말씀드리는 건데, 나 실장은 이영민과 제대로 거래를 했습니다. 돈을 잘 전달하고, 태블릿 피시도 받아왔죠. 이강혁이 나 실장에게서 태블릿 피시를 빼앗았고, 그걸 또 제가 슬쩍한 겁니다. 혹시 나 실장에 대해 오해하실까 봐 말씀드리는 거니까 알아서 하실 일이고…… 4번이 중요한데요. 김인천 선배를 찌른 건 원수도장 사람들이 아니었습니다. 이건 회장님에게는 무척 다행스러운 일이죠."

"뭐가 다행스럽다는 겁니까?"

"살인의 배후가 될 뻔했으니까요. 아, 참, 배동훈 살인교사가 있으니 어차피 살인의 배후는 피해 갈 수 없군요. 그걸 깜빡했네요."

"찌른 게 누굽니까?"

"이영민입니다."

"그게 5번 정보입니까?"

"아뇨, 이것도 4번에 끼워드리는 원 플러스 원입니다. 이어지는 얘기니까요. 5번은 좀 다른 이야기입니다. 제가 어떤 일을 하는지는 아시죠?"

"딜리팅이란 걸 한다고 들었습니다만……"

"네, 한유미 씨와 이영민 씨가 저의 고객이었습니다."

"한유미 씨가 나한테도 재미 삼아 가입해보라더군요. 그걸 해보면 자신에게 중요한 게 뭔지 알게 될 거라고요."

"지금이라도 가입하시죠."

"아, 5번 정보라는 게 보험 가입 요청입니까?"

"그럴 리가요."

"난 중요한 게 이미 뭔지 알고 있습니다. 딜리팅 얘길 듣고 감탄하긴 했어요. 틈새시장을 잘도 찾았구나 생각했죠. 누구나 지우고 싶어 할 만한 게 하나씩은 있으니까요."

"불법의 힘을 빌려야만 지울 수 있는 일들이 있죠."

"딜리팅을 하려면 불법이 많긴 하겠군요. 무단 침입도 자주 해야 하고, 경찰에게서 정보도 빼돌려야 하고……"

"회장님도 불법에는 익숙하실 텐데요."

"저야 법을 잘 몰라서 불법에 가까워진 경우고, 구동치 씨는 법을 잘 알면서 그걸 이용하는 그런 종류의 불법 아닌가요?"

"저는 법과 불법의 국경지대에서 노는 편이죠."

"제가 딜리팅 보험에 가입한다면, 딱 하나 지워달라고 할 게 있긴 하네요."

"뭡니까? 등에 있는 용 문신요?"

"하하하, 그런 거 없습니다. 내가 매일 기록하는 수첩이 있는데 그런 건 누가 없애주면 좋긴 하겠네요. 매일 그 수첩을 보면서 지난날을 돌이켜보지만 다른 사람에게는 아무런 도움도 안 되는 물건이지요. 비밀 같은 게 들어 있지는 않지만 전부 나만 아는 이야기들이니까요. 사람들이 그런 걸 부탁하는 경우도 많겠군요? 누군가에게 피해를 주지 않지만 굳이 남기고 싶지 않은 것들."

"이영민 씨가 어떤 걸 딜리팅 리스트에 올렸는지 아십니까?"

"내가 알 리가 없죠."

"집에 있는 외장 하드디스크입니다."

"그런데요?"

"그 안에 뭐가 들어 있을지 궁금해서요. 회장님도 좀 궁금하시지 않습니까?"

"딜리터라면 그런 걸 비밀로 해야 하는 거 아닙니까?"

"그래야죠."

"나한테 그런 얘길 하는 이유가 뭡니까?"

"딜리팅 일을 곧 그만둘 거니까요."

"아니, 왜요?"

"머리가 너무 물렁물렁해져서요."

"그건 또 무슨 비유입니까?"

"예전에 제법 반듯하고 정확하게 생각할 수 있다고 생각했는데요, 시간이 지나니까 점점 뭐가 뭔지 모르겠네요. 물렁물렁이 아니라 흐물흐물이 더 맞는 말인가."

"지금 무슨 말을 하는지 잘 모르겠군요."

"깊은 우물이 하나 있습니다. 너무나 깊어서 도무지 그 안을 제대로 들여다볼 수 없는 우물이 있습니다. 저는 무심코 그 안에다 돌멩이 하나를 던졌습니다. 아무 이유 없었죠. 그냥 던졌습니다. 한참을 기다려도 소리가 나지 않는 겁니다. 저는 흥미를 잃고 다른 곳으로 갔죠. 사람들이 지나가다가 또 돌멩이 하나씩을 던졌습니다. 그 사람들도 이유가 없었겠죠. 우물이 거기 있고, 우물은 깊으니까 돌멩이를 던지게 되는 겁니다. 그러던 어느 날, 우물 근처에 있다가 그 속에서 '퐁당' 하는 소리가 나는 걸 들었습니다. 지금 도착한 돌이 누구 건지 알 수 없습니다. 며칠 전 제가 던진 돌멩이가 지금 도착한 것일지도 모르고, 아침에 누군가가 던진 돌일 수도 있죠. 그런데 그 소리가 어쩐지 제 돌멩이 소리 같은 겁니다. 저는 우물 속에다 돌멩이를 던졌기 때문에 '퐁당'이라는 소리에 어느 정도의 책임이 있다는 겁니다."

"그래서요?"

"김인천 선배를 생각하면 지금도 심장 어딘가가 부글부글 끓어오릅니다. 이건 비유가 아니라 실제로 그렇습니다. 정신은 살아 있을까요? 그 속에 갇혀서 어떤 생각을 하고 있을까요? 얼마나 깊은 우물인지 몰라도 세상에서 가장 긴 밧줄을 묶고 들어가서 김인천 선배를 끄집어내고 싶습니다. 예, 불가능한 일이죠.

우물은 너무 깊어요. 돌이킬 수 없죠. 우물에 들어간다고 해도 되돌릴 수 있는 일은 없습니다. 돌을 다시 건져 올린다고 해도 소용없다는 것도 알고 있습니다. 그 돌은 이미 '퐁당' 떨어져버렸으니까요."

"그렇겠군요."

"이영민을 어떻게 하실 생각입니까?"

"글쎄요. 태블릿 피시가 제 손에 들어온다면 굳이 건드릴 이유가 없죠. 괘씸하긴 하지만 뭐 어쩌겠어요."

"이런 제안은 어떻습니까?"

구동치가 가방에 들어 있던 태블릿 피시를 책상 위에 올려놓으며 말했다. 태블릿 피시의 액정이 천장에 붙은 형광등 빛을 반사시키고 있었다.

"제안해보시죠."

천일수는 태블릿 피시에서 멀어지려는 듯 의자를 뒤로 젖혔다.

"10을 드리겠습니다."

구동치가 천일수에게 태블릿 피시를 밀었다.

"그러고요?"

천일수가 대답했다.

"저는 뭘 받을 수 있을까요?"

"돈을 원하십니까?"

"아뇨."

"뭘 드릴 수 있을지 감이 안 오는데요?"

"이영민을 어떻게 하면 좋을까요?"

"내 손에 피를 묻혀라?"

"아뇨. 피는 원하지 않습니다. 회장님이 할 수 있는 데까지 해주시면 됩니다."

"원한다면 피를 묻힐 수도 있죠. 피야 금방 닦아내면 되니까."

"경찰에 넘길 만한 증거도 있습니다."

"경찰에 넘기면 서로 복잡해지겠죠."

"그래서 찾아온 겁니다. 회장님께 상의를 드리려고요."

"태블릿 피시와 이영민을 잡아 넣을 만한 증거가 있다면, 곧장 경찰서로 갈 수도 있잖아요? 굳이 나를 찾아온 이유가 뭡니까?"

"우물은 너무 깊어서 돌멩이가 가 닿으려면 한참 걸리거든요."

"너무 깊다……"

"제안이 마음에 드시지 않습니까?"

"마음과는 상관없는 일 같군요. 저야 무조건 받아야죠. 혹시 더 도울 일이 있으면 말씀하세요."

"네, 잘 생각해보죠."

"이제 끝난 건가요?"

"끝이지만 또 시작이기도 하겠죠."

"동네에 불을 낸 건 미안하게 됐습니다."

"사과하시는 겁니까?"

"그렇다고 볼 수 있죠."

구동치의 주머니에서 진동이 울렸다. 이번에도 예감이 좋지 않은 진동이었다. 밝은 진동과 어두운 진동으로 나뉘어 있는 게 아닌데 이상하게 예감은 대부분 들어맞았다. 전화가 아니라 문자 메시지였다. 구동치는 주머니에 있는 휴대전화기를 만지작거렸다. 꺼내 볼 자신이 없었다. 휴대전화 액정에 미리알림 문구가 떠 있었다.

'김인천'이라는 이름과 몇 개의 숫자가 보이는 순간, 구동치는 눈을 감았다. 보지 않아도 거기 적힌 내용을 알고 있었다. 구체적인 글의 내용을 읽고 싶지 않았다. 내용이 뚜렷하게 실감되는 순간, 감정이 폭발할 것이다. 사실과 가장 먼 곳에 있고 싶었다. 먼 곳에 잠시 있다가 천천히 사실을 향해 걸어가고 싶었다. 구동치는 휴대전화를 주머니에 다시 집어넣었다. 손끝이 떨렸다. 없다,라는 단어가 불쑥 마음 한곳에서 튀어나왔다. 주어도 수식어도 없는 단순한 '없다'가 구동치의 마음을 뒤흔들었다. '없다'라는 단어가 무수히 복제돼 몸의 곳곳에 퍼졌다. 없다, 없다, 없다, 이제는. 어디에도, 없다. 우물은 닫혔다. 우물은 닫혔다. 구동치는 이를 악물었다. 구동치의 턱선이 계속 꿈틀거렸다. 입에서 아무것도 새어 나오지 못하도록, 신음이나 탄식, 울음이나 절규, 그 어떤 것도 빠져나오지 못하도록 문을 걸어 잠갔다. 간간이 무언가 새어 나왔다.

"무슨 일 있습니까?"

천일수가 한참을 기다린 끝에야 물었다.

"죽었다는군요."

구동치는 최대한 감정을 배제한 채 말하려고 노력했지만 마지막의 떨림은 어쩔 수 없었다.

"안됐군요. 고인의 명복을 빕니다."

천일수가 자세를 고쳐 잡고 말했지만 구동치의 귀에 가 닿지는 못했다. 온갖 기억들과 단어들과 목소리와 풍경과 음향들이 뒤섞여 만들어진 두터운 막이 구동치를 감싸고 있었다.

구동치는 천일수에게 가벼운 목례를 하고 자리에서 일어났다. 넓은 사무실이 더욱 휑하게 느껴졌다. 단단한 바닥인데도 발이 푹푹 빠졌다. 사막을 걸어가는 기분이었다.

"참, 태블릿 피시 자료 복사본 같은 건 없었죠?"

천일수가 구동치의 등에 대고 물었다. 구동치는 뒤돌아보지 않고 고개만 끄덕였다. 문을 열고 나가면서 구동치는 잊고 있었다는 듯 주머니에 손을 넣었다. 태블릿 피시를 촬영한 비디오 테이프가 거기 그대로 있었다. 구동치는 테이프를 꽉 움켜쥐었다. 테이프의 모서리가 구동치의 손바닥을 찔렀다. 구동치는 김인천에게로 갔다. 김인천은 없다. 없다. 이제 없지만, 없는 곳으로 구동치는 갔다.

29

김인천의 책상 맨 아래 칸 서랍은 잠겨 있었다. 구동치는 서랍을 힘으로 잡아 뜯었다. 주위에 있던 형사들은 구동치에게 말을 걸지 못하고 멀뚱멀뚱 보고만 있었다. 구동치는 서랍 속에 있던 종이 뭉치와 노트를 꺼냈다. 종이 뭉치는 예전에 읽었던 소설이었고, 노트에는 이제 막 쓰기 시작한 듯한 새로운 소설이 빼곡하게 적혀 있었다. 소설의 제목은 '역지사지 살인 사건'이었다. 구동치는 종이 뭉치와 노트를 들고 경찰서를 나왔다. 붙잡는 사람은 아무도 없었다. 들고 가는 게 무언지 물어보는 사람도 없었다.

구동치는 자동차 운전석에 앉아서 '역지사지 살인 사건'의 시작 부분을 읽어보았다. 여전히 형사가 주인공이었다. 욕을 잘하는 형사였다. 대사의 절반 이상이 욕설이었다. 첫 장면은 용의자를 심문하는 내용이었다. 구동치는 소설 속 대사를 읽는 순간 참았던 눈물이 쏟아졌다. 김인천이 소설 속에서 자신의 목소리로 이야기를 하고 있었다. 김인천의 목소리가 들리는 것 같았다. 모습을 보고 있는 것 같았다. 마지막으로 보았던 다방에서 김인천은 웃으며 말했다. '무슨 일 생기면 연락해.' 구동치는 웃지 않고 대답했다. '우리가 무슨 일 생기면 연락할 시간 있어요?' 자리를 뜨는 구동치에게 김인천은 '조심해서 갔다 와'라고 소리를 질렀다. 구동치는 돌아보지 않았고, 아무런 대답도 하지 않았다. 구동치는 왜 돌아보지 않았는지, 왜 대답을 하지 않았는지, 자신을 용서할 수 없었다. 간단한 일이었다. 돌아보면서 한마디 할 수 있었다. '네, 선배도 조심해요.' 그렇게 말하면 되는 일이었다. 구동치는 다정한 말 한마디를 하지 못했다. 마지막 통화를 할 때도 퉁명스럽게 전화를 끊고 말았다. 다정한 마지막 한마디를 하지 못했다. 조심하라고, 늘 고마워하고 있다고, 선배를 존경한다고, 말하지 못했다. 마지막 말이란 대부분 마지막일 줄 모르고 하는 말이다. 마지막 말은 할 수 없는 말이다. 불가능한 말이다. 늘 비어 있는 말이다. 텅 비어 있는 마지막 한마디가 구동치를 더욱 괴롭게 만들었다. 한마디도 하지 못하고 김인천을 보낸 것 같았다. 구동치는 소설을 더 읽을 수 없었다. 거기엔 김인천이 있었다. 김인천이 거기 있어서 차마 볼 수 없었다.

구동치는 병원으로 차를 몰았다. 소설을 어떻게 해야 할지 알 수 없었다. 버려야 할지 가지고 있어야 할지 알 수 없었다. 구동치는 딜리터를 그만둘 생각이었다. 딜리터로서의 마지막 고객이 김인천이 된 셈이었다. 창문으로 들어오는 차가운 바람이 구동치의 눈물을 닦아주었다. 건물들의 그림자가 자동차 앞에 누워 있었다. 그림자는 점점 길어지고 있었다. 시간이 빨리 흘러가는 기분이었다. 일요일의 기다란 그림자는 이미 월요일에 가 닿아 있는 것 같았다. 자동차는 그림자를 밟으며 빠르게 시간을 건너갔다.

30

고요하게 눈이 내렸다. 수천 수만의 눈송이들은 누구에게도 들키지 않으려는 듯 뒤꿈치를 들고 사뿐히 아래로 걸어 내려오고 있었다. 구동치는 아리아를 들으면서 눈을 보았다. 소리와 풍경이 잘 어울렸다.

구동치는 눈이 쌓이는 길을 내려다보았다. 새해 첫날의 길에는 오가는 사람이 거의 없었다. 발자국도 흔하지 않았다. 한 해의 마지막 밤을 지켜본 사람들은 모두 깊은 잠에 빠져 있고, 새해의 아침을 보려는 사람들은 늦잠을 자고 있는 시간이었다. 구동치는 밤새 깨어서 다른 사람들의 비밀을 하나씩 지웠다. 문서분쇄기로 종이를 지우고, CD나 DVD는 칼로 그어서 못쓰게 만들었다. 쓰레기가 된 비밀들이 한구석에 눈송이처럼 가지런히 쌓여 있었다. 구동치는 책상에 앉아 새로 산 달력을 펼쳤다. 1월 1일이었고, 월요일이었고, 김인천이 죽은 지 꼭 한 달 되는 날이었다.

김인천이 죽고 난 후, 구동치는 딜리팅 계약자들을 만나러 다녔다. 더 이상 딜리팅을 하지 않는다는 구동치의 말을 들은 계약자들은 자신의 비밀을 들킨 것처럼 놀랐다. 구동치는 여러 번 고개를 숙였고, 여러 번 '미안하고 죄송하다'는 말을 반복했다. 구동치는 믿을 만한 딜리터를 소개해주겠다는 약속까지 했다. 계약자들은 구동치의 계약 파기를 순순히 받아들일 수밖에 없었다.

구동치는 15일 동안 열심히 돌아다닌 끝에 한 개만 남기고 모든 계약을 취소시킬 수 있었다. 마음이 홀가분했다. 마음이 무겁기도 했다. 앞으로 어떤 일을 시작할 수 있을지 짐작조차 할 수 없지만, 무언가 달라질 것이란 건 분명했다. 마음이 전과 같지 않으면 무언가 달라질 것이다. 마음이 움직이면 다른 것도 움직일 것이다. 구동치는 그렇게 믿었다. 곧 새로운 일이 생길 것이다.

구동치는 사무실 책상의 위치를 바꾸기로 마음먹었다. 창을 등지지 않고 창을 향해 앉기로 했다. 책상을 돌려 창가에 붙였다. 구동치는 의자에 앉아 책상에 다리를 올렸다. 의자에 앉아 눈 내리는 풍경을 고스란히 볼 수 있었다.

눈을 보다가 잠깐 잠이 든 사이, 반쯤 잠에 빠져서 잠의 수면 위로 간신히 입을 내놓은 상태일 때 누군가 문을 두드렸다. 구동치는 애꾸눈오디오의 소리를 줄였다. 다시 한 번 노크 소리가 들렸다. 문 앞에 붙였던 '노크! 노크!' 표지판을 뗐던가. 기억나지 않았다. 구동치는 문을 열어주었다.

"깨어 있을 줄 알았어요."

정소윤이 머리와 어깨에 눈송이를 달고 서 있었다.

"이 시간에 어쩐 일이에요?"

구동치는 정소윤에게 손을 뻗어 머리와 어깨의 눈을 털어주고 싶은 마음을 간신히 참으며 말했다.

"들어오란 말 안 해요?"

"사무실이 좀 어지러워서요."

"그래서 그냥 가라고요?"

"여기 서서 잠깐만 기다려요."

구동치는 문을 닫고 쓰레기가 된 비밀을 쓰레기 봉투에 담았다. 커다란 봉투 세 개가 가득 찼다. 찢어진 비밀들이 한쪽에 몰리지 않도록 나눠 담았다. 누군가 조각을 이어 붙여볼 수 없도록 잘게 나누었다. 조각이 부풀어 오르지 않도록 꾹꾹 눌러 담았다. 구동치는 다시 문을 열었다. 정소윤의 머리와 어깨의 눈이 녹아서 물이 되었다.

"들어와요."

"고맙네요."

책상을 창 쪽으로 돌려놓았더니 정소윤에게 권할 만한 자리가 없었다. 구동치는 좋은 의자를 정소윤에게 권하고, 자신은 작은 의자에 앉아서 나란히 창을 내다보았다. 눈송이가 더 커진 듯했다.

"이야, 눈 많이 오네. 소윤 씨 발자국 다 지워졌겠네요."

"지워지면 좋죠."

"왜 좋아요?"

"여기 온 증거가 없어지니까요. 여기서 구동치 씨 죽이고 사라져도 증거가 남지 않잖아요."

"하, 순진하시네. 사람 죽이는 게 그렇게 쉬운 일 같아요?"

"쉬울 것 같아요."

"지문은 어떡하고, 시체는 어떻게 할 건데요?"

"사진은 고마워요."

"별 말씀을."

"하드디스크는 어떻게 했어요?"

"저기 쓰레기 봉투 세 개 보이죠? 잘게 부숴서 저기에 나눠 담았어요."

"안 믿어요."

"이번엔 진짜예요."

"사진만 추출하고 버렸다고요?"

"네, 사진은 아버지 것도 아니고 소윤 씨 것도 아닌 것 같아서 돌려준 거예요. 다른 건 진짜 버렸어요."

"아빠가 왜 하드디스크를 없애달라고 했어요? 거기 뭐가 담겨 있었어요? 동치 씨는 뭐가 있는지 다 봤죠?"

"아뇨. 사진만 추출하고 다른 건 하나도 안 봤어요."

"거짓말."

"거짓말 아니에요."

"전에도 거짓말 했잖아요."

"이번엔 아닙니다."

"알았어요."

"잊어요."

"네, 그럴게요. 사진은 고마워요."

"갈라파고스 아름답던데요."

"사진 봤어요?"

"네, 추출하다가 몇 장 봤어요. 거긴 이 세상 같지가 않더라고요."

"맞아요. 수천 년 전의 먼 과거로 시간 여행을 다녀온 것 같았어요. 그땐 아빠가 살아 계셨는데…… 이젠 정말 먼 과거가 됐네요."

구동치는 고개를 돌려 정소윤의 옆모습을 바라보았다. 살짝 벌어진 입술 사이로 가느다란 숨이 새어 나오고 있었다. 구동치는 눈을 바라보는 정소윤을 바라보면서 몇 분의 시간을 보냈다. 먼 과거로 여행을 떠난 것 같았던 정소윤의 눈빛이 현재로 돌아왔다.

"눈이 더 쌓이기 전에 가야겠어요."

"저 죽이는 건 포기한 겁니까?"

"살려놓고 앞으로 계속 괴롭힐 거예요. 자, 이건 선물요."

정소윤이 구동치에게 큼지막한 책 하나를 건넸다. 책 속에는 작은 사진이 수백 장 인쇄돼 있었다.

"이게 뭡니까?"

"K마을 사람들 사진 복원한 거예요. 기념으로 한번 만들어봤어요. 동치 씨가 복원시켜준 사진들이기도 하니까요."

구동치는 책장을 한 장씩 넘겨보았다. 작은 사진이었지만 사람들의 표정은 또렷했다. 사람들이 기억하고 싶은 아름다운 시절들이 빼곡하게 진열돼 있었다. 천천히 책장을 넘겼다. 서로 다른 사람들이, 서로 다른 표정으로, 서로 다른 장소에서, 웃거나 찡그리거나 뚱한 표정이거나 무표정한 얼굴로 사진에 박혀 있었다.

"좋네요."

"뭐가 좋아요?"

"그냥 보고 있으니, 좋네요."

"야, 많이 변하셨다. 전에는 '사진 복원해주면 사람들이 좋아해요?' 그러시더니."

정소윤은 장난스러운 표정으로 아이에게 그러듯 구동치의 등을 툭툭 쳤다. 구동치는 계속 책장을 넘겼다. 사진 속에 뭔가 자신이 잃어버린 게 있다는 듯, 놓친 게 있다는 듯 사진을 유심히 들여다보았다. 정소윤은 사진책을 들여다보는 구동치를 보았다. 가끔 구동치와 함께 같은 사진을 들여다보며 웃기도 했다. 눈이 계속 쌓이고 있었다. 길을 지우고 있었다. 정소윤이 의자에서 일어서자 구동치가 그제야 고개를 들었다.

"가려고요?"

구동치가 물었다.

"가야죠."

정소윤이 대답했다. 정소윤이 손을 내밀었고 구동치가 잡았다.

"이 사진들 주러 온 거예요?"

"그렇다고 볼 수 있죠. 한 권 만들어주고 싶었어요. 다른 사람들 사진으로 만든 거니까 불법이긴 하지만."

"저야 뭐, 원래 불법 전문이니까요."

"잘 아시네요. 참, 신문에 나온 거 봤어요. 생각보다 사진 잘 받으시던데요?"

"그렇게라도 칭찬 들으니 고맙네요."

"그렇게 비장한 표정의 구동치 씨가 낯설어서 그랬을 거예요. 딴 사람 같았어요."

"엄청난 걸 공개하는데 실실 웃고 있을 수는 없잖아요."

"일은 잘 진행되고 있어요?"

"이제 시작이죠."

"네, 조심해요."

정소윤은 구동치를 안았다.

"그럴게요."

구동치도 정소윤을 안았다.

"정말 갈게요."

정소윤은 문을 열고 걸어갔다. 좁은 계단은 젖어 있었다. 3층의 피시방은 닫혀 있었다. 2층의 합기도장 문도 닫혀 있었다. 1층의 철물점 역시 닫혀 있었고, 눈은 계속 내리고 있었다. 정소윤은 패딩의 지퍼를 끝까지 올리고 조심스럽게 걸어갔다. 4층을 잠깐 올려다보았다. 구동치가 아래를 보고 있는지는 보이지 않았다. 정소윤은 눈 위에다 발자국을 선명하게 찍으며 걸어갔다. 철물점 옆에 붙어 있는 커다란 플래카드에도 눈이 묻어 있었다. 붉게 씌어진 '재개발'과 '결사반대'라는 글자에도 하얀 눈이 얼어

붙어 있었다. 눈을 밟을 때마다 소리가 났다. 몇몇 사람들이 집 앞으로 나와서 눈을 쓸고 있었다. 눈은 곧 사라질 것이었다. 정소윤은 두툼하게 쌓인 눈을 보면서, 한번쯤 넘어져보고 싶다는 생각을 했다. 넘어져도 아프지 않을 것 같았다. 정소윤은 편평한 쪽으로 걸었다. 뒤를 한번 살핀 다음 팔을 벌리며 쓰러졌다. 아프지 않았고, 하늘이 보였다. 떨어지고 있는 눈이 보였다. 모든 눈송이가 자신에게 달려드는 것 같았다. 포근하다는 생각도 들었지만, 등이 서늘했다. 정소윤은 곧장 일어났다. 등에 묻은 눈을 대충 털어내고 다시 걸었다. 몇 걸음 가다 돌아보니 자신이 누웠던 자리가 선명하게 남아 있었다. 그림자를 남겨두고 가는 기분이었다. 정소윤은 넘어지지 않게 조심하며 계속 걸었다.

구동치는 철제 책상 위의 여행가방을 멍하니 바라보았다. 양말 다섯 켤레, 팬티 다섯 장, 검은색 티셔츠 두 벌, 여분의 청바지를 넣고 나니 더 이상 넣을 게 없었다. 구동치가 넣은 짐들은 가방의 4분의 1도 차지하지 않았다. 구동치는 여행가방에서 옷가지들을 꺼내 백팩에다 옮겨 담았다. 짐을 모두 넣었는데도 백팩에 여유가 많았다. 구동치는 더 넣을 게 없나 주위를 살펴보았다. 필요한 게 보이지 않았다. 생각나지도 않았다. 혹시 필요한 게 생기더라도 도착해서 사면 그만이다. 공항 서점에서 잡지나 추리소설 한 권만 사면 여행 준비가 완벽하게 끝날 것이다.

구동치는 옷장 맨 끝에 걸려 있는 푸른색 패딩 점퍼를 꺼내서 책상 위에 펼쳤다. 날이 추워지면 늘 입는 옷이었다. 구동치는 푸른색 패딩 점퍼를 사던 날이 또렷하게 기억났다. 쇼윈도에서 패딩 점퍼를 보는 순간 어린 시절의 기억이 무더기로 쏟아졌고, 구동치는 가게 안으로 들어가 입어보지도 않고 옷을 사 들고 나왔다. 아버지가 입고 다니던 옷과 디자인이 거의 비슷한 점퍼였다. 주머니의 모양도, 털모자가 달린 것도, 옷의 색도 비슷했다.

아버지는 옷을 험하게 입고 다녔다. 하는 일 때문에 더욱 그랬을 것이다. 주머니는 늘 불룩하게 튀어나와 있었고, 왼쪽 팔뚝의 주머니에는 볼펜이 꽂혀 있었다. 아버지는 점퍼에 주머니가 많은 걸 무척 좋아했고 거기다 늘 뭔가 쑤셔 넣고 다녔다. 커다란 주머니에 생수를 넣어 다닐 때도 있었고, 큼지막한 공구 같은 걸 넣어 다닐 때도 있었다. 왼쪽 가슴에 달린 주머니에는 늘 작은 수첩이 들어 있었다. 커다란 주머니에서 먹을 걸 꺼내준 적도 있었다. 초콜릿과 크로켓이 그 주머니에서 나왔다. 구동치는 아버지의 옷이 늘 부러웠다. 아버지가 입고 다니는 옷에는 비밀이 많아 보였다. 패딩 점퍼를 입는 순간, 몸에 비밀이 생기며 어른이 되는 것 같았다.

구동치는 주머니에 물건 넣는 걸 싫어했다. 주머니가 불룩하게 튀어나온 모습을 좋아하지 않았다. 주머니가 많은 옷을 사놓고도 정작 주머니를 사용하지 않았다. 한겨울 손이 시려울 때만 주머니를 이용했다. 추운 겨울 커다란 주머니에 두 손을 찔러 넣으면, 기분이 묘했다. 아무도 없는 빈 방에 들어가는 기분이었다. 보일러가 꺼진 방 한가운데, 방석도 없이 앉아 있는 것처럼 모든 게 싸늘했다. 손가락 사이에서 하얀 입김이 뿜어져 나오는 풍경이 보이는 것 같았다. 주머니 속의 차가운 공기가 따뜻해지고 굳었던 손이 천천히 녹으면, 차가운 방이 아늑하게 바뀌었다.

구동치는 마지막 일을 하기 위해 노르웨이로 가게 된 것이 좋았다. 추운 곳으로 최대한 멀리 떠났다가 돌아오고 싶었다. 공항이 가까워지자 버스에 앉아 있던 사람들이 다시는 돌아오지 않을 사람들처럼 가방 손잡이를 꽉 쥐었다. 하늘에 몇 대의 비행기가 보였다.

*

구동치는 공항 서점에 서서 추리소설 쪽을 둘러보았다. 추리소설을 읽는 건 구동치에게 자기계발의 시간이었고, 공부의 시간이었다. 추리소설 속 주인공이 되어 함께 문제를 해결했고, 함께 범인을 잡았다. 재미있어 보이는 소설이 눈에 띄지 않았다. 구동치는 추리소설 신간 중에서 가장 두꺼운 걸 골랐다. 돈을 내면서 두꺼운 책 속에 복잡한 사건이 가득하길 바랐다.

탑승 대기실에서는 일부러 소설책을 펼치지 않았다. 첫 페이지부터 재미가 없다면 서점으로 다시 달려갈 것이고, 또 새로운 책을 골라야 할 것이다. 소설 속 이야기가 재미있든 재미없든 비행기가 이륙하고 나서 읽기 시작할 생각이었다. 어떤 일은 돌이킬 수 없는 일이 되었을 때 더 절박해지기도 한다. 돌아갈 길이 없을 때 더 빨리 달리게 된다. 소설 속 사건을 절박하게 만들기 위해서는 돌이킬 수 없는 일이어야만 한다.

대기실 의자에 앉아서 노르웨이에 가서 할 일을 생각하기로 했다. 딜리터로서의 마지막 일이 될 것이다. 구동치가 없애야 할 비밀은 한 장의 사진이었다. 의뢰인은 유독 말수가 적은 사십대 남자였다. 미간을 찌푸리는 게 버릇이었고, 선명한 팔자 주름이 입을 보호하기라도 하듯 입술 주위를 동그랗게 감싸고 있었다. 얼굴의 모든 부위가 딱딱하게 굳어 있는 듯한 인상이었다. 얼굴의 주름은 표정의 화석이어서 세월이 고스란히 담겨 있다. 구동치는 주름을 보며 남자의 지나온 날을 어렴풋이 짐작해보았다.

"사진을 한 장 없애고 싶습니다."

남자는 크리스마스 이틀 전날, 구동치의 사무실에 들어와 아무런 인사 없이 그 말부터 했다.

"자세히 말씀해주시죠."

구동치가 말했다.

"이 사진을 없애고 싶습니다."

남자가 구동치에게 사진을 건넸다. 가족 사진인 듯했다. 아버지와 어머니가 뒤편에 서 있고, 두 개의 의자에는 열일곱 살 즈음의 남자아이와 그보다 어린 여자아이가 나란히 앉아 있었다.

"이 사진이 어디에 있는데요?"

"노르웨이에 있습니다."

"이 사진과 똑같은 사진이 노르웨이에 있다는 말씀인가요?"

"네."

"그걸 왜 없애려는 겁니까?"

"그런 것도 얘기해야 하나요?"

"지금 저에게 불법적인 일을 요청하러 온 겁니다. 그 정도 설명은 해줘야 저에게도 동기가 생기겠죠."

"아무런 이유를 얘기하지 않아도 딜리팅해주신다고 들었습니다."

"예전엔 그랬죠."

"지금은요?"

구동치는 대답 대신 사진을 들여다보았다. 사진관에서 찍은 전형적인 가족 사진이었고, 네 사람 모두 무표정한 얼굴이었다. 사진을 잘라 네 조각으로 분리한다면 네 사람의 증명사진으로 써도 좋을 정도였다. 무표정한 얼굴들이어서 오히려 이야기가 떠올랐다. 아버지와 어머니가 어떤 사이일지, 아이들과 부모는 어떤 사이일지, 남자아이와 여자아이는 어떤 생각을 하고 있는지, 어떻게 자라왔는지, 구동치의 머릿속으로 수많은 이야기가 떠올랐다.

"노르웨이까지 가려면 비용이 많이 들 텐데요."

구동치가 사진을 책상 위에 올려놓으며 말했다.

"비용은 상관없습니다."

남자가 오른쪽 손가락으로 왼손 등을 두드리며 말했다. 왼손만 제대로 붙어 있다면 비용을 걱정할 이유가 없다는 말처럼 들렸다.

"직접 가시지 않는 데는 이유가 있겠죠?"

구동치가 남자를 슬쩍 올려다보며 물었다.

"있겠죠."

남자가 귀찮다는 듯 대답했다.

"알겠습니다. 계약하시죠. 일단 착수금만 주시고, 나머지 비용은 돌아와서 청구하겠습니다."

"이 정도면 충분할 겁니다. 모자라면 더 청구하세요."

남자가 봉투 하나를 내밀었다. 얇은 봉투였다. 얇은 봉투여서 그 속에 꽤 많은 금액이 들어 있다는 걸 짐작할 수 있었다. 봉투 속에는 수표 한 장과 함께 노르웨이의 주소가 적힌 쪽지가 들어 있었다. 그리고 사진 한 장이 더 들어 있었다.

"이 사진은요?"

구동치가 물었다.

"사진을 가지고 있는 사람의 사진입니다."

남자가 대답했다.

구동치는 두 장의 사진을 비교해보았다. 남자가 새로 건넨 사진은 가족 사진 속의 아버지가 분명했다. 구동치는 더 이상 질문을 하지 않았다.

공항 의자에 앉아서 구동치는 노르웨이의 지도를 보았다. 곧 도착할 나라의 풍경이었다. 길쭉하게 생긴 노르웨이 속 지명을 읽어보았다. 오슬로, 베르겐, 스타반게르, 올레순…… 모두 낯선 이름들이었다. 이름만 읽어도 멀리 있는 곳이라는 생각이 들었다. 구동치는 지도를 가방 속에다 넣고 패딩 점퍼 주머니에 두 손을 넣었다. 여전히 차가운 빈 방이었다. 구동치는 차가운 빈 방에 들어서는 기분을 누구보다 잘 알고 있었다. 아무도 없는 방, 온기 없는 방, 방치되어 있는 방, 기다리는 사람이 없는 방, 자신의 온기만으로 버텨야 하는 방을 잘 알고 있었다. 익숙한 방이었고, 잘 알고 있는 쓸쓸함이었다. 커다란 창밖으로 비행기가 어슬렁거리며 자신의 자리를 찾고 있었다.

구동치는 여행을 좋아하지 않았지만 비행기가 이륙하는 순간은 무척 좋아했다. 땅 위에서 조금씩 속도를 높이던 비행기가 마침내 바퀴를 들어 올리는 순간의 막막함을 좋아했다. 아무것도 딛고 있지 않다는 불안함과 발아래 아무것도 없다는 황홀함이 하나로 겹치면 가슴이 빠르게 뛰었다. 눈꺼풀이 파르르 떨리며 졸음이 왔다. 구동치는 작은 창문으로 보이는 지평선의 경사를 가늠해보다가 눈을 감았다.

눈을 떴다가 다시 감았다. 시간이 비행기 뒤로 빠르게 지나갔다. 구동치는 잠결에 지구의 자전 방향을 생각했다. 비행 방향이 자전 방향과 같은지 다른지 생각하다가 다시 잠이 들었다. 옆에 앉은 사람의 얼굴을 보았던가. 누가 앉았더라. 그런 생각을 하다가 다시 잠이 들었다. 잠에서 깼더니 좌석 앞에 스티커가 붙어 있었다. 식사를 하고 싶으면 승무원을 불러달라는 내용이었다. 이상하게 배가 고프지 않았다. 구동치는 스티커를 떼어서 손에 꼭 쥐고는 다시 잠이 들었다. 그렇게 깊은 잠은 오랜만이었다.

*

노르웨이는 생각보다 춥지 않았다. 검은색 티셔츠, 울 스웨터, 패딩 점퍼만 입었을 뿐인데 견딜 만했다. 구동치는 노르웨이의 추위를 전과 비교할 수 없었기에 따뜻한 추위의 정체를 확인할 수 없었다. 지구 온난화 때문에 전보다 따뜻해진 것인지, 오늘만 따뜻한 것인지, 어제의 따뜻함이 오늘까지 이어진 것인지, 건조한 추위가 자신에게 잘 맞는 것인지, 판단을 내릴 수 없었다.

구동치는 쪽지 속의 주소로 곧장 가기로 했다. 빨리 일을 끝내고 피오르라도 구경해볼 생각이었다. 누군가 피오르를 보고 나서 '거길 가면 타임머신을 타고 빙하기에 도착한 것 같은 기분이 들어. 대단한 곳이야'라고 했던 게 생각났다. 구동치는 택시 운전사에게 주소를 보여주었다.

구동치가 세상 그 누구보다 잘하는 일은, 기다리는 일이다. 닫힌 문을 바라보며 누군가 나오기를 기다렸던 시간과 아무도 없는 장소에서 누군가 나타나기를 기다렸던 시간을 모두 쌓아놓은 곳이 있다면 어마어마하게 높을 것이다. 구동치는 기다리는 일이, 시간이 지나가는 걸 바라보는 일이 지루하지 않았다. 길었던 그림자가 짧아졌다가 다시 길어지고, 길고양이가 나타났다가 사라지고, 바람에 이끌려온 비닐봉지가 하늘로 솟구쳤다가 어디론가 날아가고, 왼쪽에서 오른쪽으로 지나갔던 사람이 다시 나타나 오른쪽에서 왼쪽으로 지나가는 모습을 보는 게 지루하지 않았다. 노르웨이에서 역시 마찬가지였다. 목적지에 도착한 구동치는 맞은편 카페에 자리를 잡고 앉았다. 공항 서점에서 산 소설책을 펼쳐놓고 갈색 건물의 입구를 계속 바라보았다. 사람들은 끊임없이 갈색 건물 앞을 지나갔다.

거리를 지나는 사람들의 얼굴에 새해의 기운이 느껴졌다. 흥분과 다짐이 얼굴의 반씩을 차지하고 있었다. 시간은 이제 또 재빨리 흘러갈 것이다. 사람들이 걸어 다니는 모습은 마치 시간의 흐름 같았다. 시간은 저렇게 흘러가는구나, 저렇게 무표정한 얼굴로, 잰걸음으로, 두 팔을 앞뒤로 흔들며, 엉덩이를 씰룩거리며, 흘러가는구나. 각각의 사람들은 자신의 몸동작으로 시간을 표현하며 걸어가고 있었다. 구동치는 사람들의 걷는 모습을 보며 안도감을 느꼈다. 시간은 흘러갈 것이고, 결국 마지막에 이를 것이고, 우리는 절대 그 시간을 돌이키지 못할 것이라는 좌절은 결국 안도감으로 바뀌었다. 사람들은 돌아갈 길이 없을 때 어쩔 수 없이 행복해진다.

저녁은 근처에서 대기하고 있다가 금방 들이닥친 듯했다. 사위가 어두워지는가 싶더니 순식간에 모든 곳이 깜깜해졌다. 카페는 8시면 문을 닫는다고 했다. 구동치는 커피 한 잔을 추가로 주문하면서 호텔 위치를 물어보았다. 멀지 않은 곳에 싼 호텔이 있다는 이야기를 들었다. 종업원이 가져다준 따뜻한 커피를 입에 대려는 순간, 목표물이 모습을 드러냈다. 그 남자가 분명했다. 의뢰인이 준 사진과 비교해볼 필요도 없었다. 큼지막한 백인들 사이에 있는 남자의 모습은, 하얀 눈밭 위에 떨어뜨린 한 방울의 피 같았다. 어두운 곳에서도, 멀리서도, 모든 것이 선명하게 보였다. 남자는 혼자가 아니었다. 남자는 여자와 함께 집으로 들어가고 있었다. 남자보다 훨씬 젊어 보이는 여자였다. 구동치는 남자의 상황에 대해 추측하기 시작했다. 함께 들어간 여자는 누구인지, 어떤 사이일지 추측해보았다. 추측할 수 없었다. 의뢰인에게 아무런 정보도 듣지 못했다. 구동치는 따뜻한 커피를 한 모금 마셨다. 첫 페이지에 고정돼 있던 소설책을 덮었다.

구동치는 호텔에 들어가서 가장 싼 방을 달라고 했다. 호텔 종업원이 두 손을 펼쳐 보이며 혼잣말을 하더니 구석에 있는 방으로 구동치를 안내했다. 나쁘지 않은 방이었다. 모든 게 다 있었다. 욕조도 있고, 책상도 있고, 침대도 있고, 옷장도 있고, 금고도 있다. 구동치는 몸을 씻고 침대에 엎드려 소설책을 펼쳤다. 여전히 첫 페이지였다. 소설책의 두 줄을 읽다가 호텔방에 없는 게 뭔지 알게 됐다. 소설의 첫 페이지에 이런 문장이 있었다.

> 문을 열자마자 비릿한 피냄새가 코로 밀려들었고, 빨간 핏자국은 선명한 적의를 지닌 채 나를 공격해왔다. 창문이 열려 있었는데도, 냄새는 고여 있었다.

호텔방에는 창문이 없었다. 가격이 싼 데는 이유가 있었다. 구동치는 소설책을 덮고 침대에 누웠다. 침대맡에 붙은 스탠드의 스위치를 끄자 사방이 깜깜해졌다. 아무것도 보이지 않는 완벽한 어둠이었다. 먼 곳에서 무슨 소리가 들리는 듯했다. 사람 소리 같았다. 구동치는 호텔방이 관처럼 느껴졌다. 자신은 관에 갇힌 채 땅속에 묻혀 있고, 땅 위에서 사람들이 큰 소리로 떠드는 것 같았다. 구동치는 소리에 집중해보았다. 알아들을 수 없는 소리였다. 알아들을 수 있다고 해도 해독할 수 없는 외국어일 것이다. 모든 것이 점점 멀어지고 있었다. 소리도, 감각도, 천장도 멀어지고 있었다.

*

구동치는 다음 날 다시 카페로 갔다. 똑같은 자리에서 똑같은 커피를 시켰고, 똑같은 책을 펼쳤다. 전날과는 달리 목표물이 금방 모습을 드러냈다. 남자는 집에서 나와 주위를 몇 번 두리번거리다 바닷가 쪽으로 걸어갔다. 구동치는 소설책을 덮었다. 빨리 생각해야 했다. 남자를 따라갈 것인지, 아니면 남자의 집을 뒤질 것인지 정해야 했다. 어제 함께 들어간 여자가 아직까지 집에 남아 있을 가능성도 있었다. 의뢰인이 사진을 없애달라고 한 이유를 정확히는 알 수 없지만, 사진이 의뢰인과 목표 인물을 잇는 중요한 연결고리인 것은 분명했다. 그렇게 중요한 물건이라면, 몸에 지니고 있을 가능성이 컸다. 구동치는 남자를 따라가기로 했다.

구동치는 최대한 멀리 떨어져서 남자의 뒤를 따라갔다. 남자는 코트 주머니에 손을 넣고 천천히 걸어갔다. 남자는 오른쪽 발을 땅바닥에 끌면서 앞으로 걸어갔는데, 그 동작 때문에 묘한 리듬감이 있었다. 발바닥으로 선을 긋고 있는 것 같았다. 목에 맨 머플러가 흔들리면서 리듬을 더하고 있었다. 구동치는 패딩 점퍼에 두 손을 찔러 넣고 남자가 긋는 선을 따라갔다. 남자가 도착한 곳은 피오르 유람선을 타는 선착장이었다. 한쪽에는 산악 열차가 출발하는 기차역도 있었다.

선착장에는 사람이 많지 않았다. 쉰 명 정도의 사람들이 선착장 대기실에 앉아서 배를 기다리고 있었다. 여행객들 사이에서 남자의 코트가 유독 눈에 띄었다. 구동치는 여행객 사이로 몸을 숨겼다. 패딩 점퍼에 배낭을 메고 있는 모습이 여행객과 잘 어울렸다. 구동치는 여행객 사이에 숨어서 남자를 관찰했다. 남자는 창가에 앉아 계속 바깥을 내다보았다. 눈 덮인 계곡을 바라보는 것인지 망망한 물을 보고 있는지 알 수 없었다. 곧 배가 도착했고, 구동치는 남자를 따라 배에 올랐다.

거대한 동물의 입으로 빨려 들어가는 것 같다고, 구동치는 생각했다. 주변 풍경에 압도되어 몸을 움츠린 배는 더욱 작아 보였다. 사람들은 모두 입을 벌린 채 계곡에 쌓인 눈을 올려보았다. 구동치도 마찬가지였다. '거대하다'라는 말을 늘어놓아봤자 풍경의 티끌도 설명할 수 없었다. 언어로 표현할 수 없는 장엄함이 배를 포위했다. 사방의 가파른 계곡이, 곳곳의 얼음덩이들이, 무뚝뚝한 동물처럼 사람들을 지켜보고 있었다.

구동치가 잠깐 한눈을 파는 사이, 남자의 모습이 어디론가 사라지고 없었다. 선실에도 보이지 않았다. 구동치는 뱃고물로 뛰어가보았다. 남자가 난간에 기대어 배의 기다란 꼬리 같은 포말을 바라보고 있었다. 구동치가 안심하며 다시 남자와 거리를 유지하려는 순간, 남자가 고개를 돌려 구동치를 보았다. 두 사람의 눈이 마주쳤다. 구동치가 가벼운 눈인사를 하며 물러서려는 순간, 남자가 구동치에게 손짓을 했다. 구동치의 머릿속에 수만 가지 생각이 얽히고 뒤섞였다. 남자가 자신을 발견한 순간, 일은 이미 망친 것이다. 물러날 곳이 없었다. 이왕 이렇게 된 거 부딪쳐보는 수밖에 없다. 구동치는 어떤 거짓말이 좋을지 머리를 굴리며 남자를 향해 걸어갔다. 몇 개의 대사도 떠올려보았다. 아, 유, 코리안? 아, 한국분이세요? 여기 참 좋네요. 재패니즈? 헬로우?

"여기가 풍경이 제일 좋죠."

남자가 대뜸 말을 걸어왔다. 구동치는 대답하지 않고 남자와 하얀 거품만 번갈아가며 보았다. 사진 속의 모습보다 훨씬 나이가 들었고, 주름도 많았다. 실제 모습과 사진에는 10년 정도의 시간이 숨어 있었다.

"사람들은 뱃전이나 뱃머리에서 풍경 보는 걸 좋아하지만 제 생각에 피오르를 제일 잘 볼 수 있는 곳은 여기 뱃고물입니다. 가까워지는 피오르보다 멀어지는 피오르를 보는 게 더 멋지죠. 안 그래요? 멋지죠?"

"그러네요."

"아들놈이 보내서 온 거죠?"

"네?"

"어제부터 계속 날 따라다녔잖아요. 그 카페에 앉아 있는 걸 봤어요."

"보셨군요."

"이쪽에선 한국 사람 만나기가 쉽지 않아요. 숨을 곳이 없어요. 무슨 일 하는 분입니까?"

"네?"

"목적이 있어서 왔을 거 아닙니까? 아들이 뭐랍디까? 날 죽이래요? 그게 목적입니까?"

"죽이다뇨…… 아닙니다."

"그럼 뭡니까? 날 어떻게 하래요?"

"안부 인사 전하러 왔습니다."

"하하하하, 농담 잘하는 분이네. 안부요? 그놈이 나한테? 절대 그럴 리 없죠. 얼른 말해요. 서로 시간 뺏지 맙시다."

구동치는 주머니에서 네 명이 함께 찍은 사진을 꺼냈다.

"이 사진 아시죠?"

"압니다."

"이 사진을 없애달라는 부탁을 받았습니다."

"허허, 희한하네요. 그런 일을 하러 이 먼 곳까지 오시다니……"

"그게 제 직업입니다."

"탐정 같은 건가?"

"그렇죠."

"그 사진을 왜 없애야 한답니까?"

"이유는 듣지 않습니다."

"하긴, 댁은 알 필요도 없겠지."

"지금 가지고 계십니까?"

"탐정 양반, 피오르의 수심이 얼마나 되는지 압니까?"

"글쎄요, 백 미터?"

"가장 깊은 곳이 1천 3백 미터예요. 상상할 수 있겠어요? 저 아래로 1천 3백 미터란 말이지."

"깊군요."

"그냥 깊다라는 말로는 모자라지. 바닥으로 떨어지는 데 엄청난 시간이 필요한 거요. 이렇게 깊은 바다가 가까이 있다는 게 신기하지 않아요? 난 가끔 지구가 이렇게 생겨먹은 게 참 신기하다는 생각이 듭니다. 어떻게 물이 생겼고, 어떻게 땅이 생긴 겁니까? 어째서 바다는 넓고 깊은 겁니까? 탐정 양반은 압니까? 왜 그런지?"

"사진 가지고 계시죠?"

"가지고 있죠. 늘 가지고 다닙니다."

"제 일을 할 수 있게 해주십시오."

"아들놈이 그렇게 원하는 거라면 내놓아야지. 그게 그렇게 싫으면, 그 시절을 그렇게 기억하기 싫으면, 지워야지."

"감사합니다."

남자는 코트 주머니에서 지갑을 꺼냈다. 지갑을 열자 비닐막 아래 있는 사진이 보였다. 남자는 손가락으로 사진을 문질렀다.

"그런데, 그냥 줄 수는 없지 않겠소?"

남자가 지갑 속에서 사진을 꺼내며 말했다.

"그냥 줄 수 없으면, 반으로 접어서 주십시오."

구동치가 웃으며 말했다.

"하하, 웃기는 탐정이구만. 당신은 일을 제대로 처리하지 못했는데, 내 아들 돈을 날름 다 먹어치울 거 아니요."

"아들 생각해주시는 겁니까?"

"난 헛돈 쓰는 걸 싫어하는 사람입니다."

"지금 제가 일을 잘 처리하고 있는 거 아닐까요?"

"내가 사진을 주지 않으면 어쩔 거요? 그냥 돌아가서 아들에게 거짓말을 할 거 아니요. 사진을 없앴다고 거짓말을 하고 돈을 받을 거 아니요."

"전 거짓말이나 하는 찌질한 탐정은 아닙니다. 그리고 무슨 일이 있든 그 사진은 없애고 돌아갈 겁니다."

"차이가 없잖아요. 그냥 돌아가서 사진을 없앴다고 얘기하고 돈을 받아요. 당신은 잃을 게 없잖소."

"신뢰를 잃죠."

"허허, 재미있는 분이네. 좋아요, 그럼 당신도 뭘 하나 내놓으시오."

"내놓다뇨?"

"당신도 뭔가 잃는 게 있어야 할 거 아니요. 내가 사진을 내놓을 테니 당신도 뭔가 아끼는 걸 내놓아요."

"가진 게 별로 없습니다."

"가진 게 없으면 소중한 걸 쉽게 찾을 수 있어요."

구동치는 배낭 속에 있는 소설책을 꺼냈다.

"이거면 될까요? 아직 읽지 않은 소설입니다."

"중요한 소설이오?"

"아직 읽지 않았으니까요."

"읽지 않았으면 소중한지 아닌지 확인할 길이 없지. 그렇지 않소?"

"첫 페이지만 봤는데 재미있을 것 같다는 생각이 들었습니다."

"뻥치지 말고 딴 걸 내놓아요. 잃고 싶지 않은 게 뭐요?"

"그런 거 없습니다."

"그럴 리가 있나. 아직 젊어 보이는데."

구동치는 남자와 이야기하는 도중에 잃고 싶지 않은 게 무엇인지 생각났다. 생각났지만 생각나지 않은 척하려고 괜히 먼 산의 눈을 보았다.

"뭔가 생각났나 보네."

남자가 말했다.

"아닙니다."

구동치가 대답했다.

"아니긴 뭐가 아니야. 먼 산 보는 눈빛에 뭔가 가득 담겼는데."

"그냥 생각나는 것들이 있어서요. 여기 자주 오십니까?"

"자주 오지."

"좋네요, 여기. 정말 시간을 거슬러가는 것 같은 기분이 듭니다."

"자신이 가장 소중하게 생각하는 걸 피오르에 던지면 영원히 사라지지 않는다는 말이 있어요."

"아, 정말요?"

"허허허, 농담이야. 세상에, 그런 게 어딨겠어. 만약 그랬다면 여기 쓰레기가 넘쳐났겠지."

"그럴듯한 이야기인데요."

"그럴듯하긴 뭐가 그럴듯해. 소중하게 생각하는 거면 꼭 품고 있어야지. 꼭 품어서 절대 날아가지 못하도록 해야지."

구동치는 패딩 점퍼의 지퍼를 내렸다. 주머니에 들어 있던 휴대전화와 작은 수첩을 바지 주머니로 옮겼다. 구동치는 패딩 점퍼를 벗었다.

"이걸 내놓겠습니다."

"이걸 왜요?"

"저한테 중요한 겁니다."

"추울 텐데, 괜찮겠어요?"

"괜찮습니다."

"좋아요. 당신이 그럴듯하다고 했으니까, 이걸 피오르에 던져요."

남자는 사진을 구동치에게 건넸다. 구동치는 패딩 점퍼의 주머니에다 사진을 넣었다. 가지고 있던 사진 두 장도 주머니에 넣었다. 사진을 주머니에 넣다 보니 무언가 굉장한 의식을 치르고 있다는 느낌이 들었다. 구동치는 배를 따라오고 있는 하얀 물거품들을 보았다. 하얀 물거품들 사이로 언뜻언뜻 초록빛이 보였다. 구동치는 푸른색 패딩 점퍼를 피오르로 던졌다. 점퍼의 소매가 바람에 흐느적거렸다. 피오르는 먹잇감을 기다리고 있던 생물체처럼 푸른 패딩 점퍼를 덥석 삼켰다. 배는 빠르게 앞으로 나아갔다. 패딩 점퍼는 점점 멀어졌고, 이내 푸르고 작은 점이 되었다. 남자가 목에 매고 있던 머플러를 벗어서 구동치에게 둘러주었다.

작가의 말

썼는데,
누군가
지웠다.

2014년 3월
김중혁